KING

246

Della stessa autrice:

Matrimonio di convenienza
Stronze si nasce
Una Cenerentola a Manhattan
Due cuori in affitto
Prima regola: non innamorarsi
Il mio regalo inaspettato
Bugiarde si diventa
Non è un paese per single
Appuntamento in terrazzo
Ti aspetto a Central Park

Prima edizione in questa collana: febbraio 2023

ISBN 978-88-227-7363-0

www.newtoncompton.com

Realizzazione a cura di Librofficina
Stampato nel febbraio 2023 da Puntoweb s.r.l., Ariccia (Roma)

Felicia Kingsley

La verità è che non ti odio abbastanza

Newton Compton editori

A chi pensa fuori dai quadrati.

«Il baciamano può essere molto galante,
ma i diamanti sono i migliori amici
di una ragazza».

Marilyn Monroe,
Gli uomini preferiscono le bionde

Prologo

7 novembre, il giorno dell'Apocalisse

«Chambers! Apri questa cazzo di porta». Continuo a bussare senza successo, a un certo punto lo sento addirittura accendere la radio e alzare il volume, ma se pensa che gliela dia vinta così, si sbaglia di grosso! Quarantotto ore fa, per colpa sua, la mia vita è andata a rotoli. Lo farò pentire del giorno in cui ha deciso di mettersi contro di me, quanto è vero che mi chiamo Lexi Sloan.

1

«Il denaro non fa la felicità. Chi ha dieci milioni di dollari non è più felice di chi ne ha solo nove».

Hobart Brown

5 novembre, quarantotto ore prima dell'Apocalisse

Chi ha detto che i soldi non fanno la felicità, evidentemente non parlava dei suoi.

Questo penso, mentre sfoglio «Forbes» con fare distratto, seduta nell'elegante sala d'attesa.

Prendiamo Paul Getty. Il vecchio petroliere, a suo tempo l'uomo più ricco del mondo, era così taccagno, che il suo telefono di casa andava a gettoni, costringendo ospiti e familiari a pagare di tasca loro.

Oppure Steve Jobs! Diceva: "Essere l'uomo più ricco del cimitero non m'interessa", ma si era fatto costruire uno yacht da cento milioni di dollari. Niente male per uno disinteressato al denaro!

Nessuno di quelli che conosco direbbe che i soldi non lo rendono felice.

Nemmeno io.

La limousine, l'autista, il jet privato e le ville ai tropici sono sempre state la normalità per me, e fin da piccola non mi sono mai fatta domande, credevo che fossero cose all'ordine del giorno per chiunque.

Beata ingenuità!

Poi, un pomeriggio – avevo sette anni –, la tata stava sistemando i miei giocattoli nuovi e mia madre le ha dato il permesso di portar via tutti quelli che avevo scartato.

Non capivo come mai qualcuno volesse conservare la roba che non usavo più, così, a cena, ho chiesto a mia madre il perché. «Per le sue figlie», mi ha risposto.

«Le figlie di Lydia useranno i miei giochi vecchi?», ho domandato ancora più stupita. «Perché non vanno da FAO Schwarz a comprarli nuovi?».

Lei ha scosso la testa, accarezzandomi i capelli, con un sorriso dolceamaro. «Tesoro, non possono permetterselo, costano troppo per loro».

È stato allora che ho capito che facevamo parte dei "privilegiati", ma mi è sembrato molto triste che le figlie di Lydia non potessero avere giocattoli nuovi ogni mese, come me.

Se avessero voluto l'ultimo modello della Barbie, avrebbero dovuto aspettare che io buttassi la mia.

Quel Natale ho scritto una lista dei desideri esagerata e, come da copione, ogni mia richiesta è stata esaudita. Nel giro di pochi giorni ho accantonato metà dei regali – ancora chiusi – dicendo che non li volevo più, così mia madre li ha dati a Lydia. I miei sono stati etichettati come i capricci di una bambina viziata, ma il mio scopo segreto è sempre stato quello: volevo che le figlie di Lydia avessero anche loro dei giocattoli nuovi, belli e costosi.

«Alexandra Sloan», chiama l'assistente del Dr Kimmel, dalla soglia dello studio.

«Eccomi», rispondo. Prendo la mia Birkin dalla poltroncina accanto a me e la raggiungo.

«Il dottore è pronto a visitarla», dice lei facendomi accomodare nell'ambulatorio.

Mi piace lo studio del Dr Kimmel perché garantisce la massima riservatezza: ha un salottino d'attesa per ogni paziente e un'uscita separata, così chi entra non incontra chi esce.

«Ciao Lexi, accomodati», mi saluta Kimmel, mentre mi siedo davanti a lui. Si permette questa confidenza perché mi segue da quando avevo otto anni.

«Il nostro appuntamento fisso», dico. «Dovremmo fare qualcosa di carino una volta, che ne so, organizzare un brunch, un *petit-déjeuner*, o un tè!».

«Tra l'altro è anche il tuo compleanno, oggi». Scorre la mia cartella sullo schermo del pc, preparando il report del controllo.

«Così non mi dimentico mai della visita». Le cose importanti le fisso sempre per il mio compleanno. Stamattina, infatti, ho iniziato in bellezza con gli esami del sangue completi, seguiti da screening al seno, dermatologo, poi il dentista, ora l'oculista e *dulcis in fundo*... ginecologo!

Le persone normali passano il proprio compleanno a trastullarsi nelle spa, io in clinica a farmi un check-up completo. Insomma, non si è mai abbastanza prudenti.

«D'accordo», mormora Kimmel tra sé e sé, «iniziamo. Porti le lenti a contatto, ora?»

«Sì», rispondo. «Sempre».
«Hai notato peggioramenti alla vista nell'ultimo anno?»
«No», mi affretto a dire.
«Sicura?»
«Sì, certo! Davvero! Lo giuro sulla Birkin di mia madre!».
Il dottore non sembra convinto, così mi fa segno di voltarmi, dandogli le spalle. «Copriti l'occhio destro e leggimi la quinta riga», ordina puntando la biro verso la tabella di Snellen.
«P...E...C...», apro un po' le dita della mano per sbirciare, senza farmi vedere, «...D».
«Non barare!», mi sgrida. Si alza in piedi e mi mette la benda sull'occhio sinistro, oscurandomi metà del campo visivo. «Di nuovo. La riga sotto».
«D... P... O... T», leggo con enorme sforzo. «E... C... D... Z! Quante ne ho prese?»
«Neanche una», risponde lui impassibile.
Infila una lente aggiuntiva nella tasca dell'occhiale. Caspita! Adesso vedo in Full HD! Ripeto il test e stavolta le centro tutte. Con l'altro occhio, la storia è la stessa.
Leggo ancora un paio di file, con diverse lenti, poi Kimmel sospira. «Lexi, Lexi, Lexi».
«Cosa, cosa, cosa?», gli faccio il verso.
«Non andiamo bene», mi comunica scuotendo il capo. «La vista ti è calata ancora».
«No... è che stanotte ho dormito poco, sono un po' stanca, i riflessi...», mi giustifico.
«Hai perso 0,75 decimi per occhio».
«Che esagerazione! Saranno sì e no 0,25», ribatto, minimizzando.
«0,75, Lexi».
«Ok, va bene, facciamo 0,5 e non se ne parla più, ultima offerta».
«Non è una contrattazione», insiste lui. «Tu scherzi, ma la tua vista continua a peggiorare. L'anno scorso hai perso un decimo per occhio», dice leggendo la mia cartella. «Ricordi cosa ti avevo detto?»
«Mmh», brontolo alzando gli occhi al soffitto, fingendo di avere un'amnesia.
«Leggi qui», lui mi passa il foglio, con il dito teso sull'ultima riga.
«Se si riscontra un peggioramento, valutare il trapianto di cornea», concludo con voce smorzata. «Quindi...», inizio senza sapere come finire.
«Quindi ci rivediamo tra sei mesi e, se la vista ti è calata ancora, ti metto in lista trapianti».

«Non era proprio il regalo di compleanno che desideravo...», sospiro arresa.

«Pensala così: una volta fatto l'intervento, non dovrai più preoccuparti di lenti e occhiali».

«Non mi piacciono gli interventi chirurgici».

«Lo so, me lo hai detto mille volte, ma non possiamo rimandare, a questo punto». Il Dr Kimmel aggiorna la mia cartella e si alza in piedi, così io lo imito, pronta a congedarmi. «Non preoccuparti, penserò a tutto io. Tu goditi il tuo compleanno. Festeggerai alla grande?»

«Come sempre», rispondo raggiante, come se l'idea dell'intervento mi fosse scivolata addosso.

Fuori dallo studio di Kimmel, a due passi dal Lenox Hill Hospital, mi aspetta Nevis, l'autista. «Pronti a partire, Miss Sloan», dice aprendo la portiera della Cadillac. «Dove andiamo?»

«Dalla dottoressa Rosenthal, poi a casa da papà, ma prima ci fermiamo al centro».

«Benissimo», risponde lui. «Come ogni anno?»

«Come ogni anno».

Il centro, che è a pochissimi minuti di macchina, come tutti gli ambulatori del mio quadrilatero della salute, è l'istituto per ipovedenti e non vedenti, un'altra tappa fissa del mio compleanno.

Quando entro, passando dalla porta di servizio, trovo Susan al bancone della reception.

«Ciao, Suze!», la saluto.

«Lexi! Ti stavamo aspettando!», mi accoglie con un sorrisone, da dietro i suoi occhiali spessi due dita.

«Ho tardato un po'. Ero da Kimmel», spiego.

«Novità? Come va la vista?»

«Cala. Ancora». Suze è l'unica persona al di fuori della mia famiglia e del Dr Kimmel a conoscenza dei miei problemi. Io e lei ci siamo conosciute proprio qui, da bambine, dove facevamo insieme gli esercizi di correzione della vista e in due non facciamo un paio di occhi normali.

Qui, oltre alla ginnastica oculistica, fanno anche lezioni di Braille, trascrizione di testi scolastici per non vedenti, terapia e ricerca. È il migliore della costa Est.

«I bimbi della classe di correzione ortottica ti hanno fatto un pensierino», dice lei allungandomi un pacchetto incartato.

Lo apro e fatico a trattenere un sorriso. «Orsetti gommosi!».

«L'alternativa era un bracciale di diamanti da trenta carati, ma poi abbiamo pensato che quello lo avessi già, quindi abbiamo optato per il piano B».

«Tu sai che io amo gli orsetti gommosi!».

«Lo so, lo so… In effetti, tu sei l'unica miliardaria alla quale è facile fare un regalo».

«Sì, ma non dirlo in giro», rispondo con un occhiolino.

«Ti hanno scritto anche il biglietto». Mi porge un foglio piegato con su scritto "Per Lexi".

«Questa dovrei essere io?», chiedo indicando la figura al centro del biglietto.

«Già».

«Ho i capelli viola», noto trattenendo un sorriso.

«Ti ha disegnata Jordan», spiega ridendo. «Daltonico».

«Tutto chiaro».

«Lexi Sloan!», mi saluta una voce maschile alle spalle. È Rufus, il vicedirettore del centro, accompagnato dal suo cane-guida.

«Rufus! Come… come mi hai riconosciuta?»

«Il tuo profumo. Si sente appena si varca la soglia: Coco Mademoiselle corretto con due gocce di essenza al bergamotto». E senza neanche aiutarsi con il cane o il bastone viene dritto verso di me per abbracciarmi. «Buon compleanno!».

«Grazie mille».

«Lo riconosci?», mi domanda lui indicando il labrador color miele che tiene al guinzaglio. «È Bravo, uno dei cani che ci hai donato l'anno scorso».

Mi chino ad accarezzargli la testa, mentre il cagnolone se ne sta dritto e composto. «Bravo! Ma come sei diventato grande!». Mi rialzo in piedi e sfilo dalla borsa il mio blocchetto per gli assegni. «Vediamo di trovarne altri, come te».

I soldi non potranno comprare occhi nuovi, ma possono comprare cani-guida e, per un cieco, fanno la differenza.

Addestrare un cane-guida costa circa venticinquemila dollari e ogni anno, per il mio compleanno, ne dono centomila per aiutare il centro ad aumentare le risorse.

Firmo l'assegno e lo allungo a Suze. «Per i prossimi eroi a quattro zampe».

«Ti dovremmo fare una statua».

«Basta solo che mi mandi le foto dei cuccioli, come ogni anno».

«Sarà fatto».

«Senti, Lexi», mi dice Rufus, «con tutto il sostegno che ci dai, noi vorremmo ringraziarti pubblicamente. Sarebbe un onore averti come testimonial, daresti un segnale molto forte».

«Ehm...», incespico, «preferirei di no. Sai come la penso sulla beneficenza».

«Vuoi restare anonima, lo so, lo so... Però, pensaci». Rufus mi abbraccia di nuovo, poi si allontana verso gli ascensori. «Mi raccomando, fai la brava! Ti tengo d'occhio!», esclama facendo ridere me e Suze. «Ehi, la sapete la barzelletta del cieco che va in Texas?»

«No», dico preparandomi a una delle sue battute politicamente scorrette.

«Un cieco va in Texas ed entra nel bar dell'hotel. Gli portano il menu e si ritrova in mano un libro pesantissimo. Quando chiede spiegazioni, la cameriera gli dice: "Siamo in Texas, qui è tutto più grande". Il cieco ordina una birra media e gli portano un boccale da cinque litri. Lui dice che è un errore, ma la cameriera risponde ancora: "Siamo in Texas, qui è tutto più grande". A quel punto, al cieco scappa da pisciare, chiede dove è il bagno, e gli dicono che è la seconda porta a destra. Lui però si sbaglia e apre la prima, che è quella della piscina. Il cieco cade nella vasca e, nuotando, si mette a urlare: "Non tirate l'acqua, non tirate l'acqua!"».

Io e Suze scoppiamo a ridere. Il bello del centro è che qui tutti fanno tantissima ironia sui propri problemi alla vista, non come il mondo là fuori, che è subito pronto a riempirti di frasi compassionevoli. Nessuno vuole la pietà, io men che meno, ecco uno dei motivi per cui nessuno sa della mia ipovedenza. Non voglio fare pena.

Ho studiato pubbliche relazioni e, se c'è una cosa che ho imparato, è proprio questa: l'immagine è tutto. Se ti mostri vulnerabile, i più scaltri se ne approfitteranno.

Saluto Suze con la promessa di tornare a trovarli presto e finisco il mio giro visite, che termina a casa mia.

Continuo a chiamarla casa mia, anche se da sei mesi abito nella suite di un hotel a cinque stelle sulla Quinta.

Centosessanta metri quadri, sala da pranzo, letto kingsize, due bagni, soggiorno con vista sul parco e maggiordomo privato. Il minimo sindacale per una ragazza di ventisette anni, a New York.

Visto che però molte delle mie cose sono ancora nella mia stanza, oggi sono di passaggio e, già che ci sono, entro nello studio per vedere se c'è mio padre.

«Tesoro», mi saluta lui invitandomi a entrare. È seduto sul divano in pelle verde, in completo da ufficio, circondato da pile di documenti.

«Ciao, papà. Ti disturbo?»
«Non disturbi mai, specie da quando ti vedo così poco».
«Sei tu che sei sempre in ufficio!». Mi siedo accanto a lui, spostando un raccoglitore. «Lavori?»
«Certo». Si sistema gli occhiali sul naso, sfogliando dei documenti fitti di numeri evidenziati.
«Dovresti staccare un po'. Ti tornerà il mal di schiena. Hai preso le vitamine?».
Lui scuote la testa in una risata sommessa. «Chi è il genitore? Tu o io?»
«Tu, per questo devo tenerti monitorato. La settimana prossima ti ho prenotato un bel check-up!». Siamo solo io e papà, da quando mia madre non c'è più, ormai da diciassette anni, e la mia principale preoccupazione è non fare preoccupare lui e vigilare da lontano. Gli sfilo gli occhiali, tolgo le ditate dalle lenti con il lembo della mia gonna e glieli rimetto. È tanto preso dal lavoro che non ha nemmeno tempo per pulirseli. «Meglio?»
«Sì, grazie, Lexi. Come mai sei venuta qui a casa?»
«Mi mancavi. E poi dovevo prendere la mia parure Harry Winston per stasera».
«Ah, giusto. Il tuo compleanno. Ventisette, eh?».
Annuisco. «Già, gli inesorabili ventisette».
«Vorrei averli io», m'incoraggia stringendomi. «Stavo giusto pensando al tuo regalo».
«Anch'io. Sai cosa sarebbe perfetto?», suggerisco mostrandogli il cellulare. «Questa!».
Papà alza appena gli occhi dal suo plico di documenti. «Una Mercedes?!».
«Non è una Mercedes qualunque! È La Mercedes. La mitica 300 SL AMG ali di gabbiano, del '59. Andrà all'asta da Christie's tra due settimane. Parte da una base di ottocentomila dollari!».
«Quanto?». Papà sgrana gli occhi. «È una follia!».
«È un investimento! Lo dici sempre anche tu "Non spendere i tuoi soldi, investili!". È un'auto d'epoca, tra dieci anni varrà il doppio!», cerco di convincerlo. «E poi a te piacciono le auto storiche, nei hai cinque nella casa al mare!».
«Ma tesoro, tu non hai neanche la patente!».
Mi aspettavo questa sua osservazione. «A chi serve la patente a New York?». Solo un pazzo guiderebbe a Manhattan. Chi lo fa, lo fa per lavoro e si fa pagare anche a peso d'oro.

Poi, intenerito, sorride tra sé e sé, tornando al suo lavoro. «Se prenderai la patente, vedremo».

Dei passi nella stanza mi dicono che io e papà non siamo più soli, poi una mano mi tocca la spalla con un buffetto affettuoso. «Non ti preoccupare, te la regala lo zio!».

E lui è lì, in piedi, con il suo sorriso da *billion dollar man*: mio zio Rafferty.

È il fratello minore di mio padre, ed è lo zio che tutti vorrebbero avere. È un passo avanti al resto del mondo: è un abile uomo d'affari ma con lo spirito giusto per godersi la vita. È anche molto affascinante e, nonostante i suoi cinquant'anni, le mie amiche lo venerano come una rockstar.

«Sentito, papà?», dico dandogli di gomito.

«Avanti, Dave», lo incalza mio zio lanciandomi un'occhiata d'intesa, «che senso ha avere una figlia se poi non la vizi?».

Mio padre, invece, non gli dà corda. «Allora, perché non ne fai una tua, eh, Raff?»

«Perché non mi verrebbe mai bene come Lexi. Dei due, sei sempre stato tu il fratello bravo. Ti è venuta bella e intelligente, faccio prima a rubartela».

«Due a zero per lo zio», gongolo mettendomi in tasca il complimento.

«Ti diverti a mettermi in ombra, Raff? Non hai questo pudore nemmeno davanti a mia figlia».

«Se mai, devo faticare il doppio per dimostrarmi alla tua altezza. È una vita che sono l'altro Sloan». Poi, finita la quotidiana schermaglia odio-amore con papà, zio Raff si rivolge di nuovo a me. «Senti qui, Lexi: febbraio a Parigi. Tu vieni con me e, mentre io faccio divertire qualche cliente, ti godi la settimana della moda in prima fila. Che ne dici?»

«Dico di sì!», esulto entusiasta.

«Dico di no». La voce baritonale di papà s'intromette con tono severo. «Le spese di rappresentanza della società sono troppo alte».

«Lexi, tesoro, aiutami a spiegare a tuo padre che bisogna investire sull'immagine».

Mai stata più d'accordo. «L'immagine è tutto, papà».

Lui, però non cede. «Questa immagine costa alla Sloan Securities milioni di dollari!».

«Questa immagine *fa guadagnare* alla Sloan Securities milioni di dollari», ribatte mio zio, sempre pronto. «Ah, parlando di denaro, Lexi, sono passato alla Fed Capital Bank stamattina e mi hanno dato questi documenti da farti firmare».

«Che roba è?», dico afferrando la carpetta con i fogli fitti di scritte minuscole.

«Burocrazia per l'antiriciclaggio. Paulister li ha dati a me, visto che tu non ti disturbi mai a passare!». Anche i suoi rimproveri hanno un piglio scherzoso. Adoro mio zio. Siamo sempre stati molto complici e, quando ero piccola, ci chiamavamo "Il gatto e la volpe": mi caricava sulla sua Porsche e raccontava di essere un ragazzo padre, e le donne ci cascavano con tutte le scarpe; se io gli reggevo il gioco, ogni conquista mi valeva un gelato. Non ho tenuto il conto delle indigestioni. «Siglali tutti e firma l'ultima pagina, poi li porto in banca io».

«A proposito di banca, Raff», s'intromette papà, «Altmann, Carraway e Linchford, clienti *tuoi*, mi stanno cercando con una certa urgenza, sai dirmi perché?»

«Non ne ho idea». Lo zio si stringe nelle spalle. «Dirò alla segretaria di fissargli un appuntamento, se proprio hanno bisogno».

«Hai voluto carta bianca per il tuo settore d'investimenti luxury e lifestyle e sai che non metto becco su quello che fai al diciassettesimo piano, ma quando i tuoi clienti cercano *me* voglio delle spiegazioni. Chiamali», ribatte papà in tono fermo. «Subito».

«Possono aspettare lunedì, non c'è nessuna fretta. Dave, sei davvero troppo teso negli ultimi tempi».

«Magari potresti iniziare ad assumerti qualche responsabilità. Che ne dici?». Papà mette da parte la pila di fogli segnando con un post-it il punto in cui si è fermato. «Tornando a Lexi, ho pensato a un regalo di compleanno un po' più significativo di un'auto».

Lui fa una pausa per essere sicuro di avere la nostra attenzione. «Credo sia arrivato il momento che Lexi entri nella Sloan Securities e dia il suo contributo alla società di famiglia».

Trattengo una smorfia di delusione. La Sloan Securities si occupa di investimenti in borsa, trust, fondi, tutte cose che non accendono granché il mio interesse. Solo a guardare le pile di report di Wall Street sulla scrivania di papà mi viene sonno. «Ti ringrazio, papà, ma sai che adesso sto gestendo l'ufficio stampa del brand di moda di Becca e Jem».

Lui alza gli occhi al cielo a sentire i nomi delle mie amiche. «Ancora non ti sei stancata di perdere tempo appresso a loro? Prima di fare le stiliste, volevano gestire un hotel per cani. Prima ancora, hanno aperto quella pasticceria dietetica… che ha chiuso dopo due mesi».

«Tre mesi», lo correggo. Sì, in effetti "pasticceria dietetica" è un ossimoro. La gente viene a New York per la cheesecake e la red velvet, non per le tartine di quinoa senza zucchero. «Hanno bisogno di me», insisto.

«Certo!», ridacchia. «Dove la trovano una con le tue competenze che lavori gratis!».

«Infatti non è un lavoro. Le aiuto, è così che si fa tra amiche quando c'è bisogno. E in amicizia non devono girare soldi».

«E non ti piacerebbe occuparti delle pubbliche relazioni della Sloan Securities? Tu, Raff, che ne dici?», propone papà cercando il sostegno di mio zio. «Raff? Mi stai ascoltando?».

Mio zio sposta lo sguardo su di me con aria distratta. «Lexi nelle PR? Sì, perché no?».

Papà mi stringe la mano per incoraggiarmi. «Anche part time, per iniziare. Così nel pomeriggio sei libera di aiutare Becca e Jem».

«Magari potrà iniziare quando si sentirà pronta, eh, Dave?», butta lì lo zio.

Mio padre lo squadra. «Tu sei entrato nella società a venticinque anni, io a ventiquattro. Nostro padre ha iniziato a ventidue. Non farmi passare per un despota».

Già, gli Sloan e la società di famiglia sono una cosa sola. Papà, come il nonno, è più rigoroso e conservatore, mentre lo zio… A ventiquattro anni è andato a vivere in Inghilterra con dei musicisti, e il nonno è andato a prenderlo per portarlo di peso a casa. Di quegli anni ruggenti a zio Raff è rimasto solo il tatuaggio di un drago che gli copre tutto il braccio sinistro e che, per vergogna, ora non mostra mai, nemmeno al mare. La sua bassissima soglia del dolore gli impedisce di farlo cancellare.

Zio Raff alza le mani in segno di resa. «Hai ragione, Dave. Come sempre, d'altronde».

Papà mi guarda di nuovo. «Sono sicuro che mi renderai fiero di te».

Rifiutare non mi passa neanche per la testa, anche se… «Da domattina?».

I suoi grandi occhi grigio-azzurro si stringono mentre ride. «Goditi il tuo compleanno. Ti aspetto lunedì alle otto in punto».

«Avrai l'ufficio più bello della Sloan Securities», mi coccola lo zio. «Dopo il mio, ovviamente».

«E faremo colazione insieme ogni giorno?», gli chiedo.

«Ci puoi giurare».

«Allora, ci sto», annuncio alzandomi e schioccando un bacio prima a papà, poi allo zio. «Io vado. E, zio, porta papà a cena da qualche parte, altrimenti, se rimane qui a casa, continua a lavorare e si scorda anche di mangiare. Guarda che brutta cera ha!».

«La mia cera è perfetta», ribatte papà. «Divertiti e non bere troppo!», mi ammonisce, mentre lui e lo zio mi accompagnano all'ascensore privato che si apre sull'ingresso dell'appartamento, dove zampilla la fontana in cui da bambina facevo tuffare le mie Barbie.

«Non fare niente che io non farei!», è il saluto di Raff.

«Ma zio...», obietto. «Non c'è niente che tu non faresti».

«Appunto», risponde ammiccante.

Prima che si chiudano le porte, vedo mio padre rivolgere allo zio un'occhiata del tipo: "Ma devi sempre avere l'ultima parola, tu?".

Potrebbero essere gemelli, non fosse per la chioma brizzolata di mio padre rispetto a quella biondo scuro appena striata di grigio di mio zio. Oltre al colore dei capelli, io, papà e zio Raff abbiamo anche gli stessi occhi grigio-azzurri, ma papà si distingue per un'ombra seria e pensierosa nello sguardo.

Le mie somiglianze con gli Sloan finiscono qui, perché la forma del viso, il naso, la bocca, sono quelli di mia madre, cosa di cui vado molto orgogliosa perché era una donna magnifica.

C'è perfino un suo ritratto scattato da Mario Testino anche qui, nella hall del condominio, e chiunque entri, anche solo il postino, può ancora ammirarla nel suo splendore.

Accidenti! Sono scesa senza firmare le carte della banca! Però è già tardi, non ho voglia di tornare su con tutto quello che ho da fare.

Fuori, Nevis ha già aperto la portiera dell'auto, per farmi salire. «Direzione, Miss Sloan?»

«Bergdorf. Mi servono vestiti da ufficio. Lunedì sarà il mio primo giorno alla Sloan Securities».

«Altro shopping, Miss?», mi domanda lui sorpreso, visto il ricco giro di negozi che ho fatto ieri.

«I vestiti non bastano mai. Hai presente il detto: "L'abito non fa il monaco", Nevis?»

«Sì, Miss».

«È una balla».

Moda o finanza, sempre di PR si tratta e io, le pubbliche relazioni, ce le ho nel sangue. Vivere a New York, nell'Upper East Side, significa far parte di un sistema chiuso, altamente selettivo, basato su dei modelli di riferimento. Questi modelli sono le sue regine: Gloria Vanderbilt negli anni '50, Edie Sedgwick nei '60, Nan Kempner nei '70, Diane von Fürstemberg negli '80 e... Quella degli anni '90 non me la ricordo, ma ogni decade ha la sua *It Girl*, e tutti si aspettano che io sia la prossima.

Non è facile essere all'altezza del mio cognome, della mia laurea a Georgetown, della copertina su «Vogue», del mio fidanzato con una promettente carriera in politica, dei cinque milioni e quattrocentomila followers su Instagram, perché non mi è concesso un solo passo falso.

«Brindiamo a Lexi!», esclama Becca.

«A Lexi!», risponde in coro il resto del tavolo.

Siamo da Butter, uno dei ristoranti più *à la page* dell'Upper East Side, dove puoi trovarti a cenare, gomito a gomito, con Beyoncé e Sarah Jessica Parker.

Stasera festeggio con pochi intimi: Rebecca e Jemima, le mie migliori amiche; Rick, il mio fidanzato; Samuel e Robert, amici di Rick e papabili fidanzati di Becca e Jem.

Domani, invece, è prevista la serata da tappeto rosso e fotografi.

«Regali, gente!», annuncia Becca invitando tutti a imitarla, mentre mi porge una scatola arancio.

Conosco Becca, Rebecca Tindall, dalle medie, quando i suoi hanno comprato la casa accanto alla nostra, negli Hamptons. Un giorno ci siamo ritrovate sulla spiaggia vestite con lo stesso identico costume e tanto è bastato per fare amicizia.

Sciolgo il nastro marrone e sollevo il coperchio mostrando a tutti il ciondolo Hermès a forma di pony da agganciare alla mia Birkin. Abbraccio Becca, e Jemima mi allunga il suo pacchetto.

Jemima Merton è stata la mia prima compagna di banco alla Dalton. La facevo sempre copiare perché era, ed è tuttora, allergica allo studio. Suo padre ha un'etichetta discografica e da ragazzine andavamo sempre nel backstage di tutti i concerti.

Appoggio sul tavolo il suo regalo, una custodia Bulgari per iPhone bordata di brillanti, insieme al ciondolo di Becca. Poi scarto il pacchetto che mi porge Samuel, un profumo limited edition, e lo metto accanto alla sciarpa di cachemire ricamata con le mie iniziali che mi ha regalato Robert.

Manca solo Rick. Essendo il mio ragazzo, il suo regalo è il più importante, perciò l'ho tenuto per ultimo.

Io e lui stiamo insieme da dieci anni, «Page Six» ci ha definiti più di una volta la coppia più bella di New York e mi aspetto la sua proposta da un giorno all'altro.

Tutti i membri della famiglia Bates si sono sposati a trentadue anni e, visto che Rick li compirà il prossimo marzo, ci sono tutti i presupposti per cui si dichiari a breve.

I Bates sono una stirpe politica storica di New York paragonabili ai

Kennedy del Massachusetts o ai Bush in Texas e, dopo il padre, il nonno e il bisnonno, Rick sarà il prossimo candidato a governatore dello Stato.

La sua famiglia mi adora e gli Sloan sostengono da sempre la fondazione dei Bates, quindi non vedo ostacoli al fidanzamento ufficiale.

«Amore», inizia Rick prendendomi la mano, «il mio regalo è un po' particolare».

Intorno a noi, tutti tacciono e pendono dalle labbra di Rick quanto me. Lui si sfila una scatolina dalla tasca interna della giacca. Quel verde acqua è inconfondibile: Tiffany.

Il mio cuore si ferma all'idea che il momento sia arrivato. Scatto una fotografia mentale di tutto in modo da ricordare quest'attimo per sempre.

Ripensandoci, questa è l'occasione ideale: siamo in uno dei locali più chic della città, è il mio compleanno e siamo circondati dalle persone cui teniamo di più.

Il cofanetto è tra di noi e noto come il suo colore sia identico a quello degli occhi di Rick.

È. Tutto. Perfetto.

«So che posso sembrare impulsivo, ma ci ho riflettuto e alla fine ho pensato che fosse la scelta giusta». Lui mi sorride, guardandomi negli occhi.

«Rick, io...».

«Avrei dovuto aspettare», m'interrompe, «ma oggi, quando mi hai chiamato, ho capito che era la cosa giusta da fare!».

Sono senza parole, quindi lascio che faccia tutto lui.

Lexi Bates-Sloan. Alexandra Eilish Bates-Sloan. Suona benissimo.

Trattengo il respiro, guardo le mani di Rick aprire la scatola, pronta a dire: "Sì, lo voglio", e...

Non è un anello.

È un... è un portachiavi: una medaglietta a forma di cuore con gancio a moschettone: è proprio un portachiavi, non c'è dubbio.

«È...». Lo so che dovrei dargli un bacio e ringraziarlo saltandogli al collo, ma sono pietrificata.

«Sì, amore, è platino. Non argento».

«Hai ragione», annuisco cercando di sforzarmi di sorridere. «Non me lo aspettavo...».

«Ti ho sorpresa, vero?! So quanto ti piace quella Mercedes e quando mi hai detto che tuo zio te l'avrebbe regalata, mi sono fiondato a comprarti un portachiavi adatto. Vedi?», dice indicandomi il centro della piastrina. «Qui puoi fare montare una bella pietra. Il rosso è il tuo colore preferito, quindi un bel rubino sarebbe magnifico».

«Un rubino, certo». Mi sforzo di metterci entusiasmo. Quanto mi sento cretina! Ricorderò per sempre questo momento come quello in cui Rick mi ha regalato un portachiavi.

Stringo la scatolina al petto come se non desiderassi altro e lo bacio con più passione possibile.

Ma sì, magari Rick preferisce qualcosa di più riservato, una romantica serata a due, o forse per il Ringraziamento, quando saremo a Long Island con tutta la sua famiglia. Dev'essere così.

«Facciamo un altro brindisi?», propongo con ritrovata sicurezza rivolgendomi agli altri ospiti e Becca e Jem rispondono levando i calici.

«Un attimo», mi ferma Rick. «Cameriere? Il mio scotch e soda: avevo chiesto un cubetto di ghiaccio, non due», dice allungandogli il bicchiere.

Sistemata l'emergenza scotch e soda, riprendiamo il brindisi. Dal tavolo si alza di un coro di "A Lexi". Poi ci scattiamo dei selfie, pronti per finire dritti sui nostri profili social.

A mezzanotte scatta il conto alla rovescia scandito dal battito di mani, mentre arriva una torta di glassa rosa scintillante con una fontana luminosa.

Soffio sul mio ventisette, chiedendo alla mia buona stella che Rick mi faccia la sua proposta.

«Hai espresso un desiderio?», mi domanda Jem.

«Certo!», esclamo piena di fiducia. In fondo, è solo questione di tempo.

«Miss Sloan». Un cameriere mi porge con discrezione il libretto in pelle con il conto, che avevo chiesto poco prima. Senza neanche guardarlo vi infilo la mia carta di credito e glielo restituisco.

Rick mi stringe a sé. «Amore, che ne dici di andare al mare il prossimo weekend, tu e io?».

Visto?! Io, lui e una fuga romantica! Il desiderio sta già funzionando. «Non vedo l'ora!».

Mentre ci scambiamo effusioni, e mi sento più rincuorata e spontanea, il cameriere richiama ancora la mia attenzione facendomi cenno di raggiungerlo in disparte.

Mi alzo, lasciando i miei amici alla torta e a parlare del fine settimana di festeggiamenti.

«Miss Sloan», dice con tono sommesso. «Abbiamo riscontrato un problema con la sua carta».

«In che senso?»

«È stata rifiutata».

2

«I milionari non vanno dagli astrologi, ma i miliardari sì».
J.P. Morgan

«Rifiutata?», ripeto interdetta. «Avrete un problema alla linea».
«Abbiamo verificato, ma tutte le altre transazioni sono andate a buon fine».
«È ridicolo. Potrei trovarmi sui ghiacci della Groenlandia e questa carta non avrebbe un solo problema». È la Élite Gold supergarantita coperta da ogni circuito esistente!
Il cameriere la striscia di nuovo nel lettore e sul monitor compare ancora la scritta "Pagamento declinato".
«Tenga questa», sbuffo allungandogli una seconda carta di credito.
Il pinpad segna ancora una volta errore. «Non è possibile», sbotto.
«Ha un'altra carta?».
Sfodero la terza e ultima facendo appello a tutta la mia pazienza.
«Negata anche questa», e me la restituisce.
«Ripeto: tre carte rifiutate è assurdo».
Con la coda dell'occhio vedo Becca allontanarsi dal gruppo e raggiungermi. «Problemi?»
«Il lettore non accetta le mie carte», sbuffo. «Credo ci sia un bug nel sistema».
Lei prende il portafogli dalla pochette e porge una delle sue. «Usi questa».
L'odioso lettore accetta la Élite di Becca e sputa fuori lo scontrino. Il cameriere è contento del suo risultato e se ne va.
Vorrei sparire, non mi era mai successo prima che una mia carta fosse rifiutata e, ora, posso dire che è un'esperienza di cui avrei fatto a meno: lo sguardo pietoso del cameriere, il sorriso abbozzato della serie: "Non so che dirle", la prospettiva di lasciare un conto in sospeso, infine l'aiuto tanto provvidenziale quanto non richiesto di Becca. Mi sono sentita così impotente e… imbarazzata. Il denaro mi ha sempre dato sicurezza, mai messo a disagio.

«Ho capito, devono essersi smagnetizzate», sospiro scocciata. «Facciamo così, Becca: ti stacco un assegno, ok?», dico sfilando il libretto dalla borsetta. Vorrei seppellirmi.

«Tranquilla, è tutto a posto, non ci pensare neanche», mi rassicura lei, ma io mi sento un verme.

«Ti prego, sono così in imbarazzo». Scarabocchio la mia firma in calce e strappo il biglietto dalla matrice, allungandoglielo. «Non posso accettare che tu offra la cena».

«Non esiste. Sei come una sorella per me!». Becca straccia l'assegno, mi schiocca un bacio sulla guancia, e mi trascina di nuovo nei festeggiamenti fino a notte fonda, quando stanca e con una strana sensazione di disagio nel petto mi butto sul letto della mia suite.

Sono da Bendel, ho appena fatto impacchettare tutta la nuova collezione autunno-inverno di Givenchy e la commessa sta battendo il conto.

Striscia la mia carta di credito sul pinpad e una sirena inizia a suonare, tutto il grande magazzino si fa buio e un faro rosso punta su di me.

Un altoparlante gracchia: "Carta rifiutata – Carta rifiutata – Carta rifiutata". La commessa e tutte le clienti mi guardano, sghignazzando come iene in preda all'isteria.

Io corro fuori dall'edificio e, una volta sul marciapiede della Quinta Avenue, i passanti mi circondano indicandomi, e...

E poi sono a sedere nel mio letto, la mascherina da notte tirata sulla fronte, le lenzuola arricciate e la sottoveste scomposta come se avessi corso. Ho perfino il fiatone.

Mi alzo decidendo che oggi ho un po' di cose da sistemare: Paulister dice che non passo mai in banca da lui? Oggi recupero con gli interessi. Ma prima andrò da Ohna! Questo mio ventisettesimo anno di vita è iniziato male – prospettiva di trapianto della cornea e carte di credito respinte – qualcosa non va e lei deve dirmi cosa.

Uh! E poi ho il brunch di compleanno con Becca e Jem! Ok, da Paulister ci vado nel pomeriggio.

Mi vesto in grande spolvero ed esco dall'hotel, dove la Maybach dell'albergo, che ho chiesto di prepararmi, mi aspetta all'ingresso. Quando Nevis è con papà, mi appoggio al servizio *chauffeur* dell'hotel.

«Buongiorno», saluto l'autista. «Andiamo da Ohna Lamaar: West Side, all'incrocio tra la Sessantunesima e la Columbus», dico scivolando sui sedili di pelle.

Ohna Lamar è la mia astrologa, è stata pure da Oprah, e da lei ci vanno un sacco di celebrità. Una volta ho incrociato Lady Gaga sul pianerottolo.

«Lexi, cara! Entra!», mi accoglie lei. «Buon compleanno».

«Spero proprio che lo sia. Ho avuto qualche problema e mi serve che tu guardi nelle mie stelle e veda cosa c'è che non va».

«Allora facciamo una bella lettura speciale. C'è qualcosa in particolare che t'interessa vedere?»

«Tutto».

«Bene, mettiti comoda. Posso offrirti una tazza d'infuso zenzero e limone?»

«Biologico?»

«Certo». Ohna si siede nella poltrona di fronte alla mia, versandomi l'infuso fumante dalla teiera Bone China. «Solo il meglio».

Casa di Ohna non è un bazar di articoli esoterici e paccottiglia indigena sparsa a piacere, e lei non gira drappeggiata in sottane da sciamana.

Abita in un classico tre vani nel West Side arredato dal designer di Cher e, più che un'eccentrica mistica cinquantenne, sembra una manager, vestita Tom Ford da capo a piedi.

«Dimmi, Ohna, cosa vedi?»

«Sei nata a mezzanotte, perciò scorpione ascendente gemelli», inizia a dire consultando i suoi grafici. «Sarà un mese d'intensi movimenti planetari per il tuo cielo, solo Marte rimarrà stabile...».

«Be', positivo, no?», osservo. «Temperamento tenace, lucidità, perfezionismo...».

«Che vanno collegati ad azioni di difesa».

«Difesa?». Ecco un campanello d'allarme!

Ohna annuisce arricciando le labbra. «Cambiamenti in vista. Radicali, anche».

«Lunedì inizierò a lavorare nella società di famiglia».

«Non sembra, dalla tua decima casa». Lei aggrotta la fronte. «Io vedo qualcosa di più incerto in termini lavorativi e molto più avanti come tempi... Vedo un ridimensionamento dei tuoi spazi».

«Strano», osservo soffiando sulla mia tazza.

«Mi preoccupa di più la tua dodicesima casa, quella delle prove che dovrai affrontare. I pianeti che transitano lì mi dicono che sarà quella su cui dovrai concentrarti».

«Prove?»

«Saturno mette alla prova le nostre capacità di resistenza, richiede un atteggiamento di cautela, sobrietà e introspezione», spiega lei gesticolando nell'aria mentre io, a fronte aggrottata, cerco di decifrare il suo discorso.

«Stai dicendo che avrò dei problemi?», indago già sul chi va là.

«Non devi vederlo come una fonte di negatività, perché lo scopo di Saturno è sempre quello di creare ordine, anche e nonostante il suo impatto duro…».

Poggio la tazza sul tavolino e con la mano le faccio segno di fermarsi. «Capisco di non essere il tipo di ragazza predisposta al lavoro dietro una scrivania, ma da qui a parlare d'impatto duro… E per quanto riguarda il matrimonio, Rick mi chiederà di sposarlo?».

Ohna alza la mano verso di me con fare solenne, mentre prende una telefonata. «Scusa, cara. Ho Cameron Diaz in linea. Cameron, dimmi!».

Ohna chiacchiera per due minuti prima di riattaccare, guardandomi con aria contrita. «Guarda, Lexi, dobbiamo interrompere, perché ho un consulto urgentissimo», dice invitandomi ad alzarmi.

«Già?», domando guardando l'orologio alla parete.

«Sì, mi dispiace, comunque tieni bene a mente quello che ti ho detto. Occhio a Saturno perché di tutti i pianeti è quello che non fa sconti a nessuno!», mi avverte accompagnandomi alla porta. «E a proposito di non fare sconti… Pagamento in contanti come sempre?».

Sfilo dal portafogli tre banconote da cento e lei le prende ripiegandosele nel taschino. «Non ho il resto, ma facciamo così, la prossima volta ti leggo anche un oroscopo karmico».

Ancora sulla soglia, con una mano sulla maniglia, sfilo con due dita cento dollari dalla sua giacca. «No, facciamo *così*: la prossima volta ti pago sia questa seduta che l'oroscopo karmico».

Essere multimiliardari non vuol dire essere imbecilli: Ohna è buona e cara, ma so già che la prossima volta si scorderà "per caso" dell'oroscopo karmico. Come quando le ho pagato in anticipo la sinastria di coppia che non mi ha mai fatto, o il cielo del mese che mi ha fatto pagare due volte. Diciamo che nei suoi confronti ho un po' di credito.

Mentre io richiudo il portafogli, Ohna abbozza un sorriso tirato. «Ma certo, Lexi. Ah, e divertiti stasera, buon compleanno!».

«Saturno contro. Questo giro Ohna ha messo più Martini del solito nel suo infuso», borbotto tra me e me, incontrando le ragazze per il brunch.

«Lexi, siamo qui!», mi saluta Jem sventolando il braccio nella mia direzione, e io le raggiungo al tavolo della pasticceria.

«Hai due occhiaie da schifo, tesoro», è l'affettuoso saluto di Becca, che mi abbraccia investendomi di una nuvola di lacca per capelli.

«Guarda: ho cambiato colore. Sono andata da John e mi ha fatto il *gold honey*. Il tuo!».

«Ti sta... bene». In realtà con la sua pelle olivastra, il miele dorato non è proprio il suo colore, ma non me la sento di deluderla.

Anche Jem mi abbraccia. «Buon compleanno, Lexi. Sei affamata?», chiede facendomi posto sul divanetto accanto a lei.

«Da morire». Il brunch del compleanno è una nostra tradizione e la festeggiata di turno si fa viziare con ogni ben di Dio.

Per il mio brunch voglio sempre dolci, motivo per cui siamo in una pasticceria francese, mentre Becca preferisce il bacon e Jem solo crudité.

«È tutto a posto con Rick?», domanda Jem addentando uno dei bignè che torreggiano sull'alzata.

«Sì, ragazze, perché?»

«Be', io e Jem ne parlavamo anche prima». Becca sembra quasi imbarazzata, «Ieri sera sembravi un po' rigida nei suoi confronti».

Lo sapevo, non sono riuscita a sembrare spontanea. «Se ve lo dico, mi prenderete per stupida».

«Avanti, Lexi!», m'incalza Jem. «Lo sai che puoi dirci tutto!».

«Ok. Ero convinta che Rick mi avrebbe chiesto di sposarlo. Quando ho visto il portachiavi... Mi sono illusa e delusa da sola, tutto qui».

Jem e Becca annuiscono con aria comprensiva. «Lo pensavamo *tutti*, a dire la verità. Sei stata brava a non dare di matto».

«Perché avrei dovuto dare di matto?», domando come se in realtà non fossi stata a un pelo dal versare il mio margarita in testa a Rick.

«State insieme da *dieci* anni, lui ha appena comprato una casa stupenda e poi, lo sanno tutti che i Bates si sposano a trentadue anni... Tic-tac, tic-tac, il tempo corre», puntualizza Becca.

Alla fine cedo e confesso. «Non so se voglia dire qualcosa, ma mi ha chiesto di andare al mare, io e lui, il prossimo fine settimana».

«Oh, allora è fatta!». Jem s'illumina alla mia frase. «Andrete a Long Island per una fuga d'amore e tornerai fidanzata, farà molto più effetto così!».

«Può darsi. È nello stile di Rick». Almeno, credo.

Jem è determinata a infondermi sicurezza. «Sai che sua madre non porta più l'anello?»

«E chi te l'ha detto?», salta su Becca, con gli occhi sgranati.

«Mia zia era dall'estetista con lei», spiega Jem, «e ha visto che al suo anulare non c'era più il Natasha! Se non lo indossa più, può significare solo una cosa: Rick vuole darlo a te».

Natasha Rorbach Bates, la madre di Rick, è la regina dell'Upper East

Side e nessuno può frequentare il panorama sociale newyorkese senza la sua approvazione.

Il diamante che porta al dito, dal suo fidanzamento con il padre di Rick, è così stupefacente da aver preso il suo stesso nome: il Natasha, una pietra purissima, classe D, taglio marquise, da dodici carati e tre milioni di dollari.

«Magari lo ha mandato a lucidare», suggerisce Becca.

«Già», sospiro fingendo che non m'importi. «Lo scopriremo sabato prossimo».

«Cosa ti metti per il gala di stasera?», mi domanda Jem.

«Un pezzo unico di Versace che...».

«Oh, uffa!», sbotta Becca scorrendo con il dito sul cellulare.

«Che c'è?», le domando.

«Sto facendo i casting per trovare un dog-sitter alla mia Coco e non c'è un candidato decente. Mi serve una persona elegante e di bella presenza, che non faccia sfigurare il mio cane mentre la porta a spasso e ai dog-party. E poi deve farle anche da social media manager. Il profilo di Coco su Instagram ha cinquecentomila followers. Chiedo troppo?», brontola scandalizzata.

«Uh, a proposito», esclamo. Prendo una busta dalla borsa e gliela passo. «Ecco, Becca», dico. «Davvero, non posso fare finta di niente per ieri sera. So che non li vuoi, ma prendili, per la pace della mia coscienza».

«Per millecinquecento dollari!». Lei scuote la testa sbuffando e li infila nella borsa. «Me n'ero già scordata». Lei sì, io no. Tra amiche non devono girare soldi e non mi piace sentirmi in debito.

«Perché? Cos'è successo ieri sera?», domanda Jem.

«Le mie carte devono essersi smagnetizzate e Becca ha usato la sua per pagare».

«Non pensiamoci più». Becca interrompe la mia spiegazione, poi indica la TV appesa alla parete. «Lexi, ma...».

Jem si volta verso lo schermo. «Ehi, ma quello non è tuo padre?»

«Dove?», chiedo.

«Lì, sulla CNN».

Guardo il servizio senza capire molto di quello che dice l'inviata, poi mi cade l'occhio sul titolo rosso in sovraimpressione: "*Sloangate*: scoperta truffa multimiliardaria".

...dietro l'impero finanziario guidato dai fratelli Sloan si cela quella che potrebbe essere la truffa del decennio. Stamattina l'FBI ha preso possesso del quartier generale della società d'investimenti che opera in campo internazionale. C'è molta tensione ai piani alti della Sloan Securities, in Madison Avenue. Gli agenti hanno avviato un'indagine volta a chiarire di quanti miliardi di dollari è profondo il buco creato dagli Sloan. Tra i truffati ci sono anche i colossi Altmann, fondatore della Altmann Companies, Charles Carraway e il tecno magnate Linchford, oltre a tanti altri clienti che avevano chiesto di disinvestire i propri capitali e vedersi restituito il denaro affidato agli Sloan, denaro che pare essere scomparso. Dalle prime stime si parla di oltre cinque miliardi di dollari…

La giornalista continua a parlare ma io percepisco solo un fastidioso fischio del tipo: "Segnale d'emergenza nazionale – Questa non è un'esercitazione".

Cosa. Diavolo. Sta. Succedendo.

3

«Non ho Saturno contro! Ho tutto il sistema solare!».
Anonimo su Twitter

La mia famiglia è coinvolta in una truffa? Impossibile! Dev'esserci un errore.

Io sono senza parole, ma Jem e Becca mi fissano con l'aria di chi si aspetta un commento.

E non solo loro, tutti gli occhi degli avventori della pasticceria sono puntati su di me. Assomiglia all'incubo che ho avuto, solo che è molto, *molto* peggio.

«Io...», inizio senza sapere come continuare.

«Devono essersi sbagliati», suggerisce in tono sommesso Jem.

«Certo, Lexi. Non può che essere così».

Con le mani che mi tremano afferro il cellulare. «Devo chiamare mio padre».

Lui di certo avrà una spiegazione, non può essere vero. Insomma, gli Sloan hanno una reputazione impeccabile, siamo l'ultima famiglia al mondo che potrebbe farsi coinvolgere in uno scandalo!

«Che sbadata!», esclama Becca, agguantando la sua borsa. «Devo correre a casa. Tra poco arriva la psicologa di Coco per la dog-terapy!».

«E io devo fare l'irrigazione del colon!», la segue Jem, facendomi "ciao" con la mano mentre io attendo in linea.

«A stasera, ragazze».

Ma loro sono ormai già fuori dalla porta e dubito mi abbiano sentito.

Corro nel bagno della pasticceria, anche a costo che tutti pensino che io abbia un attacco di diarrea fulminante, e attendo che papà risponda. Ci sta mettendo una vita.

«Pronto, tesoro», risponde finalmente, dall'altro capo, la voce di mio padre. Non è ferma e sicura come al solito, c'è un'incrinatura. Cielo, non è un buon segno!

«Papà, la CNN dice che c'è l'FBI alla Sloan Securities, parlano di truffa, di miliardi spariti...».

«Lexi, ascolta, la situazione qui è molto difficile. Sono con gli agenti, sto cercando di mettere in fila le cose e, al momento, sono il solo Sloan che ha la responsabilità di questi problemi».

Alle sue parole sento la gola strozzarsi. «Mi stai dicendo che è tutto vero?»

«Detesto che tu lo abbia saputo in questo modo».

«Tu e zio Raff?». La prospettiva che mio padre e mio zio siano dei truffatori mi fa inorridire. Mio padre è la persona più integerrima che conosco e mio zio... Be', lui non è integerrimo come mio padre, ma è una brava persona, mi vuole bene e non farebbe mai nulla del genere. Credo.

«Io non sapevo nulla. Mi ha svegliato la polizia stamattina che ero ancora in pigiama. Lexi, ascolta, qualsiasi cosa accada, non venire qui agli uffici della società. Se ho ancora un solo modo di proteggerti, lo userò. Se dovessi avere dei problemi, chiama Connor Coleman».

«L'avvocato? Stai scherzando?»

«No, amore mio. Ti richiamo dopo».

La telefonata s'interrompe e io mi accascio sul coperchio del water, basita.

Fisso il vuoto per lunghissimi minuti prima di farmi delle domande e il primo gesto istintivo è chiamare zio Raff. Lui mi vuole bene come un secondo padre, *deve* avere una qualche spiegazione.

Avvio la telefonata, ma la voce registrata dell'operatore mi comunica che il numero da me chiamato è inesistente. Stessa cosa il suo cellulare professionale e il suo secondo numero privato, quello che abbiamo solo io, papà e Coleman.

Inesistente su tutti i fronti.

Devo andare da lui.

Chiamo Nevis, ancora chiusa al sicuro nel cesso e, appena lui mi avverte di essere fuori dalla pasticceria, mi fiondo verso l'uscita, lasciando cento dollari alla cameriera senza nemmeno chiedere il conto.

«Buongiorno Miss», mi saluta Nevis senza dare segno di aver visto le notizie al telegiornale.

«Andiamo da zio Raff», taglio corto. «Subito, ti prego».

«Certo, Miss».

La sua impassibilità in questo momento mi dà sostegno, ho bisogno di essere lucida e pensare in fretta: Lexi Sloan non può abbandonarsi a drammi.

Quando l'auto si ferma davanti al One Beacon Court, uno dei condominii più lussuosi di Midtown, dove un appartamento costa anche ottanta milioni di dollari, entro senza troppi complimenti e salto nell'ascensore ignorando quello che il portiere tenta di dirmi.

Salgo fino all'attico, al cinquantesimo piano, e quando entro nel salone principale vengo sorpresa da un grande e inaspettato caos.

Di zio Rafferty non c'è ombra, in compenso, un mucchio di gente in giacca e cravatta si dà da fare entrando e uscendo da ogni stanza, aprendo armadi e cassetti.

«Cosa diavolo sta succedendo qui?», esclamo allibita.

«Chiunque tu sia, non hai nessun diritto di entrare», mi sorprende una voce alle spalle. È profonda e autoritaria, ma limpida come quella di una persona giovane.

«È casa di mio zio, ho più diritto di chiunque a stare qui», ribatto voltandomi.

E mi ritrovo a scontrarmi con un uomo così alto che, per guardarlo in faccia, sono costretta a piegare il collo all'indietro. Indossa un completo, come tutti gli altri, ma la cravatta è mezza sciolta, la sua giacca non si sa che fine abbia fatto e le maniche della sua camicia sono arrotolate a metà braccio. L'ombra di barba sul suo viso e i capelli neri arruffati mi dicono che ha passato la notte in piedi, ma i suoi occhi blu, però, sono svegli e mi scrutano dall'alto in basso, con aria di sfida, fulminandomi. Non gli do più di trentadue anni, trentatré al massimo. Dietro di lui, un pivello gli sta alle costole e mi fissa con l'aria sconvolta.

«Tiro a indovinare», inizia il tipo alto, incrociando le braccia sul petto, «Alexandra Sloan, figlia di David Sloan, Miss Long Island per tre anni di fila, laurea in pubbliche relazioni a Georgetown e cinque milioni di followers su Instagram».

«Cinque milioni e *quattrocentomila*», puntualizzo.

«Cinque milioni e quattrocentomila», ripete lui con una condiscendenza irritante. Mi scocca un mezzo sorriso soddisfatto, come se l'aver sbagliato il numero dei miei followers fosse stata una mossa voluta per pungermi sul vivo. Cacchio. Ci sono caduta con tutte le scarpe.

«Stalker?», chiedo in tono gelido.

«No, FBI». Lui scioglie le braccia e mi tende la mano. «È un piacere incontrarla».

Io lo fisso sostenendo il suo sguardo, senza accennare a stringerla. «Lo deciderò io, se è un piacere. *Prima* vorrei sapere con chi sto parlando».

«Il mio consiglio spassionato è di non parlare con me senza la presenza del suo avvocato, Miss Sloan». Ritira la mano e sfila un badge identificativo dal taschino, che mi sventola davanti al naso.

«Bene, agente Eric Chambers della divisione White Collar», leggo, «dov'è mio zio?».

Lui sembra sempre più divertito ogni volta che io apro bocca e la cosa si fa irritante. «Pensi che volevo chiederle la stessa cosa».

Mi volta le spalle come se non fossi degna del suo tempo e si allontana su per la scala recandosi al piano del reparto notte. Poi si rivolge al suo tirapiedi: «Hendricks, con me», che lo segue ubbidiente..

Che fa? Mi pianta in asso così?! Nessuno mi pianta in asso!

Lo seguo, spinta da un'irrefrenabile quanto inspiegabile voglia di vincere questo braccio di ferro al quale non ho ancora capito chi ha dato il via. «Se sono qui», dico tallonandolo, «mi pare *ovvio*, che non lo sappia».

«Benvenuta nel club, allora, Miss Sloan perché, con ogni evidenza, suo zio è scomparso senza lasciare nessuna traccia». Eric Chambers punta verso il guardaroba come se conoscesse la casa a memoria. «E quando dico "nessuna"», apre con un gesto scenografico la porta sulla stanza vuota, «intendo proprio "nessuna"».

Mi guardo intorno notando un particolare che non mi era saltato agli occhi prima: la casa sembra disabitata. Non c'è nulla, nessun oggetto personale, e sono sparite perfino le foto dalle cornici.

Entro nel bagno padronale e anche lì manca tutto, dallo spazzolino da denti al rasoio.

In un ultimo, disperato tentativo, apro la cassaforte a parete nascosta nel guardaroba. Vuota. Non c'è nemmeno la collezione di orologi di mio zio, tra cui un Vacheron Constantin Tour de l'Ile prodotto in soli sette esemplari. Se manca quello, mio zio se n'è proprio andato.

«Frigo e freezer sono vuoti e spenti», specifica Chambers affondando le mani nelle tasche.

«Tutto questo è assurdo!». Perché zio Raff se n'è andato? E, soprattutto, *dov'*è andato?

«Stiamo facendo controllare i piani di volo dei vostri jet», aggiunge lui come se mi avesse letto nel pensiero.

«I nostri jet?! Intende dire che mio zio potrebbe aver lasciato il Paese?». Se mio zio è fuggito all'estero vuol dire che mio padre è solo.

Chambers annuisce. «Ha mai sentito parlare di "prendi i soldi e scappa", Miss Sloan? Perché è l'ipotesi più probabile».

«Cos'altro sa?», mi fa senso usare questa deferenza con una persona così giovane, ma le circostanze lo richiedono.

Chambers fa un passo verso di me, vicino al punto che mi arriva al naso l'aroma del suo dopobarba. Allure di Chanel, strana scelta per un agente dell'FBI. «Il punto non è cosa so io, Miss Sloan», dice. «Ma cosa sa lei».

Siamo lì, io e Chambers, nell'armadio di mio zio, a guardarci in silenzio e all'improvviso la stanza mi sembra stretta e senz'aria.

«Io non so niente», sibilo raccogliendo tutte le mie forze per liberarmi dallo strano campo magnetico che si è creato nell'aria e che mi ha quasi paralizzata.

«Risposta prevedibile», insinua lui.

«*Domanda* prevedibile». Scanso Chambers, che si frappone tra me e l'uscita del guardaroba. «Devo andare».

Un secondo prima che io sia fuori, lo sento rivolgersi di nuovo a me, sempre con quel suo tono arrogante. «Grazie per averci degnato della sua graziosa presenza. Credo che ci rivedremo, Miss Sloan».

«Non vedo l'ora», ribatto acida, senza degnarmi di voltarmi a guardarlo.

«Non ci perda il sonno».

4

«Era un Robin Hood moderno:
rubava ai ricchi per diventare ancora più ricco».
Anonimo

Non ci tengo proprio a incontrarlo di nuovo. Quell'Eric Chambers mi ha fatta sentire a disagio, per come mi parlava, mi guardava, quella sua aria di superiorità mi ha infastidita e, quel che è peggio, mi ha tolto la capacità di una qualsiasi replica tagliente, che di solito non mi manca.

Ha avuto l'ultima parola e la cosa mi brucia. Vorrei tornare indietro, solo per dire la mia.

Se l'FBI è in casa di zio Raff e nella sede della società, la cosa è grossa ed è pure seria.

Mio padre viene prima di tutto e non starò certo a non fare nulla mentre lui affronta federali, avvocati e giornalisti da solo.

Lo so che papà mi ha detto di non venire alla Sloan Securities, ma *devo* capire cosa sta succedendo per poterlo aiutare.

Nevis mi fa entrare dal parcheggio nell'interrato, per evitare la calca dei reporter che affollano Madison Avenue sotto il grattacielo dove ha sede la società.

Raggiungo l'ufficio di papà al diciottesimo piano e, dalla parete vetrata, vedo che è in riunione con Connor Coleman e altri due tizi in completo scuro.

Quando papà mi scorge, la sua espressione si fa mesta e lo vedo scuotere il capo.

Gli ho disubbidito, ma ho ventisette anni e, dove andare e quando andare, lo decido io.

Aspetto per più di un'ora prima che i due men in black lo lascino libero di vedermi. "Libero" è una parola grossa, perché si piazzano fuori dalla porta come due guardie carcerarie.

Mi fanno entrare e io corro da lui, buttandogli subito le braccia al collo.

«Ti avevo detto di non venire, Lexi!», mi apostrofa subito mio padre. Sembra invecchiato di dieci anni in un giorno. «Non mi ascolti mai».

«Sono andata da zio Raff, è sparito, la sua casa è abbandonata e c'è l'FBI dappertutto!».

«Lo so. È da stanotte che non si hanno più sue tracce».

«Hai parlato con qualcuno?», c'interrompe Coleman, con piglio aggressivo. «È molto importante che tu ce lo dica».

«E di cosa, se non so niente?», rispondo io, lasciando mio padre per guardare l'avvocato dritto negli occhi. Non sopporto quando mi trattano come una scema, specie Coleman che, fino a prova contraria, è sul nostro libro paga.

«Tranquilla, tesoro. Connor vuole solo assicurarsi che la polizia non riceva informazioni errate che peggiorino la situazione».

«Voglio sapere la verità», sbotto picchiando la mano sulla scrivania.

Papà sospira e dopo aver gettato un'occhiata al corridoio dove i due di prima sono schierati, si sporge verso di me abbassando la voce. «Come sai, la Sloan Securities è divisa in due: mentre io mi occupo delle gestioni societarie per i nostri clienti, Rafferty ha voluto espandersi nel settore delle opere d'arte, gioielli, vini, fondi immobiliari, comprando pacchetti per i suoi investitori…».

«Luxury e lifestyle, lo chiamava lui». Ricordo che una volta me ne parlò. Avevo quattordici anni, mi regalò una tiara di diamanti e mi disse: "Le cose belle servono a vivere meglio". Mi stava così bene che non ho potuto non dargli ragione. «Perché Altmann, Carraway e Linchford hanno sporto denuncia?»

«Non sono i soli, ma di sicuro tra i più importanti. Ho saputo oggi che avevano chiesto a Rafferty di disinvestire le loro quote e restituirgliele. Lui li ha ignorati per mesi, accampando scuse, per poi sparire lasciando un buco di diversi miliardi di dollari».

«E come sono spariti tutti quei soldi?», insisto.

Papà scuote il capo, arreso. «Non è ancora chiaro, ma è qualcosa che va avanti da anni».

«Come dimostrava, allora, che gli investimenti erano proficui, se faceva sparire i soldi?»

«Benefit», risponde papà. «Raff distraeva i clienti coprendoli di regali: motoscafi, Ferrari, viaggi esotici… Serviva a tenerli buoni mentre gli gettava fumo negli occhi. Pare gli presentasse falsi rendiconti, incoraggiandoli così a investire di più».

Ora capisco: le spese di rappresentanza di cui papà si lamentava ieri, quelle che zio Raff sosteneva essere un investimento sull'immagine.

Era la sua tecnica: spostare l'attenzione dal guadagno alla gratifica.

«Possiamo restituire il denaro ai clienti?». Mi rendo conto che la domanda è ingenua ma, nella sua semplicità, è d'obbligo.

«Prima bisognerebbe trovarli. Quelli che la Sloan Securities ha in cassa, sono di altri investitori».

«E se non si trovano?».

Papà e Coleman si scambiano uno sguardo per poi rivolgersi di nuovo a me. «Ci sarà un processo: i clienti danneggiati saranno liquidati con i beni della società e i nostri personali».

I nostri beni personali? Cioè, le nostre cose? «Quelli di zio Raff, vorrai dire».

«Rafferty ha agito per conto della società e *io* sono l'altro socio. Credimi, Lexi, nessuno più di me, in questo momento, vorrebbe ritrovare lui e i soldi».

Questo è un incubo. «E a noi cosa resterebbe?»

«Temo poco, Lexi».

Dall'espressione di papà capisco che la sua preoccupazione va oltre la questione della società. È preoccupato per me. Odio vederlo preoccupato per me: è da quando non c'è più la mamma che faccio di tutto perché non si preoccupi per me.

Coleman, invece, non fa una piega. «Se la polizia volesse interrogarti, rispondi che non sai nulla. E chiamami!».

«Certo che risponderò che non so nulla, perché è la verità!», sbotto.

«E non andare…». Connor abbassa di colpo la voce, in un sussurro. «Non andare al caveau».

«Perché?».

Lui alza gli occhi al cielo, come a dire: "Possibile che non ci arrivi?". «Perché l'FBI ti terrà d'occhio. Tu non fai parte della Sloan Securities, ma faranno di tutto per trovare qualcosa pur d'incastrarti. Se scoprissero che hai un caveau, ti tireranno dentro subito. E tu non vuoi perdere tutto quello che hai, vero?»

«No», confermo.

«Bene», taglia corto lui. «Allora, siamo intesi».

«Dai retta a Connor, tesoro. Terrò i danni lontano da te, quanto più possibile. Ora che sai come stanno le cose, ascoltami: va' via e non rimettere più piede qui». Papà allunga una mano a sfiorarmi la guancia con una carezza. «Vorrei che ci fosse ancora tua madre».

Anch'io lo vorrei, ma evito di dirlo. «Meglio che vada. Devo prepararmi alla mia festa di stasera», dico cercando di dare il tono più spensierato possibile alla mia voce.

Sento Coleman sbuffare alla parola "festa". Per lui, principe del foro newyorkese, non sono che una svampita superficiale.

Non ho voglia di fare festa, *sia chiaro*. Vorrei starmene per i fatti miei, ma annullare un evento organizzato da mesi, pubblicizzato e osannato dalle rubriche di costume, in una giornata come questa, sarebbe come autodichiararsi colpevole di tutte le accuse.

Gli Sloan sono sotto i riflettori, ma ci sono due cose che so: la prima, è che l'immagine è tutto; la seconda, che lo spettacolo deve andare avanti, perciò festeggerò il mio compleanno come previsto.

All'università ci hanno insegnato che nella peggiore delle ipotesi, tra due alternative si deve scegliere quella che manda il messaggio migliore.

Annullare la festa vorrebbe dire che non mi voglio mostrare in pubblico perché ho qualcosa da nascondere, dando ragione ai media che dipingono gli Sloan come i cattivi.

Se entro a testa alta al mio party passerò per la classica ereditiera superficiale, ma a parte questo, se Lexi Sloan non ha altro cruccio che festeggiare, la situazione non dev'essere grave come i media la dipingono. Mi atterrò al piano A.

Marciando nella hall della società incrocio l'ennesimo assembramento di agenti che fanno il loro ingresso con il coltello fra i denti, pronti a rivoltare gli uffici in cerca del marcio.

Alla testa del gruppo c'è Eric Chambers, che svetta di almeno due spanne sui colleghi.

Ancora lui, di nuovo.

È troppo tardi per evitarlo e nel giro di due secondi siamo di nuovo faccia a faccia, con lui che mi fissa con aria compiaciuta. «Glielo avevo detto che ci saremmo rivisti presto».

«Una coincidenza», lo gelo per levargli quell'aria tronfia dalla faccia.

«Vedo che ci piace frequentare gli stessi posti».

«Questi sono i *miei* posti», controbatto sprezzante nel tentativo di guadagnare l'uscita. «Permesso, me ne stavo andando».

Eric però sta ben piantato con le mani sui fianchi. «Non così in fretta. Noi due dovremo fare una chiacchierata».

«Non oggi», taglio corto, restituendogli l'atteggiamento "Non meriti il mio tempo" di poco prima.

«Quando vuole. Questi», lui mi porge un biglietto da visita, intestato FBI, «sono i miei posti».

Afferro il cartoncino con aria di sufficienza. «Stupendo! Lo metterò nella mia agenda del "Non me ne può fregare di meno"», e lo butto nella borsa, poi, con un colpo di spalle mi faccio largo tra gli agenti.

Mentre varco le porte scorrevoli, sento la sua voce irritante prendersi l'ultima parola. «Ah, che sbadato. Non le ho fatto gli auguri, prima. Buon compleanno, Lexi Sloan».

Resisto alla tentazione di voltarmi e alzargli il dito medio. Potrebbe pensare che m'importi qualcosa di ciò che pensa o dice. E non m'importa.

5

«The show must go on».
Queen

Sto rivalutando le previsioni di Ohna sulle prove da superare.

Prima le carte di credito, poi l'indagine sulla società, che altro può succedermi ora?

Sto andando alla festa e la mia più grossa preoccupazione è che le preoccupazioni mi si leggano in faccia.

Penso che ho un fidanzato che mi ama e delle amiche che mi vogliono bene e che per me ci saranno sempre, ma quando arrivo al 230 FIFTH, uno dei *rooftop* bar più esclusivi di Manhattan, con vista mozzafiato sulla città, sento che non ne uscirò viva. La limo ferma davanti all'ingresso e, quando Nevis mi apre la portiera, una selva di fotografi mi assale puntando videocamere e microfoni verso di me. È iniziata la caccia alle streghe.

«Perché non ha annullato la festa?», domanda uno.

«Non pensa che questo party in grande stile sia uno schiaffo alle vittime dello Sloangate?»

«Non si sente in colpa?»

«Dov'è finito suo zio Rafferty?».

Le domande mi piovono addosso, ma non rispondo: sono tutte provocatorie e puntano a creare polemica; qualsiasi mia parola sarebbe rigirata ad arte per alimentare il caso mediatico.

Saluto e sparisco nel locale, dove gli schiamazzi dei paparazzi non mi possono seguire. Salgo con l'ascensore fino all'ultimo piano dell'edificio, pronta a fare il mio ingresso alla festa. I miei party sono sempre un successo, un perfetto equilibrio di eleganza e stravaganza e la gente fa la guerra pur di avere l'invito. Per tre ore posso fingere di non avere un problema per la testa e ci saranno Becca, Jem e Rick a darmi l'appoggio di cui ho bisogno.

Quando le porte dell'ascensore si aprono, esibisco un sorriso smagliante per rispondere alla pioggia di auguri del brindisi, ma… Non c'è nessuno che brinda.

A parte lo staff, il locale è vuoto.

Tenendo l'orlo del vestito, avanzo nella sala decorata da vasi di margherite bianche e gialle, con i bicchieri pieni tutti allineati sul bancone, e la musica in discreto sottofondo: deserta.

«Dove sono tutti?», chiedo al ragazzo del bar.

L'evento è stato organizzato in modo che io arrivassi per ultima e il mio ingresso fosse accompagnato dal primo brindisi, invece sono la prima e unica. Dei cento invitati neanche l'ombra.

«Non è ancora arrivato nessuno», mi risponde lui, impassibile.

«Strano… Gli ospiti dovrebbero essere qui da almeno un'ora», faccio notare con finta indifferenza. Non sono per niente indifferente, sono irritata, nervosa e anche stanca.

«Mi spiace, Miss Sloan».

Trattengo uno sbuffo e mi siedo su uno dei divanetti rossi, aspettando a braccia conserte che si palesi qualcuno.

Dopo un quarto d'ora la situazione non è diversa, così prendo il telefono. Nessuno si è disturbato a scrivermi un messaggio di disdetta. Capisco che, se io ho voluto dimostrare di non aver paura dei riflettori, tutti gli altri invece hanno preferito defilarsi.

E quel che è peggio è che non si vedono nemmeno Becca, Jem e Rick.

Faccio partire la chiamata rapida e dopo neanche un secondo la voce registrata di Rick alla sua segreteria mi dice di lasciargli un messaggio.

«Chablis, per favore», dico voltandomi verso un cameriere che ha la sfortuna d'incontrare il mio sguardo furente. «E lasciami anche la bottiglia».

All'arrivo del secchiello, il mio cellulare squilla. È Rick.

«Mi hai cercato?», mi domanda lui con candore.

«Ehm, tesoro… Non credi di esserti scordato qualcosa?».

Lui non sembra per nulla preoccupato. «Non direi… No».

«Sicuro? La mia festa di compleanno al FIFTH non ti dice nulla?»

«Oh! Caspita! Hai ragione!», esclama con tono sorpreso. «Ma era stasera?»

«Sono settimane che lavoro per organizzarla! Certo che era stasera!». Non mi sembra vero che se ne sia scordato, non posso crederci! Ma *devo* crederci.

«Dannazione!», piagnucola. «Sono un idiota, Lexi! Davvero un idiota».

Dopo la mossa del portachiavi di ieri sera, la sua assenza è come una coltellata. E il fatto che in tutta la giornata di oggi non si sia disturbato a farmi una sola telefonata non migliora le cose. Non riesco a capire se la sua sia indifferenza o superficialità, in entrambi i casi non è un buon segno. «Credi di farcela ad arrivare?», insisto, sperando che la sua risposta non confermi i miei timori.

«Tesoro, sono a Long Island. Mio nonno ha invitato dei dirigenti del partito per presentarmeli...».

«Certo». Il senatore Elton Bates tiene le redini di famiglia e Rick deve stare in campana. Come sempre. A volte mi sembra che nella nostra relazione siamo in troppi: io, lui e la sua famiglia. Qualunque cosa deve sempre passare al vaglio della loro approvazione, neanche fossimo due adolescenti. «Rick, devo parlarti. Mio padre sta passando dei guai e... Ho bisogno di te, che mi ascolti, che mi sostenga. Questo casino rischia di schiacciarmi se devo sopportarlo da sola».

«Ah, sì, ehm... Devo aver sentito qualcosa in TV», accenna lui in tono distratto.

Sentito qualcosa?! I telegiornali non parlano d'altro! Ci sono i picchetti sotto gli uffici della Sloan Securities! «Rick...», la mia voce trema e non riesco a nasconderlo. «Ho bisogno di sapere che ci sei, che non sono sola». Dall'altro capo non sento nulla. «Rick?»

«Ah, sì, piccola! Ehm, scusa ma devo andare adesso, ok? Ti chiamo domani!».

Andato. Ha messo giù senza che riuscissi a salutarlo. Il mio "Ti amo" mi è rimasto piantato in gola.

Allungo la mano verso il calice umido di condensa e butto giù il vino tutto d'un fiato.

Scrivo alle mie amiche ma, quando mi rispondono, l'ultima, debole speranza mi muore nel cuore.

"Tesoro, scusami, ma ho la febbre. Influenza autunnale. XOXO", è il messaggio di Becca.

Subito dopo il suo, mi arriva quello di Jem, che mi lascia a bocca aperta.

"Tesoro, scusami, ma ho la febbre. Influenza autunnale. XOXO".

Stupendo: stasera è il mio compleanno, indosso un abito da diecimila dollari, ho affittato un club intero, c'è da bere e mangiare per giorni, tutto già pagato, e io sono sola. Completamente, assolutamente, fottutamente sola!

Mi verso altro Chablis riempiendo il bicchiere fino all'orlo. «'Fanculo!», borbotto tra me e me.

Due bottiglie dopo, sono al bancone a esporre il mio monologo al barista. «È il mio compleanno e non ho nessuno con cui festeggiarlo. Me lo merito, secondo te?».

Il barista fa cenno di no senza intromettersi nel discorso.

«Lo so che quando staccherai dal turno, uscirai di qui dicendo che Lexi Sloan ha passato la serata a piangersi addosso, ma la vuoi sapere la verità? Io… non mi piago mai addosso! Come ti chiami?»

«Luke», risponde lui, impegnato ad asciugare lo stesso bicchiere da mezz'ora.

«Luke! Io ho le palle, sai, Luke? Se quelli là fuori pensano che basti questo per schiacciarmi… *hic*… Si sbagliano di grosso. Sono una Sloan, e una Sloan non la pieghi e non la spezzi!».

Poi tutto quello che sento è la botta del mio sedere sul pavimento.

Toc, toc, toc.

Toc, toc, toc.

Apro gli occhi a fatica, tramortita da un tremendo cerchio alla testa e non ho neanche levato le lenti a contatto. Mi sono buttata a letto vestita com'ero e ora sono un fagotto di seta e sequin con la faccia chiazzata di trucco sciolto.

Dio, allora è successo davvero, non era un sogno! Che serata da dimenticare.

E poi, io non sono proprio una campionessa nel reggere l'alcol. Bevo solo in compagnia, e quasi sempre lascio il bicchiere a metà…

Toc, toc, toc.

C'è qualcuno alla porta. Possibile? Non mi è sembrato di aver sentito squillare l'interfono…

Mi alzo, legando i capelli arruffati in una coda, mi do il collirio con l'idrante – Kimmel mi ucciderà – e mi trascino fino all'ingresso della suite. Quando apro mi trovo davanti il direttore dell'hotel accompagnato da un assistente.

«Buongiorno Miss Sloan», mi saluta con fare formale.

«Buongiorno Thomas. Chiedo scusa per le mie condizioni, ma non sono proprio in forma. Potrebbe ripassare più tardi?».

A Thomas, invece, le mie scuse non interessano, fa un passo avanti seguito dal suo secondo e si chiude la porta alle spalle. «Non credo di poterla accontentare, Miss Sloan. Possiamo accomodarci in salotto?».

Annuisco e li seguo controvoglia, sbirciando la mia immagine nello specchio dell'ingresso. Con un gesto furtivo cerco di cancellare i cerchi di mascara sotto gli occhi e ravvivarmi i capelli. Avrei bisogno di un paio d'ore al centro benessere, un massaggio e un milkshake magnesio-potassio. Litri di milkshake magnesio-potassio. Mi sento come se mi fosse passato sopra un rullo asfaltatore.

«Ditemi», li incoraggio sedendomi nella poltrona di fronte a loro.

«Siamo qui per la sua situazione».

Oh, forse si riferiscono al caos di giornalisti che dà la caccia alla mia famiglia. Dovranno attivare misure di sicurezza speciali per tutelare la mia privacy. «Avete tutta la mia attenzione».

«Come ogni mese le addebitiamo il suo soggiorno presso la nostra struttura, ma da ieri non ci è possibile procedere con il metodo di pagamento da lei indicato. Dobbiamo chiederle se ha alternative».

Ah, si riferivano a *quella* situazione. «Ho avuto qualche problema con le carte. È una cosa che devo risolvere al più presto. Anzi», mi correggo alzandomi per prendere il cellulare, «chiamo la banca e dispongo di farvi un bonifico immediato».

Tra i miei piani di ieri c'era anche quello di andare in banca, ma la storia della truffa ha sconvolto tutto.

«Eccellente».

Dopo un paio di squilli, Paulister, il mio consulente alla Fed Capital Bank, mi risponde. «Buongiorno, Lexi».

«Paulister mi trovo in una situazione a dir poco imbarazzante. Le mie carte non funzionano».

«Può spiegarmi meglio?»

«Due sere fa, da Butter, la mia Élite Card è stata rifiutata. Ho presentato una seconda carta, è stata rifiutata anche quella, così ho usato la terza e, rullo di tamburi, anche quella non funzionava». Sospiro indispettita. «Le carte di credito mi servono come l'aria».

«Ci vuole un saldo attivo nel conto per avere una carta di credito, Miss Sloan».

«Che rivelazione!», ribatto stizzita.

«Il suo è stato azzerato martedì pomeriggio».

«Co… cosa? Che intende con "azzerato"?»

«Svuotato. Il suo saldo attuale è di due dollari e cinquanta», specifica lui. «La nostra prassi prevede il blocco delle carte quando il conto è privo di credito».

6

«Il denaro non è l'unica risposta,
ma fa la differenza».
Barack Obama

Mi manca l'aria, sto per svenire. Qualcuno fermi la stanza.

Mi accascio sulla poltroncina. «Io non ho azzerato nessun conto, martedì».

«È stato suo zio», ammette Paulister. «In sua vece».

Mio zio ha fatto *cosa*? «Non è possibile, mio zio *non può* azzerare il mio conto! Voglio parlare con il direttore».

«In effetti, l'avremmo convocata in giornata».

«Ci può contare che verrò in sede!». Butto giù schiaffando il telefono sul bracciolo.

«Ehm, ehm». Thomas tossicchia a disagio. «Non è mia abitudine ascoltare le conversazioni altrui, ma mi è parso di capire che non c'è modo di effettuare il pagamento».

Forse posso pagarli in contanti, nella cassetta di sicurezza ho sempre una scorta... Cavolo! Ho restituito a Becca i millecinquecento dollari della cena. Ora ne avrò, sì e no, cinquecento.

«Da un conto vuoto?! Per il momento no...», osservo.

«In questo caso, pare che la situazione sia più spiacevole del previsto».

«Perché?». Più di così? Fatico a immaginarlo.

«Con un mese di affitto arretrato non saldato, devo chiederle di lasciare libera la stanza entro la giornata».

Ma sono tutti impazziti? «La mia famiglia è cliente delle vostre strutture in tutto il mondo da sempre! Siamo praticamente soci di maggioranza! E ora mi mettete alla porta per un mese?»

«Un mese di soggiorno, servizio in camera, maggiordomo personale, utilizzo dei servizi dell'hotel con addebito e pranzi nei nostri ristoranti. Mi spiace, Miss Sloan, la nostra politica è molto severa su questo punto».

Lexi, rimani padrona di te stessa. «Molto bene», dico ricomponendomi e alzandomi in piedi. «La stanza sarà libera entro mezzogiorno,

Dio non voglia che perdiate un'altra notte. Ma aprite bene le orecchie: sconsiglierò la vostra catena a chiunque mi capiterà d'incontrare».

«Ne siamo rammaricati». Thomas e la sua ombra si alzano e imboccano il corridoio. «Togliamo il disturbo. Appena avrà finito, lasci la chiave magnetica al desk all'ingresso».

Faccio i bagagli senza prestare attenzione ai miei gesti, mentre ogni canale della TV fa a gara a chi le spara più grosse sulla mia famiglia.

La tempesta mediatica impazza, i giornalisti sono andati a caccia dei dettagli più sordidi della vicenda e ora si divertono a dipingere la famiglia Sloan come la cosa peggiore successa a New York dopo Bernie Madoff.

E poi c'è la rogna della banca. Adesso vado a farmi sentire!

Mi vesto con un look studiato per essere un dito medio alla faccia di quelli che stanno godendo del rovescio della mia famiglia: abito a ricami floreali Valentino con il suo maglioncino di lana abbinato, i miei nuovi tacchi Jimmy Choo e la finta pelliccia in marabù rosa. E Birkin al braccio per ricordare a tutti chi sono gli Sloan.

La rabbia mi ha caricata al punto che in un'ora scarsa le mie valigie sono già pronte e allineate per essere prelevate, ma prima di uscire dalla stanza faccio un'ultima cosa: mi ficco nella borsa tutte le confezioni di orsetti gommosi del minibar. La gente ha tanti vizi: chi beve, chi fuma, chi gioca d'azzardo, io ho gli orsetti gommosi. Toglietemi tutto *ma non gli orsetti gommosi*, chiaro?

Anzi, ne apro un pacchetto e li spizzico per smorzare il nervoso mentre con l'ascensore scendo nella hall, dove mi aspetta Nevis, che ho chiamato con urgenza.

«Alla Fed Capital Bank, per favore. Mentre risolvo il casino che mi hanno combinato, potresti portare tutta la mia roba a casa di papà?», gli dico.

Con mio sollievo, davanti alla banca, non incontro manifestanti o giornalisti, così mi dirigo dritta dal mio consulente, Paulister.

«Allora, Paulister», entro nel suo ufficio senza bussare. «Vediamo di tirare fuori i miei soldi!».

«Impossibile».

«Scommettiamo?».

Lui si alza, prende un fascicolo e me lo porge. «Queste sono le autorizzazioni a prelevare il denaro. Firmate da lei in calce».

Confusa, mi siedo a sfogliare i documenti uno per uno, per capire cosa ho in mano. La data è di due giorni fa. Ma io non ho firmato nulla due giorni fa. «Io non li ho firmati!».

«Forse lo ha fatto e non lo ricorda». Paulister mi guarda nello stesso modo in cui mi guarda Coleman: una svampita. «D'altra parte, del suo conto non se ne occupa mai, è per questo che suo padre e suo zio avevano la delega».

«Io-non-ho-firmato-questi-fogli!», ribatto innervosita. Alla rabbia segue un brivido che mi gela dalla punta dei capelli ai piedi. «E dove sono i miei soldi adesso?»

«Sono stati prelevati, come le ho già spiegato». La pacatezza di Paulister mi urta i nervi. Possibile che non sia allarmato neanche un po'?! «Come da sua richiesta, la banca ha preparato l'importo che aveva sul conto in banconote da cento e suo zio lo ha ritirato».

«Io. Non. Ho. Autorizzato. Nessuno. A. Svuotare. Il. Conto», ribadisco.

«La banca non discute le operazioni fatte da un avente delega, come suo zio». Paulister si guarda intorno per assicurarsi che la porta del suo ufficio sia ben chiusa. «Siamo al corrente della situazione della famiglia Sloan. Ci aspettiamo l'arrivo dei federali da un momento all'altro, perciò non posso darle altro consiglio se non quello di riferire al suo avvocato ciò che ha detto a me, se il prelievo del conto è stato fatto a sua insaputa. Dal punto di vista burocratico, la banca è coperta».

La banca è coperta? Tutto qui? Se ne lava le mani in questo modo? «Non mi servono i suoi consigli, mi servono i miei soldi!».

Ecco perché le mie carte non funzionavano: con il conto a zero sono state bloccate.

«Devo chiederle di restituirmi il libretto degli assegni», aggiunge lui impassibile.

Scatto in piedi come una molla e gli tendo il blocchetto con due dita come se fosse spazzatura. «Apra bene le orecchie, Paulister. Quella», dico indicando i documenti, «non è la mia maledetta firma, e il prelievo del denaro non era autorizzato!».

«Come delegato, Rafferty ne aveva facoltà», insiste nascondendosi dietro la burocrazia. «Se quella firma non è sua, ci vuole un giudice che lo sentenzi».

Punto la porta con passo feroce per poi bloccarmi e lanciare l'ultima minaccia. «Questa storia, al mio avvocato, piacerà tantissimo».

Mi precipito nella limo, telefono all'orecchio, per la sgradita ma obbligatoria chiamata a Coleman, al quale spiego la storia della banca, ma la sua risposta non è quella che speravo.

«Lexi, senti, ora devo scagionare tuo padre dall'accusa di truffa finanziaria, quindi vorrai scusarmi se non mi precipito alla Fed Capital minacciando d'intentare cause. Che dici, ce la fai a stare una settimana senza fare shopping o avere l'ultimo modello di borsa di Prada è così vitale?».

Sono allibita. Riattacco senza dargli risposta, incassando l'ennesima offesa. Ho trecento dollari in tasca, niente carte, niente assegni, e mio padre è indagato per frode; gli posso assicurare che lo shopping è la mia ultima preoccupazione.

Pranzo da sola al Bernardin senza troppo appetito, che mi sparisce del tutto quando sul cellulare compare di nuovo il numero di Coleman in chiamata.

Quello str… «Pronto, Coleman?»

«Lexi, sono all'FBI. Per far rilasciare tuo padre su cauzione servono quattro firme a garanzia».

La forchetta mi cade nel piatto con un tintinnio. «Garanzia? Cauzione? Di cosa stai parlando?»

«Senza tuo zio, tuo padre è in stato di arresto, come unico rappresentante della società».

Non ci posso credere! «Perché non mi hai chiamato subito?!», ringhio.

«Lui mi ha chiesto di non dirti nulla».

«Certo che firmo, ma chi altri?»

«E ci sono dieci milioni di dollari da pagare», aggiunge.

«Dieci?! E perché?»

«La cauzione».

Potrei vomitare. «Non li ho dieci milioni. Non so dove prenderli. Non ti ricordi? Ti ho chiamato neanche un'ora fa per dirti che mi hanno svuotato il conto».

«Allora, questo è un problema».

«Non puoi chiedere un'alternativa?»

«Un attimo. Parlo con Chambers».

Chambers! Eric Chambers. Ci mancava solo lui!

Sento tre voci parlottare in lontananza, sembra che ci sia anche quella di mio padre. Dieci milioni di dollari? Devono essere impazziti! Non stiamo parlando di terrorismo internazionale.

Passano svariati, terribili minuti di attesa in linea prima che Coleman mi parli di nuovo. «Lo rilasceranno con solo la tua firma. Tuo padre ha accettato i domiciliari e di dare le proprietà di Park Avenue, Hamptons e Londra a garanzia e ritireranno il passaporto sia a lui che a te».

«Ma lo rilasceranno, vero?». Alla sola idea di mio padre in una prigione mi si annebbiano gli occhi di lacrime. Non posso piangere ora, non qui, non in pubblico.

«Con la cavigliera elettronica, ma lo rilasceranno».

Cavigliera elettronica? Mio padre non è un criminale! «Posso parlargli?»

«Non adesso. Vieni all'FBI appena ti chiamo».

Sento ancora il *tu-tu-tu* della linea riagganciata riecheggiarmi nelle orecchie.

Rimango immobile come una statua a fissare il piatto semipieno, imbambolata. Non so quanto tempo passa, ma quando noto il cameriere preparare la sala per il servizio serale capisco che sono passate ore.

La testa mi fa ancora più male di stamattina.

Decido di andare a casa, mi serve un analgesico. Anche due. Nevis mi accompagna da papà in Park Avenue, dove per raggiungere l'ingresso devo lottare con una selva di fotografi in appostamento che, appena mi vedono, mi si fiondano addosso.

Accenno un saluto a Ralph, il concierge del condominio, puntando dritta all'ascensore.

«Miss Sloan», mi richiama di nuovo.

«Hai bisogno di me, Ralph?»

«In effetti sì. Si è presentato un certo...», guarda la cartellina delle visite per cercare il nome, «Chambers».

A sentire il nome, è come se un gong mi fosse risuonato nel cervello a risvegliarmi dalla trance. «Chambers? Eric Chambers?»

«Esatto».

«Quando è passato?»

«Un'ora fa, alle quattro. Ha lasciato questa busta», dice passandomela.

La straccio con il tagliacarte e leggo le poche lapidarie parole sul foglio. «Sequestro cautelativo», mormoro tra me e me.

L'appartamento è già stato preso in garanzia come diceva Coleman. Non posso entrare. Io, Lexi Sloan non posso più entrare in casa mia. Sono stata diffidata dal disporre dei miei beni. E, ironia della sorte, stamattina, Nevis ha riportato su la mia roba, quindi ora, borsa a parte, non ho nulla con me. Neanche un cambio. Appallottolo nel pugno la notifica mentre immagino la faccia compiaciuta di Eric Chambers che mette i sigilli alla porta.

I conti vuoti, mio padre in prigione, la casa sotto sequestro... Quanto vorrei che mia madre fosse qui, lei saprebbe cosa fare. Lei sapeva sempre cosa fare.

«Un corriere ha portato questo», dice Ralph spingendo verso di me una scatola di cartone.

Cosa diavolo può essere? Un pacco bomba? A questo punto, non è da escludere.

Con fare svogliato lacero l'imballo e quello che mi trovo davanti mi fa stringere la gola come se mi stessero strozzando.

È il modellino scala uno a diciotto di una Mercedes AMG accompagnato da un biglietto.

È il meglio che ho potuto fare.
Buon compleanno,
zio Raff

7

«Chi è diventato amico per convenienza,
per convenienza finirà di esserlo».
Lucio Anneo Seneca

All'atto del rilascio getto le braccia al collo di papà. «Non mi sembra vero. Tu arrestato? È un incubo».

«Mi hanno interrogato, ho detto tutto ciò che so, ma non sono convinti della mia estraneità alle operazioni di Rafferty».

«Hai un aspetto terribile! Si vede che non hai dormito affatto». Non sopporto di vedere papà in condizioni che non siano il cento percento della sua forma. Da diciassette anni lo tengo d'occhio, dalle vitamine agli esami del sangue, terrorizzata che gli succeda ciò che è successo alla mamma. «Facciamo così: andiamo al mare. Long Island è l'ideale per rigenerarsi qualche giorno».

Nei suoi occhi leggo lo sguardo spossato di chi è al limite della sopportazione. «La casa al mare è in garanzia, non te lo ha detto Connor?».

La garanzia, è vero. «Scusa, lo avevo dimenticato. È che sono stata bombardata da così tante informazioni oggi, che non so più cosa mi è stato detto e cosa no. Ho scoperto che nel mio conto in banca non c'è più nulla e nella casa di Park Avenue non possiamo più entrare…».

«Mi dispiace che tu debba subire tutto questo. Purtroppo i beni miei e della società saranno congelati in vista del processo, per assicurare il risarcimento alle vittime della truffa».

«Cioè, useranno i nostri beni?! Le nostre case, i nostri soldi…».

«I jet, lo yacht, le auto, i gioielli, tutto».

«Ma è stato zio Raff a commettere la truffa!». È la prima volta che lo dico ad alta voce e a sentirmi suona orrendo e inverosimile.

«Lo so. Ci sto lavorando con Connor. È riuscito a ottenere almeno il cottage di Montrose e pensavo che potremmo trasferirci lì, lontano dai riflettori. A New York sembra sempre tutto più grosso, più esagerato».

Montrose è un villaggio di duemila abitanti sulla foce dell'Hudson; non ho dubbi che un lodge di due camere, usato come ritiro per i weekend di pesca, non abbia fatto gola alle autorità.

«No, papà, non possiamo sembrare dei fuggitivi. Gli Sloan *devono* restare a New York. Lasciare la città per nasconderci sarebbe come dichiararci colpevoli. Le malelingue si scatenerebbero».

Lui annuisce con debolezza. «Hai ragione, ma il bersaglio sono io e finché starò qui, non farò che alimentare il vespaio intorno al caso. Ho bisogno di pensare e lavorare lontano dal caos. Anche a te non farebbe male staccare un po'».

Da una parte non voglio lasciare solo papà, ma dall'altra so che la mia presenza lo farebbe solo preoccupare per me, per il mio futuro, per la mia vita. Uno dei motivi per cui sono andata a vivere all'hotel è stato proprio per fargli capire che sono cresciuta, perché non pensasse che deve occuparsi di me. «Starò io qui a ricordare a tutti che nessuno può permettersi di cacciare gli Sloan da Manhattan!», m'impunto.

«Sei forte, tu. Ti ho cresciuto per esserlo e, forse, lo sei già più di me», sussurra quasi commosso. «Ma dove andrai?»

«Ho Rick. Starò con lui», lo rassicuro. «E poi ci sono Becca e Jem. Starò bene, vedrai!».

Prima di salire sull'auto della polizia che lo accompagnerà al cottage, papà mi saluta, strappandomi la promessa di raggiungerlo a Montrose il prima possibile. La campagna non mi piace in modo particolare, e per me non ci sarebbe che una brandina pieghevole da piazzare nel soggiorno, ma farò il possibile per andare a controllarlo. Però so che per dare serenità a papà devo condurre una vita il più normale possibile.

Nevis mi accompagna all'appartamento che Rick ha comprato un mese fa, a pochi isolati da casa mia. L'ho accompagnato nelle visite immobiliari e aveva delle richieste precise, in particolare sul destinare un'ala della casa a suo studio e un'altra come eventuale nursery dei bambini, quindi significa che in un futuro non troppo lontano arriverà l'idea di allargare la famiglia.

Dovrei rinfacciargli la sua assenza di ieri sera, ma mi rendo conto che rispetto alla situazione in cui mi trovo, fare il broncio per una festa sia inutile, oltre che immaturo.

Entro con la mia copia delle chiavi e trovo Rick sdraiato sul divano, a rivedere degli appunti. Quando mi vede, scatta a sedere sorpreso. «Lexi! Non ti aspettavo».

Lo raggiungo sedendomi accanto a lui per farmi abbracciare. «Le cose stanno precipitando, Rick. Ci hanno congelato i conti e sequestrato tutte le case. Lo so che non avevamo mai parlato di andare a vivere insieme in modo ufficiale, ma ora non ho nemmeno più il mio appartamento e tu sei l'uomo con cui prima o poi vorrei una famiglia…».

Rick balza in piedi mettendo un metro di distanza tra di noi. «Tu vuoi venire a stare *qui*?»

«Forse non hai capito che al momento non ho una casa», suggerisco con pacatezza.

Lui però sembra sconvolto. «Sì, ma non credi sia un po' prematuro?»

«Scusa, prematuro? Stiamo insieme da dieci anni! Conterà qualcosa, no?».

La reazione di Rick mi inquieta: non mi guarda, concentrato ad aggiustarsi pieghe inesistenti sul maglione. «Credimi, Lexi, è più complicato di così…».

«Complicato, in che senso? Sono la tua ragazza o cosa?»

«Sto scendendo in campo, punto a diventare governatore prima dei trentacinque anni, i Bates sono una famiglia molto in vista e non hanno bisogno di un certo tipo di pubblicità, adesso».

A sentirlo nicchiare in quel modo, scatto in piedi anche io. «Un *certo* tipo? Che tipo?»

«Negativa. I Bates portano avanti dei valori, santo cielo!», dice voltandomi le spalle per rivolgere lo sguardo verso un punto non precisato fuori dalla vetrata. «Se ora mi associassero alla tua famiglia, la mia carriera politica sarebbe finita prima di iniziare».

Non credo a quello che sento, tutto mi sarei aspettata meno che questo. «Scusa, puoi dirmelo di nuovo guardandomi in faccia?».

Al mio tono di voce, più alto di un'ottava, Rick prende a camminare con fare nervoso per il salone. «Lo sai come vanno queste cose, macchiarsi la reputazione è un attimo e tu ora sei…». Lui però non è in grado di terminare la frase.

«Sporca», concludo io.

«Io questo non l'ho detto», ribatte con tanto di mani alzate.

«Ma l'hai pensato. Te lo leggo in faccia! Eppure tutti i soldi che gli Sloan hanno donato alle vostre campagne elettorali non facevano schifo a te e alla tua famiglia!». Non credo di essermi mai arrabbiata con Rick in vita mia, ma ho fatto male, perché tutta la rabbia repressa sta esplodendo adesso.

Lui, per risposta, abbassa lo sguardo, d'un tratto interessato alle nervature del parquet.

«Cristo, Rick, vuoi fare il politico e non sei nemmeno capace di guardarmi negli occhi!», dico avvicinandomi a lui per vedere se dentro quel guscio vuoto c'è ancora qualcosa del mio ragazzo. «Per farlo servono palle, ed è evidente che tu non le hai!».

«Lexi, adesso sei agitata, lo capisco, ma guarda le cose dalla mia prospettiva: sono in una posizione scomoda. Fosse per me, ti darei tutto quello che vuoi, ma ho dei doveri anche verso la mia famiglia. Forse dovremmo considerare l'idea di una pausa, sai, prenderci tempo».

«Ottimo! Allora, non resterò qui un secondo di più a sprecare il tuo prezioso tempo», sibilo con astio, puntando alla porta.

«Lexi», mi richiama.

Forse ha ritrovato le sue palle. «Dimmi».

«Le chiavi. Potresti restituirmele?».

Guardo il mazzo che stringo ancora nel pungo e poi guardo lui, espressivo come una sogliola, e gliele tiro centrandolo nel petto. Al diavolo le sue maledette chiavi!

Esco dall'edificio come una furia, tuffandomi nell'abitacolo dell'auto. «Andiamo da Becca, per favore», indico a Nevis, priva di entusiasmo e ancora tremante di rabbia.

«Problemi con il suo fidanzato, Miss Sloan?», domanda lui prima di chiudere la portiera.

«Niente che tu possa risolvere, temo». Attendo che salga alla guida per abbassare il paravento tra i due abitacoli. «Rick non vuole avere nulla a che fare con me. Dice che danneggio la sua immagine».

Nevis, dopo qualche secondo di silenzio, mi lancia un'occhiata dallo specchietto retrovisore. «Se mi permette, Miss, credo che quanto a danneggiare la sua immagine, il ragazzo stia già facendo un ottimo lavoro da solo».

Nonostante lo sconforto non riesco a trattenere un sorriso. «Nevis, mi stai dicendo che pensi che Rick sia un coglione?»

«Finora è stato tanto fortunato da avere una ragazza con abbastanza personalità per entrambi, ora dovrà fare tutto il lavoro da solo».

Meno male che c'è Nevis.

Decido di andare a casa di Becca ma lì, la sua governante mi dice che Miss Tindall è all'atelier per un cocktail. È una risposta che mi stranisce, perché non ne sapevo nulla.

Sei mesi fa, Becca e Jem mi hanno chiesto di aiutarle a lanciare il loro brand di moda: ho fatto i colloqui e assunto venti persone, tra designer e manager, ho trovato una sede – uno spettacolare open space in Union Square del quale ho seguito il restyling in persona – e ora gestisco la comunicazione. Sono perfino riuscita a farle inserire in un articolo di «Vogue» dedicato ai brand emergenti che uscirà sul numero del mese prossimo!

Ecco perché mi stupisco alla notizia di un cocktail all'atelier: in primis, secondo le ultime notizie, Becca dovrebbe essere a letto malata, e poi io so sempre tutto quello che succede all'atelier.

Mi faccio accompagnare là, salgo in ascensore fino al decimo piano e punto dritta alle porte vetrate, dalle quali vedo una folla brindare e spizzicare finger food.

Faccio per entrare, ma il massiccio bodyguard all'ingresso mi ferma. «Il suo invito».

«Dirigo la comunicazione del brand», spiego speditiva, ma lui non mi cede il passo.

«Impossibile. La direttrice della comunicazione è dentro».

Come sarebbe che la direttrice è già dentro? «Allora, ho un motivo in più per entrare!», insisto.

Lui però trattiene la maniglia nella sua presa salda. «Spiacente».

Attaccata al vetro, cerco i volti delle mie amiche e quando intercetto Becca, busso per attirare la sua attenzione. Lei trasfigura, sussurra qualcosa a qualcuno e poi viene verso la porta.

«Lexi!», esclama sorpresa. Ma non è quella sorpresa tipo: "Che bello vederti!", più che altro: "Non dovresti essere qui".

«Pensavo di trovarti a letto febbricitante con la tua influenza autunnale, ma mi sembri in formissima!», la punzecchio.

«È stato un malanno passeggero», risponde rigida. La sua faccia di bronzo mi sconvolge.

«Potresti evitare di rifilarmi queste turbocazzate?», sbotto. «Tu e Jem mi avete dato buca, va bene, ne prendo atto, ma mi spieghi che significa questo cocktail? Perché non ne sapevo niente? E che storia sarebbe che la direttrice della comunicazione è già dentro?»

«È la sua festa di benvenuto». Becca tossicchia, prendendo tempo. «Si è reso necessario un cambio di ruolo».

La sua freddezza è sconcertante. «Dimmi le cose in faccia, Becca».

«Non puoi più rappresentarci, non nella tua situazione», taglia corto. «L'immagine è tutto».

«Senza quello che ho fatto per voi fino a ora, non sareste neanche partite», le rinfaccio.

«Hai solo fatto il tuo lavoro», mi liquida lei.

«Lavoro?!». Questa non doveva farmela. «Il lavoro si paga, io vi ho aiutato di mia volontà!».

Con la coda dell'occhio, vedo Jem defilarsi dal party e raggiungerci. «Che succede, ragazze?», domanda con un'ingenuità che mi fa sanguinare le orecchie.

«Non hai nulla da dire tu?», la attacco.

Prima che possa aprire bocca, Becca la fulmina, zittendola.

«Io vengo qui, dalle mie due migliori amiche, alle quali ho sempre dato tutto, per chiedere aiuto e sostegno in un momento di difficoltà e questo è quello che trovo? Porte chiuse?»

«Non puoi metterci in una posizione così scomoda. Sarebbe impossibile aiutarti senza farci trascinare nello scandalo con te. Abbiamo un brand da dirigere, noi».

«*Voi*?!», sibilo. «Chi sa fare, fa; chi non sa fare, paga qualcun altro che faccia e, per vostra sfortuna, vi trovate nel secondo gruppo. In sei mesi, tu», dico indicando Becca, «non hai fatto altro che giocare con il tuo cane, e tu», mi rivolgo a Jem, «tu non so bene cosa fai, a parte dedicarti all'osservazione mistica del pulviscolo atmosferico. Finora ho fatto tutto io e solo per amor vostro! E mi voltate le spalle così, da un giorno all'altro».

«Se vuoi un consiglio spassionato, Lexi», dice Becca, «Dovresti lasciare New York per un po'».

«Benissimo», raccolgo il loro invito e mi dirigo a passo spedito all'ascensore. «Siete solo delle "Vorrei ma non posso", tutti i soldi del mondo non potranno mai comprare il talento che non avete», dico pigiando il tasto di chiamata. «E, Becca, anche io ho un consiglio spassionato per te: quel colore di capelli...».

«Che ha il mio colore di capelli?»

«Ti sta di merda». Il provvidenziale *din* annuncia l'apertura dell'ascensore, dove entro, guardando le mie ex amiche, furenti, sparire dietro le porte metalliche.

«'Fanculo», sibilo una volta fuori dall'edificio, digrignando i denti.

«Miss Sloan», si avvicina Nevis con aria desolata.

«Dimmi, Nevis».

«So che è il momento peggiore per dirglielo, ma suo padre mi ha congedato dal servizio».

Rimango pietrificata sul marciapiede. L'idea che Nevis avrebbe potuto lasciarmi non mi aveva neanche sfiorata, ma non fa una piega. È un nostro dipendente, non lavora per la gloria e di sicuro il suo stipendio al momento non è garantito. Nel portafogli mi sono rimasti duecento dollari e un pacchetto di orsetti gommosi. «Lo capisco. Mi piange il cuore, ma lo capisco».

«Lavoro per gli Sloan da trent'anni e sono sempre stato trattato con dignità e rispetto».

Le sue parole suonano sincere in un modo quasi doloroso. «Non è un'iniziativa che avrei preso se suo padre non me l'avesse chiesto».

«Hai una famiglia anche tu, non mi devi giustificazioni», lo tranquillizzo.

«I miei figli sono già grandi, non devo più preoccuparmi per loro». Quello di Nevis è il primo sorriso che mi viene rivolto oggi. «Se posso fare qualcosa per lei...».

«Sai come mandare indietro il tempo, Nevis?»

«Temo di no, però...», si fruga in tasca e mi tende una tessera magnetica, «posso darle questa».

«Cosa...?»

«È l'abbonamento della metro. Scade a fine mese, ma non ha limitazioni, può andare dove vuole».

Quel gesto mi commuove. Nessuno di tutti quelli che credevo mi volessero bene ha dato prova di amicizia ma Nevis, senza che glielo chiedessi, ha cercato di migliorarmi la giornata.

«C'è qualche posto dove posso accompagnarla prima di congedarmi?»

«Non credo», sospiro arresa alla prospettiva di raggiungere mio padre a Montrose, mentre infilo la tessera nel portafogli. Poi, un cartoncino cattura la mia attenzione. «Sai che ti dico? Che un posto c'è!».

Lui si fa avanti, aprendomi la portiera come al solito. «Prego, Miss Sloan».

8

«Non c'è miglior deodorante del denaro».
Elizabeth Taylor

Non sono mai stata nel quartier generale dell'FBI, non ne ho mai avuto bisogno ma, al nome "Eric Chambers", le porte si spalancano neanche dicessi: "Apriti, Sesamo!".

Marcio tra le scrivanie fino alla fila dei cubicoli vetrati e, in quello con la targa "Chambers E.", trovo il suo galoppino, affaccendato a scartabellare in un mucchio di fascicoli.

«Hendricks», richiamo la sua attenzione appostandomi sulla soglia.

Appena alza lo sguardo su di me, la sua reazione ha dell'incredibile: strabuzza gli occhi, spalancata la bocca e gli cadono i fogli che ha in mano. «Lex… Ehm… Mi… Miss Sloan».

Ah, ma allora sa anche parlare! «Proprio io». Provo a metterlo a suo agio sorridendo, perché sembra imbarazzato. «Ho bisogno di Eric Chambers».

«Non c'è. È uscito per un'analisi prove, poi ha detto che sarebbe andato a casa. Prego, si accomodi». Si avvicina tendendomi la mano, ma urta una sedia girevole con mezza dozzina di faldoni impilati sopra, si ribaltano anche quelli e c'inciampa a un passo da me. Povero Hendricks, è tanto goffo che fa tenerezza. Avrà finito l'addestramento l'altro ieri.

Mi chino assieme a lui, sul pavimento, per aiutarlo a raccogliere i documenti sparsi.

«No, Miss Sloan, la prego, faccio io».

«Chiamami Lexi», dico porgendogli un fascicolo. «E tu, come ti chiami?».

La mia domanda lo fa arrossire fino alle orecchie. «Will. Cioè, William, ma tutti mi chiamano Will», aggiunge in un fiato.

«Molto bene, tuttimichiamanoWill. Mi serve Chambers, sai dirmi dove posso trovarlo?»

«Adesso?»

«Sì, adesso».

«Ah, ma ormai sarà già a casa».

Io non mi do per vinta e lo martello, impietosa. In fondo, così chinati, a carponi sul pavimento, Hendricks si sta approfittando, e non poco, della panoramica che offre la mia scollatura. «E casa sua dove sarebbe?»

«Mi dispiace, non sono autorizzato a diffondere queste informazioni, Lexi. Miss Sloan… Lexi».

«Peccato», borbotto mettendomi seduta, attenta a chiudere bene i lembi della giacca. Spettacolo finito, Hendricks. «So che voleva parlarmi e così sono venuta apposta».

«Domattina lo troverà in ufficio».

«Ho delle informazioni che non possono aspettare domattina», mormoro ammiccante. Questo non è vero, ma lui non lo sa. Mi accosto di nuovo a Hendricks, sussurrandogli all'orecchio con fare provocante «Sei proprio sicuro di non potermi aiutare?».

Lui non dice nulla, ha il panico negli occhi e inspira forte.

«Mi stai annusando, Hendricks?»

«Sì… NO! Cioè… Nì!».

«*Nì?*». Ormai Will Hendricks è a un passo dallo svenimento. Faccio ondeggiare i capelli e la nuvola del mio balsamo lo investe. «Dove abita Eric Chambers?»

«253, Van Brunt Street, Red Hook». Deglutisce a fatica come se avesse la bocca riarsa. «Terzo piano».

In un secondo sono già alla porta. «Sei stato un tesoro!», lo saluto facendogli l'occhiolino e il fascicolo che ha in mano gli cade di nuovo sul pavimento.

Per la prima volta, non c'è Nevis fuori ad aspettarmi. Adesso sono davvero sola.

Ma non ho tempo per pensarci.

Alzo la mano e fermo il primo taxi libero. «253, Van Brunt Street, Red Hook», dico accomodandomi sul sedile. Chissà se li puliscono tutti i giorni.

«Non vado a Brooklyn, bellezza», bercia quello voltandosi a malapena.

«Questo taxi fa pubblico servizio o no?»

«Il taxi è mio e lo gestisco io. E questo non va a Brooklyn».

Perché, secondo lui, *io* voglio andare a Brooklyn? Chi mai vorrebbe andare a Brooklyn? A parte un hipster, intendo…

«Buon per lei», rispondo piccata, afferrando la mia borsa. «Ne parlerò con il sindaco».

«Me lo saluti tanto». E appena sbatto la portiera, quello riparte tuffandosi nel traffico serale.

Volete vedere di che pasta è fatta Lexi Sloan? Bene, sedetevi e prendete i pop-corn!

Cammino lungo la Broadway verso i lampioncini che illuminano il pozzetto della metro.

Nevis mi ha dato la sua metrocard, quindi posso tenermi i miei duecento dollari e arrivare a Red Hook senza implorare tassisti indisponenti.

Scendo le scale mentre una fiumana di persone risale in senso contrario, e io combatto non poco per non farmi travolgere dalla bolgia.

Che schifo. Il sotterraneo odora di urina e disinfettante.

Individuo lo sportello con l'impiegato. «Buonasera. Io devo andare a Red Hook», annuncio.

Il tipo non alza nemmeno gli occhi dal giornale, così gli busso sul vetro. «Buonasera. Devo andare a Red Hook». Ribadisco a voce più alta.

«Buon viaggio, allora. Mi fa piacere per te», brontola, sempre senza degnarmi di uno sguardo.

«Mi accompagnerebbe al binario, per cortesia?», insisto.

Stavolta non m'ignora, anzi, il tizio esplode in una risata. «Ehi, Metz!», urla a quello che presumo sia un suo collega, nascosto da qualche parte. «Sua signoria, qui, vuole che l'accompagniamo al binario!».

«Certo, certo», risponde una voce ovattata da dietro una porta. «Dille che appena ho finito di pisciare, la scorto in pompa magna sul treno. Tu intanto offrile un caffè!».

«No, grazie», rifiuto. «Non bevo caffè dopo le tre del pomeriggio».

«Metz». Adesso il bigliettaio è alle lacrime. «Ha detto che non beve caffè».

A quel punto, il famoso Metz, un ometto pelato, fa capolino dalla porta. «Ma sei vera?», mi domanda squadrandomi.

«A te cosa sembra?», sbotto. «C'è modo per arrivare a Red Hook o no?».

Il tizio allo sportello, ancora ridendo, infila un foglio ripiegato sotto la fessura. «Certo che c'è, si chiama "Questa è la mappa della metro. Usala"».

L'afferro indispettita per la scarsa collaborazione e servizio alla clientela e, mentre mi allontano, medito già sulla recensione di fuoco che lascerò su Yelp.

Arrivare al binario è meno semplice di quanto pensassi: mentre varco il tornello, un tipo smilzo e con il berretto calato sugli occhi mi si appiccica addosso spingendomi.

Lui si butta in direzione dei treni, mentre io ancora disorientata, mi sento agguantare per un gomito e trascinare nell'angolo. «Aiuto! Mi molestano!», urlo.

Davanti a me ci sono due uomini in divisa, di cui uno con un blocchetto in mano. «Controllo sicurezza! Lei e il suo amico siete passati insieme con un solo biglietto».

Non capisco di cosa parlano. «Il mio, *chi*?»

«Ha capito benissimo, non faccia la finta tonta. Il soggetto che è corso ai binari».

«Non è un mio amico!», obietto. «Non l'ho mai visto prima!».

«Certo, dicono tutti così». Il controllore numero due scarabocchia sul blocchetto. «Adesso facciamo una bella multa così la prossima volta avrà un promemoria».

«Multa?! Ve lo ripeto! Io non so chi fosse quello che è passato con me!», protesto.

Il controllore numero uno non mi dà retta. «Nome e cognome».

«Mary Lee», rispondo.

«Ha un documento, *Mary Lee*?», domanda accennando al portafogli che tengo in mano.

Controvoglia, gli porgo la carta d'identità.

«Molto bene, *Alexandra Sloan*», sillaba il numero uno al numero due. «Deve allo Stato di New York centocinquanta dollari».

Il numero due strappa una copia della multa e me la piazza in mano. «Buon viaggio».

Quando mi lasciano andare, cerco il binario e, solo grazie a un gruppo di turisti irlandesi dei quali capisco una parola ogni tre, salgo sul treno giusto.

Anche loro vanno a Red Hook e sono in affitto in un monolocale trovato su Airbnb. Gli sto incollata anche al cambio stazione, perché le persone che mi circondano non sono rassicuranti. Sembra che tutti vogliano o fregarmi o multarmi.

Le nostre strade si dividono all'uscita su Smith Street, sotto la linea della sopraelevata e, a quel punto, circondata da bassi caseggiati popolari in mattoni rossi mi rendo conto, davvero, che non sono più a Manhattan.

Sono stata esiliata dalla mia città e la colpa è tutta di Eric Chambers: con la sua crociata contro la mia famiglia, ora sono senza casa e senza un soldo.

Imposto il navigatore del cellulare per arrivare in Van Brunt Street. Ok, niente drammi, sono solo due strade e due svolte a destra… Un momento!

Venti minuti?!

A piedi?!

Con le Jimmy Choo!

Faccio appello a tutta la mia forza di volontà e m'incammino, ignorando quella vocina nella mia testa che ripete: "Lexi Sloan a Red Hook… Come sei caduta in basso".

Lungo Verona Street ripenso all'anno scorso, a me e a Rick, a Verona, durante una romantica fuga d'amore: soggiorno in un castello del Trecento, degustazioni di vini, shopping… Fine di tutto.

Verona Street non mi offre niente di più di recinzioni metalliche, parchetti desolati, magazzini portuali, depositi e condominii costruiti con lo stampino, effetto "Poca spesa, tanta resa".

Quando sbocco su Van Brunt Street, all'indirizzo datomi da Hendricks, mi trovo davanti un palazzo di mattoni rossi con le finestre ad arco e cornici in pietra, che con i suoi quattro piani svetta su una stecca di edifici più bassi. Ha l'aria di una ex caserma dei vigili del fuoco.

Uno dei condomini sta uscendo per gettare la spazzatura, così ne approfitto e m'infilo nel portone, salendo le scale fino al terzo piano.

Ci sono due porte, una con scritto "Privato. Non entrare" e l'altra con il numero "4" inchiodato sopra, so che non c'è modo di sbagliare, così busso sicura.

Una volta, due, tre, non cedo, anche se i minuti passano e dall'altra parte non apre nessuno. Forse Chambers non è ancora a casa.

Fa lo stesso, lo aspetterò.

Stanca per la camminata affrontata con eroismo sul mio tacco dieci mi siedo sullo zerbino, la schiena appoggiata alla porta, a riprendere fiato.

Dio, ho bisogno di una doccia, puzzo di metro! E ho anche sete. E voglio un letto.

All'improvviso mi sento mancare l'appoggio, cado all'indietro, e finisco sdraiata a terra con lo sguardo rivolto verso l'alto.

«Lexi Sloan?», esclama stupito Eric Chambers, torreggiando su di me. È a torso nudo, indossa solo i pantaloni di una tuta e si sta passando un asciugamano tra i capelli umidi.

Vorrei dire qualcosa di sarcastico ma sono ipnotizzata a osservare una goccia che, dal suo orecchio, si fa strada sul suo collo, poi giù sul petto fino a che non cade sulla punta del mio naso.

Dannazione! Che sto facendo?!

Scatto in piedi con un balzo, mentre con il dorso della mano asciugo la goccia traditrice. «Proprio io, sì».

«Qui a Red Hook? A cosa devo l'onore?»

«*Tu* mi hai sbattuto in mezzo alla strada, *tu* mi ci togli!». È finito il tempo delle buone maniere, Chambers!

«E come, di grazia?». Si getta l'asciugamano sulla spalla e poggia un braccio allo stipite per sbarrarmi la strada.

Mi piazzo le mani sui fianchi con fare risoluto. «Mi ospiterai a casa tua».

Lui scoppia a ridere, incredulo. «Ti manca qualche rotella».

«Le ho tutte, le mie rotelle! È un posto dove andare che mi manca!».

«Vai in albergo», suggerisce con indifferenza.

«Non ho soldi per un albergo, e la mia casa è sotto sequestro per colpa tua!».

«Colpa mia? Io ho solo eseguito il mandato». Chambers mi fissa con i suoi occhi blu sempre accesi da quel lampo sfrontato. «Se devi prendertela con qualcuno, prenditela con la tua famiglia».

«La mia f… Ehi, detective Chambers dei miei stivali, guarda che io sono una vittima! Mio zio ha fatto sparire anche i *miei* soldi!».

«E io continuo a non capire perché questo sia un mio problema. Vai a casa di qualche tua amica ereditiera».

A ripensare a Becca e Jem mi sale in bocca il sapore amaro della bile. Distolgo lo sguardo puntandolo verso il fondo del corridoio. «Hanno altri impegni».

«Altri impegni? Non è che per caso la principessa di Park Avenue da cinque milioni di followers è stata emarginata?»

«Sarei qui a Red Hook, secondo te, se no?», chiedo in tono di sfida.

«Oh, ma se è per me, puoi anche tornare da dove sei venuta», ribatte con quella insopportabile faccia da schiaffi.

«Lasceresti una ragazza indifesa in mezzo a una strada? È pieno di delinquenti là fuori!».

«Che Dio salvi i delinquenti, se incontrano te!».

«Non fai ridere, Chambers. Non ti senti neanche un po' in colpa per come mi hai ridotto?».

Lui mi fa una lenta radiografia da capo a piedi, per poi fissarmi di nuovo negli occhi. Si morde il labbro poi scuote la testa. «Neanche un po'».

«Sei proprio una bella faccia di …».

Sbaaam! La porta è di nuovo chiusa.

«Chambers! Apri questa cazzo di porta». Continuo a bussare senza successo, a un certo punto lo sento addirittura accendere la radio e alzare il volume, ma se pensa che gliela dia vinta così, si sbaglia di grosso! Quarantotto ore fa, per colpa sua, la mia vita è andata a rotoli. Lo farò pentire del giorno in cui ha deciso di mettersi contro di me, quanto è vero che mi chiamo Lexi Sloan.

9

«Il bene più inestimabile che ho sono le mie informazioni».
Gordon Gekko, Wall Street

«Certo che tu sei una che vende cara la pelle!».

La voce di Chambers si fa strada nella nebbia del sonno, mentre lo sento picchiettarmi la mano sulla spalla per riscuotermi dal torpore.

Apro prima un occhio, poi l'altro, incollati dal mascara, e lo vedo chinato accanto a me.

Non ho dormito, più che altro ho vegliato senza mai perdere coscienza del tutto.

Mi fa male il collo, le spalle, la schiena, il sedere… Tutto.

Allora è proprio vero? Ho passato la notte sul linoleum scolorito di un pianerottolo, e cenato con un sacchetto di orsetti gommosi.

«Ti accorgerai, Chambers, che per fermarmi bisogna spararmi», dico tirandomi su a sedere.

«Non darmi queste idee. Ricordati che sono un agente dell'FBI: ho una pistola e so come occultare un cadavere». Mi guarda sempre con quel suo piglio strafottente, tendendomi una tazza. «Caffè?».

Faccio per prendere la tazza ma poi mi guardo intorno allarmata finché non vedo la mia Birkin, lì dove l'avevo appoggiata per usarla come cuscino.

C'è ancora.

Se mi è rimasta una sola cosa di valore, è la Birkin di Hermès appartenuta a mia madre, un'opera d'arte di pelletteria da cinquantamila dollari.

Allungo la mano verso la tazza e noto, con sollievo, che Eric è tutto vestito, gli manca solo la giacca. «Grazie, Chambers», mugugno.

«Eric. Grazie, *Eric*», ribatte.

«Mi hanno insegnato a non dare confidenza agli sconosciuti. Specie se mi hanno messo sotto sequestro la casa», puntualizzo soffiando sul caffè fumante. «*Eric*».

«Tu non accetti un "no" come risposta, vero?», domanda lui appoggiandosi allo stipite con le braccia conserte.

«Non esiste nel mio vocabolario».

«Non devi averne sentiti molti nella tua vita».

Soprassiedo alla sua frecciatina, e bevo un sorso. «Bleah! Cos'è? Torba?»

«Nella tua lingua vuol dire "grazie"?»

«Che miscela è?», chiedo dopo un altro po' del liquame brodoso.

Eric fa spallucce. «Boh, quella del supermercato, presumo».

«A casa ce lo manda una torrefazione italiana: cremoso aromatico, vellutato...».

Eric allunga una mano per riprendersi la tazza. «Allora, vattelo a bere a casa tua».

Io allontano il braccio dalla sua presa. «Quanto ci godi a vedermi ridotta così?»

«Non esiste un'unità di misura che arrivi a tanto. Piuttosto, come hai avuto il mio indirizzo?».

Gli scocco uno sguardo compiaciuto. «Indovina!».

«Hendricks». Eric alza gli occhi al cielo, sospirando. «Porca puttana... Devo fare un discorsetto a quel ragazzo!».

«Oh, lascialo in pace. È un adorabile cucciolo di agente».

«È un tuo follower», mugugna Eric con tono di sufficienza.

«E dal tono con cui lo dici, desumo che tu, invece, non lo sia».

«Guardami. Ho la faccia da uno che è follower di qualcuno?»

«Credimi, non vuoi davvero che ti dica da cosa hai la faccia», dico allusiva.

«Anche perché non m'interessa. Ora», Eric mi tende una mano per aiutarmi a tirarmi su, «io devo andare al lavoro, però possiamo fare così: se vuoi farti una doccia, il bagno è in fondo a destra, nell'armadio ci sono degli asciugamani puliti. Quando hai finito, queste sono le chiavi», dice allungandomi un mazzo mentre s'infila la giacca. «Prima di andartene dai due giri alla serratura e poi lasciale all'appartamento numero due, al piano di sotto. Marga è la proprietaria».

Io lo guardo stupita. «Stai davvero dicendo che mi fai entrare a casa tua?»

«Solo per il tempo necessario a rimetterti in sesto. Apprezzo chi combatte. Hai dei soldi?»

«Ho duecento dollari», rispondo con amarezza.

Lui sembra scioccato. «Solo?!».

«Perché?»

«Be', è strano che una Sloan giri con i soldi contati, o che non abbia una riserva di contante».

«Cosa credi? Che nasconda le mazzette da diecimila dollari sotto il letto? Non sono mica un narcotrafficante! I soldi li ho sempre tenuti in banca, come tutti, e usavo le carte di credito... almeno, finché le ho avute, quindi sì: ho duecento dollari e devo anche pagarci questa», dico mostrandogli la multa spiegazzata.

«A questa ci penso io». Eric la prende e se la infila nel taschino. «In bocca al lupo, Lexi Sloan». Mi saluta con un cenno del capo e se ne va, lasciando nell'aria il vago aroma del suo dopobarba, Allure, lo stesso che mi ha avvolto ieri.

Abbandono le scarpe per terra e dopo aver appoggiato la Birkin sul divano, osservo l'appartamento: il soggiorno è luminoso e, anche se piccolo per i miei standard, è abbastanza spazioso per ospitare un divano a tre posti con penisola e un tavolo da caffè. A sinistra dell'ingresso c'è l'angolo cucina, nuovo di zecca, il che mi stupisce vista l'età dello stabile, infine un bancone con due sedie separa il soggiorno dalla zona pranzo. Una volta c'era un camino che è stato murato e del quale è rimasta solo la cornice. Peccato, sarebbe un tocco di classe niente male. Dal disimpegno si va alla camera da letto – chiusa a chiave – e al bagno, anche quello rinnovato di recente. Tutto pulito, pratico ed essenziale.

Ok, vediamo un po' chi è Eric Chambers.

Lo so che non si fa, ma non resisto all'istinto di sbirciare in giro.

Il frigo è semivuoto: bacon confezionato, birre, Coca maxi, maionese, mezzo ananas, avanzi di take-away e una bottiglia di vodka sottomarca ancora chiusa, con un fiocco regalo e un biglietto sbiadito che dice "Buona promozione, agente Chambers".

La cucina è priva di segni d'uso a eccezione del microonde.

PayTV, il signor Chambers non disprezza il lusso della televisione on-demand.

Una consolle X-Box con caricato *Assassin's Creed*.

Apro un cassetto del mobile soggiorno dove trovo le scatole ingiallite di diversi giochi di società anni '90: *Scotland Yard*, *Risiko*, *Cluedo* – io sono un mostro a *Cluedo* –, *Crack*, *Monopoly*, no... C'è addirittura l'*Allegro chirurgo*!

Richiudo il cassetto, e passo in esame le mensole. Libri: Agatha Christie, Anne Perry, Arthur Conan Doyle e tutti i classici del giallo.

Il ripiano inferiore, invece, è pieno di manuali di scienze del comportamento, tecniche d'interrogatorio, tecniche d'investigazione, intelligence avanzata, scienze forensi e codici di diritto penale fitti di appunti.

C'è una cornice con la foto di un ragazzino di circa dieci anni, dev'essere Eric, abbracciato a un uomo sui quaranta, forse suo padre. Sono in barca a vela.

Appeso al muro c'è il diploma incorniciato dell'addestramento a Quantico con i sigilli dell'FBI e del dipartimento di Giustizia, mentre accanto c'è quello della Harvard Law School. Laurea a pieni voti. Eric Chambers, sei un secchione.

Nel disimpegno c'è un armadio a muro diviso a metà: completi per l'ufficio, tutti uguali; abbigliamento informale. Impossibile sbagliare.

Ora è il turno del bagno. D'accordo, Lexi. Mettiamoci al lavoro!

La serratura scatta, la porta si apre, un fischiettio accompagna dei passi sul pavimento. Poi un *clic* e dalla radio si diffonde un successo degli anni '80 di cui non ricordo il nome.

Eric si allenta la cravatta, fa per sedersi sul divano e...

«TUUU?!», tuona lui, sovrastando la musica.

Io sono sdraiata sulla penisola a guardare video su YouTube e, alla sua esclamazione, mi tiro su a sedere. «Io», lo saluto con pacatezza.

Lui mi guarda allucinato. «Vuoi spiegarmi cosa significa?»

«A te cosa sembra?».

Eric si sfila la giacca lanciandola sullo schienale. «Non dovresti essere qui!».

Avvio Shazam e tendo il braccio in aria per catturare la musica. «I Simple Minds! Ecco chi sono... *Don't you forget about meee*», canticchio. «Li confondo sempre con i Cult».

«Devi essere sorda per confondere i Cult con i Simple Minds... Ora vuoi dirmi perché sei tornata?»

«Semplice, perché non me ne sono mai andata», rispondo con un sorriso angelico stampato sulla faccia.

«Il mio non era un invito a restare. Ti avevo detto di lasciare le chiavi a Marga!».

«Infatti gliele ho lasciate, ma prima me ne sono fatta fare una copia».

Lui sembra sempre più sconvolto. «Marga?»

«Le ho raccontato della mia triste storia: di come degli agenti brutti e cattivi mi abbiano lasciato senza casa, e del fatto che non avessi nessun altro posto dove andare se non dal mio *generoso e comprensivo cugino di secondo grado* Eric. Marga si è molto commossa».

«Marga viene dalla cortina di ferro. Non la impietosiscono neanche i cani con tre zampe».

Con un'alzata di spalle a nascondere il mio autocompiacimento, supero Eric andando verso la cucina. «Ci ha anche offerto una crostata di ciliegie appena sfornata. Ne vuoi una fetta?»

«Tu», ringhia Eric a denti stretti puntandomi il dito contro. «Tu sei una Sloan, su questo non ci sono dubbi!».

«Lo prendo come un complimento», rispondo incrociando le braccia al petto.

Eric fa un respiro profondo, a occhi chiusi, come se contasse fino a dieci. «Non posso e non voglio dare alloggio a una persona collegata a una frode su cui sto indagando. Lo capisci?»

«E tu lo capisci che la tua indagine mi ha lasciato senza niente da un giorno all'altro? Cosa dovrei fare, secondo te? Andare sotto a un ponte?»

«Che mi dici di tuo padre, allora?»

«Mio padre si è rifugiato nella valle dell'Hudson, in un cottage per pescatori barcollante al punto che nemmeno voialtri avete avuto il fegato di sequestrarlo! Si è esiliato nel nulla e io non intendo lasciare che New York si riempia la bocca di nefandezze sulla mia famiglia! Tutti devono sapere che Lexi Sloan è ancora qui e non ha paura di niente e di nessuno!».

«Ma perché a casa mia?»

«Te l'ho detto...», poi, all'improvviso, mi si strozza la voce in gola, «tutti quelli su cui contavo si sono tirati indietro».

«Senti, mi dispiace, questo è il mio lavoro e comprende anche cose non piacevoli», confessa lui in un tono sincero. «Ma ti rendi conto che non posso, ti ripeto, *non posso* darti alloggio?»

«Non c'è bisogno che lo sappia nessuno. Insomma, *io* non intendo certo andare a dire in giro che abito a Red Hook!».

«Ah, molte grazie!».

«Avanti! Su TripAdvisor dicono che qui l'unico punto d'interesse è il magazzino dell'IKEA!».

Eric si colpisce la fronte con la mano, con un'espressione disperata. «Oh, mio Dio! Mi stai dicendo che Red Hook non è il nuovo Upper East Side? E io che ero convinto che tutta la Manhattan che conta avrebbe fatto i bagagli per venire qui!».

«Mi stai prendendo in giro?».

Lui mi fissa con tanto di sopracciglio increspato. «Come lo hai capito?»

«Avanti, Eric, siediti e negoziamo i termini!».

«Non ci penso neanche! Una come te, con ogni probabilità, ha imparato a negoziare prima che a camminare».

«Potrebbe venirne fuori che quello a trarne il vantaggio più grosso saresti tu».

Eric mi guarda con aria scettica. «Non hai nulla da offrirmi che mi interessi».

«Sicuro?», domando io alzandomi in piedi per affrontarlo, benché l'altezza lo avvantaggi parecchio. «Nemmeno informazioni?»

«Hai appena detto di essere tu stessa vittima delle truffe di tuo zio».

«Già, ma lo conosco meglio di chiunque altro e a me rivelava cose che a mio padre non ha mai detto».

«Tipo?»

«Ti dico solo due parole: trasferimenti TRS e copertura Blackstar», rispondo sibillina.

«Cosa sono i trasferimenti TRS e la copertura Blackstar?».

Mi porto la mano all'orecchio, simulando la cornetta del telefono. «*Driiin*, *driiin*! Sì, pronto? Come dite? Non sono tenuta a dare alcun tipo di informazioni perché io non sono indagata? D'accordo». Richiudo la mano fingendo di terminare la chiamata. «Temo che se non mi darai alloggio, non lo saprai mai».

«Ci metto cinque minuti ad aprire un fascicolo anche su di te», minaccia lui.

«Certo, ma nella notte potrebbe accadermi di tutto, che ne so, un'amnesia, per esempio».

«Quindi, l'accordo che mi offri è questo: un tetto sulla testa in cambio di informazioni sulle indagini?»

«Informazioni riservate», puntualizzo.

«La tua famiglia ha truffato mezza New York, non credo che tu possa più parlare di riservatezza».

«Però questo è il caso dell'anno, l'FBI ha i riflettori puntati addosso, risolvere l'indagine e arrestare mio zio ti varrebbe quantomeno una promozione, o no? La mia proposta mi sembra più che equa». Io non mollo e insisto. «Credimi, agente Chambers, i trasferimenti TRS e la copertura Blackstar sono solo la punta dell'iceberg», aggiungo con la massima serietà.

«Ospitarti qui è fuori discussione, non ti voglio in casa mia. Però fammi pensare...», dice con aria meditabonda. «Ti piacciono i loft post-industriali e l'arredo vintage minimalista?»

«Gratis?», domando incredula.

«Gratis», conferma lui.

Io sgrano gli occhi. «Dove devo firmare?».

10

«Il denaro è come la carta igienica:
quando serve, serve con una certa urgenza!».
Upton Beall Sinclair

Eric mi fa cenno di seguirlo e io gli vado dietro.

Usciamo nel ballatoio fino alla porta d'angolo accanto alle scale, quella con il cartello "Privato. Non entrare". Lui la apre, accende l'interruttore e...

«Scusa il francese ma... mi prendi per il culo?», domando allibita.

«No». Eric sembra perfino compiaciuto. «Non vedi quello che vedo io?»

«Vedo un ripostiglio con i tubi degli impianti che pendono dal soffitto, un divano sfondato e un armadio che non sta chiuso». A conferma delle mie parole, una scopa nascosta dietro la porta cade per terra con un tonfo secco. «Perché? Tu cosa vedi?»

«Un loft post-industriale, con arredi vintage minimalisti. Benvenuta nella tua nuova casa».

«*Mia*?»

«Mia, no di sicuro».

«Non esiste», ribatto «È un buco!».

«Oh, scusi Madame! Quanti soldi hai detto di avere? Duecento dollari? Magari puoi chiamare il Plaza e sentire se hanno una suite». Eric sorride con un ghigno diabolico.

«Non bastano duecento dollari per una suite al Plaza», gli faccio notare a denti stretti.

«Allora non ti rimane che andare al rifugio per senza tetto e chiedere se loro hanno stanze singole, calde e pulite, con bagno indipendente per ospitarti gratis a tempo indeterminato».

«Non sei divertente».

«E non intendo esserlo», mi trancia lapidario. «Nel caso ti fosse sfuggito, io non ti sto pregando, quindi valuta le tue alternative e decidi».

«Non ho alternative», ammetto imbarazzata.

«Ti sei già risposta da sola».

«Benissimo». Mi trascino a passi pesanti dentro il loculo, arresa all'evidenza. «Loft post-industriale con arredamento minimalista sia».

«Le regole sono poche e chiare», dice con voce autoritaria, come se stesse dando ordini alla sua squadra, «se sporchi, pulisci; non fai casino e non ficchi il naso nelle cose che non ti riguardano. Nel cassetto sotto il divano ci solo le lenzuola, ti darò un cuscino e, dietro quella porta a soffietto, c'è il tuo bagno». Poi tende la mano aperta con il palmo all'insù verso di me. «La chiave».

«Quale chiave?»

«Quella di casa mia, il duplicato che ti ha dato Marga. Avanti, restituiscimela».

Io sbuffo, dopodiché la prendo dalla borsa e gliela schiaffo nel palmo. «Tieni».

Eric, senza neanche dirmi grazie, mi volta le spalle e scompare nel corridoio. «Addio».

«Quindi, posso restare, allora?», insisto urlando per farmi sentire. «Gratis?»

«Non metterti comoda!», risponde prima di sbattere la porta del suo appartamento.

Lotto per aprire il divano-letto, schiacciandomi per ben due volte le dita prima di riuscire a bloccarlo, poi mi contorco per rimboccarlo con le lenzuola, ottenendo un risultato discutibile, per cui decido di lasciarlo sfatto. Fare i letti non ha senso, tanto poi ci si dorme dentro e sarebbero da rifare.

Seduta sul materasso sottile con le molle che mi punzecchiano il sedere mi guardo intorno, sospirando. Ohna ha detto che nelle mie stelle vedeva un ridimensionamento dei miei spazi... Be', se si riferiva a questo, ci ha preso in pieno: ora so come si sente un tonno in una scatoletta. A proposito di tonno, il mio stomaco brontola e si contorce dalla fame, facendomi realizzare che sono a digiuno da ormai ventiquattro ore e nella mia borsa non è rimasto più neanche un orsetto gommoso.

Esco dal mio bugigattolo e busso alla porta dell'appartamento di Eric, aspettando che venga ad aprirmi.

Dopo qualche secondo lui compare dietro l'uscio in tenuta da casa: pantaloni della tuta, T-shirt grigia, e i capelli umidi di doccia, proprio come ieri.

«Ciao, vicino!», lo saluto con un brio al massimo della mia verve.

«Che cosa vuoi?», brontola lui scocciato.

«Un etto di zucchero, stavo pensando di fare una torta», rispondo. «Secondo te, cosa voglio?»

«Rendermi la vita un inferno».
«Anche. Ma prima ho bisogno di cenare. Ho fame e non so se il tuo raffinato intuito da detective ha notato che nel mio loft post-industriale minimalista manca la cucina».
«Perché? Tu cucini?»
«No».
«Allora non vedo dove sia il problema», taglia corto lui, richiudendomi la porta in faccia con arroganza.
Io picchio il pugno sulla sua porta. «Aprimi!», dico continuando a bussare. «Eric Chambers, ho detto aprimi. Non smetterò di bussare finché non mi avrai aperto. Non hai idea di quanto io possa essere insistente!».
La porta si riapre all'improvviso, e io mi trovo a sventolare il pugno in aria a vuoto.
«Grazie», dico seccata.
«L'ho fatto per me, non per te».
«Posso entrare?».
Eric alza gli occhi al cielo, poi mi fa il gesto di accomodarmi, con il braccio.
«Voglio rinegoziare».
«Mi hai finito lo shampoo», ribatte lui, sordo alla mia richiesta.
«Dovevo lavarmi i capelli. E comunque, poco male che sia finito, era un gradino sopra al detersivo per piatti! Dovresti provare la linea per capelli di Bloomingdale's, sai?»
«Bloomingdale's!». Lui alza gli occhi al cielo «Ecco cosa mi sono dimenticato stamattina!».
Gli lancio uno sguardo truce. «Sento una nota sarcastica nella tua voce».
«Nooo, perché?», ridacchia lui stappandosi una birra.
«E poi, oggi volevo fare uno spuntino, ma non c'è niente in frigo…».
«Mi dispiace! È che ieri ho dato un party e ho finito tutto il caviale».
«Il caviale mi fa schifo… Ehi! Ancora sarcasmo! Ma la vuoi piantare?!».
Eric si siede sul divano, prendendo «Sport Illustrated» dal tavolino. «Credimi, ce la metto tutta, ma è più forte di me».
«Comunque vorrei rinegoziare il nostro accordo», ripeto sedendomi anch'io.
Eric mi guarda accigliato. «Come, prego?»
«Mi hai dato uno sgabuzzino di dieci metri quadri con un letto sfondato».

«Nell'Upper West Side, i monolocali di dieci metri quadri li affittano per settecento dollari al mese», ribatte lui.

«Esatto, nell'Upper West Side», sottolineo. «Senti, quel bagno è così piccolo che posso lavarmi i denti stando seduta sul water!».

«Pensa al tempo che risparmierai!».

«Non c'è nemmeno una vera doccia!», insisto.

«Certo che c'è!».

«Andiamo! Con la tenda di plastica?!».

«I bagni pubblici sono gratis, se preferisci. Con corredo di herpes, verruche e micosi incluse».

«Tu non mi ospiti in quello stanzino gratis, mi ospiti in cambio delle mie informazioni».

«Non chiamarlo sgabuzzino, vedila più come una dépendance».

«Le dépendance di solito si affacciano su una piscina e hanno almeno un frigobar», spiego.

«E a proposito di informazioni. Io ancora non ne ho sentite, quando ti deciderai a darmele?»

«A tempo debito».

Eric sembra preso in contropiede. «E quando sarebbe a tempo debito?»

«Quando sarò certa che non mi sbatterai fuori una volta avuto quello che ti serve».

«Tu», dice puntandomi con l'indice, con fare minaccioso, «tu sei decisamente una Sloan».

«Mai messo in dubbio. Allora! Dove andiamo a cena?».

Alla mia domanda a Eric va quasi la birra di traverso. «*Andiamo*?»

«Ovvio. Dove prenoto?»

«Hungry Man», mi risponde lui, laconico.

Aggrotto la fronte mentre cerco il ristorante su Google. «È un posto nuovo? È a Manhattan?»

«È mooolto più vicino di quello che pensi», risponde lui senza staccare gli occhi dalla rivista.

«Qui, a Brooklyn?», cerco di nascondere il ribrezzo. «Ci sono ancora ristoranti che l'ufficio d'igiene non ha chiuso?».

Eric si alza dirigendosi verso il frigo, per poi aprire lo sportello del congelatore. «Cassetto uno, cassetto due o cassetto tre. Io stasera avrei voglia di mac and cheese, ma capisco che il tuo palato delicato potrebbe non essere d'accordo». Si china per estrarre una scatola incrostata di ghiaccio dal comparto in fondo con la scritta "Hungry Man". «Sei fortunata. Ho ancora una porzione di fettuccine Alfredo».

«Cibi pronti? Ma tua madre non dice niente sul fatto che mangi quella roba?!».

«Mia madre non ha più voce in capitolo da un pezzo, ormai».

«Credo che passerò, grazie. Magari chiamo un take-away e sacrificherò parte dei miei duecento dollari in una pizza».

«Come vuoi». Eric fa spallucce, infilando la sua cena nel microonde. Torna a sedersi accanto a me, ma stavolta non riprende la rivista. «Adesso sarei curioso di sapere perché Red Hook è diventata l'ultima spiaggia di Lexi Sloan».

«È una storia che vuoi sentire sul serio?»

«Non te lo chiederò più, quindi approfittane».

Sospiro, cercando di ignorare le pugnalate che ancora mi bruciano nella schiena. «Quando sono rimasta senza casa, sono andata da Rick».

«Richard Bates».

«Stiamo insieme da dieci anni e… Be', è naturale che mi sia rivolta a lui prima che a tutti gli altri. Era la persona con la quale sognavo un futuro, con la quale creare la mia famiglia, spalleggiarlo nella sua carriera politica e ho dato per scontato il suo appoggio, e invece…».

«Invece?»

«Invece, mi ha detto che, con l'inchiesta per truffa, è meglio che io mi tenga a distanza da chiunque si chiami Bates».

Eric fa tanto d'occhi da sopra la sua birra. «Scherzi?»

«Hai capito bene. Mi ha messo alla porta e l'ultima cosa che mi ha detto è stata di ridargli le chiavi di casa sua».

«Ho sempre pensato che fosse un coglione!», scoppia a ridere lui.

«Anche tu?! È la stessa cosa che mi ha detto Nevis… Un momento! Cosa intendi con "sempre pensato"? Lo conosci?»

«Diciamo che la sua fama lo precede. E non sono l'unico a rabbrividire all'idea di trovarmelo governatore in futuro».

Io continuo il mio triste racconto. «Poi è stato il turno di Becca e Jem».

«Queste due mi sfuggono».

«Rebecca Tindall, impero degli pneumatici».

«Ah, sì! Forse ce l'ho presente. Mora con il culo basso?».

Serro la mandibola per trattenere uno spontaneo sorriso quanto mai fuori luogo. «Non è più mora, è bionda. E non ho mai fatto caso se il suo culo fosse basso».

Eric mi colpisce il braccio con la bottiglia fredda. «Bugiarda».

«Ok, forse è un po' basso», ammetto lasciandomi andare. «Jemima invece è la figlia di Carlton Merton, Merton Records. Sono le mie migliori amiche e, dopo Rick, sono andata subito da loro».

«Se sei qui, qualcosa mi dice che nemmeno con Becca e Jem hai avuto fortuna».

«Secondo loro io dovrei addirittura andarmene da New York! E pensare che quando Jemima ha rotto con il suo ultimo ragazzo l'ho ospitata per un mese nella nostra villa ad Antigua! E due mesi fa, lasciavo la mia suite a Becca per appartarsi con il suo maestro di tennis di nascosto!». Noto che però Eric si è attaccato al cellulare. «Non mi stai ascoltando».

«Sono tutt'orecchi, invece», risponde senza neanche guardarmi.

«E che diavolo stai facendo, allora?»

«Sto scrivendo al mio capo per dirgli di procedere al sequestro cautelativo anche della vostra villa ad Antigua».

Gli allungo un calcio che però lui schiva alzandosi per levare la cena dal microonde.

«Sei proprio insensibile, lo sai? Ti sto raccontando di come la mia vita è caduta in pezzi e tu te ne approfitti!».

«Scusa, ti prego, riprendi la tua storia strappalacrime!».

Mi siedo di fianco a lui al bancone, mentre rigira un ammasso colloso e giallognolo con la forchetta. «Becca e Jem mi devono un sacco di favori! *Io* le ho aiutate ad avviare la loro carriera di designer!».

Eric sembra incredulo. «Quelle due fanno le stiliste?»

«Be', hanno *assunto* delle stiliste per disegnare le collezioni, dei sarti per confezionare i capi e manager per gestire il business plan, io dirigevo le pubbliche relazioni...».

«E loro cosa fanno?».

A essere sincera non molto. «Ci mettono i soldi».

«Non avrei detto che fossi una persona tanto impegnata. Mi sorprendi».

Prendo una forchetta dal portaposate e raccolgo un grumo di pasta e formaggio, addentandolo sospettosa. «Farai meglio a tenerlo bene a mente...».

«Credimi, quando ho aperto la porta di casa e ti ho trovata in soggiorno, è stata una sorpresa che mi basterà per tutta la vita».

«La tua giornata non può essere stata comunque peggio della mia». Allungo di nuovo la forchetta sul piatto. «Non è male questa roba».

«È la mia cena!».

«Adesso è anche la mia», dico inforchettando un boccone ancora più generoso di prima.

«Cosa guardiamo?», domando vedendo Eric accendere la TV.

«*Io* guardo l'NBA», risponde lui dandomi le spalle.

«Ma stasera c'è *Grey's Anatomy*!».

Si volta appena lanciandomi uno sguardo tagliente. «Oh, scusa! Pensavi forse di essere a casa tua?»

«Non sei affatto ospitale».

«E non intendo esserlo. NBA. Stasera giocano gli Knicks».

«Andavo sempre con Rick al Madison Square Garden a vederli. Una volta eravamo seduti di fianco a Beyoncé e Jay-Z», gli dico dalla porta, pronta a tornarmene nella mia scatoletta di tonno.

«L'invidia mi sta uccidendo», ribatte lui già ipnotizzato dalle squadre che scendono in campo.

Ignoro la sua stoccata e mi richiudo la porta alle spalle e, una volta tornata nel mio "loft", annoiata, mi sdraio sul divano-letto a scorrere le pagine dei miei social sul cellulare, restando colpita da come, per il resto del mondo, la vita sia andata avanti nella più totale indifferenza.

Gente che va a feste, che parte per viaggi, serate tra amiche, pomeriggi di shopping, eventi mondani da prima pagina... L'unica differenza è che nelle foto che guardo non ci sono più io, come se fossi stata portata via da un colpo di spugna.

Non pubblico nulla da giorni, l'ultima foto del mio profilo è quella in cui soffio sulla candelina, alla cena da Butter, un minuto prima che il cameriere mi dicesse che la mia carta era stata rifiutata. L'inizio della fine.

Fisso l'immagine come se fosse l'ultimo scatto della mia vita: tutte le persone che mi circondano, sorridenti e affettuose, oggi non mi sembra nemmeno di conoscerle.

Tre milioni e duecentomila followers, in due giorni ne ho persi quasi metà e il numero continua a scendere in picchiata.

Neanche Becca e Jem mi seguono più. Che stronze!

Vorrei lanciare il cellulare contro il muro ma solo l'evidenza che non ho soldi per comprarne uno nuovo mi trattiene.

Poi mi ritrovo a pensare a Eric, domandandomi se nella mia vecchia vita lo avrei anche mai solo degnato di uno sguardo.

Non lo so.

Non credo.

La mia vita e la sua sono come due linee parallele, mai destinate a incrociarsi, eppure eccomi qui, a Red Hook, dopo aver spazzolato un piatto di mac and cheese precotto.

E mi è pure piaciuto. Forse era la fame.

Prove da affrontare… Ohna aveva ragione, che lo abbia davvero letto nelle stelle, o abbia tirato a indovinare: nemmeno nei miei incubi peggiori avrei potuto immaginare tanto.

Mi arriva anche un messaggio di Susan, del centro ipovedenti, che con molta diplomazia mi dice che c'è un problema con l'assegno della mia donazione e che non può essere incassato.

Io mi sento un verme, perché se c'è una cosa a cui tengo, sono le donazioni al centro. Mentre mi profondo nelle mie più sentite scuse il cellulare mi muore tra le mani così mi decido a metterlo in carica e forse è meglio, considerato che ho passato quasi due ore a farmi del male.

Vado nel mio minuscolo bagnetto un metro per uno e mi preparo per la notte. Mi sono ridotta a lavarmi i denti con il kit da viaggio che ho in borsetta. Non ho nemmeno il filo interdentale. E neanche la mia crema Orlane. Due giorni senza trattamento rigenerante e la mia pelle grida già vendetta. Se vado avanti così, nel giro di un mese avrò le rughe.

Prima di mettermi a letto decido di tornare da Eric a prendere una bottiglietta d'acqua da tenermi vicino stanotte, così ribusso alla sua porta e lui riapre ancora con la faccia scocciata.

«Ciao, vicino», lo saluto io, sempre sfacciata. Ci tengo a ricordargli che dopo quello che mi ha fatto, io sarò la sua spina nel fianco finché avrò aria nei polmoni.

«Dove hai preso quella maglia?», domanda lui squadrandomi, mentre lo oltrepasso, diretta al frigo.

«Nel tuo armadio».

«E quando?»

«Stamattina», rispondo io senza fare una piega.

«Deve essermi sfuggita la parte in cui ti davo il permesso», brontola spegnendo la TV.

«Mi serviva un cambio per la notte».

«E i tuoi vestiti?»

«Uno: sono gli unici che ho. Due: è haute couture, non si dorme con la haute couture!», obietto. «Non capisco perché ti indisponi tanto! Sei pieno di queste T-shirt stinte dell'FBI nell'armadio, se una la uso io, cosa ti cambia?!».

Lui alza gli occhi al cielo. «Non è per la maglia, è per il principio! Non mi sta bene che frughi nella mia roba!».

«Agente Chambers, hai qualcosa da nascondere?»

«Non ho un bel niente da nascondere ma c'è quella cosa, a te sconosciuta, di nome privacy».

«Hai messo i sigilli alla porta di casa mia, ho passato la notte sul pianerottolo, quello con cui sono arrivata è tutto ciò che ho, mi hai messo a dormire nel tuo ripostiglio, quindi non venire a parlare di privacy con me. Ora, se mi permetti, sono stanca», dico scavalcandolo, mentre imbocco il corridoio. «Chi di sequestro ferisce, di sequestro perisce, Eric Chambers».

11

«Nella vita ci sono cose più importanti dei soldi.
Solo che ci vogliono i soldi per comprarle!».
Groucho Marx

Già le undici? Quanto ho dormito? Non sono una persona mattiniera, ma di solito alle nove al massimo sono già in piedi.

Dopo la notte sul pianerottolo, mi è bastato il contatto con il materasso per perdere conoscenza.

Questo divano-letto non è paragonabile al mio Hastens progettato da ingegneri scandinavi professionisti del sonno, ma credo che valga lo stesso principio per cui ieri sera mi sono piaciuti i mac and cheese: disperazione.

E, a proposito di disperazione, penso a come oggi nessuno mi porterà in camera il carrello della colazione con una selezione di croissant, omelette e succhi tropicali.

Mi alzo, mi doccio nel cubicolo altrimenti conosciuto come bagno, scoprendo l'impossibilità di girare su me stessa e mi dirigo all'appartamento di Eric.

Busso con tre colpi veloci e, con mia sorpresa, lui mi apre quasi subito.

«Buongiorno, vicino!», lo saluto con entusiasmo.

«Dipende dai punti di vista», borbotta mentre si rimette seduto al bancone con una tazza di caffè alla sua sinistra, il portatile aperto sulla destra e una catasta di fascicoli davanti a lui.

«Lavori?»

«Mmh».

«È l'indagine su mio zio?», domando vedendolo prendere appunti indecifrabili su un blocco. Noto che su ogni cartellina c'è un'etichetta con su scritto "Sloan" tutte numerate in progressione.

«Mmh».

«Sei loquace, vedo», osservo.

«Sto inseguendo soldi che sembrano scomparsi nel nulla, quindi, a meno che tu non sappia dove siano, ti chiedo di aiutarmi nell'unico modo possibile, e cioè facendo silenzio».

Lo lascio perdere e apro tutti gli sportelli della cucina alla ricerca di qualcosa con cui fare colazione. «Hai bacche di goji o semi di chia?»

«Se non le vedi, la risposta è no».

Mi stringo nelle spalle. «Ok, immagino che anche granola e açai siano fuori discussione».

«Impari in fretta», mi sbeffeggia. «Se hai fame, fatti un toast».

«Farmi? Cioè... devo cucinarlo?». Potrebbe essere un problema. Non saprei da che parte iniziare. «Con cosa?»

«Cosa ti suggerisce la fantasia?», mi sfida lui.

«Nel bistrot migliore di Saint-Germain-des-Prés lo piastrano ma qui, piastre non ne vedo...», osservo guardandomi intorno. «Hai un ferro da stiro da qualche parte?».

Eric mi fissa basito. «Un ferro da stiro? Sul serio?».

Io, piccata dal suo tono, gli restituisco l'occhiataccia, con le mani piantate sui fianchi. «Hai idee migliori?».

Lui non mi risponde neanche, scuotendo la testa e tornando al suo lavoro.

Apro il frigo sconsolata, confrontandomi con il suo vuoto cosmico. «Questi involtini primavera a che dinastia Ming risalgono?»

«Alla seconda, perché?», risponde lui senza neanche degnarsi di guardarmi.

«E guarda questo pane da sandwich! Per capire quando lo hai comprato bisogna fare la prova del carbonio-14» dico sventolando la busta di pane duro come la pietra. «Tu, tutto preciso e ordinato, poi la cosa più commestibile che hai nel frigo è la pomata contro gli strappi muscolari».

«Il frigo non è una mia priorità», m'interrompe lui seccato. «C'è del caffè».

Arresa, prendo la caraffa e me ne verso una tazza, sedendomi di fronte a lui. «Quindi tu lavori anche il sabato?»

«Le truffe non conoscono il weekend».

«Peccato», commento guardando il cielo terso dalla finestra. «È anche una bella giornata...».

Lui lascia cadere la biro sul blocco e si allunga contro lo schienale con le mani intrecciate dietro la nuca. «Hai vinto. Cosa fai tu il sabato di solito?»

«Sto cercando di fare conversazione per conoscere il mio vicino...».

«Non siamo vicini e non m'interessa conoscerti».

«Quanto la fai lunga! Be', il sabato mattina faccio pilates con la mia personal trainer, poi asta da Sotheby's o Christie's o, se le previsioni mettono sole, Hamptons».

«Caspita, Lexi, mi hai quasi fatto venire voglia di uscire!».
«Sul serio?»
«No». Eric riprende a scorrere i suoi appunti.
Sbuffo, giocherellando con la tazza. «Ma non c'è niente da fare qui? Che ne so, la palestra condominiale con due tapis-roulant, o una spa sul tetto».
«Il locale caldaie sfiora gli ottanta gradi se hai voglia di farti una sauna, se invece vuoi darti allo sport, ti suggerisco la caccia ai ratti, giù nel seminterrato».
«Stai cercando di convincermi ad andarmene?»
«Non lo so, sta funzionando?»
«La spesa!», esclamo. «Se c'è qualcosa che so fare bene, è lo shopping e questa casa ne ha bisogno!». Ok, la spesa non è proprio shopping, ma è quanto di più simile possa fare. «Che non c'è più shampoo già lo sappiamo. Serve altro? Ovviamente la dividiamo fifty-fifty».
«Perché mai vorresti fare la spesa?»
«Avanti, io di là non ho nemmeno una dispensa! Una Lexi Sloan morta di fame ti serve a poco!».
Lui alza il volto dal foglio, si allunga e stacca un post-it dal muro. «Questa è la lista. E queste», mi allunga un portachiavi. «Sono le chiavi dell'auto. Buon divertimento!».
«Gentile da parte tua, ma non posso guidare».
«E perché no?», mi domanda con scarso interesse senza staccare gli occhi dal pc.
«Non ho la patente». Confesso con candore. «O meglio, non ancora».
«Come sarebbe a dire che non hai la patente?», reagisce lui sconvolto. «Hai ventisette anni!».
«Non mi è mai servita, c'è sempre stato Nevis a mia disposizione. Ho il foglio rosa, ma è scaduto. E poi, scusa, chi sarebbe tanto pazzo da voler guidare a New York a meno di non essere un autista?! Io no di sicuro».
«Come non detto». Eric si riprende le chiavi.
«Potresti accompagnarmi tu», butto lì.
«Ho da fare. Perché non chiami Nevis?», suggerisce beffardo.
«Sai cosa ti dico? Che andrò da sola, a piedi e tu mi dovrai delle scuse».
«Ma se fino a dieci minuti fa volevi fare tapis-roulant!».
«È il tipo di fatica che è diversa. Nel caso della palestra è indotta, nel caso della spesa è collaterale», argomento io.
Eric schianta la testa sulla tastiera del pc. «Mi stai facendo venire il mal di testa».

«Ok, prenderò anche dell'ibuprofene», ribatto del tutto indifferente al suo tono spazientito.

Motivata dalla mia nuova task, torno nel mio buco a vestirmi, pettinarmi e truccarmi, pronta a uscire, dopodiché torno a bussare da Eric.

«Ancora tu?! Ma non eri uscita?!».

«Sto per uscire».

«Quella borsa è troppo vistosa», osserva lui, accennando alla mia Birkin. «Mettiti i soldi in tasca, è più sicuro».

«Una donna che esce senza borsa è una donna nuda. Scordatelo!».

«Come ti pare, io ti ho avvertita».

Lui fa per richiudere la porta ma io la blocco. «Non dimentichi nulla?», domando io tendendogli la mano aperta.

«Tipo cosa?»

«Tipo i soldi?»

«In che senso i soldi? Non avevi detto che avremmo fatto a metà?»

«Sì, ma con questo intendevo che tu li anticipi poi, quando io li avrò, te li restituirò. Tutti, eh, ogni centesimo, con gli interessi. Se la memoria non m'inganna, il tasso corrente sui crediti personali è all'11,93 percento, ma arrotondiamo a 12 perché mi sento generosa. Ci stai?».

Eric mi scruta con gli occhi stretti in una fessura. «Inizio a capire come mezza New York si sia fatta infinocchiare dalla tua famiglia».

«Avanti, Chambers. Non mi regaleranno la spesa solo perché sono simpatica», insisto.

«Anche perché, in quel caso, moriresti di fame».

«Sai, Eric, tieniti stretto il tuo posto all'FBI, perché come comico fai pena».

«Tu invece dovresti seriamente valutarla, come carriera». Lui si alza, prende il portafogli dalla giacca e mi allunga due banconote da cento. «Ehi», ritira la mano prima che io possa prenderle. «Riportami il resto. E lo scontrino».

Gliele strappo, ficcandomele in tasca. «Ma per chi mi hai preso?!».

«Non si sa mai».

«E allora?!».

«Gli ultimi che hanno messo dei soldi nelle mani di uno Sloan non li hanno più rivisti».

Io scuoto la testa e imbocco le scale. Prima che possa sparire dal suo campo visivo, alzo la mano in aria con il dito medio teso in su. «Va' al diavolo, Eric Chambers».

È solo una spesa. Milioni di persone fanno la spesa ogni giorno e oggi, io, sarò una di loro.

Tagliando per il parco, se di parco si può parlare, arrivo al supermercato in dieci minuti, una scatola da scarpe stretta tra una rosticceria cinese che spande odore di fritto nell'aria, e uno spaccio di liquori nel quale sono tentata a entrare per convertire i duecento dollari di Eric in una cassa di pessimo gin, ma ho una missione: dimostrargli che ha torto.

Entro dalle porte scorrevoli e individuo una delle commesse in divisa.

«Buongiorno… Enid», saluto leggendo il cartellino appuntato sul petto.

«Salve».

«Io devo fare la spesa».

«È nel posto giusto, allora».

«Ecco qua». Le porgo il post-it che mi ha dato Eric.

Lo guarda senza capire. «E con questo cosa ci faccio? Me lo attacco in fronte?»

«Sono le cose che devo comprare. Faccia con calma, non ho fretta».

«Senti, bellezza, quelli sono i carrelli, quelli sono gli scaffali. Datti alla pazza gioia».

Non ho capito? Intende dire che devo fare *da sola*? Dove sono finiti i commessi che ti accolgono e si offrono di aiutarti? «In che senso? Non va lei a prendermi le cose?»

«Ascolta, io mi sono svegliata con la cervicale, ho il turno fino alla chiusura, devo scaricare due bancali e mancano tre persone alle casse. Pensi che io riempia i carrelli di tutti i clienti per ammazzare il tempo?»

«Ma è un sacco di roba!». Guardo le corsie sconcertata. «Come faccio a trovare tutto?».

Enid non sembra voler essere di aiuto. «Hai detto che non hai fretta!». Mi restituisce il post-it. «Attenta a dove metti i piedi. Hanno rotto una bottiglia di ketchup nella corsia due».

Afferro un carrello dalla maniglia appiccicosa e lo spingo con fatica mentre le ruotine cigolanti lo fanno deviare a destra senza apparente spiegazione logica.

Nessun problema, Lexi: pane da toast, cereali, uova, latte, minestra in scatola, mele, noodles, succo di frutta, troverò tutto in un batter d'occhio.

M'infilo nella prima corsia sulla quale pende il cartello "Cereali". Visto, è facile! Li prendi, li butti nel carrello e *sbam*… È fatta! Sono una casalinga nata, sono la regina della spesa, sono… fottuta!

La corsia è lunga come la Broadway e ci saranno almeno cento varietà di cereali: al miele, al cioccolato, integrali, con vitamine, con ferro, biologici, equosolidali, mini-porzioni, formato famiglia, mix frutta secca... Quali accidenti prendo? Sulla lista c'è scritto solo "Cereali", come faccio a sapere cosa intende Eric con "Cereali"!? Non sono mica un'indovina!

Lui mi sembra uno da ciambelline al miele. Ma anche frutta secca e cioccolato non sono male. Però la colazione è il pasto più importante della giornata, le vitamine sarebbero meglio. E il ferro? Non vorremo mica rinunciare al ferro?

Ma sì, li prendo tutti, così risolvo due problemi in uno: di sicuro ho preso quelli che piacciono a Eric, e ci sarà una scorta per un bel pezzo.

Vai con gli shampoo!

Ecco, qui le cose si fanno complicate perché io, i capelli, li faccio sempre al salone da Bergdorf, e non ho idea di cosa usi John. Qui abbiamo i rinforzanti, gli anti-doppie punte, per capelli tinti, per capelli fragili, effetto ultra-morbido, ricci perfetti, idratanti, agli oli essenziali... Be', io voglio dei capelli forti, idratati, senza doppie punte, e ultra morbidi quindi, uno di tutti!

Poi, il latte. Uno di tutto anche qui: riso, scremato, soia, senza lattosio, alta digeribilità e al cacao.

Riempio il carrello, corsia dopo corsia, sempre più spedita e senza indugi, soddisfatta della mia spesa. L'ho detto che lo shopping è un mio talento naturale!

Al banco frigo setaccio lo scaffale degli yogurt, prendendo la confezione di quelli assortiti.

«Prendi sempre quelli in fondo», dice una voce femminile dietro di me.

Alle mie spalle c'è una ragazza bruna, minuta, forse poco più grande di me, che ha un bambino nel seggiolino del carrello, un altro sempre dentro in piedi e uno in braccio.

«Dici a me?»

«Sì. Prendi sempre le confezioni in fondo», ripete. «A volte la gente mette nel carrello i prodotti poi ci ripensa e li abbandona in giro. Alla chiusura i commessi rimettono in ordine gli articoli fuori posto, di solito davanti. Se ti mangi uno yogurt che è stato fuori frigo tutto il giorno perché qualcuno lo ha abbandonato in mezzo ai detersivi, ti ritroverai con una cacarella fulminante».

Guardo i miei yogurt con sospetto, li rimetto nel frigo e pesco la confezione più in fondo di tutte. «Il mio apparato digerente ti è debitore».

«Figurati. Con questi tre mostriciattoli devo stare attenta a tutto. Mi chiamo Brianna», si presenta lei con un cenno del capo mentre allunga un ciuccio al maschietto sul seggiolino. «Scusa se non ti do la mano».

«Io sono Lexi».

«Allora, buona spesa, Lexi!». Brianna continua il suo tour de force lungo la corsia, con la lista tra i denti, spingendo il carrello con i bambini.

Finisco il mio giro nel reparto ortofrutta e poi mi accodo alle casse, dove due carrelli avanti a me c'è Brianna che, quando mi vede, mi fa un cenno di saluto.

Quando arriva il mio turno, metto la spesa sul nastro, la commessa insacchetta tutto e batte il conto. «Centosettantasei dollari e quaranta».

Pago, infilo il resto nel portafogli e... Quanti cavolo di sacchetti sono? Sette... No, otto!

«Avete un servizio concierge?», domando indicando i miei acquisti.

«Un che?»

«Servizio concierge», spiego imperturbabile. «Mi recapitate gli acquisti a casa».

La commessa mi scruta a lungo e poi scoppia a ridere insieme a quelli in coda dietro di me. «Questa è la migliore che ho sentito in quindici anni che lavoro qui».

«Presumo che la risposta sia no», borbotto tra me e me. «E come la porto fuori?».

La commessa non si fa scalfire. «Perché non prova con le mani?».

Mi carico quattro sacchetti per braccio, e aggancio il manico della mia borsa con il mignolo.

«Allora! Ti vuoi dare una mossa?! Non abbiamo mica tutto il giorno per stare a guardare te!», bercia un tizio alle mie spalle.

«Ok, ma stai calmo!», sbotto, barcollando fin sul marciapiede. La situazione è drammatica: devo tornare a piedi!

Sento già gli avambracci cedere sotto il peso dei cartoni di latte e succo di frutta, così appoggio sacchetti e borsa per terra. Mai come oggi ho apprezzato tanto il lavoro di Nevis: io striscio la carta di credito e lui pensa a tutto il resto.

Qui di taxi non se ne vedono, l'autobus passa tra mezz'ora, posso giusto cercare un Uber.

Prendo il cellulare dalla borsa e scarico la app, approfittando dell'attesa per riposare le braccia. Mi si è anche stropicciata la giacca!

All'improvviso qualcosa mi urta, facendomi balzare in avanti e nel voltarmi noto un tizio che corre come un pazzo lungo la strada stringendo una borsa arancione sotto il braccio.

LA MIA BIRKIN!

12

«La fortuna aiuta agli audaci ma sicuramente non te».
Legge di Murphy

Mi lancio all'inseguimento del ladro barcollando sui tacchi, lo tiro per una manica della giacca, ma lui mi strattona liberandosi della mia presa, io inciampo in una pecca del marciapiede, e finisco carponi sul cemento.

La mia Birkin! Hanno rubato la mia Birkin! Tutto ma non quella!

Rimango lì, in ginocchio, incredula e a pezzi neanche mi avessero picchiata a sangue.

Sono così sconvolta che ho perfino la vista offuscata.

Faccio un respiro profondo, mi strofino la faccia con la manica della giacca e mi guardo di nuovo intorno, solo che continuo a non vedere nulla.

Solo contorni sfocati, niente prospettiva, niente profondità.

Cazzo, mi sono cadute le lenti a contatto!

«Merda, merda, merda!», borbotto tra i denti mentre tasto il marciapiede lurido alla ricerca disperata delle mie lenti.

«Signorina», mi dice una voce dietro di me. Alzo lo sguardo e scorgo la sagoma rossa e blu della commessa che mi ha fatto il conto. Sono senza parole per riuscire a dirle qualcosa.

«Il suo portafogli», dice. «L'ha lasciato sulla cassa».

La commessa me lo allunga, poi, senza aggiungere altro, se ne torna al lavoro.

La mia vita perde pezzi uno alla volta. Ieri la casa, oggi la borsa, le lenti… E domani, cosa?

Un clacson interrompe il mio vortice di pensieri. «Ehi, Lexi, serve un passaggio?».

È la voce squillante di Brianna. Segue il rumore di un motore che si spegne e di una portiera che si apre e si chiude con un cigolio sinistro. Senza aspettare la mia risposta, me la trovo accanto, che mi mette un braccio sulle spalle. «Dio santo! Che ti è successo?»

«Un tizio si è preso la mia borsa mentre chiamavo un Uber».

«Dovrai farti denuclearizzare dopo aver toccato questo marciapiede», osserva con un sospiro. «Andiamo», m'invita Brianna, prendendomi per un gomito, «sali in macchina! Ti carico la spesa».

Mi tiro su e dopo essermi spazzata via lo sporco dalle mani, la seguo, tentando di aprire la portiera bloccata.

«Ma che fai?», mi domanda lei. «La mia auto è questa!».

Mi rendo conto che sto tirando la maniglia dell'auto sbagliata, quella davanti alla macchina di Brianna. Accidenti, non vedo un tubo.

Provo a metterla a fuoco senza troppo successo, faccio per raggiungerla, solo che inciampo nel cordolo del marciapiede e finisco di nuovo a terra.

«Ma stai bene? Ti vedo disorientata! Ti porto al pronto soccorso?»

«No», sbuffo. «Io... Ho perso le lenti a contatto, quando sono caduta. Senza non ci vedo e...».

«Facciamo un salto in farmacia e ne prendiamo di nuove».

«Non posso usare le lenti normali, mi danno allergia», spiego arresa.

«Allora degli occhiali di ricambio! Qui al drugstore li hanno!».

Non che io speri di trovare gli occhiali che servono a me, ma guidata da Brianna, con i suoi bimbi che strillano intorno, torniamo nel supermercato, all'angolo parafarmacia.

«Quanto ti manca?», mi domanda, facendo ruotare l'espositore.

«Sette all'occhio destro e otto al sinistro», confesso a mezza voce. Non l'ho mai detto a nessuno. Non mi piace fare pena alla gente. E quando sanno che non ci vedi, tutti ti guardano come una derelitta.

«Cazzo, ma sei proprio cieca!», esclama lei priva di ogni tatto, a differenza delle solite litanie pietiste che mi toccava sentire da bambina. «Eh, non c'è molta scelta, mi sa che dovrai accontentarti».

Mi porge un paio di occhiali e io li infilo spingendoli sul naso. Non ci vedo bene, ma meglio che senza, non c'è dubbio, però siamo ben lontani dalle mie lenti. E non sono neanche un granché belli. Sembro Harry Potter con una parrucca bionda. Almeno, però, posso vedere dove sto andando e con chi sto parlando. «Quanto costano?», chiedo piegando la testa perché Brianna possa leggere il cartellino che pende dall'astina.

«Ventidue dollari».

Prendo quello che mi resta nel portafogli, pago e seguo Brianna con i suoi pargoli fino alla sua Volvo Polar blu sbiadito.

Mi metto sul sedile del passeggero e mi strofino il ginocchio che mi brucia come l'inferno. Mi si sono bucati anche i collant. È il mio giorno fortunato.

«Sembra che ti sia crollato il mondo addosso», osserva Brianna mettendosi al volante. «Bambini, adesso facciamo il gioco del silenzio, chi sta zitto finché non arriviamo a casa vince un biscotto».

«La mia borsa», dico io in tono sommesso mentre Brianna guida lungo Lorraine Street.

«Via, Lexi! Hai il cellulare, hai il portafogli, la borsa si ricompra!», dice lei con fare pratico, mettendo in moto.

Eccolo lì, il groppo in gola. «Non si può. Era la borsa di mia madre, una Birkin da cinquantamila dollari», sospiro devastata.

«Cinquantamila dollari?». Brianna inchioda. «Ma chi diavolo sei? Paris Hilton?!».

«No. Lexi Sloan».

Lei non sembra dare accenno di partire. «Lexi Sloan?! Quella Lexi Sloan?»

«Non so quante Lexi Sloan tu conosca, però sì».

«Porca puttana… Ehm, scusa, voglio dire… Ma tu sei una multimiliardaria!».

«*Ero.* Ero multimiliardaria».

Brianna sembra sotto shock. «Cosa diavolo fai qui a Red Hook?»

«Mio zio ha rubato tutti i miei soldi, l'FBI ha sequestrato la mia casa e… Ora ho perso le mie lenti a contatto e mi hanno rubato anche la borsa», spiego scoppiando in lacrime. Calde e grosse lacrime di disperazione mi rigano la faccia, gocciolando fino al mento. I singhiozzi sono tanto forti da farmi sobbalzare.

«No, no, no…». Brianna prende un pacchetto di kleenex dal portaoggetti e mi soffia il naso come se fossi uno dei suoi figli.

Lo so che sembra assurdo frignare per una borsa dopo tutto quello che mi è successo, ma è come se questa fosse stata la famosa goccia che ha fatto traboccare il vaso. E poi era come se avessi un po' di mia madre con me. Ho perso ogni cosa e il furto ha fatto diventare *tutto* reale.

«Ehi, hai fatto la spesa, vuol dire che un posto ce l'hai! Non è la fine del mondo, si risolve tutto. Dove ti porto?»

«Van Brunt Street», singhiozzo tirando su con il naso.

«Oh, vedi? Mi sei anche di strada!». Brianna riprende a guidare finché non si ferma davanti a uno dei tanti casermoni residenziali del quartiere.

«Lascio i bambini alla mia vicina. Mi sono comprata un cartone di vino bianco e ho tutta l'intenzione di berlo senza nessuno intorno, più tardi», mi dice mentre si accolla i tre pargoli e li affida a una ragazzina di forse sedici anni, che ciondola sul portone.

«Vuoi un consiglio da una stupida?», domanda Brianna risalendo in auto. «Aspetta a fare figli più che puoi! Io ho iniziato a ventiquattro anni e non ho più smesso! Risultato? Non riesco più a stare da sola neanche al cesso!».

Apprezzo il tentativo di distrarmi dai miei drammi. In fondo, nonostante l'autoironia, Brianna sembra una che sa il fatto suo. «Ecco!». Indico il palazzo dove abita Eric. «È lì che sto».

«Wow, che bel posticino!».

Ieri avrei potuto darle torto, scoppiando a riderle in faccia, ma dopo aver dato uno sguardo al resto del quartiere, immagino che a Red Hook quella di Eric si possa considerare un'abitazione quasi lussuosa.

Scarichiamo i sacchetti e Brianna, nella sua infinita gentilezza, si offre di aiutarmi a portarli su, cosa di cui non posso che esserle grata. In un gesto automatico, vedendomi nel vetro del portone, cerco di ravvivarmi i capelli e cancellare con il dorso della mano le chiazze di mascara colato. E gli occhiali. Erano anni che non mettevo gli occhiali, e almeno quindici che non li porto più in pubblico. Sono così… non io.

«Sono tornata», annuncio bussando alla porta con un colpo di tacco.

Eric apre e mi viene incontro prendendo le sporte. «Dove diavolo sei andata a fare la spesa? In Michigan?»

«È una lunga storia».

«E quegli occhiali?»

«Sempre parte della lunga storia», borbotto avvilita. Poi ricordandomi le buone maniere, gli presento la mia nuova conoscenza. «Devo ringraziare Brianna. Mi ha dato uno strappo fino a qui».

Lei gli stringe la mano scrutandolo da capo a piedi con occhi spalancati.

Mentre lascio Eric a sistemare le cose, riaccompagno Brianna alla sua auto per prendere l'ultimo sacchetto, ma appena fuori dal portone lei si blocca alzando le mani al cielo. «Tu stai con *quello*?»

«Chi, Eric?»

«Sì, Chiappe-di-marmo!».

La sua esclamazione mi lascia sconcertata. «Chiappe di…».

«Marmo! Chiappe-di-marmo. È così che lo chiamano tutte, nel quartiere. Si è trasferito qui un anno fa e da allora non c'è donna che non se lo sogni di notte. E adesso viene fuori che tu stai con lui! Questa cosa farà tremare Red Hook fino alle fondamenta», insiste lei gasatissima.

«Non sto con lui», chiarisco subito. «Perché mai questa cosa dovrebbe sconvolgere Red Hook?»

«Perché quel semidio lassù, da quando è nel quartiere, non si è mai visto in giro con una donna. Mai! Capisci?».

Io scuoto la testa. «Forse è gay».

«No, non è gay, te lo assicuro. Ho il Brianna-radar, e il Brianna-radar non sbaglia mai!».

«E che dice il tuo Brianna-radar di Eric?».

Lei alza gli occhi al cielo. «Le donne lo aspettano dietro l'angolo per pedinarlo mentre fa jogging; c'è la guerra per fare la fila dietro di lui all'ufficio postale e...», abbassa la voce, facendomi cenno di avvicinarmi. «L'ultima volta che è andato in farmacia e ha comprato una scatola di profilattici, la commessa ha seminato il panico da qui a Williamsburg!», bisbiglia.

«Mi dispiace, se vuoi ho il numero di uno bravo che può aiutare queste poverette. Senti», dico con fare sbrigativo, «ti assicuro che in Eric Chambers non c'è niente di interessante da scatenare scene d'isteria di massa. È solo un precisino rompipalle tutto lavoro, lavoro, lavoro».

Brianna mi squadra dall'alto in basso con un sorrisino. «Quindi non state insieme?»

«No! Siamo vicini, mi presta la cucina. Lui è solo... È uno che mi dà una mano, tutto qui».

«Certo...». Lei ammicca con fare malizioso, con l'aria di quella che non se la beve. «Per essere una miliardaria in disgrazia, sei caduta proprio in piedi, eh, Lexi Sloan?»

«Ma tu, Brianna, non sei sposata?!».

«Sono sposata, ma ce li ho ancora gli occhi. E ci vedo meglio di te, fidati se ti dico che è uno schianto». Poi mi prende il cellulare di mano. «Facciamo così, questo è il mio numero. Se ti va un caffè, fare due chiacchiere o hai bisogno di una guida per ciechi, fammi uno squillo. Se non sono di turno, ci vediamo!».

«Turno?»

«Faccio l'infermiera al Mount Sinai. È massacrante, ma ho le pillole gratis!», dice con un occhiolino. «Ora vado. Salutami quel monumento di Eric!».

La guardo risalire sulla sua auto sgangherata e penso che la richiamerò. Forse la mia vita stava aspettando una Brianna. Voglio dire, le mie amiche mi hanno dato un calcio nel sedere appena non gli servivo più, lei mi ha raccolto da un marciapiede e soffiato il naso senza neanche sapere chi fossi. È la cosa più vicina a un angelo custode che possa trovare.

E poi mi percula per la mia cecità, cosa che nessuno ha mai fatto prima e preferisco il sarcasmo alla compassione.

Rientro in casa di Eric con l'ultimo sacchetto e vedo lui che mi aspetta, facendosi rimbalzare una noce di cocco in mano. «Correggimi se sbaglio: questo non era sulla lista che ti ho dato, o sì?»

«Il cocco è una fonte di potassio, ferro, zinco, magnesio, fosforo…».

«E neanche i fichi d'India».

«Mi sono permessa di fare qualche aggiunta alla tua lista», ribatto incrociando le braccia sul petto.

«Aggiunta, tipo burro al tartufo?», insiste lui prendendo il vasetto dal sacchetto.

«Vuoi non fare due crostini per apericena?»

«Le uova di quaglia?»

«Bisogna dire che tu sei stato piuttosto generico. Hai scritto solo "uova", non hai specificato di che volatile».

«E sono più che sicuro di non aver scritto né avocado né salmone».

«Per fortuna mi sono ricordata io di prenderli».

«Sei scatole di cereali, cinque bottiglie di shampoo, orsetti gommosi…», continua lui brandendo in aria il sacchetto di caramelle. «Questa non è una spesa, è un raptus di schizofrenia!».

«Giù le mani dai miei orsetti gommosi!», dico afferrando il pacchetto e stringendolo al cuore. «E comunque, se tu fossi stato più preciso, io avrei fatto una spesa più mirata».

«Quindi adesso la colpa è mia?»

«Mia di sicuro non è», ribatto piazzandomi le mani sui fianchi.

«Ti sanguina un ginocchio», dice lui secco, cambiando argomento. «Che hai fatto?»

«Se ti racconto cosa è successo, mi prometti di non dire "Te l'avevo detto"?».

Lui sbuffa alzando gli occhi al cielo e mi porge una sedia. «Promesso».

Io mi siedo, aprendo la busta di orsetti, ingurgitandone uno dopo l'altro dal nervoso, mentre lui si china a guardare la mia ferita. «Uscita dal supermercato, ho appoggiato tutto per terra per avere le mani libere e chiamare un Uber. In quel momento mi hanno rubato la borsa».

Eric solleva la testa fissandomi sbalordito. «Te l'a…».

«Hai promesso». Gli punto il dito in faccia per zittirlo, approfittando del fatto che è inginocchiato davanti a me, privato del vantaggio del suo metro e novanta. La luce che entra dalla finestra alle mie spalle illumina la stanza neanche ci fossero dei riflettori e, solo ora, noto quanto sia intenso il colore dei suoi occhi e quanto contrasti con le sopracciglia scure. Ok, questi occhiali del drugstore devono essere fondi di bottiglia se pure Eric sembra meglio di quel che è.

«Hai ragione». Lui alza le mani in segno di resa. «Continua».

«Ho inseguito il ladro per riprendermi la borsa, ma sono caduta. E mi sono cadute pure le lenti a contatto».

Lui prende la scatola con il kit del pronto soccorso e me la passa. «Quindi è per questo che hai quegli occhiali?»

«Esatto. Ah, e per la cronaca, non ho resto da darti, visto che ho dovuto comprarli per non andare a sbattere contro i muri».

«Ci vedi davvero così male?», mi domanda, sedendosi sullo sgabello di fronte a me.

«Non ci vedo quasi per niente», ammetto con un mormorio. «Senza occhiali o lenti, vedo come si vede sott'acqua a occhi aperti».

«Miope o astigmatica?»

«Nessuna delle due», dico senza guardarlo, mentre premo il cotone sul ginocchio. «Ho una malattia degenerativa della cornea: si assottiglia e si deforma riducendomi progressivamente la vista».

«Progressiva, cioè stai continuando a perderla?».

Annuisco. «Se me l'avessero diagnosticata subito, quando da piccola ho cominciato a vederci male, sarebbe stato possibile arrestare del tutto il degrado visivo, solo che l'oculista ha sottovalutato il problema. A otto anni ero già a meno cinque per occhio e passavo tutti i pomeriggi al centro per ipovedenti a fare esercizi per la vista che però non servivano a nulla. Lì, uno dei medici dell'équipe, non notando alcun miglioramento, mi ha sottoposto a un esame di mappatura della cornea e si è capito che la mia non era semplice miopia. Per diversi anni ho portato lenti a contatto speciali a geometria variabile per compensare la deformazione della cornea, poi a sedici anni ho fatto l'intervento correttivo al laser ma ormai il degrado era così avanzato che a ventidue ho ricominciato a perdere la vista. Ora eccomi qui, senza le mie lenti a contatto, con degli occhiali del drugstore che servono giusto a intravederci e, se la mia vista non si stabilizza, mi servirà un trapianto della cornea, che, adesso che non mi posso neanche più permettere un'assicurazione sanitaria, non so se farò mai». Vedo che Eric sta per aprire bocca e io lo fermo subito. «Se provi a dire qualcosa di pietoso o compassionevole ti tiro una scarpa».

«Be', visto che ora sei indigente potresti chiedere un sussidio per invalidità».

«Spiritoso».

«Ehi, l'hai detto tu che non volevi compassione». Lui mi passa il tubetto di pomata cicatrizzante. «Quando dicevo che non era il caso di farsi notare, non scherzavo. Dammi retta, la prossima volta».

«Non ci sarà una prossima volta. Non ho più nulla da farmi rubare».

«C'è sempre qualcosa da rubare». Eric mi apre un cerotto. «Avrei dovuto accompagnarti io».

«Questo è vero, ma sono tutta intera e ora ho qualcosa da farti pesare sulla coscienza. Non sottovalutare mai il valore di un ricatto morale».

«Che sei brava con i ricatti morali lo so già, non fai altro da quando ho commesso l'errore di aprirti la porta di casa mia».

«È uno dei miei talenti», mi compiaccio. «Ora, scusami ma faccio schifo. Mi serve una doccia e una lavatrice per i miei vestiti, quindi se ti ho fatto sentire abbastanza in colpa, andrei a darmi una sistemata», annuncio alzandomi, e marciando verso l'uscita.

«Tranquilla, mi sento in colpa al punto giusto. Le lavatrici sono nel seminterrato».

«Tu hai del bucato da fare?»

«Perché?»

«Posso farlo io. Per ringraziarti. Un gesto di cortesia tra vicini».

«In effetti ho delle camicie, ma posso pensarci da solo».

«No, dai! Ci tengo. Almeno ti accorgerai che non sono poi così una cattiva persona».

«LEXI!», tuona la voce di Eric, riscuotendomi dal mio pisolino. Apro gli occhi e mi rendo conto di essere ancora in lavanderia. Mi sono seduta sull'asciugatrice e, cullata dal vibrare della macchina e dal suo calore, devo essermi addormentata.

«Che c'è?»

«Guarda tu, che c'è?!», sbraita lui davanti all'oblò spalancato di una delle lavatrici.

Scendo dall'asciugatrice e lo raggiungo, senza capire. «Lavaggio finito. E allora?»

«Queste sono le mie camicie?», domanda indicando il cestello.

«Non c'è di che», dico facendo spallucce. «Almeno un grazie potresti dirmelo. Ricordati che nel ventunesimo secolo le donne non sono tenute a fare i lavori di casa».

«Non c'è di… Lexi!». Tira fuori una camicia e me la ficca sotto il naso. «Di che colore è?».

Ehm… «Cipria cameo veneziano?»

«È ROSA!», esclama Eric, sventolandola. «Rosa, perdio!». Ne tira fuori un'altra. «Rosa», poi un'altra ancora, «Rosa… Tutte rosa!».

Ops! «Non ti piace il rosa?»

«Erano bianche!». Eric è furibondo. «Cosa accidenti hai fatto?!».

«Lavaggio per capi di cotone bianchi a quaranta gradi con centrifuga a ottanta giri al minuto», dico indicando il cartello delle istruzioni appeso sopra alle macchine e che ho seguito alla lettera.

«E cosa è andato storto?».

Ora che ci penso… Quando ho tolto la lavata dei colorati, mancava una cosa. «Scusa», dico in tono sommesso, allungando il braccio nel cestello e pescando con la mano proprio quello che penso di aver dimenticato. Ri-ops! «Era rimasto dentro il mio…». Il mio reggiseno borgogna. Ho lavato le camicie di Eric con il mio reggiseno borgogna e lui mi sta guardando come se volesse trafiggermi. «Provatele, magari il rosa è il tuo colore!».

«Devi andartene», esclama facendo per uscire dalla lavanderia.

«Non ho soldi!», gli ricordo andandogli dietro.

«Procurateli!».

«E come? Faccio una rapina, tipo?»

«Tipo, trovarti un lavoro…».

13

«Dio, dammi un segno! Tipo versare una consistente somma di denaro a mio nome in una banca svizzera».
Woody Allen

Ho passato la mia prima domenica a Red Hook sigillata nel mio "loft", al buio, immobile come Tutankhamon. Dopo neanche ventiquattro ore con questi occhiali di emergenza, mi si è scatenata un'emicrania lancinante.

Le ore di infermità mi hanno fatto riflettere: ho bisogno di soldi, e subito, se non altro per comprarmi un paio di occhiali adatti.

Anche se detesto ammetterlo, Eric ha ragione.

Lunedì mattina, quando mi sveglio, busso alla sua porta per il caffè di rito. Potrei quasi essermi abituata a quel liquame. «Buongiorno, vicino!», saluto appena mi apre.

«Ti senti bene?», mi domanda lui, guardando l'orario mentre si annoda la cravatta su una delle camicie rosa. Sono le sei.

«Più che bene», rispondo entusiasta. «Caffè?», gli chiedo prendendo la caraffa.

«Grazie».

Gli riempio una tazza e gliela porgo ma lui, anziché bere, mi guarda con sospetto.

«Non ci ho messo dentro un lassativo», lo rassicuro, guadagnandomi, però, un'altra sua occhiata storta. Mentre beve con circospezione, io prendo dalla credenza una confezione ancora sigillata di ciambelle assortite. «Bagel? Te lo scaldo?».

Per poco non gli va di traverso il caffè. «Non c'è bisogno».

Ma io non gli do retta e accendo lo scalda ciambelle. Eric va a prendere la giacca e, quando torna, gli porgo il bagel fragrante. «Buon appetito».

«Mi stai spaventando», commenta lui addentando un boccone abbondante.

«Si chiama educazione, non so se ne hai mai sentito parlare…».

«Non provocarmi».

«Comunque», inizio sedendomi di nuovo al mio posto, carta e penna alla mano, «ieri ho riflettuto sulla faccenda del trovarmi un lavoro e concordo con te».

«Dici sul serio?»

«Secondo i piani di papà, oggi dovrei essere alla Sloan Securities, in un ufficio tutto mio con vista sul Chrysler, se non fosse per...».

«Per quello scherzo della truffa da miliardi di dollari».

«Devi sempre sottolinearlo così?», ribatto indispettita.

«Ci vuole coraggio a chiamare le cose con il proprio nome».

«Be', prima, lavorare sarebbe stato un gesto simbolico, ma adesso...».

«Ti servono soldi», m'interrompe di nuovo Eric, tra un morso e l'altro al bagel.

«La vuoi smettere di parlare al posto mio?!».

«Scusa, è più forte di me».

«Grazie. Stanotte ho stilato l'elenco di tutte le società dove potrei presentarmi per il settore pubbliche relazioni», spiego indicando il notes che ho compilato stanotte.

«Fa' un po' vedere». Eric si china su di me a leggere l'elenco, avvolgendomi nella fragranza del suo dopobarba che, con disappunto, mi trovo a inspirare con avidità, mentre la sua cravatta mi sfiora la spalla. «Pepsi, American Express, Time Warner, Fox... Non ti sembra di puntare un po' troppo in alto?»

«Pronto? Ho una laurea alla Georgetown!».

Lui, invece, non sembra molto convinto. «Nomi di riserva?».

Giro pagina e gli mostro il secondo elenco. «Le migliori agenzie di PR di New York».

«Non per infrangere i tuoi sogni di gloria, Lexi, ma quando parlavo di lavoro, intendevo qualcosa di più pratico, tipo la cameriera o la commessa».

«Ah, ho capito: sei tu quello che ha battuto la testa stamattina!». Che io ed Eric siamo due poli opposti è assodato, ma certe volte rasentiamo la pura follia. «Te l'hanno mai detto che a scendere in basso si è sempre in tempo?»

«No, però tu ne sei l'esempio vivente. Ascolta, so che per te è inconcepibile, ma sappi che non c'è niente di male nel fare la commessa o la cameriera, avresti anche molte mance...».

«Infatti non l'ho detto! Ma a me serve un lavoro che mi paghi *migliaia* di dollari, non uno che mi costringa a contare sugli spiccioli lasciati dai clienti solo perché sono stata carina con loro! Eric, sono senza soldi e senza casa, non credo che tornerò mai ad avere il mio tenore di prima ma, se devo rifarmi una vita, devo partire da quello che ho in mano, non dal basso».

«Come vuoi, prima ti trovi un lavoro, prima ti levi dai piedi, quindi, qualunque sia la tua strategia, hai il mio pieno appoggio, sebbene abbia qualche dubbio sul fatto che funzioni».

«A proposito di appoggio», lo fermo prima che esca di casa, «avrei bisogno del tuo computer per scrivere il mio curriculum e inviare le domande di colloquio».

Il volto di Eric si trasforma in una maschera di orrore. «Non se ne parla neanche!».

«Cos'è, hai paura che sbirci la tua cronologia?»

«Sul mio computer ci sono i casi a cui lavoro, ecco perché tu non puoi metterci le mani!».

«Il mio portatile è a casa mia, quella a cui hai messo i sigilli. Come dovrei mandare le richieste di colloquio, secondo te? Con un piccione viaggiatore?! Avanti! Hai detto che ho il tuo appoggio, allora, appoggiami!».

«Hai uno smartphone che sembra il centro di controllo della NASA, scrivilo con quello».

Ma proprio non ci arriva? «E giocarmi le ultime diottrie che mi sono rimaste? No, grazie». Mi punto il dito verso la faccia, con fare eloquente. «Ipovedente, ricordi?»

«E meno male che non volevi compassione, eh? Comunque la risposta è no, non ti farei usare il mio computer neanche se fossi Ray Charles».

«E allora, come speri che lo trovi un lavoro?».

Sulla faccia di Eric si tende un sorriso affatto rassicurante. «Come fanno tutti quelli che non possiedono un computer!».

«A mano?»

«No. Andando alla biblioteca pubblica. Sei fortunata, la Brooklyn Public Library è a neanche dieci minuti a piedi da qui».

Sta dicendo… «Cioè, dovrei andare in quei posti dove tutti usano i computer di tutti? Quelli che tutti toccano con le mani sporche?»

«Se non intendi leccare la tastiera, non credo che avrai problemi», risponde lui senza fare una piega. Prima che io possa obiettare, lui prende le chiavi, la valigetta e varca la porta. «Non ringraziarmi».

Ho fiducia nelle mie capacità. Devo averla, altrimenti tanto vale non partire neanche.

Un lavoro ben pagato è il primo passo per andarmene da Red Hook e trovare posto in una società di spicco mi servirà a reinserirmi nel mio ambiente sociale naturale.

Sono molto soddisfatta di quello che ho fatto oggi: non mi sono mossa dalla sedia e ho bombardato di mail ogni azienda con posizioni aperte e no.

Ho mandato il mio curriculum a tutti gli uffici delle risorse umane che avevo in lista e ho anche già avuto delle risposte! Ok, sono solo conferme di lettura automatiche, ma sono comunque risposte!

Mentre aspetto il mio turno per stampare i curricula, decido di fare un conto di quanto mi costerà la vita, in modo da accettare stipendi solo uguali o superiori.

Prima cosa: la casa. Il piano è lasciare lo sgabuzzino di Eric per tornare a Manhattan il prima possibile, quindi cerco i prezzi degli appartamenti, solo che resto spiazzata. Con mille dollari, al massimo, posso permettermi un appartamento condiviso con due coinquilini ad Harlem. Non posso accettare niente meno del Village, ma parliamo di duemila dollari al mese, più ottanta di bollette.

Presto mi scadrà la metrocard che mi ha dato Nevis, quindi devo rifare l'abbonamento e… ecco che se ne vanno altri centoventi dollari al mese.

E devo rinnovare il piano del cellulare; se non ricordo male sono cinquanta dollari.

Cibo. Non posso campare d'aria. Su per giù parliamo di quattrocento dollari al mese.

Vuoi non uscire a bere qualcosa o a cena? Senza strafare, partono trecento dollari al mese.

Vestiti! Sono senza, devo comprarli! Un po' per volta e tenendo un profilo basso, potrei cavarmela con cento dollari.

Però devo lavarli, mica posso andare in giro sporca! Anche le lavanderie a gettoni costano. Centoventi dollari di lavanderia.

Budget imprevisti. Succedono sempre imprevisti: cento dollari.

Ah, e la cosa per me più onerosa: l'assicurazione sanitaria. Parte da minimo duecento dollari al mese.

Ok, facciamo un po' di somme, devo guadagnare almeno… tremilaquattrocentosettanta dollari! Non mi ero mai resa conto di quanto fosse cara New York! Anche tagliando sulle cene fuori, spenderei comunque non meno di tremilacentosettanta dollari.

Tornando a casa chiamo papà, che sembra spossato. Non ho il coraggio di dirgli che nessuna delle persone che conosciamo e sulle quali credevamo di poter contare si è offerta di aiutarmi.

Mi limito a dirgli che con Rick va tutto a meraviglia e che niente è cambiato. Non posso farlo preoccupare ancora di più, papà è già schiacciato dal peso dell'inchiesta e se mio zio non salta fuori, sarà lui a subire il processo.

Papà ha sempre dato l'anima per la Sloan Securities, a volte ha anche preso delle decisioni contro gli interessi della società pur di salvaguardare i suoi clienti e io sono persuasa che sia una vittima tanto quanto Altmann, Carraway, Linchford e tutti gli altri.

Quando rientro, a sera inoltrata, io e Eric ci incontriamo proprio davanti al portone.

«Allora fai sul serio!», esclama colpito guardando il fascio di curricula che stringo al petto.

«Non parlo a vanvera, io», ribatto seguendolo nell'androne e poi per le scale. «Di mio zio si sa niente?», chiedo implorante.

«Ancora latitante».

«E dei soldi?», insisto standogli alle calcagna mentre apre la porta dell'appartamento.

«Latitanti anche quelli». Prima di entrare in casa, si volta verso di me. «Ehi, tu mi devi ancora dire cosa diavolo sono i trasferimenti TRS e la copertura Blackstar».

«Se non mi dai informazioni sullo stato delle indagini e su cosa avete scoperto fino a ora, quello che so io sono cartucce sparate a salve».

Lui sospira, senza parole. «Rafferty truffava i clienti da oltre dieci anni».

«Ma come diavolo è possibile che nessuno se ne sia accorto!», esclamo entrando. Mi levo il cappotto e appoggio i miei curricula sul tavolo, mentre Eric fa lo stesso e prende un bicchiere d'acqua dal lavandino.

«Gli schemi piramidali ci mettono anni ad affiorare».

«Cosa intendi con piramidale?»

«Vediamo come posso spiegarti la cosa senza farti un trattato di economia...», dice lui guardandosi intorno. Prende una confezione di cracker e la mette sul tavolo. «Io sono il cliente A e ti affido questa somma da investire».

«Quindi io sono Rafferty? E i cracker sono i soldi?», domando.

«Sì».

«Ok, tu mi dai dieci cracker», dico afferrando il pacchetto.

«E tu mi prometti un rendimento di un cracker, diciamo, ogni tre mesi».

«Ok», annuisco. «Io investo i tuoi dieci cracker e ogni tre mesi ti rendono il dieci per cento».

«Esatto. Ora arriva il cliente B e ti affida anche lui un patrimonio da investire».

«Altri dieci cracker». Prendo il secondo pacchetto e lo impilo sul primo.

«Ora, tu ti nascondi il primo pacchetto e al cliente A dai un cracker del pacchetto di B».

«Ma non è il rendimento vero! I suoi cracker non li ho investiti, li ho nascosti. Questo cracker è del pacchetto di B! Cosa do a B?»

«Un cracker dal pacchetto del cliente C», spiega lui allungandomene un terzo.

Rimango a bocca aperta davanti alla semplicità dello schema. Ai clienti vecchi, venivano date fette dei soldi investiti dai clienti nuovi. «E come ha fatto ad andare avanti per anni?»

«I clienti non avevano sott'occhio il loro patrimonio investito, vedevano solo la percentuale di cracker che gli arrivava puntuale».

«Il sistema come è arrivato al collasso?»

«Se adesso arrivano A, B, C... Z, tutti insieme, e ti chiedono di restituirgli i loro patrimoni, tu che gli dai?»

«Niente, perché non li ho mai investiti, li ho solo spalmati per far credere che ci fosse un rendimento reale, mentre nascondevo il grosso del pacco». Porca vacca! Lo schema Ponzi di Madoff. «Ha dato ai clienti i soldi di altri clienti!».

«Centro!», esclama puntando l'indice verso di me.

«E tutti i cracker che ho nascosto dove sono finiti?»

«È questo che stiamo cercando di capire! Rafferty ha cancellato ogni traccia».

Guardo Eric e i cracker, poi di nuovo Eric, con una nuova, terribile ma chiara consapevolezza. Mio zio non ha mai investito il denaro dei clienti, lo nascondeva per sé e divideva il restante spacciandolo come il frutto degli investimenti dei capitali. Ma se saltassero fuori i soldi che ha nascosto, gli investitori verrebbero risarciti. «Dobbiamo trovare i cracker di mio zio!».

Eric ridacchia tra sé e sé. «Non è così facile».

«Ma dobbiamo provarci! Ci sono anche i *miei*, di cracker!».

«Credo che farai prima a trovarti un lavoro».

Sventolo il mio curriculum nuovo di zecca in aria. «È ciò che sto facendo».

«Da' qua!». Lui lo afferra togliendomelo di mano. «Che vuol dire "Esperta critica gastronomica"?»

«Lascio sempre un sacco di recensioni su TripAdvisor!».

«E parli danese?»

«Avevo un alano danese, da bambina, Ruud, un campione di bellezza.

Ha vinto ben cinque mostre canine e gli davo gli ordini in danese. *Sidder*! *Ligger*! *Hopper*!».

Eric mi restituisce il curriculum senza entusiasmo. «Senti, sii realista. Chi mai assumerebbe una persona con un curriculum così pretenzioso?»

«Tutti i curricula sono gonfiati! È come l'altezza sulla carta d'identità: ci sono sempre tre centimetri in più di quella reale!».

«Come vuoi, sei tu quella che deve fare i colloqui. Spero almeno tu abbia avuto il buon gusto di non fare domanda come dirigente dell'IKEA».

«L'IKEA è svedese», ribatto.

«Volevo vedere se eri attenta». Eric si alza e prende il telefono e il menu appeso al frigo. «Io ordino cinese per cena, tu vuoi qualcosa?»

«Tu non me la racconti giusta...», medito squadrandolo.

Lui rimane interdetto, il dito sospeso sul cellulare con la chiamata già avviata. «Eh?»

«Perché sei entrato nell'FBI?», domando a bruciapelo.

Eric sembra a disagio per la prima volta da quando l'ho conosciuto e quel suo sguardo sempre carico di arroganza si rabbuia. «Per far rispettare la legge».

«Potevi entrare nella polizia municipale!», obietto sfidandolo. «Anche dare multe per divieto di sosta è un modo per fare rispettare la legge».

«Non è lo stesso».

«Una cosa è sicura: non è per i soldi. Un agente al massimo livello guadagna centotrentamila dollari l'anno. Tu che livello sei?»

«Nono», risponde Eric tra i denti.

«Quanto farai? Sessantamila dollari l'anno, quindi sappiamo che non è per i soldi...».

«Ehi, come accidenti fai a sapere quanto guadagno? Hai ficcato il naso nelle mie cose...», mi accusa lui.

«Mi fai più scaltra di quello che sono. Dimentichi, agente Chambers, che lavori per la pubblica amministrazione, la tabella salariale è consultabile sul sito dell'FBI», spiego con un sorriso angelico. «Non c'è bisogno che te la prendi tanto. In fondo, siamo vicini, è per conoscersi».

«Io non voglio conoscerti, Lexi Sloan. Voglio solo che ti levi di mezzo al più presto».

Sul display del mio cellulare lampeggia la notifica di una mail in entrata. La apro e tendo lo schermo verso Eric. «Forse le tue preghiere saranno presto esaudite. Guarda! Ho un colloquio!».

14

«Ogni mattina leggo la lista delle persone più ricche del mondo di "Forbes". Io non ci sono, così vado a lavorare».
Robert Orben

Mi guardo nel piccolo specchio del mio bagno e vedo un'evasa da Guantanamo.

Ho il colorito spento e i capelli non vedono una piega come si deve dalla sera del mio compleanno. Li lego in uno chignon nella speranza di trasformare la sciatteria in serietà.

Dio, quanto darei per essere su una poltroncina di John Barret!

E con questi occhiali sembro la predicatrice di qualche ordine religioso integralista.

Almeno il mio vestito, lavato e stirato – tralasciando l'ustione di terzo grado che mi sono procurata alla mano sinistra con il ferro a vapore – è decoroso.

La regola aurea dei colloqui è avere l'aspetto di una persona che *non* ha bisogno di quel lavoro.

Presentarsi sciatti dà l'idea non solo di lavorare in modo sciatto, ma anche di essere così disperati da accettare il posto a qualsiasi condizione, anche gratis.

Mi do l'ultima passata di mascara e infilo una copia del mio curriculum e il cellulare in una ventiquattrore dismessa che ho trovato nell'armadio del mio sgabuzzino.

Fiduciosa e motivata esco nel fosco mattino novembrino, con le foglie umide che mi si attaccano alle scarpe, e mi pigio nella metro insieme ad altre centinaia di persone che lasciano Brooklyn per l'isola.

È la mia seconda volta in metropolitana ma sembra andarmi peggio della prima: non riesco a guadagnarmi un posto a sedere e rimango schiacciata tra un ragazzo semiaddormentato e una signora di mezza età che mastica una gomma a bocca aperta – che nervi mi danno le persone che masticano a bocca aperta –, speriamo che scenda presto.

Davanti a me, invece, un uomo si scaccola e poi attacca il risultato della sua esplorazione sulla barra d'acciaio a cui mi reggo con la mano.

La ritiro di scatto trattenendo un conato. Correrò il rischio di cadere, che è sempre meglio che contrarre la peste bubbonica.

A ogni fermata salgono sempre più persone e l'aria si fa viziata, mentre dai vetri appannati scivolano giù luride goccioline di condensa.

Come ho fatto a non notare tutto questo disagio la prima volta che ho preso la metro? Ah, sì, ero troppo sconvolta e arrabbiata per cogliere questo genere di dettagli intorno a me.

Alcuni odorano di colonia dozzinale, ma i più puzzano: qualcuno vicino a me trasuda aglio, qualcun altro dev'essere un fumatore accanito e un altro ancora deve avere un cane che non lava da un po'... O forse è lui a non lavarsi da un po'.

Una tizia tossisce, un altro starnutisce e tutti attaccano la mano al solito palo, che ho già identificato come il principale veicolo di epidemie del ventunesimo secolo.

Vitamina C. Devo ricordarmi di comprare della vitamina C.

Ma quanto manca al Financial?

Quando le porte della carrozza si aprono alla mia fermata di Rector Street, la folla mi trascina fuori tra spintoni, ginocchiate e gomitate.

Se tutto va come deve andare, presto potrò permettermi un taxi.

Mi presento alla sede della CR Entratainement, l'emittente televisiva che mi ha convocato e, varcata la soglia, sento già di essere nel mio ambiente: spazi luminosi, piani alti, vista panoramica, parquet – quanto mi mancava il familiare suono dei tacchi sul parquet – e arredi di design.

E le persone profumano, non spintonano e non si scaccolano!

Mi vedo allo specchio e l'istinto mi suggerisce di sfilarmi gli occhiali che mi danno un'aria goffa e impacciata.

Do un'ultima occhiata agli uffici, identifico il desk, mi tolgo gli occhiali e parto sicura verso il ragazzo della reception.

«Buongiorno, ho appuntamento con Monica Fowler per un colloquio. Lexi Sloan».

«Sssì, Lexi Sloan, l'appuntamento delle nove e trenta. Monica la sta aspettando nel suo ufficio. La terza porta a sinistra».

Io lo ringrazio e mi volto. Ok, terza porta, le ho contate prima, nessun problema.

Seguo le indicazioni orientandomi come posso.

Terza porta, ci siamo! «Buongiorno, Monica sono...». SBAM!

Che botta, che botta, che botta! Spero di non essermi rotta il naso.

«Santo cielo!», esclama la voce di una donna. «Si è fatta male?»

«No», rispondo con voce squillante. Diavolo, sì!

«Per un attimo ho pensato che si sarebbe crepata la vetrata!».

Dovevo pensarci prima… dannate pareti di vetro! «È così pulita che quasi non si vede», commento nel tentativo di buttarla sullo scherzo. Mi arrendo al mio fallimento, frugo nella tasca del cappotto dove ripesco gli occhiali e, a malincuore, li infilo di nuovo. Monica mi guarda stranita. «Occhiali da riposo», spiego. «Piacere, Lexi Sloan».

«Accomodati, Lexi. Che bella stretta di mano!», commenta lei sfilando le dita dalla mia presa. Avrà sulla quarantina, ma dev'essere quel tipo di donna con i complessi d'invecchiamento, perché i suoi occhi hanno un taglio felino innaturale, l'arcuatura delle sopracciglia troppo accentuata e il labbro superiore, rivoltato all'insù, impedisce alla bocca di chiudersi del tutto. Il chirurgo plastico a cui si è affidata dev'essere un macellaio, io lo avrei denunciato.

«Ufficio magnifico. Scrivania Baxter?», domando accarezzando il piano lucido. «Io ho un divano Baxter».

«Davvero?», chiede lei sorpresa.

«Sì. Lo stile italiano è impareggiabile». Punto primo, trovare sempre un terreno comune con l'intervistatore, creare legami e instaurare subito un clima di reciproca fiducia.

«Lo credo anche io», concorda sedendosi di fronte a me. «Allora, io dirigo il settore pubbliche relazioni dell'emittente televisiva e anche quello pubblicitario. Stiamo ampliando il nostro fronte social: tu come te la cavi?»

«Instagram, YouTube, Twitter, Reddit, Pinterest, Vine, Snapchat…», snocciolo io.

«Facebook».

«Lo usa ancora qualcuno?»

«È il social più diffuso», sottolinea lei con tono ovvio.

«Per stalkerare gli ex, forse».

«Abbiamo due milioni di like alla pagina dell'emittente».

«Il tasso di engagement di Instagram è settanta per cento superiore a quello di Facebook. Volete un'audience attiva, giusto?»

«Giusto». Monica annuisce accennando un sorriso. «È per questo che abbiamo bisogno di qualcuno delle pubbliche relazioni nella task dei social media strategist».

«Sono d'accordo». Sì, forse sono stata un po' dura. Ma giusta.

«Gestisco anche la *press room*, quindi mi occupo dei comunicati stampa anche su questioni scottanti, per questo cerco una persona che sia sempre informata sui fatti e sappia gestire le crisi».

«Sono inopportuna chiedendo se con "scottanti" intende lo scandalo di molestie nel quale è stata coinvolta la star della vostra serie TV di punta, la scorsa settimana?»

«Mi riferisco *precisamente* a quel genere di questioni», sospira lei con gli occhi al cielo. «Sono stati giorni molto intensi, mi serviranno delle ferie».

«Dev'essere stato molto stressante». Vai con l'empatia, Lexi! Te la stai cavando alla grande.

«Non hai idea. Altra cosa: nel mondo dello spettacolo, il grosso degli eventi organizzati per la rete da noi delle PR è concentrato nella fascia serale, quindi mi serve una persona che non abbia limiti di disponibilità oraria».

«Non è un problema, io e la fascia serale siamo una cosa sola!».

«Perfetto. Sei preparata, hai un curriculum eccellente e mi sembri sveglia, se potessi iniziare subito sarebbe fantastico. Prima di un contratto abbiamo un periodo di prova...», spiega prima che il telefono la interrompa.

Mi fa cenno di darle un minuto e si allontana dalla scrivania qualche passo parlando al cellulare, così io ne approfitto per guardarmi intorno: fiori freschi, candele aromatizzate Molton Brown, set da scrivania coordinato in pelle, un minifrigo trasparente pieno di bottigliette d'acqua Fiji... Niente male, se proprio devo lavorare, non mi dispiacerebbe farlo qui.

La telefonata è breve ma, quando torna, la sua espressione è accigliata. «Dicevamo?»

«Parlavi del contratto...», le suggerisco. Glisso sul periodo di prova perché a me interessano le cose importanti. Lo dice sempre anche papà. "Concentrati sui fatti, tutto il resto sono chiacchiere".

«Ah, sì... Senti, Lexi, mi ha fatto molto piacere questa chiacchierata con te, hai un curriculum eccellente...».

Ma non lo ha detto prima? Perché ho la sensazione che stia facendo marcia indietro?

Monica si alza in piedi sistemandosi pieghe immaginarie della giacca. «Ci faremo vivi noi, nel caso. Se ti va, prima di andare, fermati da Andreas alla reception e prenditi una tazza di caffè».

Io mi alzo restia, stranita dal suo atteggiamento. «Mi chiedevi se fossi disponibile da subito...».

«Be', non subito subito, diciamo. Non abbiamo tutta questa urgenza...». Monica ora sembra ansiosa di terminare il colloquio e mi accompagna alla porta. Quando mi tende la mano in segno di saluto capisco che il mio quarto d'ora è finito. «Allora, arrivederci».

«Arrivederci, Monica». Stavolta quella con la stretta a purè sono io.

Il colloquio stava andando bene, ho risposto in modo brillante a tutte le sue domande, io sono fatta apposta per un ambiente lavorativo del genere, sono cresciuta a pane e pubbliche relazioni… Cosa è successo?

Rincaso che è quasi l'ora di pranzo e sul ballatoio trovo Eric che sta rientrando nel suo appartamento.

«Cosa ci fai qui?», ci domandiamo all'unisono, quando ci incrociamo.

«Il lavoro?», gli chiedo.

«Guasto al sistema di aerazione. Tutto il piano della divisione White Collar è invaso da nuvole di polvere risalente alla guerra di secessione. Lavoro da casa, oggi. Il tuo colloquio?».

Sbuffo, seguendolo all'interno dell'appartamento e senza neanche svestirmi, apro la dispensa e afferro una merendina, che strappo a morsi, nervosa, prendendo a girare intorno al tavolo. «Quale parte vuoi sentire? Quella dove sono stata la candidata modello che tutti vorrebbero assumere o quella in cui sono stata messa alla porta in dieci secondi?»

«Qualcuno è riuscito a metterti alla porta in dieci secondi?! Devi dirmi chi è, perché io ci sto provando da una settimana e non ce l'ho ancora fatta», esclama Eric.

«Io sono serissima e tu fai del sarcasmo!», lo accuso.

«Ti vuoi fermare? Mi stai facendo venire il mal di mare! Che altro è successo?».

Mi blocco proprio davanti a lui, con le mani piantate sui fianchi. «Non mi hanno preso, non c'è altro da sapere».

«Forse, è colpa di quella giacca», dice indicandomi. «Chi mai assumerebbe una persona che indossa una pelliccia rosa!».

«*Io* assumerei senza battere ciglio una persona con una pelliccia rosa! Vuol dire che ha il carattere per poterselo permettere! Stiamo parlando di show business, e io sono il profilo che la CR Entratainement cerca, non capisco perché mi abbiano respinto!».

«Ehm». Eric si schiarisce la voce. «Hai detto CR Entratainement?»

«Sì, l'emittente televisiva».

Lui prende una cartellina dalla sua ventiquattrore e mi passa un foglio. «Questo è l'elenco delle persone che hanno sporto denuncia nei confronti della Sloan Securities. L'ultimo si è aggiunto stamattina».

Prendo la lista scorrendo i nomi alla cieca fino alla voce a piè di pagina. «Sandford Solman, pre… PRESIDENTE DELLA CR ENTRATAINEMENT! Oh, cazzo…».

Faccio il rewind mentale del mio colloquio: Monica che mi accoglie cordiale, le mie risposte azzeccate, la proposta di iniziare subito, poi quella telefonata, il cambio di rotta, il "Le faremo sapere". Doveva essere Solman. Mi accascio sulla sedia, con la testa tra le mani. «Che figura di…».

«Se hai fatto domanda in una società collegata a un qualsiasi nome in quella lista, ti consiglio di disdire adducendo un'elegante indisposizione».

«Fai prima a chiedermi a chi non l'ho mandato».

«La mia proposta di fare la cameriera rimane in piedi. Il diner in fondo alla strada cerca un aiuto in cucina. Credo che lì non farà differenza se tuo zio abbia rubato un miliardo o due».

«Fa differenza per me! Voglio rimettere in piedi la mia vita, non restare incastrata in una permanente situazione di stallo. Mi servono almeno tremila dollari al mese, non duecento di mance».

Lui annuisce con aria comprensiva. «Capisco».

«Cosa vuoi capire? Non hai perso tutto da un giorno all'altro! Tu sei sempre stato…».

«Povero?», suggerisce lui in tono di sfida.

«Non intendevo "povero"», rispondo imbarazzata, consapevole di essermi espressa male, «… solo abituato a lavorare per avere ciò che ti serve e a farti bastare ciò che hai».

«Povero», conclude lui sedendosi al tavolo. «Per te significa povero. Ma stai tranquilla, perché grazie a Dio faccio qualcosa che mi piace, e preferisco Red Hook cento volte più di Manhattan».

«Sul serio, non volevo offenderti», insisto mortificata.

«Non mi hai offeso. Non mi conosci abbastanza per riuscirci».

Eppure non sembra così. Eric non mi dà possibilità di conoscerlo meglio, ma percepisco che qualcosa lo ha toccato.

Perché ho la sensazione, guardandolo, che dietro l'integerrimo agente Chambers, nono livello, sezione White Collar, ci sia qualcosa che non dice? Non può essere tutto qui: lavorare dodici ore al giorno, dare la caccia ai cattivi, straordinari nel weekend e pasti al microonde.

«Potrebbe aiutare non presentarti in giro vestita come l'ultima erede dei Romanoff», mi suggerisce lui senza staccare gli occhi dal suo lavoro.

«Cosa?»

«Tolta la questione denunce, soldi rubati, sfiducia nel nome Sloan, presentarti ai colloqui in pellicce, sete e velluti non depone a tuo favore».

«Anche volendo, non ho *altro*!», mi difendo.

«Prenditi qualcosa, allora!».

«Ho duecento dollari! Cosa dovrei comprarmi con duecento dollari?».

Non so se sia mai stato in una boutique sulla Quinta, ma non c'è nulla, glielo posso assicurare, che io possa comprare con duecento dollari.

«In un negozio di seconda mano, per esempio, di tutto».

«Seconda mano? Intendi di vestiti usati? Usati *da altri*?». Nella mia voce non riesco a nascondere una nota di panico, voglio sperare che scherzi, ma lui sembra serissimo.

Faccio i conti con le mie necessità e prendo il telefono, avviando una chiamata.

«Pronto?», risponde la voce all'altro capo.

«Ciao, Brianna, sono Lexi. Conosci un buon negozio di seconda mano nei paraggi?».

15

«Se riesci a contare i tuoi soldi,
vuol dire che non hai un miliardo di dollari».
J. Paul Getty

«Domani Brianna mi accompagna in un "posticino niente male"», borbotto girando la mia yakisoba con le bacchette. È passato il tempo delle cene al Masa Restaurant a base di tartufo e manzo Kobe da seicento dollari a persona.

«Su con la vita, voi ragazze adorate lo shopping!», mi esorta Eric da sopra i suoi noodles.

«Seconda mano non è shopping, è l'ultima spiaggia».

«Esagerata! Dov'è quell'accidente?», brontola Eric tra sé e sé frugando tra i cuscini del divano.

«Cerchi questo?», chiedo io facendo dondolare il telecomando sotto il suo naso.

Eric allunga la mano per prenderlo, ma io lo nascondo dietro la schiena. «Non scherzare, Lexi».

«Stasera potresti farmi vedere un po' di TV».

«No».

«Ho usato il condizionale solo come formula di cortesia», ribatto.

«Dammi il telecomando e nessuno si farà male».

«Nel mio loft post-industriale minimalista non c'è niente a parte un divano, per una sera comportati da bravo vicino e fammi vedere un po' di TV!», lo prego. «Non ne posso più di passare le serate a fissare il soffitto contando le mie pene!».

Eric però non molla. «Mi dai quel telecomando o no?»

«No», insisto risoluta. Vuole fare a braccio di ferro? Non sa chi ha davanti.

Eric sospira alzando gli occhi al soffitto. «Ho l'impressione che se non ti dico di sì, andremo avanti così tutta la sera, vero?»

«Non hai idea di quanto sia capace di tenere duro», lo sfido.

«Perfetto. Te la do vinta a tavolino, ma a una condizione: solo stasera».

«Una volta a settimana», ribatto.

«Stai negoziando? Di nuovo?»

«Se quello che scelgo di guardare stasera non ti piacerà, non te lo chiederò mai più!».

Lui si arrende, scuotendo la testa. Mi accomodo vittoriosa nell'angolo contro il bracciolo, mentre Eric, a debita distanza, si allunga dal lato opposto sulla penisola brontolando qualcosa tipo: "Rivoglio i miei spazi".

Punto il telecomando verso la TV, e scorro la programmazione. «Questo no, schifo, noia mortale, quell'abominio del remake di *Dirty Dancing*... Uh! Ci siamo! *Titanic*!».

«Lo avrò visto dieci volte!», protesta lui.

«Con stasera saranno undici».

«E affonderà anche stavolta. Il *Titanic* colpirà quel cazzo di iceberg, colerà a picco e DiCaprio morirà perché Kate non ha spostato il culo su quell'asse di legno».

«Zitto!», gli allungo un calcio nel fianco. «Sta iniziando! "Il *Titanic* era chiamato la nave dei sogni... e lo era davvero"», recito imitando la voce di Rose.

«Ma per favore», mugugna Eric, senza nemmeno guardare lo schermo, divorando i suoi noodles.

Mi sfotte per tutti i primi dieci minuti ma, alla fine, anche lui si fa prendere dal film, lo guarda concentrato e inveisce contro il capitano Smith quando dà l'ordine di prendere velocità. «Deficiente!», lo sento borbottare.

Mentre la nave si allaga e la corsa alle scialuppe è una lotta per la vita, siamo tutti e due seduti ritti e protesi verso lo schermo, attanagliati dall'ansia, ma il *Titanic* affonda assieme all'irrazionale speranza di un lieto fine.

«Che spreco!», esclamo sbuffando mentre l'anziana Rose lancia il Cuore dell'Oceano nella profondità delle acque scure dell'Atlantico.

«È un gesto simbolico», obietta Eric.

«È un diamante da milioni di dollari».

«Per Rose è il valore sentimentale che conta. Il Cuore dell'Oceano è il cuore di Rose e il suo posto è in fondo al mare, con Jack».

«Parli facile perché è un film, ma nella realtà chi mai lo avrebbe gettato? Io no».

«Se è per questo, nella realtà, tu avresti scelto Cal», mi provoca Eric.

«Cosa?»

«Hai capito *benissimo*».

«Che intendi dire?»

«Be', che fossi stata al posto di Rose, sulla nave che affonda, con Cal che ti offre un futuro sicuro e una scialuppa, avresti scelto lui. Avresti ringraziato Jack di tutto e tanti saluti».

L'insinuazione di Eric, con quel tono affilato, mi punge sul vivo. «Se stai dicendo che non sono capace di provare sentimenti reali, ti sbagli di grosso».

«Magari mi sbaglio. Con ogni probabilità, tu non lo avresti neanche considerato Jack».

«Non puoi saperlo!», sbotto. «Solo perché credo che gettare la collana in mare sia uno spreco, non puoi additarmi come una fredda materialista».

Eric fa spallucce, gli occhi fissi sui titoli di coda, mentre la voce flautata di Celine Dion che canta *My Heart Will Go On* riempie la stanza. «Come vuoi».

«Non è come voglio io, è così e basta. E tu, Eric Chambers, non mi conosci al punto da permetterti il lusso di sputare sentenze», brontolo immusonita nel mio angolo.

Io non avrei mai scelto Cal! Cal è uno stronzo, violento, arrogante e tratta Rose come una sua proprietà e io non potrei mai accettarlo. Non ho mai avuto bisogno di un fidanzato ricco, ho sempre avuto i miei, di soldi, e anche adesso che sono indigente a tutti gli effetti non mi sono messa a caccia di un marito benestante per salvarmi dagli stenti. Rivoglio i *miei* soldi, non quelli di qualcun altro. «Avrei scelto Jack», insisto. «Però non avrei buttato il diamante. Sono una romantica pragmatica, fammi causa».

«Oh, con te sì, che il finale sarebbe davvero stato commovente».

«Vattene al diavolo».

Fissiamo la TV in silenzio mentre i titoli di coda lasciano posto al documentario su Ballard e il ritrovamento del relitto.

Guardo la carcassa della gloriosa nave dei sogni accasciata sul fondale dell'oceano, intaccata dalla ruggine, con le lamiere contorte, spezzata in due e anche io mi sento un po' un relitto. Ripenso ai giorni precedenti il mio "affondamento", quando ignara, come i passeggeri della nave, vivevo le mie giornate come se nulla potesse sconvolgerle: i ristoranti stellati, le boutique di alta moda, limousine e jet privati, gala esclusivi... La vita dei sogni. Poi lo scandalo finanziario ha colpito il solido scafo degli inaffondabili Sloan con la stessa violenza dell'iceberg del Titanic, facendoci precipitare negli abissi.

I compartimenti sono tutti allagati, non ci sono abbastanza scialuppe, nessuna nave nelle vicinanze e l'acqua è un paio di gradi sopra lo zero. Lexi Sloan affonderà, è una certezza matematica. E poche ore bastano a cambiarmi la vita: il denaro, la casa, gli amici... Tutto sparito. Ora dell'affondamento: due e venti del mattino.

Colo a picco, trascinata da una forza incontrastabile. Mi viene meno l'aria, boccheggio, è sempre più difficile respirare, finché l'acqua mi riempie naso e gola e tutto si fa buio e denso.

Mi libero dalla mia prigione d'acqua con una boccata disperata, svegliandomi ansimante.

Il cuore mi palpita nel petto, ho la gola strozzata, ma non sono sul fondo dell'oceano. Sono su un divano, sdraiata a pancia in giù, le dita piantate nel cuscino con le unghie che ghermiscono la fodera e dalla finestra entra la luce lattiginosa del mattino.

Finestra? Nel mio sgabuzzino non ci sono finestre...

Mi tiro su, tastando intorno a me finché non trovo gli occhiali sul cuscino, me li infilo e... Un momento! Non sono nello sgabuzzino, sono nel salotto di Eric!

Mi sono addormentata a casa sue ieri notte, dopo *Titanic*, e... lui non mi ha svegliata.

Ho ancora i miei vestiti di ieri, ma sono coperta da un plaid.

Eric avrebbe potuto svegliarmi e cacciarmi fuori a pedate, invece mi ha sfilato gli occhiali e mi ha coperta.

Trattengo un sorriso a labbra strette. Capito, il cinico, sarcastico, inflessibile Eric Chambers? Sotto sotto nasconde un animo da galantuomo.

Mi infilo le scarpe e sgattaiolo come un ninja verso la porta pronta a uscire con Brianna, ma all'ultimo faccio retromarcia e, in punta di piedi, raggiungo la camera da letto di Eric, spingendo curiosa la porta quel tanto che basta a vederlo sdraiato sul letto, a torso nudo, attorniato di fascicoli, che dorme. Ieri, dopo avermi coperta, deve essersi dedicato al lavoro, crollando addormentato a chissà quale ora della notte.

Mi faccio coraggio ed entro – lo so che non dovrei –, gli sfilo un foglio dalle mani, prendo il lenzuolo e lo copro, facendo attenzione a non svegliarlo.

Che strano, non mi ero mai soffermata a osservare Eric, ma è come se lo vedessi per la prima volta: i folti capelli neri scompigliati, l'ombra di barba che accentua i lineamenti marcati del volto, il profilo volitivo della mandibola, il naso dritto, le labbra piene perfettamente disegnate, le sopracciglia lunghe che incorniciano i suoi occhi.

Senza che nemmeno me ne sia resa conto, mi sono seduta accanto a lui, fissando dettagli che non avevo mai notato: le ciglia folte, un piccolo neo sul collo…

«Lexi», lo sento mormorare.

16

«Lo shopping non fa domande. Lo shopping mi capisce».
Anonimo su Tumblr

Oh, Cristo santissimo! Mi ha vista! Mi ha vista che lo stavo guardando!

Scatto in piedi come una molla, e in due falcate prendo la porta e volo fuori di casa.

Lexi, sei una stupida imbecille! Cosa ti è saltato in testa di stare lì a fissarlo?

L'aria frizzante e ventosa che sa di autunno mi sferza il viso appena esco sul marciapiede, come a dirmi: "Svegliati, suonata che non sei altro! Cosa accidenti stavi facendo?".

Inspiro l'odore salmastro del fiume mischiato a quello delle foglie secche che ricoprono il cemento come un tappeto giallo, e del terriccio umido, ed espiro forte.

Cammino a passo spedito, sperando che le nuvole non scarichino il diluvio universale su di me, fino a raggiungere il luogo dell'appuntamento con Brianna.

Ha tutta l'aria di un ex garage con l'insegna, scolorita e storta, "Bottom dollar". "Il tuo ultimo dollaro", proprio il posto che fa per me.

«Non c'è niente come una giornata di shopping tra donne!», esclama Brianna sfregandosi le mani.

«Mi hai tolto le parole di bocca», commento senza riuscire a celare la mia amarezza.

«Hai idea di cosa sia stare in casa con dei farabutti di due, tre e cinque anni? Devi stare sempre attenta, evitare che non infilino le dita nella presa, inghiottano oggetti di piccole dimensioni, si uccidano tra loro... E poi, ci sono le parolacce: una volta ho picchiato il mignolo del piede contro uno spigolo e mi è scappato un "Merda!" ad alta voce. Steve lo ha ripetuto per giorni».

«Tuo marito non c'è mai?»

«Guida gli autobus. Quando è di turno lui, sono a casa io: quando sono di turno io, è a casa lui, ma gestire tre ragazzini è tosta. L'ho minacciato: se mi rimette incinta, lo castro nel sonno!».

«Toglimi una curiosità: perché ci siamo trovate così presto? È sabato, non sono neanche le nove, potevamo prendercela comoda!».

«Appunto: è sabato, giorno di riassortimento. Bisogna arrivare in anticipo per accaparrarsi gli affari migliori. La vedi, la fila?».

Ora che ci faccio caso, in effetti, il marciapiede nei pressi nel negozio è affollatissimo. «È il mio giorno fortunato», mormoro tra me e me.

Appena la serranda si alza, Brianna è svelta a spingere la porta cigolante del negozio e tuffarsi dentro. «Avanti! Andiamo a caccia di affari».

Perché la frase di Brianna non mi entusiasma ma, anzi, mi getta ancora di più nello sconforto? Mi guardo intorno e vedo solo scaffali industriali traballanti, con appese vecchie grucce da lavanderia e capi coperti di cellophane ingiallito, il tutto avvolto in un odore di chiuso, tipo polvere misto a muffa.

Ci sono due corsie con i cartelli "Uomo" e "Donna". Anni luce rispetto ai locali di Barneys dove i corner sono divisi per designer. Così non so proprio da che parte cominciare.

«Di tutti i negozi di seconda mano, questo è il migliore», mi spiega Brianna.

«Ah sì?». E come sono gli altri?

«Qui, vestiti macchiati o bucati dalle tarme non si trovano». Ne prende uno, poi lo riappende subito. «Be', quasi mai».

Mi faccio coraggio e prendo un capo dallo stender, sconsolata. «Compri qui spesso?»

«Con una famiglia come la mia, bisogna ottimizzare l'economia domestica. Sarebbe da idioti spendere centinaia di dollari per vestiti che ai miei figli andranno stretti nel giro di due mesi. Uh, carina questa!», esulta buttandosi sulla spalla una camicia blu cento percento acrilico.

Siamo al festival del sintetico: non c'è un tessuto naturale nemmeno per sbaglio, anche la polvere è sintetica. Con uno di questi vestiti addosso, se per caso strusciassi contro un muro, morirei fulminata!

«Questo ti starebbe da Dio». Brianna mi allunga un vestito rosso corto e scollato pieno di balze.

«Da mettere, quando?», chiedo scettica.

«Lexi, io ho trent'anni, tre figli e la cosa più eccitante che mi ha detto mio marito la settimana scorsa è stata: "I piatti stasera li lavo io", ma tu vivi accanto a quel dono di Dio di Eric, non approfittarne sarebbe uno spreco! Stasera te lo metti e poi vai a bussare alla sua porta!».

«Ancora?! Brianna, ti ripeto che tra me e lui non c'è niente».

«Ed è un peccato», sbuffa riagganciando il vestito da sciantosa.

«Mi dà solo una mano in questo periodo buio».

«E tu ti accontenti di una mano?! Fatti dare anche tutto il resto! Fallo per me, fallo per tutte quelle che non lo vedranno mai neanche a un chilometro, uno così».

«Io ho tanti di quei problemi, adesso, che una relazione non è in cima alla mia lista delle priorità. Non ho soldi, non ho una casa, non ho un lavoro e non ho vestiti. Brianna...». Di colpo abbasso il mio tono di voce fino a bisbigliare. «Ho un solo paio di mutande e sono quelle che indosso. Le lavo ogni sera con il sapone per i piatti e le asciugo con il phon! Ti rendi conto? Intimo La Perla lavato con lo sgrassante al limone!».

Devo aver fatto centro con la chicca dello sgrassante, perché Brianna mi stringe in un abbraccio. «Niente vestiti sexy, allora. Andiamo a cercare delle mutande. Non fare quella faccia, ti assicuro che sono tutte lavate».

Quando arriviamo ai cestoni dell'intimo la scelta è limitata a due alternative: o mutandoni della nonna modello paracadute, o tanga leopardati provenienti dai peggiori bordelli di Caracas.

Il bello è che, se io sono restia perfino a toccare gli indumenti, intorno a noi si sta consumando una guerra civile. Gente che scava immersa fino al collo nei cestoni, donne con bracciate di vestiti, ragazze che corrono da una parte all'altra del magazzino lanciandosi sguardi truci.

«Ehi, Lexi, datti una mossa o ti farai soffiare tutta la roba buona», mi sollecita Brianna per motivarmi.

«Roba buona?», domando scettica. Osservo desolata un'assistente che viene presa d'assalto dalle clienti. «Saturno contro... E io che non volevo dare retta a Ohna!».

«E chi è Ohna?», mi domanda Brianna, presa a ravanare in un mare di calzini spaiati.

«La mia astrologa».

Lei scoppia a ridere. «Hai un'astrologa?»

«È la migliore. È stata pure da Oprah».

«E magari la pagavi pure!».

«Lei ha un dono», mi difendo. Tutti quelli che conosco hanno un'astrologa!

«Senti, la mia vicina, Mei Ling, fa la manicure a casa e, per una bottiglia di vodka, ti mette a posto le unghie e vede pure passato, presente e futuro gratis».

E va bene, diamo una chance a questo posto. «Scusa?», domando a una delle addette del magazzino, con appuntata sul petto un'etichetta con scritto "Siobhan". «Scusa, Siobhan, quanto mi puoi fare di questi vestiti?». Indico il mio abito e la pelliccia.

«Cinque di tutto».

«Cinquecento può andare». Sì, non è il massimo per della haute couture, ma non ho alternative.

«Cinque dollari», ripete Siobhan scandendo sillaba per sillaba. «Dieci con le scarpe».

Devo aver sentito male. «Dieci… dollari?»

«Ok, quindici, ma li voglio lavati».

«Questi li trovi sulla Quinta a non meno di mille dollari al pezzo!», protesto.

Siobhan guarda i miei indumenti come se fossero spazzatura. «La pelliccia è finta».

«È Erdem!». Ma è come se avessi parlato cinese. «Lascia stare, non fa niente. Me li tengo».

Torno a rimestare tra i jeans senza troppe speranze.

«Dai, non abbatterti. Se capiti il giorno giusto, puoi uscire di qui vestita come una regina».

Guardo una donna che sta provando un maglione infeltrito a righe nere e arancioni. «Tipo lei?»

«Guarda che qui è una lotteria, potresti trovare un'occasione d'oro se sei abbastanza veloce da non fartela scappare. E, con abbastanza veloce, intendo che appena trovi qualcosa che ti piace te lo devi infilare subito, prima che qualche altra stronza te lo strappi dalle mani».

«Sarò un ninja. Ah, mi serve il numero della tua vicina alcolizzata che fa le unghie», dico mostrandole le mie mani. «Ho bisogno di una restaurata».

Brianna annuisce entusiasta. «Ci andiamo insieme la settimana prossima. Merda!», esclama leggendo un messaggio che l'è appena arrivato. «La baby-sitter dice che Jackson si è riempito di puntini rossi. Devo correre a casa, se è varicella sono fottuta!». Brianna abbandona il suo bottino e mi saluta al volo prima di fuggire dal negozio. «Ti chiamo quando mi danno i turni. Uh! Ricordati: qui la roba migliore è tutta nascosta. Fruga nei mobili e dentro il frigo!».

Arresa e sola, nel mezzo del Bottom Dollar, sospiro: mi serve un cambio. Anche due.

E stando nel budget massimo di cinquanta dollari. È orribile avere i soldi contati, i soldi dovrebbero essere sempre abbastanza da non aver bisogno di contarli.

Dopo una serie di gomitate nelle costole e calci nelle caviglie – domani sarò ricoperta di lividi – mi guadagno un posto davanti a un cestone.

Smanicato in denim con disegno glitterato sulla schiena, leggings a fantasia spaziale, top giallo fosforescente, giacca in finta pelle di coccodrillo argentato, maglioncino a collo alto nero H&M...

Un attimo! Ho visto un maglioncino nero di H&M?!

Ripesco il capo sotto alla catasta, ed è proprio lui. È pure della mia misura. Lo stringo al petto neanche avessi trovato il Sacro Graal dei maglioni. H&M, che meraviglia!

Oddio! Ho detto le parole "H&M" e "meraviglia" nella stessa frase? Chiamate un esorcista!

Con rinnovata speranza mi lancio nella ricerca, conquistando nell'ordine: un paio di jeans French Connection chiari; un anonimo cappottino nero, a tre bottoni, misto lana – ok, è viscosa, dieci per cento lana – bisognoso di un lavasecco; un cardigan GAP bianco; T-shirt grigia Top Shop e, tenetevi forte, un paio di Stan Smith quasi bianche. Le laverò di nuovo per andare sul sicuro e investirò cinque dollari in uno spray disinfettante, lucido da scarpe e lacci nuovi, questi fanno schifo. Due cambi con cinquanta dollari. Perfetto.

Soddisfatta, mi metto in coda alla fila chilometrica per la cassa. Ci vorranno ore per uscire di qui. Per ingannare il tempo, mi guardo intorno, tra gli elettrodomestici usati e gli arredi di seconda mano. Ricordandomi quello che mi ha detto Brianna, apro un congelatore e sbircio dentro: stivali da cowboy verde acido e body di pizzo lilla. Dev'essere il bottino di una spogliarellista.

Richiudo il congelatore e lo sguardo mi cade sulla poltrona sdrucita lì accanto. Da sotto il cuscino del sedile sbucano due manici di una familiare sfumatura di arancione.

Alzo il cuscino e afferro i manici: borsa di pelle lucida, lucchetto in platino, e la scritta "Hermès Paris Made in France" sotto la fibbia. Ci sono perfino le iniziali "E.S.", Eilish Sloan.

Potrei mettermi a piangere. Ho tra le mani la Birkin di mia madre.

È vuota e la zip del portamonete interno è stata rotta – vandali! – ma è proprio lei. Avrebbe bisogno di un viaggetto alla Birkin spa a farsi fare un po' di coccole e tornare nuova. Dentro c'è addirittura il cadavere di un orsetto gommoso spiaccicato. Pesco dal fondo un biglietto scarabocchiato a pennarello. «Quindici dollari?!», esclamo tra me e me.

Cosa?! Ne vale cinquantamila! Poverina, come deve sentirsi svalutata! *Io* mi sento svalutata.

La abbraccio, commossa. «Non preoccuparti, siamo di nuovo insieme», le sussurro.

Lo so, ho già raggiunto il mio budget, ma non la lascerò qui, dovessi dare un rene in pegno!

«Quella è la mia borsa, stronza!», dice una voce alle mie spalle.

Io non ci faccio caso e avanzo con la fila verso la cassa.

«Ehi, dico a te, bionda!», ripete la voce, ancora più minacciosa, mentre stavolta sento due dita picchiettarmi sulla spalla in modo molto poco gentile. «Allora?»

«Allora, cosa?», domando io, voltandomi infastidita.

Mi trovo davanti un trio di ragazze dai tratti giamaicani, fasciate in tutine di ciniglia fluo – una in fucsia, una in giallo e una in azzurro –, dalle unghie lunghissime tempestate di glitter e i capelli tirati in treccine da boxer. «Allora, la mia borsa! Ridammela», mi minaccia quella in fucsia.

«La roba è di chi la paga, per cominciare. Secondo, non mi sembra che ci sia il tuo nome sopra».

«L'avevo vista prima io», ringhia lei, masticando il chewing-gum a bocca aperta.

«E se ti piaceva tanto perché non l'hai presa?»

«Avevo altre cose da cercare».

«Perfetto, allora tieniti le altre cose», la liquido facendo spallucce.

«Forse, bionda, non hai capito chi comanda!», bercia lei gesticolando con le mani per aria. «Se dico che quella è la mia borsa, tu devi darmela».

«Senti un po', Sailor Moon. Questa borsa viene via con me e, se non ti sta bene, dovrai strapparla dalle mani del mio freddo cadavere».

Lei schiocca le dita e la gialla e la azzurra muovono un passo verso di me. «Non sarà un problema».

«Cercate guai? Siete venute dalla persona giusta perché io ci sguazzo nei guai!», sbotto. «Metà della mia famiglia è ai domiciliari, l'altra metà è latitante, potrei essere la nipote di Pablo Escobar per quello che ne sapete». Di solito sono una persona molto calma e civile, ma ora sono davvero fuori di me. «Se quello che mi è successo nelle ultime due settimane non mi ha ancora stesa, posso giurare che non sarete voi a riuscirci, porca puttana! Vi piace atteggiarvi a incazzate? Bene, io incazzata lo sono davvero e molto, anche! Potete provare a prendermi la borsa, ma non vi renderò la vita facile, perché lo sa Dio quanta rabbia devo sfogare e voi tre capitate proprio al momento giusto! Volete prendermi a pugni? Eccomi, ma sappiate che questa Birkin, o viene a casa con me o muore con me, cazzo! Non ho più niente da perdere e, se c'è qualcuno di cui aver paura, è proprio chi non ha più niente da perdere! Questa è Brooklyn!».

Le tre bulle mi guardano con gli occhi sgranati, ma dal silenzio che ci circonda, mi rendo conto che non sono le sole. Tutto il Botton Dollar mi sta fissando e capisco che devo aver davvero urlato, tanto da attirare l'attenzione dell'intero negozio.

«Volevamo solo prenderti la borsa, non menarti», dice la tipa in ciniglia azzurra.

«Non la prenderete. A meno che non vogliate che vi stacchi a una a una quelle unghie finte e ve le infili nel naso finché non vi è passata la voglia di glitter», ribatto ancora in piena difensiva.

Le tre mi scrutano con aria truce, sempre masticando le loro gomme. «Se non vuoi darmi la borsa, puoi darmi qualcos'altro».

Negoziazione. Ottimo, la cosa che mi riesce meglio! «Sono certa che da persone civili possiamo trovare un compromesso. La borsa costa quindici dollari, io posso darvene centocinquanta. Con centocinquanta dollari potete comprarvi mezzo negozio».

«Non voglio i tuoi soldi, stronza bionda», risponde la capetta.

«Ah, no?»

«No. Voglio la tua pelliccia rosa».

Ho la mia Birkin al braccio e mi sembra che il mondo mi sorrida. Credo che qualcosa sia cambiato, lo sento nell'aria. Il cielo, su Red Hook, non minaccia più il temporale come questa mattina, ma è azzurro e punteggiato qua e là di innocue nuvolette bianche.

Mentre cammino, l'invitante profumo di pane appena sfornato sfiora il mio naso. Sono davanti a una bakery, che spande la fragranza di lievito e burro nell'aria. Non sembrano esserci sigilli dell'ufficio igiene sulla porta, anzi, ha perfino l'aspetto di un posticino carino. In vetrina ci sono i cartelli "Fatto da noi" e "Prodotti biologici". Dev'essere un miraggio.

Con lo stomaco che brontola, varco la soglia e l'odore di torte appena sfornate mi avvolge.

Su ogni tavolino ci sono vasi di fiori e candele in barattolo, e la vetrinetta del bancone in legno grezzo è piena di golosità dolci e salate.

Mmm, se mi concentrassi potrei addirittura immaginare di essere di nuovo a Manhattan…

Mi metto in fila lasciandomi coccolare dall'ambiente accogliente. Sono a mio agio, a Brooklyn. Sorprendente!

Mentre decido cosa prendere, ripenso a Eric addormentato, stamattina, e mi ritrovo a trattenere un sorriso nell'immaginare la scena di lui che mi sfila gli occhiali e mi copre con il plaid...

E finisco per domandarmi cosa gli piacerebbe per colazione. Sto davvero pensando di portargli la colazione? Certo, in fondo sarebbe un gesto carino, per ringraziarlo dell'ospitalità.

Per quanto ho potuto conoscerlo, i suoi gusti alimentari comprendono più o meno... tutto.

Non l'ho mai sentito dire: "No, questo non mi va" o: "Questo non mi piace", e ora che ci rifletto, è un cambiamento sconvolgente rispetto a Rick.

Non che io stia facendo dei paragoni, ma ordinare per Rick è pressoché impossibile: mangia gli ortaggi a foglia verde solo se cotti a vapore; la frutta solo senza semi; le farine unicamente integrali; è intollerante ai latticini, ma solo se freschi; miele no, sciroppo d'agave sì; i pistacchi ma non salati; solo burro chiarificato e cioccolato fondente all'ottanta percento purché sia del Madagascar.

«Signorina? Desidera?», mi richiama la commessa.

«Prendo due spremute d'arancia e...», m'incanto di nuovo indecisa a guardare la vetrinetta, finché l'occhio mi cade sui bagel. Bagel? Eric adora i bagel. «E due bagel».

«Questi sono al miele, con cannella e uvetta. Possiamo farcirli con ricotta dolce casalinga aromatizzata alla scorzetta d'arancia caramellata, se vuole», mi propone la ragazza al bancone.

«Stupendo», approvo, pensando già alla faccia di Eric quando gli aprirò la scatola sotto il naso.

Prendo il mio sacchetto e mi avvio soddisfatta verso casa, inspirando a pieni polmoni l'aria di Red Hook che, con il sole e il cielo azzurro, non sembra neppure così squallido.

Scopro che in fondo alla via, all'altezza dei docks, in quello che era un magazzino di uno scalo merci in mattoni scuri, c'è un mercato ortofrutticolo.

E uno studio di pilates! Se c'è il pilates anche a Red Hook, allora c'è speranza per l'umanità.

Animata da nuova speranza, rientro a casa e busso da Eric, sicura di trovarlo già in piedi, impegnato a lavorare, seduto al bancone della cucina.

«Buongiorno vicino! Ti ho preso la colazione», annuncio appena mi apre. «Bagel fatti in casa al miele, uvetta e cannella farciti con ricotta dolce», dico tendendogli il sacchetto.

«Questo sì che è un buongiorno!».

«E succo d'arancia». Gli allungo il bicchiere. «Per ringraziarti di non avermi cacciato dal divano, stanotte».

«Lexi?», mi domanda appoggiandosi allo stipite dell'uscio.

«Dimmi».

«Stamattina tu eri qui? In camera mia, intendo».

Panico. Mi ha vista. «Chi, io?», indugio a disagio, spostando il peso da un piede all'altro.

«Sì. Tu».

«Nooo», nego, abbassando il viso per non farmi leggere la vergogna in faccia.

«Sicura? Perché mi sembrava che fossi seduta di fianco a me…».

«Ahahah!», rido isterica. «Sono uscita prestissimo per vedermi con Brianna. Te lo sarai sognato».

«Sarà… Forse me lo sarò sognato», ripete lui con un'alzata di spalle.

«Probabile», lo liquido allontanandomi. «Ora torno nel mio appartamento, mi faccio una doccia». Oddio! Mi sono appena resa conto che ho chiamato il ripostiglio "appartamento".

«Un momento», dice lui, osservandomi stranito, mentre infilo la chiave nella porta. «Che fine ha fatto la tua pelliccia?»

«È stata oggetto di negoziazione».

17

«Nessuno ricorderebbe il Buon Samaritano
se avesse avuto solo buone intenzioni. Aveva anche soldi».
Margaret Thatcher

Borsa ritrovata a parte, nessun'altra novità. Continuo a cercare lavori ma incasso un "no" dopo l'altro.

Alla Fontaine&Clarckson, agenzia pubblicitaria specializzata nel settore moda, disdicono il mio colloquio mezz'ora prima dell'appuntamento.

Bronstein Partners, manager di cantanti e sportivi, mi lascia ore in attesa prima di dirmi che il mio colloquio è frutto di un errore di omonimia.

Mi è rimasta solo la Bennet Ellison.

Gregor Bennet è uno degli amici più stretti di mio padre e ho il colloquio proprio con lui. Non siamo molto in confidenza, ma lo conosco da anni. Quando c'era ancora mia madre, lui e sua moglie venivano spesso a cena da noi e si può dire che sia stato proprio mio padre il primo investitore nella sua società che oggi è leader del settore.

Si occupano di *concierge servicing* in tutto il mondo, ventiquattro ore su ventiquattro, trecentosessantacinque giorni l'anno.

Sei alle Seychelles e vuoi andare a fare shopping a Dubai? La Bennet Ellison ti procura un jet privato pronto al decollo in un quarto d'ora. Vuoi a tutti i costi – la parola chiave è "tutti i costi" – cenare in quel ristorante tre stelle Michelin con una lista d'attesa di tre mesi? La Bennet Ellison lo fa chiudere la sera stessa solo per te.

Tuo figlio ha problemi con i compiti di scienze? La Bennet Ellison ti manderà a casa un dottore in fisica quantistica con due lauree al MIT, che risolverà ogni problema del pargolo.

Il concierge servicing fornisce servizi esclusivi personalizzati in base alle richieste del cliente, qualsiasi cosa voglia, in qualunque momento, solo il massimo del massimo.

Il concierge servicing per me non ha segreti.

La sede della Bennet Ellison è sulla Madison, poco lontano da quella della Sloan Securities, e ritrovarmi qui, nel mio – ormai ex – quartiere, mi provoca un tuffo al cuore. Come diavolo sono passata da tutto questo al… nulla? Devo smetterla di pensarci, altrimenti impazzisco.

Quando mi accompagnano nell'ufficio di Gregor Bennet, lui mi stringe la mano. «Lexi, accomodati».

«Salve, Gregor». Posso permettermi di chiamarlo per nome.

«Non sapevo portassi gli occhiali», osserva lui, fissandomi.

«Sì, ehm… Sono da riposo», mento.

Lui annuisce, disinteressato. «Certo, è una sorpresa ricevere una tua richiesta di colloquio».

«Diciamo che la mia situazione è un po' cambiata negli ultimi tempi. Ne sarai al corrente…». Non ho abbastanza fegato per parlare di truffa – come dice Eric, "Ci vuole coraggio per chiamare le cose con il proprio nome" – quindi preferisco girarci intorno chiamandola "situazione".

«Sì, mi dispiace per Dave. Il guaio è che tuo zio è sempre stato molto spregiudicato, forse troppo, per fare le cose pulite».

«Stiamo pagando tutti tranne lui».

«Connors è un ottimo avvocato», conclude lui con un tono del tipo "chiudiamo l'argomento".

«I nostri beni però sono congelati, al momento, e io ho bisogno di un lavoro», spiego diretta.

«Sì, giusto», osserva lui, come se si fosse ricordato all'improvviso del motivo per cui sono qui. «Il colloquio».

«Credo di avere le qualifiche adatte per lavorare qui, alla Bennet Ellison».

Gregor prende tempo scorrendo il mio CV, come se non mi conoscesse già. «Georgetown, stage da Edelman…».

«Come PR posso occuparmi di tutto: strategie di comunicazione, relazioni con la stampa, brand reputation, realizzazione di campagne, sponsorizzazioni e partnership…».

«Vedo», annuisce lui senza staccare gli occhi dal resumee.

«La Bennet Ellison è leader nel settore di concierge servicing ma, a mio parere, è un po' debole sul mercato cinese. I nuovi ricchi sono loro, non vanno dimenticati o è una fetta di torta che si mangerà la concorrenza».

Gregor mi guarda, accigliato. «Cioè?»

«La Quintessentially», rispondo senza girarci troppo intorno. «Ho studiato».

«Acuta. Mi piacciono le persone pronte».

«Come vedi, Gregor, il concierge servicing è il mio ambiente, anche se, devo dire, sono sempre stata dall'altra parte».

«Hai ragione». Lui si appoggia allo schienale, con le braccia conserte. «Ma devo essere franco».

Stavolta quella accigliata sono io. «Su cosa?»

«Sul fatto che, se anche il tuo profilo è interessante, non posso assumerti».

La sua frase mi colpisce come una secchiata gelata. «E perché?»

«Sei troppo intelligente per farmi questa domanda senza sapere già la risposta».

«È per l'indagine sulla mia famiglia, vero? Non avevi investito nella Sloan Securities, tu. Perché devi coinvolgermi nella vendetta di qualcun altro?»

«Molti clienti della Bennet Ellison sono stati truffati da Rafferty. Parlando di brand reputation, l'immagine della mia società subirebbe un danno enorme se si sapesse che do lavoro a una Sloan. Da PR, Lexi, dovresti capire».

«La tua società non esisterebbe nemmeno se non fosse per gli Sloan». Vuole essere franco? Allora lo sarò anche io.

«Hai ragione, tuo padre mi ha sostenuto quando ho iniziato, ma io non ero in una posizione compromettente, ero solo un ragazzo con una buona idea e pochi soldi. Tuo padre è stato ripagato dell'aiuto, ma ora la Bennet Ellison cammina da sola e io devo difenderne la credibilità».

«Se non posso contare neanche su coloro che hanno un legame con la mia famiglia, cosa dovrei fare? Andare sul ponte di Brooklyn e buttarmi nel fiume?»

«Non dico questo, Lexi, ma la situazione a New York è calda. Metà delle persone che conosco ci ha rimesso il proprio patrimonio, l'altra metà, invece, non parla d'altro. La verità è che nessuno a conoscenza dello scandalo Sloan ti assumerà. Può non piacerti ma è così».

«Perché me lo dici?»

«Per evitarti altre situazioni imbarazzanti».

Nonostante la rabbia, scoppio in una risata fragorosa. «Credi di essere il primo a sbattermi la porta in faccia?»

«Perché non cerchi altrove, che so? Sulla costa Ovest, per esempio».

Ecco la stessa cosa che mi ha detto Becca: di andarmene. «E lasciare New York con la coda tra le gambe come una fuggitiva? Io non ho niente da nascondere, Gregor».

Lui si alza in piedi sistemando la giacca. «Non posso davvero aiutarti, mi spiace».

«Comprendo», lo imito afferrando la mia borsa come se mi stessi appendendo alla mia ancora di salvezza. «Ma sono delusa. Credevo che la riconoscenza valesse ancora qualcosa».

«Sono tempi duri, e il prezzo è alto per tutto».

«L'ho capito». Lo saluto con un cenno del capo, ma prima di uscire, gli lancio un'ultima frecciata. «Sappi, e dillo a tutti quelli che conosci, che Lexi Sloan è a New York e ci rimarrà anche a dispetto di quelli che non la vogliono».

18

«Ciò che Dio non può più fare, una donna, a volte, lo può fare».

Daniel Pennac

Esco dall'edificio e mi attacco al telefono in un gesto automatico. Chiamo papà, pronta a dirgli tutto quello che penso su quello stronzo di Gregor Bennet, primo di una lunga fila ad aver preso i soldi degli Sloan senza che gli facessero schifo.

«Lexi, amore della mia vita!», mi saluta papà prendendo la chiamata. Il tono morbido e caldo della sua voce ammansisce la mia grinta all'istante. «Mi manchi tantissimo».

«Anche tu, papà».

«Le giornate sono infinite, quaggiù, senza di te. E senza novità sul caso».

«Come stai?», gli domando.

«Non mi lamento. Però sono abbastanza stanco».

«Le prendi le vitamine? E l'integratore di ferro? Negli ultimi esami del sangue ce l'avevi basso».

«Sono bravissimo e prendo tutte le pastiglie agli orari giusti, ogni giorno», mi rassicura, anche se sento dalla sua voce che non è tranquillo. «Volevi dirmi qualcosa?»

«Io?»

«Sì, Lexi, mi hai chiamato tu».

Che Gregor Bennet si merita tanti calci in culo quanti mila dollari lo abbiamo finanziato. «No, no, volevo solo salutarti».

«Di solito mi chiami nel pomeriggio».

«Sì, ehm…», indugio. All'improvviso non ho più voglia di scaricargli addosso il mio nervoso, non è giusto che sia lui a fare da ammortizzatore. «Sono sulla Madison, per negozi, e mi è venuta voglia di farti uno squillo».

«Shopping? Con che soldi?».

Già, con quali? Domanda legittima. «Avevo un fondo per le emergenze. Sono previdente…», lo rassicuro.

«Quindi, lì è tutto a posto?»

«Una meraviglia!», confermo con voce carica di brio. Una meraviglia davvero.

«Sei con Rebecca e Jemima?»

«In realtà no».

«Ah, stai andando a pranzo con Rick?».

In un universo parallelo, forse. «Sì», rispondo. «Mangiamo da Cipriani», mento spudoratamente, mentre cammino diretta alla stazione della metro. Noto grossi goccioloni allargarsi sul marciapiede e, nell'arco di un minuto, il cielo si apre su di me riversando una cascata d'acqua. Perfetto. E non ho neanche un ombrello.

«Tu cosa fai?», chiedo a papà, per spostare la conversazione su di lui.

«Mi tengo impegnato dando una mano ai pescatori giù al molo. Quando verrai a trovarmi?»

«Presto», rispondo vaga mentre corro a ripararmi sotto le tende nere di Barneys, dove mi trovo a fissare la vetrina allestita con l'ultima collezione Givenchy. Che bello quando potevo entrare e dire alla commessa: "Prendo tutto, mandatemi i pacchi a casa, l'indirizzo lo conoscete". «Presto», ripeto come un automa. «Papà, la verità è che niente...».

La batteria del mio cellulare si esaurisce e la telefonata s'interrompe giusto un attimo prima che vuoti il sacco e gli dica di Red Hook, del fatto che ho solo cinquanta dollari in tasca, nessuno vuole offrirmi un lavoro, le mie amiche mi hanno esclusa e Rick mi ha lasciata. Forse è un bene che la batteria sia morta. Lo avrei fatto sentire ancora più impotente.

Mi sfilo gli occhiali bagnati di pioggia, li pulisco con il lembo della giacca e li rimetto, guardando ancora una volta le vetrine del grande magazzino.

'Fanculo a tutti! Sarò anche stata ostracizzata dal gotha dell'Upper East Side, ma nessuno mi ha ancora tolto il diritto di entrare da Barneys. Al diavolo! Io entro!

Mi basta varcare la soglia del negozio per sentirmi subito meglio. Le luci, i colori, i profumi, persino i suoni sono familiari al punto da farmi sentire a casa. Dopo l'esperienza del Bottom Dollar, rimettere piede da Barneys sembra come essere stretta in un abbraccio.

Bentornata.

Non ho niente da fare, fuori piove e ho tutto il tempo per coccolarmi un po'. Guarderò e basta.

Mi aggiro tra gli stender accarezzando il cachemire dei maglioni, la seta fresca degli abiti, e inspirando con avidità l'odore del cuoio nuovo nel reparto scarpe. Nuovo, sì, non come le Adidas di seconda mano che ho addosso. Le mie cure ne hanno migliorato l'aspetto, ma io *so* che vengono da un negozio dell'usato. Io lo so.

Potrei comprarmi qualcosa, giusto un regalino, tanto per tirarmi su...

Forse posso scovare un affare tra le occasioni in saldo. Cielo! Ho detto "saldo"?

La prima regola dell'Upper East Side è: mai comprare in saldo! Possono toglierti il saluto per molto meno.

Mentre mi provo dei cappelli che non posso permettermi, vedo nel riflesso dello specchio una donna che entra ed esce da uno dei camerini, ogni volta con un vestito diverso, assistita da una personal shopper e due commesse.

Le stanno infilando un cappotto nero, taglio marina, con un collo di pelliccia.

«Questo capo è perfetto», dice la PS. «È uno dei nostri bestseller. A New York ce l'hanno *tutti*».

«Io non lo comprerei», dico, intervenendo d'istinto. Lo so che il mio parere non è richiesto, ma non riesco a tacere.

Le commesse mi guardano interdette, mentre la donna si volta, fulminandomi, e per un secondo mi pento di aver aperto bocca.

Sostengo il suo sguardo, approfittando del momento Far-West per osservarla. Forse è più vicina ai sessanta che ai cinquanta, il viso non sembra passato sotto le mani di un chirurgo plastico.

Ha occhi chiari, intensi e comunicativi, e le leggere rughe sulla fronte le conferiscono carattere.

I lucidi capelli scuri le accarezzano le spalle in una piega perfetta.

Ha un fisico tonico, ma non rinsecchito come quello delle over assatanate di fitness.

Una volta ho sentito dire: "A una certa età, o salvi la faccia o salvi il culo", ma la donna che ho davanti è riuscita a salvarli entrambi.

Lei si piazza le mani sui fianchi con fare risoluto. «Tu non lo compreresti?»

«Solo chi non è di New York comprerebbe qualcosa che hanno tutti i newyorkesi», faccio notare, ancora con il cappello in testa e il cartellino del prezzo che mi pende davanti agli occhi. Trecentoventicinque dollari. Troppo.

«E perché no?»

«Per sembrare disperatamente un newyorkese. I newyorkesi non ne hanno bisogno».

La donna mi squadra come per mettermi a fuoco, dopodiché sposta il suo sguardo sulle commesse. «Non lo voglio», decreta sbottonando il cappotto e abbandonandolo su una poltroncina.

Lei rientra nel camerino e io mi defilo per riporre il mio cappello troppo al di sopra delle mie finanze. L'unica alternativa compatibile con il mio portafogli è il berretto da baseball nero con la scritta Barneys ricamata in bianco, il classico souvenir da turista.

«Ragazza», chiama una voce alle mie spalle. «Sì, tu col cappello, laggiù».

Mi volto, supponendo si tratti di me, ed è ancora lei, la donna del cappotto, a chiamarmi.

«Lo compreresti?», mi domanda piroettando su sé stessa in un abito di chiffon verde.

«Se volessi litigare con Mimi Longchamp. Ne ha uno uguale».

«E Mimi Longchamp sarebbe?», chiede lei.

«Solo la mecenate d'arte moderna più influente della città», spiego. Anche i bambini sanno chi è Mimi Longchamp.

«Rimani lì», mi dice la donna prima di sparire di nuovo nel camerino.

Io aspetto la sua terza uscita, sotto lo sguardo irritato della personal shopper la cui presenza, ora, non sembra più necessaria.

Quando ne esce, stavolta fasciata in un completo pantalone Saint Laurent, non fa nemmeno il gesto di chiedere il parere delle due assistenti, rivolgendosi subito a me. «Questo? Lo ha già qualche regina dei salotti?»

«No. Però a Corinne Forsyth non piacerà per niente», osservo.

«E come mai?»

«Il vanto di Corinne Forsyth sono le sue gambe, a suo dire le più belle di Manhattan». Faccio una pausa fissando le sue che si slanciano dai tacchi a spillo. «Fino a oggi, almeno».

La donna non dice nulla, fissando suo riflesso nello specchio, dopodiché mi fa l'occhiolino. «Lo prendo».

Che soggetto bizzarro. Non ho mai conosciuto una così in vita mia.

Approfittando della sua entrata in camerino, lascio il reparto donna, con enorme sollievo delle due assistenti, e mi dirigo alla profumeria, inspirando la fragranza che riempie l'aria, abbagliata dalle confezioni dorate di rossetti e mascara che scintillano sotto i faretti.

D'abitudine entravo, davo un'occhiata alle novità, le compravo in blocco senza nemmeno provarle, poi se qualcosa non mi piaceva finiva dritto nella spazzatura.

Adesso esamino con scrupolo tutti gli espositori. Correttore: cinquantacinque dollari; primer opacizzante: ottantadue dollari; illuminante: sessantotto dollari… I prezzi che non mi sono mai data la pena di guardare prima, mi fanno stringere la gola. Non credevo costassero così tanto. O meglio, *oggi* mi sembra tanto. Mi servono soldi, accidenti! E in fretta.

Come se Eric si fosse materializzato al mio fianco, con la sua aria saccente, lo sguardo di sfida e il suo tono di voce venato di sarcasmo, mi sembra di sentire le parole: "Perché non chiedi se hanno bisogno di una commessa?".

Già, perché non lo chiedo? Quasi quasi... In fondo, è un mondo che conosco benissimo, e poi, le commesse hanno lo sconto su tutti i prodotti!

«Scusami», dico avvicinandomi alla ragazza in divisa davanti all'espositore dei profumi, «sai se per caso c'è bisogno di una assistente, qui o in un altro settore del negozio?».

La ragazza si stringe nelle spalle con espressione incerta. «Non è una cosa di cui mi occupo io, devo chiedere alla caporeparto. Se aspetti cinque minuti vado a cercarla».

«Grazie», sospiro con un cenno del capo e il cuore pieno di speranza.

Nell'attesa continuo a vagare tra gli stand e l'immagine che mi restituiscono gli specchi ingrandenti è terribile: colorito spento, pelle stanca e occhi da panda a causa della pioggia che mi ha sciolto il mascara. Non sono proprio la miglior candidata alla consulenza cosmetica.

Idea! Già che mi trovo qui e ci sono i tester, testiamoli!

Mi basta solo una passata di fondotinta per cambiare faccia, una spennellata di cipria Laura Mercier *et voilà*, l'aria stanca è sparita.

Ma è mentre scelgo tra un mascara a punta curva e uno volumizzante che, tendendo la mano verso l'espositore Shu Uemura, le mie dita sfiorano quelle di un'altra cliente.

Le osservo: pelle bianchissima, smalto effetto nudo fresco di manicure e anello con diamante.

Non un anello con diamante, ma "L'anello con diamante".

Attaccato alla mano c'è un braccio, e attaccato al braccio c'è lei: Natasha Bates, la madre di Rick. Gli occhi verde acqua da predatrice sono i suoi, e all'anulare brilla il Natasha.

Ci guardiamo a vicenda, prendendoci le misure, e sul suo viso leggo il disappunto di chi non ha via di scampo. Se mi avesse vista prima mi avrebbe evitata, glielo leggo negli occhi.

Ok, Lexi, mantieni la calma. La miglior difesa è l'attacco, quindi attacca.

«Natasha, ciao!», la saluto con enfasi. «Che sorpresa!».

«Lexi». Le sue labbra si tendono in un sorriso tirato. «Non ti avevo riconosciuta con gli occhiali. Una vera sorpresa incontrarti».

Cerco di apparire spontanea. «Perché?».

Natasha sembra intenzionata a evitare l'argomento. «Credevo fossi fuori città».

«Non mi sono allontanata da Manhattan neanche per un minuto!». Visto? Proprio quello che dicevo a mio padre: tutti devono sapere che gli Sloan ci sono ancora, è una questione di sopravvivenza.

«Certo». Il suo viso è glaciale e, mentre mi squadra da capo a piedi, io mi sento precipitare: ho addosso gli abiti del Bottom Dollar e la cosa non sfugge all'occhio allenato di Natasha. C'è solo la mia Birkin ritrovata, a salvarmi la faccia. «Quindi, tutto bene?».

È una di quelle domande di circostanza, alle quali non si vuole una vera risposta e io intendo giocarmela. «Sì, qualche noia con la stampa, ma per il resto è tutto normale. Ero passata a dare un'occhiata alle novità e cercare un abito per il gala annuale della New York Historical Society».

Non credo che riceverò l'invito quest'anno, ma la realtà non vale, conta solo ciò che si dice.

Mentre sono impegnata nella mia recita, una donna con il tailleur e un cartellino con scritto "Clarisse" appuntato sul bavero della giacca mi si avvicina. «Buongiorno. Shelby mi diceva che una ragazza bionda chiedeva di me per un colloquio come consulente per la profumeria. È lei?».

Panico. A quelle parole noto il sopracciglio di Natasha arcuarsi all'insù e la sua bocca arricciarsi in un sorriso malefico. Nel suo sguardo vedo tutta la soddisfazione di chi ha un nuovo gossip da fare circolare, come se non vedesse l'ora di fare degli Sloan gli zimbelli della città.

Clarisse continua a fissarmi, ma davanti a Natasha Bates non posso risponderle di sì. «Io?! No! Credo proprio che abbia sbagliato persona», dico alla caporeparto sorridendo come se non avessi un pensiero al mondo. «Ma, forse, ho visto la ragazza di cui parla andare di là», spiego indicando un punto vago alle sue spalle, «al reparto gioielleria».

Clarisse sembra confusa, ma siccome sono in compagnia della Regina, e nessuna persona con cui conversa la Regina potrebbe essere un'aspirante commessa, si scusa e ci saluta.

«Che cosa ridicola...», archivio la questione con un'alzata di spalle come mi fossi già scordata del siparietto. «Dicevamo: il gala della New York Historical Society. Ci vediamo lì, allora?»

«Naturalmente». Natasha accoglie impassibile il mio piglio sicuro che non le dà possibilità di smentirmi.

«A presto, Natasha», la saluto mentre lei ricambia con un cenno della mano, sventolandomi l'anello sotto il naso. È il suo modo sottile per dirmi che lei sa, che io so, che lei sa che io e Rick ci siamo lasciati.

Quando esce dal mio campo visivo, riprendo a respirare. Sono stata in apnea per tutto il tempo.

Ci è mancato tanto così che diventassi la portata principale del cannibalismo di cui si nutre Manhattan. Una cosa è certa: fare la commessa da Barneys, Bendel, Bergdorf o qualsiasi altro negozio di Manhattan è fuori discussione.

Chissà se quel posto da cameriera nel diner di cui mi parlava Eric è ancora disponibile. A Brooklyn non corro il pericolo d'incontrare nessuno della mia vecchia vita.

Sì, perché quando me la riprenderò – è questione di quando, non di se – non ci deve essere nessun "aneddoto divertente" da raccontare.

Mentre sono ancora persa nelle mie elucubrazioni apocalittiche, una mano mi picchietta sulla spalla e, quando mi volto, vedo lei, la donna del camerino.

«Come ti chiami?», mi domanda diretta, con l'aria di chi ha poco tempo da perdere.

«Lexi».

«Hai anche un cognome, Lexi?»

«Sloan», rispondo quasi ipnotizzata.

«Bene, Lexi Sloan», ripete lei con tono soddisfatto. Con due dita mi porge un biglietto da visita. «Io alloggio al Four Seasons. Vieni lì domani, alle quattro». E senza aspettare una mia risposta, gira sui tacchi e se ne va.

19

«Il denaro non può comprare l'amore,
ma migliora la posizione contrattuale».
Christopher Marlowe

Raggomitolata sul divano nel mio loculo, con una fetta di pizza fredda presa al volo, faccio ricerche sul cellulare.

Sì, ricerche. Ho bisogno di sapere.

Per tutto il viaggio in metro fino a Red Hook non ho fatto che rigirarmi tra le dita il biglietto da visita della donna.

Damaris Hargreave.

Il tempo di tornare a casa e farmi una doccia ed ero già alla ricerca di notizie su di lei.

Appena ho digitato il suo nome nei motori di ricerca, ho trovato dieci pagine di risultati, tutti estratti di testate giornalistiche per le quali la donna è meglio nota come Lady Di, Lady Divorzio.

La prima fonte che apro, con la data più recente, è l'inglese «Sun».

LADY DI COLPISCE ANCORA

Damaris Hargreave (59), la donna che ha fatto del divorzio in grande stile una forma d'arte, chiude il suo quarto matrimonio, con Anthony Hargreave, dopo soli tre anni di fede al dito, strappando all'ex marito l'esorbitante cifra di cento milioni di sterline. Il giudice ha riconosciuto alla donna quanto chiesto dal suo avvocato per risarcimento dei danni all'immagine arrecati dai video compromettenti di Mr Hargreave.

Ok, ora sono curiosa, che ha fatto Mr Hargreave di così compromettente?

Digito il suo nome e la ricerca mi restituisce altrettanti risultati.

Il «Telegraph» è spietato e lo mette alla berlina.

Il magnate londinese delle reti televisive H1, H2, H3, Hsport, Hnews ha un hobby segreto, da oggi non più tanto, oltre al golf e al whisky doppio malto invecchiato in barrique: i giovani transessuali asiatici. Hargreave ama circondarsi di queste allegre compagnie durante i suoi "weekend sportivi" nella tenuta nel Somerset e, purtroppo per lui, gli escort non hanno avuto la discrezione che si aspettava. Questi hanno condiviso in rete diversi filmati registrati, presumibilmente a scopo amatoriale, durante un fine settimana privato, ad alto tasso erotico, alla Hargreave Mansion. I video ritraggono Mr Hargreave impegnato in "attività ginniche" esplicite assieme ai due trans, accompagnate da uso disinvolto di sostanze stupefacenti.

Mrs Hargreave ha lasciato la villa di Kensington e si è stabilita in una suite al Ritz, ma non ha rilasciato commenti sulla vicenda.

Porca vacca! Io pensavo che lo scandalo della mia famiglia fosse imbarazzante…

Torno indietro, sulle tracce di Damaris, fino agli articoli sul divorzio con il marito precedente.

Patrick Dubois, della dinastia belga dei banchieri Dubois. Con lui il matrimonio è durato quattro anni, ed è finito a causa dei problemi di alcolismo di lui. Anche da quel matrimonio, Damaris ne è uscita con un accordo da cinquanta milioni di euro.

Anche il secondo marito non era un santo: Lorenzo Bellini, imprenditore milanese d'import-export con la Cina, lanciatosi in politica e arrestato per corruzione.

Lady Di ha lasciato Milano e il cognome Bellini dopo sei anni di matrimonio, con un accordo divorzile da settanta milioni di euro.

Infine, trovo tracce anche del primo marito, il re di denari Jaques de Reinard.

Re di denari, perché era il proprietario di una delle più grosse holding di società produttrici di beni di lusso: alta moda, champagne, supercar, gioielleria… un impero! Reinard, più vecchio di Lady Di di ventidue anni, l'ha lasciata vedova – ed erede della sua fortuna, al sicuro a Montecarlo – dopo otto anni di felice matrimonio.

Una cosa l'ho capita: a Damaris piacciono i soldi e ai soldi piace lei, li attrae come un magnete.

Certo, non li ha avuti gratis. Prima un uomo molto più vecchio, poi un politico corrotto, un alcolista e infine un pervertito sadomaso con il vizio della coca.

Eppure era lì, in piedi sulle sue gambe, da Barneys, servita con tutti gli onori.

Cosa può volere da me, Lady Di?

Per l'appuntamento al Four Seasons sfoggio la mia divisa da It Girl dell'Upper East Side, visto con chi avrò a che fare. Solo i miei occhiali stonano, ma non ho alternativa.

Quando mi presento alla reception, non faccio in tempo a dire il mio nome che il concierge mi ferma, annuendo. «Sì, Lexi Sloan. Mrs Hargreave l'attende. Gotham Suite, cinquantesimo piano».

Un valletto mi scorta fino all'ascensore, poi su, fino alla porta della stanza e, quando busso, è proprio Lady Di in persona ad aprirmi. «Sei puntuale», è il suo saluto.

«Non dovevo?»

«Se non lo fossi stata, non ti avrei aperto. Io faccio aspettare gli altri, nessuno fa aspettare me».

Lady Di è avvolta in un abito vestaglia blu notte, porta i tacchi, i capelli sono in piega e il make-up è impeccabile. In una parola: strepitosa.

Fino a oggi ho sempre pensato: se devo invecchiare, voglio essere come Jane Fonda. Ora ho cambiato idea, voglio essere Lady Di.

«Accomodati, Lexi». Mi offre la poltroncina di fronte alla sua, nel salotto della suite che affaccia sui grattacieli sui quali si specchia la luce rosa del tramonto. Quanto mi manca questa vista.

«È uno dei motivi per cui sono tornata», commenta lei, quasi mi avesse letto nella mente. «Dopo vent'anni in Europa, avevo scordato quanto fosse bello».

«Sono certa che anche il tramonto nel Somerset abbia il suo fascino pittoresco», osservo.

Mi lancia uno sguardo tagliente. «Vedo che sei informata».

«Mi piace sapere chi ho davanti».

«Molto newyorkese. Non ti piacciono le sorprese, vero, Lexi?»

«Non quelle brutte».

«Risposta perfetta». Lei mi scruta con un sorriso enigmatico. «Vorrai sapere perché sei qui, immagino».

«Considerato il nostro incontro singolare da Barneys, direi di sì», confermo.

«Si dà il caso che tu sia la persona che sto cercando».

Allarme rosso! Ti prego, Signore, fa che mio zio non abbia rubato anche i suoi soldi e non mi abbia chiamato qui per avere la sua vendetta privata.

«Per cosa?», chiedo, irrigidendomi sulla poltrona.

«Hai sete? Posso offrirti tè, caffè, acqua?»

«Acqua, grazie».

Lady Di prende due bottigliette di Voss dal frigobar e le poggia sul tavolino con i bicchieri di cristallo. Acqua Voss... Chissà se posso prenderne una da portarmi a casa. «Voglio stabilirmi definitivamente a New York. Ogni città ha il suo ecosistema sociale e le sue leggi, e avendo vissuto lontano, così a lungo, rimetto piede in una Manhattan che non è più quella che conoscevo una volta. Devo reinserirmi, ma non posso farlo da sola».

«E io le servo a questo?»

«Ho bisogno di un'assistente personale, ma non può essere chiunque. Mi serve una persona determinata, che non mi faccia perdere tempo e che non abbia paura di dirmi le cose in faccia. Proprio come hai fatto ieri, da Barneys».

«Sono certa che ci siano molte ragazze qualificate per questo ruolo».

«Non m'interessa la qualifica», taglia corto Lady Di. «M'interessano le connessioni».

«Prima che questa conversazione vada avanti, devo informarla che sono la figlia di David Sloan, e nipote di Rafferty Sloan, coinvolti in quella che è stata definita la truffa finanziaria del decennio. Temo che il mio scandalo non le sarebbe d'aiuto».

Lei non fa una piega. «È tutta la vita che gli scandali mi rincorrono, ma io sono più veloce».

«E cosa cerca dalla sua assistente?»

«Che conosca le persone con cui stringere amicizia, che sappia chi fa cosa, che mi istruisca sulle convenzioni ufficiali e quelle ufficiose, m'indichi i luoghi da frequentare, le feste a cui andare e sappia come ottenere gli inviti. In poche parole... Tu».

«Sono lusingata».

«I miei non sono complimenti». Il suo sguardo si posa sulla mia Birkin. «E poi, so che sarai all'altezza della mia immagine: non andrai in giro con indumenti dozzinali».

Ecco, questo potrebbe essere un problema, ma magari è meglio se non lo dico. «Come mai questa necessità di crearsi una nuova vita a New York?»

«Ho cinquantanove anni, è arrivato il momento di fare ordine». Si sporge verso di me, seria, le mani giunte in grembo. «Se non t'interessa dimmelo subito, in caso contrario, sappi che ti pagherò quattromila dollari al mese, ogni dieci del mese».

«Quanto?! Ma è… una cifra enorme». Un mese fa avrei riso all'offerta di quattromila dollari, ma ora mi sembra il biglietto della lotteria di Capodanno.

«Ti accorgerai che non sono regalati», mi apostrofa Lady Di, serissima. «Sono molto esigente».

«Anche io», ribatto. La signora avrà carisma da vendere, ma io non mi faccio spaventare.

«Allora, andremo d'accordo. È un sì?»

«È un sì».

«Perfetto. Ti aspetto domattina alle sette per la giornata di prova. Se la supererai, sarai assunta: stipendio, contributi pensionistici, assicurazione sanitaria e rimborso spese. Non deludermi».

Din! La parola magica: assicurazione sanitaria! Il che vuol dire oculista! Occhiali nuovi! E forse… lenti a contatto nuove!

Prima che possa rispondere, lei prende una telefonata, parlando fitto in francese, come se io non fossi nemmeno nella stanza. Quando riattacca, mi porge la mano come a dirmi che ha finito il tempo per me. Donna risoluta e concisa questa Lady Di.

«Ah, Lexi», mi richiama un attimo prima che io esca dalla porta. «Ti chiedo il massimo della riservatezza. Non voglio che parli di me e del lavoro che fai per me con i tuoi amici, parenti, conoscenti eccetera… La gente tende a farsi curiosa al limite del morboso quando si tratta della mia vita privata».

«Su questo non c'è pericolo: i miei amici, o quelli che credevo lo fossero, mi evitano come la peste; mio padre è ai domiciliari in un villaggio nella foce dell'Hudson, e mio zio è latitante».

Con quello che anche lei ha passato, non mi vergogno di parlarle fuori dai denti.

«Meraviglioso, Lexi. A domani».

20

«*Carpe diem*, dal latino, incassa l'assegno!».
Robbie Williams

«Ta-daaan!», urlo sventolando due sacchetti della spesa, appena Eric mi apre la sua porta.

«Lexi?». Il suo tono, quando entro in casa, senza aspettare che mi dia il permesso, è già preoccupato, mentre mi guarda svuotare le sportine e infilarmi il grembiule appeso alla finestra.

«Cosa stai facendo?»

«Ho fatto la spesa: stasera cucinerò io!».

«Era una domanda retorica, è evidente che stai cucinando, ma mi chiedo se lo hai già fatto prima in vita tua».

«No», rispondo con la massima naturalezza, tirando fuori terrine e pentole dagli sportelli.

«E ti sembra una bella idea iniziare ora, a casa mia?». Eric non è affatto convinto. «Devo ricordarti che sei quella che voleva farsi un toast con il ferro da stiro?»

«Cosa ci vorrà mai? Ti ricordo che mi sono laureata a Georgetown».

«Che non è famosa per i suoi corsi di cucina».

«Ho trovato le ricette su Google».

«Non c'è modo di farti desistere, vero?», domanda lui già con un tono di resa nella voce.

«Nessuno!».

«E perché, se è lecito chiedere?»

«Festeggiamo!», esclamo entusiasta.

Lo sguardo di Eric si accende di speranza. «Te ne vai?»

«No», la mia risposta lo delude all'istante. «Forse ho trovato un lavoro: una persona ha bisogno di me, delle mie conoscenze e delle mie qualità», spiego orgogliosa, incrociando le braccia al petto. «Una donna ricchissima è rientrata a New York dopo una lunga permanenza all'estero e cerca un'assistente personale».

Eric inarca un sopracciglio scettico. «Per assisterla in cosa?»

«A inserirsi nell'alta società di Manhattan».
«La stessa alta società che ti ha sbattuto la porta in faccia?»
«Ehi!». Agguanto la padella facendo il gesto di colpirlo.
«Scherzo. Per me, se questa ti paga abbastanza per farti andare via di qui, ha tutta la mia approvazione. Ora, scusa, vado a farmi la doccia», annuncia sparendo nel corridoio. «Tu non toccare forno e fornelli finché non torno».
«Ho tutto sotto controllo».
Malfidato! Quando tornerà gli dimostrerò che si sbaglia. Preparerò una cena da applausi.
Allora, vediamo, voglio fare le uova ripiene con tonno e maionese. Google la dà come ricetta facile, tempo di esecuzione un quarto d'ora. Ottimo!
Posso fare così: mentre le uova cuociono, io faccio la maionese. Sì, la farò fresca, non quella schifezza in tubo piena di conservanti.
Bene: mettere le uova in un pentolino pieno d'acqua e farle bollire per dieci minuti.
Ma se le metto nel microonde fanno molto prima, no? Quattro minuti, e via! E queste me le posso scordare. Sotto con la maionese!
Sbatto due tuorli nella terrina – ok, c'è finito anche un po' di bianco ma è un'inezia –, olio, limone, sale e vai di sbattitore.
Sta venendo perfetta, benissimo, gialla, liscia… Cosa ci voleva?!
Un attimo! Cos'è questo scoppiettio?
PAM!
CRACK!
PAAAAAF!
Nel microonde si sta scatenando una tempesta di lampi blu. Mi avvicino con circospezione quando un botto simile a uno sparo mi fa saltare indietro, lanciando in aria la ciotola della maionese con tutto lo sbattitore che gira a vuoto.
«Oh, Gesù!», grido allontanandomi dallo sportello. «Merda, merda, merda!».
I lampi continuano e dal bordo del pentolino si è alzata una fiamma. «Eric!».
Nessuna risposta.
«ERIC», urlo ancora più forte. «AL FUOCO!».
Stavolta mi ha sentito, perché si precipita dal bagno, mezzo insaponato e con l'asciugamano stretto intorno alla vita.
«Cosa su…? Oh, cazzo!», sbraita appena vede la scena.
«La cena è impazzita!».

Eric mi scansa, prende un guanto da cucina e stacca la spina dalla presa con uno strattone.

Poi estrae un piccolo estintore domestico da dietro il frigo, apre lo sportello del microonde e spara una schiumata sulle fiamme.

Faccio per allontanarmi dalla nuvola di fumo, ma la stanza è fitta di condensa bianca, i miei occhiali sono appannati e io non vedo più un tubo. Inciampo nella sedia e finisco a terra trascinando Eric con me, lui steso sul pavimento, io sopra di lui, ancora avvolti nella nebbia.

Nella stanza regna un silenzio soprannaturale e, per un secondo, temo il peggio. «Eric... stai... bene?». Se ha battuto la testa ed è morto, altro che truffa multimiliardaria! Dovrò preoccuparmi di come nascondere un cadavere. Chissà se su Google c'è scritto come si fa.

Ancora nessuna risposta. «Eric?», ripeto preoccupata. «Dammi un segno».

La nebbia si dirada e mi ritrovo faccia a faccia con lui che mi fissa furibondo. «Si può sapere che cazzo hai fatto, eh?!», sbotta fuori di sé.

«Oh, grazie a Dio!!!», esclamo con un sospiro di sollievo. «Siamo vivi!».

«No, Lexi. Non grazie a Dio! Grazie a me! Se non fossi intervenuto in tempo, avresti raso al suolo l'edificio!».

«Oh, adesso non farla tanto lunga!», ribatto. «Ho solo messo il pentolino con le uova nel microonde, mica ingaggiato una guerra missilistica con la Corea del Nord».

«E con la tua laurea a Georgetown non sai che le uova non si mettono mai nel microonde? Esplodono! E i contenitori metallici vanno a fuoco».

«Tu i contenitori metallici ce li metti sempre!», gli rinfaccio. Vuole farmi passare per stupida?

Lui sbuffa dal naso, infuriato come il diavolo. «Quelli dei cibi pronti sono fatti apposta!».

Lo sguardo di Eric è truce ma, nonostante la rabbia, mi ipnotizza. Non ho mai visto il suo viso così da vicino. Anzi, non gli sono mai stata così vicino. Siamo sdraiati a terra, una sull'altro, da quanto? Secondi? Minuti?... Non lo so.

Sono ancora qui, con le mani intorno alle sue spalle, immobile, mentre lui mi trattiene per la vita, e il suo torace si alza e si abbassa premendo contro il mio seno.

Ma ha sempre fatto così caldo qui dentro?

E i suoi occhi sono sempre stati così grandi?

E la sua pelle è così liscia?

Sentirlo nudo sotto le mie dita è una sensazione… Un attimo, lui è tutto nudo!

E io sono sdraiata sopra di lui!

Mi tiro su di scatto ed Eric si alza trattenendo il microscopico asciugamano, così, d'istinto, sposto lo sguardo sul pavimento bagnato e lurido di brandelli di uovo mezzo sodo, schegge di guscio e schizzi di maionese. «Scusa, io… Ho fatto un casino», balbetto. «Ora pulisco e asciugo tutto».

«Ti avevo detto di non toccare niente».

«Ti prego, non cacciarmi via», mormoro.

Sento Eric sospirare esausto, come se fosse arrivato al limite. «Lexi Sloan, togliti il grembiule. Sei fuori», dichiara serio.

«Perdonami, giuro che non userò la tua cucina mai più!».

Poi, l'espressione sul suo viso cambia. «Fuori dalla cucina di MasterChef». Sulle sue labbra aleggia l'ombra di un sorriso. «Chiama il giapponese e facci portare una barca di sushi. La più grande che hanno», dice prima di tornare in doccia.

Una volta che Eric è sparito, riprendo a respirare, così ripulisco il mio teatro di guerra, anche se nonostante tutta la mia buona volontà, non riesco a levarmi dalla testa l'immagine di me sdraiata su di lui.

Viviamo porta a porta da due settimane, ma questo è stato il nostro primo, vero contatto fisico. Molto, mooolto fisico. Stasera, ogni centimetro del mio corpo era a contatto con il suo, nudo, sodo, caldo e bagnato, e…

Mi picchio la fronte in un pietoso tentativo di sgombrare la testa da… da… Non so nemmeno io come chiamarla. Fantasia?! Nooo. Trauma! Ecco, ci sono! Trauma è la parola giusta.

Ok, Lexi, ora è tutto passato.

«Meno male che non sei andata a lavorare al diner», dice Eric tornando in sala, stavolta vestito – non so se esserne delusa o sollevata – in jeans e T-shirt, proprio mentre bussano alla porta. «Avresti carbonizzato tutta Red Hook».

«Tu sei nato cuoco?»

«No». Apre al fattorino e ritira la nostra cena. «Ma quando non so fare qualcosa, chiedo».

«Volevo fare una cosa carina. E volevo farla da sola», brontolo mentre lui apparecchia le scatole sul tavolo, spostando la mia borsa dalla quale cade il mio bloc-notes.

«Come sembrare ricchi senza esserlo?!», legge lui ad alta voce sbirciando il titolo che ho scritto sulla pagina fermata dal segnalibro.

«È per il mio lavoro», taglio corto. «Stavo prendendo appunti».

«Sembrare ricca?»

«Farò da assistente personale a una miliardaria, mentre io mi sono ridotta a comprare abiti usati e a prendere i mezzi pubblici», spiego sedendomi di fronte a lui.

«E quindi questo ti serve per… fingerti ricca? Come?», Eric sbircia di nuovo il notes. «Lucida le scarpe ogni giorno», legge. «Stira sempre i tuoi vestiti, usa lo shampoo a secco…», continua con voce carica di sarcasmo. «Non c'è che dire, sono davvero consigli rivelatori».

«Se non esci dai tuoi quadrati, non troverai mai le soluzioni ai problemi!».

«Esci dai tuoi… cosa?»

«Dai tuoi quadrati!», ripeto a voce più alta.

Eric aggrotta la fronte senza capire, così io prendo uno dei tovagliolini del take-away, ci disegno sopra quattro punti vicino agli angoli con la salsa di soia e glielo porgo. «Cosa vedi?», gli domando.

«Un quadrato!», esclama lui come se fosse la risposta più ovvia.

«Il quadrato è nella tua testa. Io non ho disegnato un quadrato», spiego trionfante. «Il tuo cervello, matematicamente allenato, collega i quattro punti per formare un quadrato, ma il quadrato non c'è, io non l'ho disegnato».

«E allora?»

«E allora, il quadrato rappresenta una barriera mentale, un limite. Anziché muoverti in libertà nello spazio che hai a disposizione, tu ragioni dentro al quadrato immaginario, dandoti limiti che in realtà non esistono».

Lui scuote la testa ridacchiando. «Tu ti droghi».

«Prima o poi mi darai ragione. Ma preferisco così, se me la dai vinta subito non mi diverto». Lascio cadere la questione quadrati, tornando a parlare del mio nuovo lavoro. «Comunque, mi muoverò nel mio ambiente e non posso farlo con l'aria di una senzatetto. Due giorni fa ho incontrato Natasha Bates da Barneys e, da come mi guardava, so che sapeva che avevo indosso abiti vecchi!».

«E come ti guardava?»

«Così», dico accentuando un'espressione disgustata, occhi a fessura e labbra strette, «del tipo: "Oh mio Dio, come sei caduta in basso"». Punto le mie bacchette verso l'ultimo nigiri di salmone. «Lo mangi quello?»

«Ma ce l'hai un fondo?!», esclama incredulo davanti alla mia fame.

«No».

«E con Mrs Bates com'è finita? Mi sembri sopravvissuta».

«Perché mi sono venduta bene, ma non posso continuare così! Se avessi tutte le cose che sono a casa mia, non sarei costretta a cercare scorciatoie su Google. Peccato che qualcuno me l'abbia sequestrata», lo provoco.

«Già, peccato».

«Un attimo!». Ho l'idea. «Tu puoi farmi riavere le mie cose!».

Eric mi guarda incredulo, con il sopracciglio alzato. «Come, scusa?»

«Tu puoi entrare a casa mia! Sei autorizzato. Puoi dire di dover raccogliere prove, io verrò con te, mi prenderò quello che mi serve e tac! Il gioco è fatto».

Lui scuote la testa in un "no" deciso. «Non se ne parla neanche!».

«Avanti, Eric! Lo sai quanto mi pagherebbero per questo lavoro? Quattromila dollari!».

Lui è irremovibile. «Fuori discussione».

«Eriiic!», cantileno io.

«Scordatelo. Non andremo a casa tua, dovessi passare sul mio cadavere».

«Benissimo», ribatto piccata ingurgitando un gambero al vapore. «Vorrà dire che senza quel lavoro, verrò qui ogni mattina per la colazione e ogni sera per la cena fino al giorno della mia morte. O della tua. In fondo si sa che le donne vivono in media sette anni più degli uomini».

«Mi farai licenziare», brontola lui mentre gli faccio strada nell'attico degli Sloan.

«Quanto sei melodrammatico! Prendiamo due cose e ce ne andiamo».

«Due di numero».

Quasi mi commuovo a rimettere piede in casa mia dopo quello che è successo. È tutto come l'ho lasciato, come se fossi uscita appena cinque minuti fa.

Passeggio di stanza in stanza con sguardo nostalgico. Tornerò mai?

«Lexi, abbiamo mezz'ora. Basta con il giro turistico, raccatta le tue cose e andiamocene».

Faccio scattare l'interruttore del guardaroba e la vista dei miei vestiti mi commuove.

«Hai un bancone bar nella cabina armadio?!», esclama lui osservando il mobile fornito di bicchieri, shaker e bottiglie e due comodi sgabelli di velluto.

«Vorresti privarti del piacere di un Martini mentre ti vesti?!», dico sparendo tra gli scaffali della pelletteria per uscire con un prezioso bottino. «Serviti pure».

«Cosa sono quelle?», domanda lui inorridito. «Valigie?!».

«Che intuito!», ribatto io aprendo due delle mie più capienti Louis-Vuitton.

«Per farci che?»

«Per prendere la mia roba».

«Avevi detto due cose».

«Due, vedi? Due valige. E le stiperò finché non esploderanno!».

Sotto lo sguardo incredulo di Eric, le riempio con tutto: maglioni di cachemire, camicie di seta, pantaloni su misura, vestiti haute couture, scarpe in edizione limitata e tutto quello che può servirmi per essere all'altezza di Lady Di.

«Hai finito?», mi affretta Eric.

«Mi mancano ancora gli accessori. Una donna non è nulla senza accessori».

Quando entro nel mio bagno, mi viene un tuffo al cuore: la sauna finlandese, l'hammam, l'idromassaggio... Il mio idromassaggio!

Non resisto alla tentazione, così mi sfilo le scarpe e mi sdraio nella vasca vuota. «Sì, oh, sì! Ahhh», gemo. «Che bello».

Eric scuote la testa basito, mentre mi guarda dalla porta. «E tu pretendi che prenda sul serio una che sta sdraiata in una Jacuzzi vuota?»

«La Jacuzzi è il mio habitat naturale». Accarezzo la vetroresina liscia e le rubinetterie luccicanti.

«Dalle l'estremo saluto, perché quella non c'è modo di portarla con noi».

Obbedisco, imbronciata, ma prima di uscire dal bagno, prendo il mio beauty da viaggio e ci svuoto dentro tutto il contenuto dei cassetti.

«Hai già due valigie!», mi fa notare Eric.

«È un beauty, è un bagaglio a mano e i bagagli a mano non contano. Lo sanno tutti. Tieni, infilateli in tasca», dico passando a Eric una manciata di cosmetici che non so dove mettere.

«Mi prendi in giro?!».

«Un vasetto di Crème de La Mer costa seicento dollari, scordati che la lasci qui a scadere».

Lui alza gli occhi al cielo, spazientito. «Finito?»

«I miei occhiali di scorta! Come ho fatto a non pensarci».

Mi precipito in camera mia e apro il cassetto del comodino. Sono salva! I miei occhiali! Con la gradazione giusta! Mi sfilo quelli del drugstore, e metto i miei. «Non mi sembra vero, ci vedo!».

«Se non fossi così petulante e invadente, potrei provare addirittura tenerezza per la tua cecità».

«Preferisco starti antipatica, piuttosto che farti pena».

«Tempo scaduto», decreta perentorio. «Andiamo».

«Potrei prendere i miei gioielli», esclamo.

«Sono già stati inventariati. Guai a te se tocchi la cassaforte».

«Sei senza cuore. Come fai a restare impassibile davanti ai brandelli della mia vita?»

«Anni di pratica».

«È tutto così assurdo». Mi siedo sul letto, sconsolata. «Ancora non riesco a credere che la mia famiglia sia implicata in una frode finanziaria».

«Vorrei davvero smentirlo, Lexi...». La voce di Eric, però, ha perso quel suo piglio strafottente.

«Mio zio mi adorava, mi copriva di regali. Sono sempre stata la figlia che non ha mai avuto».

Eric ride tra sé e sé «Pensa cosa avrebbe fatto a sua figlia, se ne avesse avuta una!».

«Tu non conosci zio Raff. Pensava sempre al mio futuro! L'idea che mi abbia danneggiato di proposito è... inconcepibile. Prendi questi quadri!», dico indicando i due appesi sul mio letto. «Me li ha comprati lui: voleva crearmi una collezione, perché avessi un patrimonio di crescente valore nel tempo! Credi che un criminale avrebbe questo genere di attenzioni?»

«Per quanto ne so, le attenzioni dei criminali hanno sempre un secondo fine».

«Guarda!». Esco dalla camera per mostrare a Eric un quadro lungo due metri appeso nel corridoio. «Me lo ha regalato per il diploma. Se avesse solo voluto viziarmi mi avrebbe regalato un paio di scarpe nuove!».

Nonostante ciò che è successo, fatico ancora a pensare a mio zio come a... be', uno stronzo.

«Andiamo», dico afferrando le valigie. «Se resto un minuto di più, non riuscirai a farmi uscire».

Spengo tutte le luci, mentre dalla soglia scatto un'ultima foto mentale della mia vecchia vita.

«Un momento», esclama Eric di punto in bianco, scomparendo in direzione della mia camera da letto per tornare con uno dei quadri sottobraccio.

«Cosa stai facendo?», gli chiedo senza capire il motivo del suo gesto. «Perché l'hai preso?»

«Esco dai miei quadrati».

21

«La mia formula per il successo è alzarmi presto,
lavorare fino a tardi ed estrarre petrolio».
J. Paul Getty

Se Eric sia uscito dai suoi quadrati non lo so, ma di testa, è uscito sicuro.

Cioè, se proprio doveva prendere un quadro poteva scegliere anche qualcosa di meglio, quello non era certo il mio preferito ma va be', apprezzo il gesto.

E poi, ho di nuovo le mie cose: l'acqua termale spray, il dentifricio sbiancante ai licheni artici – che ho mischiato a quello normale per farlo durare di più – la maschera viso a base di platino colloidale... Dovrebbero essere una necessità primaria riconosciuta dalla carta universale dei diritti umani. Devo ricordarmi di scrivere all'ONU.

Poi, con i miei vestiti, non ho più l'aria di una derelitta e posso quasi spacciarmi per la vecchia me.

Chiudendo la porta del mio sgabuzzino per uscire, però, resto sorpresa. C'è un post-it giallo appiccicato sull'uscio.

Esci dai tuoi quadrati.

E.

La cosa, per quanto insignificante, mi fa sorridere, così stacco il post-it e me lo infilo nella tasca del cappotto, come fosse un amuleto.

Non ho mai avuto bisogno di niente nella mia vita. La definizione di bisogno è la mancanza di qualcosa che sia indispensabile e nulla mi è mai mancato tanto a lungo da sentirne l'urgenza: potevo avere tutto, quando e come lo volevo.

Ora, invece, ho *bisogno* di questo lavoro, non c'è alternativa.

Con il cuore pieno di speranza entro al Four Season e mi accompagnano alla suite di Lady Di.

La mia boss è sdraiata su un lettino, a faccia in giù, mentre due terapiste le fanno un massaggio a gambe e schiena. Ne voglio uno anch'io!

«Non ripeto mai due volte, quindi fai in modo di tenere tutto a mente», mi saluta lei senza neanche alzare la faccia. «Sono io a pagarti per ricordarmi le cose, non il contrario».

«Non c'è problema, ho un'ottima memoria», la rassicuro.

«Mi serve uno chauffeur discreto, affidabile e professionale. Non voglio più quelli dell'albergo. Ci tengo che i fatti miei restino tali, e che dove vado e con chi non sia materiale di pettegolezzi. E trovami una casa, non ho né il tempo né la voglia di girare per agenzie immobiliari. Cerca le soluzioni che possono fare al caso mio e fammi avere una rosa di scelte».

«Al caso suo? Per esempio?»

«Mi fido di te. I dettagli sono superflui».

«Prendere casa a New York è *soprattutto* questione di dettagli», le faccio notare.

A Lady Di non piace essere contraddetta, lo capisco da come alza la testa dal lettino per guardarmi, ma io sostengo il suo sguardo. Mi ha assunto per questo, no?

«E cosa vuoi sapere?», chiede.

«Io vado dove vuole andare lei, ma prima devo capire cosa le interessa. Il West Side è la culla intellettuale di New York, dove vivono registi, attori, giornalisti, cantanti e scrittori pluripremiati. In pratica la succursale di Hollywood ma senza autoabbronzante e acqua di cocco. L'Upper East Side è il regno del denaro antico e delle dinastie di Manhattan. Nei salotti di Park Avenue s'intrecciano soldi e politica, e una casa su due ha un filo diretto con Washington».

«Qualcosa mi dice che l'Upper East Side è la tua acqua», osserva lei.

«È così». Poi, mi correggo. «Era così».

«Adesso com'è?»

«L'attico di mio padre è sotto sequestro cautelativo e ora vivo a Red Hook».

«Cielo!», esclama con espressione desolata. «Dovrò pagarti molto di più».

«La Quinta, la Madison e Park Avenue sono le uniche tre strade da prendere in considerazione se vuole essere presa sul serio. E non oltre l'Ottantunesima. Per i nativi è già Harlem».

«Ti do carta bianca. C'è altro?»

«Abbiamo una scadenza?», domando.

«Il prima possibile».

«D'accordo. Considerando che la stagione mondana è già entrata nel vivo, dobbiamo muoverci in fretta. Ogni secondo che passa è un evento per cui non abbiamo un invito. Acquistare una casa già arredata, chiavi in mano, sarebbe la soluzione migliore per ricevere ospiti da subito».

«Bene, Lexi, procedi», mi dice ancora a faccia in giù, con un cenno della mano.

«Chiedo scusa, c'è ancora un'altra cosa che non mi ha detto».

«Se preferisco parquet o moquette?»

«No. Il nostro budget».

Lady Di alza la testa, fissandomi serissima. «Non c'è un budget».

Ho già detto che amo questa donna?

Il newyorkese DOC ha lo shopping immobiliare compulsivo nel sangue. Le agenzie lo attraggono come magneti, ed è sempre aggiornato sulle fluttuazioni dei prezzi del mercato.

Ci ho messo tutto il giorno, ma ho portato a termine la mia prima task con successo anche se, all'inizio, gli agenti non erano proprio a loro agio trovandosi faccia a faccia con me.

Una volta messo in chiaro che venivo per conto di qualcun altro, nome riservato, si sono distesi e le parole magiche "No budget" mi hanno spalancato le porte delle perle immobiliari dell'isola, custodite nelle brochure top secret.

Ho girato le migliori agenzie della città e arrivata a sera, al Four Seasons, ho in mano una selezione di case per la quale Lady Di vorrà abbracciarmi. Ho anche già fissato gli appuntamenti per visitarle.

Sono un'assistente perfetta, sono praticamente già assunta, sono... una scema!

Merda! Mi sono dimenticata dell'autista!

Accidenti a quell'agente che voleva affibbiarmi a tutti i costi quel duplex a Gramercy! Mi ha fatto perdere del tutto la concezione del tempo.

Sono le sei e tutte le migliori agenzie di chauffeur service stanno chiudendo. Sono fregata!

Se mi gioco questa occasione non posso incolpare nessuno a parte me stessa e non posso non ottenere questo lavoro! Mi serve una vita decente! Mi serve un piano pensionistico! Mi servono delle lenti a contatto nuove, accidenti!

Con la mano destra, affossata nella tasca del cappotto, stringo un pezzo di carta.

È il post-it di Eric. "Esci dai quadrati".

Devo uscire dai quadrati, devo uscire dai quadrati, devo uscire dai quadrati...

Un momento! Forse una chance ce l'ho. Prendo il cellulare e avvio la mia chiamata salvavita.

«Pronto, Nevis? Sono Lexi… Lexi Sloan».

«Miss Sloan!», risponde la voce calorosa di Nevis. «Come sta?»

«Sopravvivo. E forse ho trovato un lavoro».

«Mi fa piacere, è una buona notizia… Un attimo: ha detto "forse"?»

«Già, per questo ti sto telefonando. Mi hai detto di chiamarti se avessi avuto bisogno e credo che quel momento sia ora».

«Se posso aiutarla, sono più che disponibile».

«Hai già trovato un posto da autista?»

«Mi sto guardando intorno», risponde con una nota debole nella voce, quasi avessi toccato un brutto tasto.

«Ok, smetti di guardarti intorno. Io sto cercando un autista».

«Lei, Miss Sloan?»

«Sì, cioè, no. Lo sto cercando per qualcun altro, ma tu sei perfetto».

«Miss Sloan, sono lusingato».

«Non c'è tempo per lusingarsi», taglio corto, guardando l'orologio. «Dove sei?»

«Adesso?!».

«Sì, Nevis. Adesso!».

«A casa mia, a Hoboken», risponde lui preso in contropiede.

«Perfetto. Fatti trovare tra quaranta minuti al Four Seasons. Ti aspetto nell'atrio».

«Ma a quest'ora il Lincoln Tunnel è un inferno».

«Motivo in più per partire subito!», lo sollecito. «Nevis, ho davvero bisogno di te!».

Conto i minuti, ma quando lo vedo varcare le porte dell'hotel, sospiro di sollievo. Senza aggiungere convenevoli, lo accompagno alla suite di Lady Di.

«Visto che cercava un autista discreto e professionale, le ho procurato il migliore sulla piazza: Nevis Lowell».

Lei lo squadra, con sguardo indecifrabile, pesando le mie parole. «Referenze?»

«Posso darle io stessa», rispondo. «Ha lavorato per la mia famiglia per trent'anni. Puntuale, mai una multa, e guida come se stesse cullando un bambino. Sembra di viaggiare in aereo».

Lady Di sposta lo sguardo su di me. «Ci sono altri tuoi ex dipendenti che intendi farmi assumere? Mi hai preso per un centro di collocamento?»

«No. Ma sfido chiunque a trovare chauffeur migliore».

A questo punto, Nevis interviene in mia difesa. «Lasci che guidi per lei, domani. Le assicuro che sarò all'altezza delle sue esigenze e delle referenze di Miss Sloan».

«Perfetto». Lady Di mi rivolge un sorriso appena accennato, come quel pomeriggio da Barneys. «Domani voglio vedere i quattro immobili in vendita che hai selezionato...».

«Appuntamenti già fissati. Due la mattina e due il pomeriggio», la anticipo.

«E Nevis», continua rivolta a lui, «procurati un'auto: che sia la migliore, ma niente di pacchiano. Non voglio dare nell'occhio». Lady Di sparisce nella cabina armadio, uscendone avvolta in un ampio cardigan di cachemire. Oddio, voglio accarezzarlo. «Potete andare, io ora scendo a cena».

Dirigendosi alla porta, Lady Di mi si avvicina. «Sapevo che con te avevo scelto bene», mi sussurra.

Ho il lavoro! Ho il lavoro! Dio, non mi sembra vero! È come se nei polmoni mi fosse entrata l'aria tutto d'un colpo! Allora, è così che ci si sente? Mi viene quasi da piangere.

Quando io e Nevis entriamo nell'ascensore, entrambi abbiamo un'espressione serena dipinta in volto: io ho spaccato, lui ha di nuovo il suo impiego.

«Osso duro questa Damaris Hargreave», commenta.

«È una che sa il fatto suo».

«Grazie, Miss Sloan. Sa, non sono in molti a voler assumere un autista di sessantun anni».

«Lady Di non è una che si ferma alle apparenze».

«Neanche lei, Miss Sloan».

«Nevis». Mi volto verso di lui. «Smettila di chiamarmi Miss Sloan. Siamo dalla stessa parte adesso».

Quando rientro a casa, vedo la luce accesa filtrare da sotto la porta dell'appartamento di Eric, così busso per dargli la buona notizia.

«Ho il lavoro!», esclamo accennando una piroetta sul pianerottolo, appena mi apre.

«Ho buone notizie!», ribatte a sua volta Eric.

«Avete trovato mio zio?»

«No! Ma quel quadro che avevi a casa tua è una crosta! Non vale un tubo!».

22

«Quelli che fanno un affare dell'arte sono per lo più impostori».
Pablo Picasso

«Il mio quadro?»

«Sì, quello che ho portato via da casa tua ieri sera», mi spiega.

Tutto il mio entusiasmo svanisce e mollo la borsa a terra. «E questa ti sembra una bella notizia?»

«Ma non capisci?», insiste lui carico d'energia come non l'ho mai visto prima. «È una pista!».

«No, non capisco. Ma grazie per avermi rovinato la giornata», borbotto accasciandomi con le spalle contro il muro.

«Ok. Quella che è una bella notizia per me non lo è per te. Sono stato un po' indelicato. Torniamo alla questione lavoro. È andata bene, quindi?»

«Sì. Ho ottenuto il posto e ho fatto anche riavere a Nevis il suo vecchio lavoro».

«Chi è Nevis?»

«L'autista della mia famiglia. Quando è scoppiato lo scandalo della truffa abbiamo dovuto licenziarlo e non se la stava cavando troppo bene. Ma la mia boss aveva bisogno di uno chauffeur e così ho sistemato anche lui».

«È stato davvero un bel gesto da parte tua».

«Voglio bene a Nevis, è stato l'unico a non mollarmi in mezzo alla strada quando tutti quelli su cui contavo si sono defilati».

«L'unico?». Eric tossicchia schiarendosi la voce. «Sicura di non dimenticare nessuno?»

«E te», mi correggo.

«Facciamo così», esclama lui battendo le mani. «Stasera ceniamo fuori».

Stavolta sono io a guardarlo stranita. «Eric Chambers, è per caso un invito galante?»

«No, ma ora che hai dei vestiti decenti, puoi uscire in pubblico senza mettermi in imbarazzo!».

Io, offesa, lo colpisco con un pugno sulla spalla che non lo smuove di un millimetro. «Ehi! Come sarebbe a dire?! Io ho *sempre* avuto vestiti decenti!».

«Quella pelliccia rosa? Vogliamo parlarne?»

«D'accordo», accetto con una faccia da finta immusonita. «Ma offri tu».

«Le signore con me non pagano mai. Sono un modesto agente dell'FBI nono livello, ma sono del tutto in grado di offrire una cena».

«Uuuh, mi hai appena chiamato signora».

«Non farci l'abitudine». Eric prende il cappotto dall'appendiabiti e se lo infila uscendo. Non capisco se è il taglio della giacca a fargli le spalle così larghe o se sono proprio le sue… «Andiamo?».

Sembra che tutto il mondo ruoti intorno alla casa di Eric perché dopo neanche dieci minuti a piedi su Van Brunt Street, entriamo in un locale arredato come la cambusa di una nave. «Lobster Pound», leggo sull'insegna. «Vuoi rovinarti con l'aragosta, stasera?»

«Scoprirai che non tutti i ristoranti che servono buon cibo vogliono un rene in cambio».

«Devo fare l'antitetanica prima di entrare?»

«No. È solo un posto che serve piatti di qualità, cucinati bene e a un prezzo onesto. E comunque non montarti la testa: aragosta sì, ma niente champagne».

«Tanto io non bevo champagne», commento facendo spallucce.

Eric mi guarda stupito. «Stai scherzando?»

«No», ribatto serissima. «Lo champagne è da arricchiti».

«Questa me la devi proprio spiegare».

Eric apre la porta e mi cede il passo. Ci sediamo a uno dei tavolini di legno chiaro, come tutto l'arredo e i pannelli alle pareti, con il menu scritto sulle tovagliette di carta blu e rosse, io sulla panca, lui sulla sedia di fronte a me.

«Lo champagne è da arricchiti», spiego. «I nuovi ricchi non vedono l'ora di mettere in mostra i loro soldi. Li riconosci subito: comprano la Ferrari e sgasano ai semafori, hanno un Rolex d'oro e diamanti sempre in bella vista, ordinano champagne ovunque vadano, ben attenti a farsi sentire, e indossano solo abiti con la marca stampata a caratteri cubitali».

«Lexi Sloan, non ti piace il caviale, non bevi champagne… Che razza di multimiliardaria sei?»

«Ero», lo correggo. «Una che non aveva bisogno di mettersi in mostra. L'immagine è tutto, passare per dei cafoni è un attimo».

«L'immagine è tutto. Questa me la segno», ride lui, leggendo il menu. «Cosa prendi?»

«Le cozze fritte con la maionese sembrano buone, però anche le chips di aragosta con la salsa ai cinque formaggi… Uh! Ci sono anche i gamberi! Però il lobster burger… Ehi! Come si chiama il piatto che hanno portato a quel tavolo? Ha l'aria appetitosa».

«Hai fame?»

«Un po'». Sto morendo di fame.

«Facciamo così, io prendo le chips di aragosta con salsa al formaggio e il sandwich di granchio, tu le cozze fritte e il lobster burger. Così puoi assaggiare tutto».

«Sul serio? Vuoi dire che posso prendere anche qualcosa dal tuo piatto?». Eric *odia* quando io gli rubo le cose dal piatto.

«Approfitta di questo mio momento di follia».

«Ci sto».

Ordiniamo e lui mi domanda del lavoro.

«Sono un'assistente personale: quattromila dollari al mese, contributi e assicurazione sanitaria».

«Perché diavolo sono entrato nell'FBI?»

«È quello che mi chiedo anche io», replico ignorando il suo sarcasmo. «A giorni riceverò l'anticipo e ti restituirò tutto quello che mi hai prestato per le varie spese fino all'ultimo centesimo. Con gli interessi, sia chiaro. Ma la notizia più bella, per te, è che se mi tengo questo lavoro, metterò da parte abbastanza soldi per trasferirmi a breve».

«Sono contento per te», dice prendendo un sorso di vino bianco. «Ehi, non credi che sarebbe ora di dirmi cosa cavolo sono i trasferimenti TRS e la copertura Blackstar?»

«È già uscito il nome di Cartwright?», ribatto io secca.

«Cartwright?»

«Sì, dalle vostre indagini. È già spuntato il nome di Cartwright o no?»

«No».

«Allora segnatelo, trovalo e poi parliamo di trasferimenti TRS e copertura Blackstar».

«Tu non me la racconti giusta».

«Ho poche carte in mano e voglio giocarle bene. Al mio posto faresti lo stesso».

Veniamo interrotti dall'arrivo dei nostri piatti, e io guardo la tavola allibita. «Dovete esservi sbagliati!», dico al cameriere. «Questa roba è per almeno quattro persone».

«Siete il tavolo cinque?»

«Sì», confermo.

«Allora è giusto», taglia corto il tizio, andandosene.

Fisso Eric sconvolta. «Tutto questo…», indico la tonnellata di cibo, «per venticinque dollari?»

«Sì».

Non mi capacito di come sia possibile. «Nell'Upper East Side costerebbe tre volte tanto».

Eric pesca una cozza dal mio piatto. «Vuoi mangiare o no?».

E io mangio. È tutto squisito: il fritto croccante, l'aragosta morbida, i gamberi succosi e il granchio di Eric farebbe onore ai migliori ristoranti di Manhattan.

«Riguardo a prima, che dicevi del mio quadro?», gli chiedo mentre finisce il suo sandwich.

«L'ho fatto analizzare dagli esperti e hanno concluso che è solo una tela senza valore, dipinta da un signor Nessuno o un tizio che replica falsi. Quanto è costato?»

«Di preciso non lo so, dovrei vedere i documenti, ma non meno di dieci milioni».

«Dieci milioni di dollari per quello? È ridicolo».

«Mio zio comprava alla grande, e andava sul sicuro. Nessuno lo ha mai messo in dubbio».

«Ne hai altri, di quadri regalati da tuo zio?»

«Tutti quelli a casa». Cerco di fare mente locale. «E…».

«…e?», m'incalza lui.

So che la cosa che sto per dire non dovrei dirla, ma se i quadri di mio zio non valgono nulla, ho bisogno di sapere. «E altri nel… caveau», mormoro.

Eric fa tanto d'occhi. «Caveau? Avete un caveau?»

«*Tutti* hanno un caveau!», ribatto in tono ovvio.

«Perché io non ne sapevo niente?»

«Perché se l'FBI mettesse sotto sequestro tutti i tuoi beni, tu non vorresti dirgli dove tieni la roba di valore, no? E poi, non potevi comunque venirne a conoscenza, perché il caveau è registrato a mio nome».

«A tuo nome?»

«Era di famiglia, ma lo zio per il mio venticinquesimo compleanno ha proposto a papà di intestarlo a me».

«Come mai?»

«Per agevolare i passaggi ereditari. Sai, nel caso a lui o a papà fosse successo qualcosa, così che potessi ereditare i beni senza…».

«Perché sento che stai per dire qualcosa che va contro la legge?»

«Se vuoi non te lo dico».
«Troppo tardi».
«Senza dover pagare le imposte di successione», concludo.
«Devo prelevarli tutti e farli periziare», ribatte serio.
«Sembri avere dei sospetti».
«Te l'ho detto. Sto cercando una pista».
Prima che Eric possa spiegarmi i suoi ragionamenti, lo squillo del mio telefono c'interrompe.
È Coleman, l'avvocato.
«Sì, pronto?», mugugno a bocca piena.
«Lexi, sono Coleman. Ti chiamo per informarti di un cambiamento».
«Cambiamento? Di che parli?», chiedo. Appoggio il telefono sul tavolo e metto in vivavoce, riprendendo a mangiare. «Scusa, sto cenando».
«Sai che sto lavorando per scagionare tuo padre, seguo l'inchiesta e tutto il resto?»
«Sì».
«Ecco, c'è un problema. La difesa mi sta costando tantissimo in commissioni. Viaggi, telefonate, presentazione di documenti...».
«Alla fine ti pagheremo», lo rassicuro, notando il suo tono allarmato.
«Lexi, le possibilità di successo sono minime, se non nulle. L'anno prossimo ci sarà il processo e io non posso espormi economicamente a oltranza, capisci? Senza un minimo di rimborso spese, io non posso più seguire la causa, a tuo padre daranno un avvocato d'ufficio...».
«Frena un attimo!», sbotto a bocca piena. «Quale avvocato d'ufficio? Sei tu il nostro avvocato, hai sempre seguito tu la Sloan Securities!».
«Ho troppe uscite, sono con le spalle al muro».
«Noi! *Noi* siamo quelli con le spalle al muro!», strillo, mentre Eric mi fa cenno di abbassare la voce. «Senti, Connor, ho trovato un lavoro e mi pagano bene. Non so a quanto ammontano le tue spese, ma posso coprirle almeno in parte, che ne dici? E tu continui a seguire la causa. Mio padre è già abbastanza provato da questa storia, se anche tu lo abbandoni...».
«Un lavoro?». La voce di Coleman è incredula, ma quell'incredulità senza fiducia. «Tu?».
Non riesco a nascondere una faccia scocciata e anche Eric sembra interdetto.
«Sì, io», continuo. «Domani avrò l'anticipo».
«Quanto ti pagano?»
«Quatt...». Ma Eric mi fa cenno di tacere, poi mi mostra un "due" con le dita. «Duemila dollari», mi correggo.

«Mhmm», riflette Coleman. «Non è granché, ma possono andare. Hai il mio numero di conto?»

«Sì».

«Bene, fammeli avere appena puoi».

«Ti prego», dico prima che possa riattaccare. «Non dire nulla a mio padre!».

«Certo, Lexi, non preoccuparti».

Quando chiudo la conversazione, mi sento di nuovo a terra. Guardo Eric e la sua espressione è dura e severa. «Non dire mai a un avvocato quanti soldi hai, altrimenti te li spilla tutti. Se avessi detto quattromila dollari, te ne avrebbe chiesti quattromila».

«Hai ragione». Come ho fatto a non arrivarci? «Ma hai sentito: se non lo pago, molla mio padre».

«Ho sentito».

«Sembra che debba restare nella tua dépendance un po' più del previsto», dico mortificata.

Mi aspetto una reazione delusa e amareggiata, ma Eric mi sorprende, senza fare una piega. «Per me non c'è problema».

Credo di essere sorda. «Ma se fino all'altro giorno...?»

«Lascia stare l'altro giorno. Mi sentirei un mostro, se ti costringessi a dividere un bilocale con dei tossici a Hunts Point».

«Grazie». Sono sincera, se non ci fosse Eric, Dio solo sa in che condizioni mi troverei ora. È sarcastico, precisino, rompipalle, ma non si può dire che non sia generoso.

«Non ringraziarmi, lo faccio perché voglio le tue informazioni», mi lancia un occhiolino e addenta l'ultima patatina del piatto. «Quando ti deciderai a darmele».

Anche se insisto per dividere il conto a metà, considerando che ho mangiato anche la sua roba, Eric non mi permette di aprire il portafogli, forse perché sa che non mi è rimasto molto.

Uscendo, incrociamo una donna dai vaporosi capelli rossi e grandi occhi verde smeraldo. «Eric, ciao!», lo saluta con trasporto. Ha una voce melodiosa e un accento irlandese parecchio marcato.

«Sheila! Come stai? Ti trovo bene!».

Sono colpita, per la prima volta vedo Eric interagire con altri esseri umani che non siano i suoi colleghi di lavoro. Ero così abituata al suo fare da eremita che trovo la cosa quasi destabilizzante.

«Non c'è male. Il lavoro è un casino e a casa ancora peggio, ma va bene. Meglio».

Mentre parlano di traslochi e NBA, li osservo e cerco di capire che rapporto ci sia tra loro. Lei gli sorride, lo tocca, e lui sembra a suo agio e, per una volta, pare davvero interessato a intrattenere una conversazione. Non è che...?

Oh, Dio, forse escono insieme. O lui vorrebbe uscire con lei. O lei vorrebbe uscire con lui. O entrambe le cose.

Contatto visivo: c'è. Contatto fisico: c'è. Tono di voce concitato: presente. Lei si morde le labbra, quindi è sulle spine. Lui prosegue la conversazione con altre domande.

Ok, è chiaro: io sono di troppo.

«Ah, ehm», cerco di inserirmi nel loro fitto chiacchierare. «Io mi avvio, Eric. Sono stanchissima e domani devo alzarmi presto».

«Aspetta, arrivo».

«No, tranquillo. Stai pure». E per non prolungare oltre la cosa, mi allontano sul marciapiede lasciandoli soli. Camminando a passo svelto, le mani affondate nel cappotto, mi trovo a stringere il post-it, ormai stropicciato.

Lo accartoccio quasi con stizza.

Sospiro sentendo un'inspiegabile puntina che mi pizzica il petto all'altezza del cuore.

23

«Più vicino guardi, meno vedrai».
J. Daniel Atlas, *Now you see me*

La fastidiosa conclusione della cena di ieri sera mi ha fatto alzare con il piede sbagliato. Sono irritata e oggi, giorno di trattative immobiliari, ho l'umore giusto per sbranare un broker vivo per colazione. Il primo ci ha chiamato dicendo che vuole mostrarci un'altra casa al posto di quella che ho scelto e io detesto questi giochi di potere.

«Gli agenti immobiliari newyorkesi hanno un solo mantra: "Chiudere sempre i contratti"», dico a Lady Di, mentre Nevis ci accompagna alla prima visita. «Lavorano a percentuale e per concludere una vendita sono disposti a qualsiasi nefandezza. Le diranno tutto ciò che vuole sentire, ma l'unica cosa che vogliono sono i suoi soldi».

«Credimi, Lexi», mi dice lei, con un'occhiata d'intesa, «non sarebbero i primi».

«Faremo così: lei ascolterà l'agente come se si stesse bevendo ogni sua parola, io farò le domande e verificherò le risposte. E si mostri indifferente».

«Come se non fossi interessata all'acquisto».

«Esatto». Ogni volta che mio padre o mio zio acquistavano una proprietà io li accompagnavo, e ho imparato da loro. «Siamo arrivate, pare», dico quando la limo si ferma davanti al primo immobile, un'elegante *townhouse* sulla Madison. Mhmm, questa casa mi sembra di conoscerla…

Di fronte all'ingresso ci aspetta l'agente immobiliare che strabuzza gli occhi stravolto appena Lady Di si leva gli occhiali da sole.

«Le presento Damaris Hargreave», dico io con un sorrisino. Questo infame, ieri, ha finto di essere impegnato al telefono per non ricevermi, ma io ho piantonato la sala d'attesa finché non si è stufato di tenere la cornetta attaccata all'orecchio per quaranta minuti come un idiota. Quando gli ho spiegato che ero lì per una persona di spicco che ci teneva alla riservatezza, per poco non mi ha riso in faccia. Eccoti servito, brutto tacchino!

«Alan Ward. Prego, Mrs Hargreave, iniziamo la visita», dice lui ossequioso, guidandoci all'interno dell'edificio. «Questa è una residenza stile *beaux arts* unica nel suo genere: è un edificio di alto pregio storico. Jackie Kennedy ha soggiornato qui, nel '54, prima di comprare casa sulla Quinta».

«Di che anno è?», chiede Lady Di salendo le scale che vanno al primo piano.

«Circa 1910. Una profonda ristrutturazione l'ha dotata dei più moderni comfort».

Profonda ristrutturazione? Di che accidenti sta parlando?! «È stata abbattuta e ricostruita quattro anni fa, se non ricordo male», lo correggo io. «Il giorno della demolizione, tutta la Madison era un inferno di polvere».

Alla mia battuta, Lady Di squadra Alan con aria scettica. «Demolizione?»

«In effetti è stata ricostruita», ammette con voce sommessa, «ma l'architetto ha mantenuto la pianta originaria», si affretta a specificare.

«Diciamo che è un'imitazione ben riuscita, ma non si può definirla storica. Giusto, Alan?».

Lui sorvola sul suo passo falso. «Abbiamo cinque camere da letto e sei bagni, il tutto distribuito su cinque piani, arredi inclusi. Le ho detto che c'è la palestra nell'interrato?»

«Quadri stupendi», osserva Lady Di accarezzando una cornice.

Lui annuisce da bravo scolaretto. «La signora Bletch ha un ottimo gusto».

«E sono in vendita con la casa?»

«Non credo. Nel caso, potrebbe venirle a costare più dei trentadue milioni di listino».

«Ha detto Bletch?», m'intrometto io.

«Sì».

«Come Amanda e Philip Bletch?», insisto.

Stavolta Alan si limita a un cenno impercettibile del capo.

Ah ah! Allora avevo ragione! Questa è una delle case dei coniugi Bletch. Errore da principiante, Alan: mai rivelare il nome del venditore alla prima visita, lo sanno anche i pivelli. «Gli stessi Bletch che hanno una furiosa causa di divorzio aperta da ormai un anno?».

Lui tossicchia a disagio. «Non sono tanto informato sui dettagli privati dei signori Bletch».

Bugiardo. «Allora è una fortuna che lo sia io».

Lady Di guarda prima Alan e poi me. «Davvero?»

«Mr Bletch è noto per essere rimasto uno dei pochi uomini di Manhattan a non stipulare accordi prematrimoniali in nome del vero amore», spiego, «eppure è già al terzo divorzio e anche stavolta è coinvolto in un tiro alla fune all'ultimo centesimo».

Più parlo, più Alan sbianca in volto. «Sono certo che la loro situazione non ci riguardi».

«Mi corregga se sbaglio», non gli do tregua. «La casa è cointestata, non è così?»

«È cointestata, sì», ammette con fatica.

«E Philip Bletch vuole venderla, mentre Amanda non vuole sentirne parlare».

«Be'...», arranca Alan.

Scacco.

A Lady Di non serve altro per fare dietrofront. «Di divorzi ne so qualcosa. Potrebbero volerci anni prima che si accordino e io non entrerò in guerre che non sono mie».

«Ma non ha ancora visto il giardino interno!», insiste lui, allarmato.

«Non importa. In una casa del genere avrei bisogno di una legione di domestici, cosa che non mi entusiasma, dato che io sono molto gelosa della mia privacy». È già sulla soglia, quando mi fa cenno di raggiungerla. «Andiamo, cara. Abbiamo altre case da vedere».

Lasciamo Alan impalato nell'ingresso mentre Nevis ci apre la portiera della limousine.

«Devi presentarmelo questo Philip Bletch, Lexi».

Mentre siamo in auto verso la casa numero due, il mio telefono suona. È Eric.

«Ciao, dimmi», mi affretto a rispondere. Forse non ho aspettato nemmeno il secondo squillo.

«Il caveau. Devi dirmi dov'è».

«E perché vuoi saperlo?»

«Per i quadri», risponde Eric, secco. «Ho bisogno di vederli».

«Chi è che non dice "per favore", adesso?», lo rimbecco.

«Per favore», ripete lui spazientito. «Allora?»

«Be', mi piacerebbe tanto fartelo questo favore, ma io sto lavorando. Ricordi?»

«Mettiamola così. Possiamo fare in due modi: tu mi porti al caveau di tua spontanea volontà, o faccio aprire un fascicolo ufficiale su di te e al caveau ci arrivo io da solo».

Un fascicolo su di me? Non esiste. «Quando vuoi andarci?»

«Ce la fai in pausa pranzo?».

Ecco un'altra cosa di cui mi rendo conto, ora che lavoro: non sono padrona del mio tempo. Una volta ero libera di disporre delle giornate a mio piacimento, mentre adesso devo chiedere il permesso. «Non lo so».

«Non sto scherzando, Lexi. È importante».

«Anche il mio lavoro. Aspetta un attimo». Accosto la mano al telefono e mi rivolgo a Lady Di, che guarda fuori dal finestrino con fare annoiato. «Ha bisogno di me all'ora di pranzo?»

«Quando abbiamo l'appuntamento per le altre due case?»

«Alle tre e alle quattro».

«Allora no».

«In pausa pranzo va bene», dico a Eric.

«Scrivimi l'indirizzo per messaggio, ci vediamo lì a mezzogiorno». E senza nemmeno salutare, riattacca. Simpatico.

«Ciao anche a te», borbotto tra me e me. «Stronzo».

Lady Di si volta lanciandomi un'occhiata da sopra gli occhiali. «Quando un uomo ti chiama, non rispondere subito, o potrebbe iniziare a pensare di contare qualcosa». Torna a voltarsi verso il finestrino. «Problemi di cuore?»

«No, solo… affari». Perché sono affari quelli tra me e Eric.

«Meglio. Dammi retta: non t'innamorare».

«Di solito ne sento parlare sempre piuttosto bene dell'amore».

«Perché nessuno ti dice mai cosa viene dopo».

«E cosa viene dopo?»

«Si diventa stupide», spiega lei con disillusione. «Ho visto donne brillanti rovinarsi per delle mezze tacche. Uno spreco».

«E lei? È mai stata innamorata?»

«Solo una volta». Sul suo viso imperturbabile si tende un sorrisino. «Ma sbagliando s'impara».

La Stronghold Private Vault è una fortezza sotterranea in cemento armato, che custodisce i beni della Manhattan che conta in camere blindate anonime, accessibili solo dal proprietario con chiave cifrata e scan della retina.

«Non posso credere che dopo tutto quello che ho fatto per te tu mi abbia tenuto nascosto il caveau fino a oggi», commenta Eric guardandosi intorno mentre digito il mio pin.

«Non te l'ho tenuto nascosto. Tu non me lo hai chiesto, io non te l'ho detto».

«Dovevo immaginare che avessi un caveau?»

«Sei tu il detective dell'FBI, non io». Le serrature della pesante porta d'acciaio scattano. «Apriti sesamo. Andiamo?», lo invito.

Camminiamo tra l'eco dei nostri passi in un asettico corridoio dal pavimento e dalle pareti beige, punteggiato da porte blindate, finché non arriviamo alla mia.

Entriamo nella saletta spoglia, a parte un tavolino, una sedia e le casse di legno addossate alle pareti. «Datti alla pazza gioia», gli dico.

Eric sbircia all'interno delle casse. «Sono tutti quadri acquistati da tuo zio?»

«Già», confermo io sedendomi sul tavolo. «La mia collezione».

«Sono un bel po' di tele, non mi aspettavo ce ne fossero così tante».

«Te l'ho detto. È tutta la vita che li compra».

«Servirà una squadra per prelevarle», sbuffa lui.

La sua osservazione mi fa suonare un campanello. «Non ti serve un mandato, per questo?»

«Non se me le consegni tu».

«E se non lo facessi?»

«Te l'ho già detto. A quel punto aprirei un fascicolo su di te e otterrei un mandato».

«Allora fallo, cosa te lo impedisce?», lo sfido.

«Avevamo un accordo: alloggio in cambio di informazioni. Il tuo tetto sulla testa ce l'hai, sono io quello che non ha ciò che hai promesso», mi ricorda fissandomi a braccia conserte. «Trasferimenti TRS e copertura Blackstar: cosa sono?».

Mi avvicino a lui sfoggiando un sorriso beffardo. Ci guardiamo negli occhi, un nuovo braccio di ferro dei nostri, ci affrontiamo uno davanti all'altra, separati da una spanna di aria tesissima.

«Niente», gli rispondo spavalda.

«Niente?»

«Trasferimenti TRS e copertura Blackstar non vogliono dire niente».

«Li hai inventati?!», esclama lui così forte che la sua voce rimbomba sulle pareti nude della stanza.

«No. Ma non sapevo con cosa negoziare la tua ospitalità, così ho sparato i primi due nomi a caso che avevo in mente. Li ho presi da una battuta di Julia Roberts in *Notting Hill*».

«Cioè mi hai tenuto in scacco tre settimane con una battuta di Julia Roberts?»

«A quanto pare ha funzionato», ribatto facendo spallucce.

«Perché me lo dici ora?».

Allargo le braccia, indicando tutti i quadri intorno a noi. «Perché ora hai bisogno di me per davvero».

Più tardi, a casa, faccio appena in tempo a uscire dalla doccia che sento bussare alla mia porta. In tre passi – perché dal bagno ci vogliono proprio tre passi esatti – la raggiungo e apro. Sul pianerottolo c'è Eric.

«Ciao, vicina», mi saluta facendomi il verso.

«Guarda un po' chi è a bussare alla porta dell'altro, ora!», esclamo, stringendomi nell'accappatoio.

«Avevi ragione, mi serve il tuo aiuto», ammette lui tra i denti.

«Non ho sentito bene», commento compiaciuta.

«Ho bisogno del tuo aiuto, Lexi», ripete a voce più alta. «Per favore».

«A cosa devo questo tuo bagno di umiltà?»

«Hanno analizzato tre quadri a campione e il verdetto è sempre lo stesso: privi di valore».

«Vuoi dire che il mio caveau era pieno di…?»

«Di robaccia, sì», conferma. «Dobbiamo parlarne, ho bisogno che tu mi dica tutto ciò che sai».

«Adesso?»

«Adesso».

«Magari non ne ho voglia, magari sono stanca…».

«Ho preso indiano d'asporto per cena», dice sventolandomi il sacchetto sotto il naso. «Lo so che ti piace».

«C'è anche il *cheese naan*?», chiedo annusando il vapore speziato che sale dalle vaschette.

«Appena sfornato».

«Mi vesto e sono subito da te».

L'odore del cibo caldo di *tandoori* mi ha messo la propulsione e in cinque minuti sono alla porta di Eric.

«Entra», dice lui senza perdersi in preamboli.

«Comunque faremmo molto prima se mi dessi la copia della chiave, anziché farmi bussare ogni volta!», gli faccio notare.

«Non avrai le chiavi di casa mia nemmeno se ne andasse della mia stessa vita».

«Ma ora stiamo indagando su una truffa da miliardi di dollari!».

«*Io* sto indagando su una truffa da miliardi di dollari».

«Io però ti sto aiutando! Siamo come Holmes e Watson, Mulder e Scully, Poirot e… Con chi lavorava Poirot?»

«Con nessuno, come me», mugugna lui sedendosi davanti al piatto di *chicken makhani*.

«In ogni indagine c'è sempre la testa e la spalla», insisto.

«Non mi serve una spalla».

«Non ho detto che la spalla sono io».

Lui mi lancia uno dei suoi sguardi taglienti. «Non ti allargare».

«Non ti faccio neanche un po' pena? Pensaci, non mi è rimasto niente. Avrei potuto vendere quei quadri per rifarmi una vita, ma ora è davvero tutto finito».

«Quello che sto per dirti ti sorprenderà». Sento il calore della mano di Eric sulla spalla. «Credo che tu riusciresti a cavartela anche senza vendere i quadri».

«E come?», sbotto.

«Nonostante tutto, sei ancora in piedi. Si sopravvive».

«Io non voglio sopravvivere, Eric. Voglio vivere!». Sono arrabbiata, furiosa! Mi alzo e prendo i documenti di acquisto dei quadri dalla pila di fascicoli sul tavolino del soggiorno. «C'è un modo per denunciare questa… Questa… Come si chiama?». Scorro le righe senza davvero sapere cosa cerco. «Questa PBK Art Brokerage che ha venduto *Opera#141* a mio zio?»

«Si può fare tutto, ma avrebbe senso?»

«Qualcuno mi deve delle spiegazioni, non credi?». Continuo a sbirciare i documenti atterrita ogni volta che leggo le cifre degli acquisti. Milioni di dollari per… schifezze.

«Guarda qui!», dico passando uno degli atti di vendita a Eric. «Anche l'*Opera#53* è stata venduta dalla PBK».

«Faranno parte della stessa serie».

«Pure *Notturno*». Gli allungo un terzo foglio. Poi un quarto, e un quinto. Ora che so dove guardare, individuo in un attimo ciò che m'interessa. «E *Minuetto*, *Anime vuote*, *Inverni…*».

Anche Eric si mette a esaminare i documenti concentrato quanto me.

Accantoniamo la cena ormai fredda, lui crea una tabella delle opere al pc elencate per data, prezzo e mediatore di vendita, mentre io gli detto i dati, cartella per cartella.

«C'è sempre di mezzo questa PBK», constato.

«Era il suo broker di fiducia, forse».

«Uno dei princìpi del collezionismo è la diversificazione, come per tutti gli investimenti», gli spiego. «Da piccola me lo avranno ripetuto un milione di volte: "Ricordati, Lexi: non accettare caramelle dagli sconosciuti e diversifica gli investimenti!"».

Eric mi guarda interessato, i suoi occhi fissano i miei quasi volesse leggermi nel pensiero. Mi è capitato poche volte di vederlo tanto preso da un mio discorso. Mi sento quasi… importante. È una sensazione che mi piace e non voglio perderla. È bello essere guardata così, con attenzione, come se ogni mia singola parola avesse valore. «È a questo che servono gli *art advisor*: analizzano il tuo "portafoglio" artistico, e lo gestiscono per tutelare, consolidare e incrementare il valore patrimoniale delle collezioni».

«Quindi verificano autenticità, congruità del prezzo, provenienza e stato di conservazione», conclude lui.

«Mi hai tolto le parole di bocca».

«Forse ti è sfuggito che lavoro alla White Collar, qualcosa di art advisory ne so anche io, anche se non sono il miglior candidato a investire in asset class alternativi».

«Con ogni evidenza non lo era nemmeno mio zio», sbuffo. «Mi ha riempito di spazzatura. Milioni di dollari buttati nel fuoco!».

«"Investiva" anche per i clienti della Sloan Securities».

«Opere d'arte, vini pregiati, gioielli, hedge fund, fondi immobiliari, venture capital, prodotti strutturati...», elenco a memoria ciò che mi raccontava lo zio. «Per accedere al pacchetto minimo luxury e lifestyle ci volevano dieci milioni».

«Sai cosa penso?», mi domanda studiandomi con aria meditabonda.

«Cosa?»

«Che tu, Lexi Sloan, sia un bluff».

«Un bluff?»

«Sì. Passi per svampita, chiedi alle persone di spiegarti le cose due volte, ma secondo me lo fai solo per capire cosa e quanto sanno. La tua è una tattica...». Eric sembra molto soddisfatto della conclusione a cui è arrivato, ma io sono come lui, non la do vinta in prima battuta.

«Se anche fosse così, Eric», dico tendendomi verso di lui. «Non te lo direi mai».

Mi alzo, abbandonando le nostre ricerche. «Sono le due e mezza, sono stanca e ho la sveglia fra tre ore». Ferma sulla soglia, con un piede già nel ballatoio, mi volto di nuovo verso Eric. «A questo punto, se non posso denunciarla, mi aspetto almeno che indaghi sulla PBK».

Ora è lui ad alzarsi e venirmi incontro, piazzandosi a neanche venti centimetri da me. «*Indaghi?* Non stavamo *indagando*?»

«Non eri quello che non voleva partner?», ribatto.

«Ti sto chiedendo di lavorare insieme».

«Dovrò pensarci», ribatto. «Io lavoro da sola, agente Chambers».

Lui non dice nulla, mi guarda fisso negli occhi, e neanche io ho più battute in canna. Siamo uno di fronte all'altra, in silenzio, a guardarci e... E forse è meglio che io vada a dormire.

24

«Una polizza assicurativa copre tutto, tranne quel che accade».
Arthur Bloch

Quando Lady Di decide che vuole qualcosa, ci mette un attimo a ottenerlo.

Una volta scelta la casa – un attico sulla Quinta con vista sul parco – ha concluso l'acquisto in tre giorni netti.

Dean Thorton, il proprietario, è stato ben felice di liberarsene alla svelta e al nostro prezzo.

«Chiedono venti milioni. "No budget" sì, babbea no», mi ha detto Lady Di mentre durante la visita fingevamo di controllare se la cabina armadio fosse abbastanza capiente. «Secondo te, che cifra posso offrire?»

«So che il socio di Thorton gli ha fatto causa per milioni di dollari, e credo che Dean voglia vendere in fretta la casa per mettere i soldi in un trust anonimo e figurare nullatenente, così da non pagare un centesimo di risarcimento. Quindici milioni sono una buona cifra per noi per acquistarla, e ancora abbastanza ghiotta da farlo cedere», le ho suggerito.

«Quindici sia».

E per quindici milioni l'ha avuta.

Oggi penso al "debutto" in società di Lady Di, mentre insieme supervisioniamo il trasloco.

«Il modo migliore è sempre scegliere un evento ad alta densità di media», dico sedendomi sullo scatolone della biancheria da letto. «I giornali adorano i colpi di scena, un'entrata a sorpresa è perfetta per un debutto in grande stile. M'immagino già il titolo: "Lady Di è tornata"».

Lei alza gli occhi al soffitto con aria pensosa. «Non suona affatto male».

«Chiamo qualche agenzia di PR perché ci procurino gli inviti ai prossimi eventi».

«Ma oggi non sono tutti negli Hamptons, per il Ringraziamento?», domanda Lady Di.

Ringraziamento. Quella parola mi colpisce come se un mattone mi fosse arrivato dritto in faccia.

È il Ringraziamento? Oggi? Come ho fatto a non accorgermene?

Conto i giorni sul mio calendario mentale e sì, oggi è proprio il quarto giovedì del mese.

Quindi è così che si sentono le persone che lavorano durante le festività? Oh, mio Dio! Sono una persona che lavora nei giorni festivi!

Ora so cosa provano i portinai, le commesse dei negozi, i camerieri dei ristoranti, i tassisti e… Nevis. Nevis è sempre stato a nostra totale disposizione e, a volte, neanche ci ricordavamo di fargli gli auguri, tanto ci sembrava normale che fosse al nostro servizio, mentre anche lui avrebbe voluto festeggiare con la sua famiglia o portare i nipoti alla sfilata di Macy's.

Avremmo fatto a meno di lui per un giorno senza problemi, solo adesso me ne rendo conto. Mi sento desolata e anche un po' in colpa.

«Lexi?», mi richiama Lady Di. «Sei con noi?»

«Sì, sì. Solo non mi ero resa conto che fosse già il Ringraziamento».

«Neanche io», butta lì, controllandosi i capelli nello specchio dell'ingresso. «Sono vent'anni che non lo festeggio. Dicevamo, del mio debutto?»

«Sì, sì, il debutto. Per inserirsi, il modo migliore è sempre la beneficenza».

«Ho l'aria della filantropa dal cuore d'oro?», mi chiede lei in tono scettico.

«La beneficenza di cui parlo io non ha niente a che vedere con la generosità. È una vetrina per mettersi in mostra».

«Dov'è andato a finire il caro, vecchio detto: "Si fa ma non si dice"?»

«Non lo so», rispondo stringendomi nelle spalle, «ma chi l'ha inventato non era di New York».

«Anche la beneficenza è questione d'immagine?»

«La beneficenza è *soprattutto* questione d'immagine. E poi è deducibile dalle tasse», aggiungo. «Mio zio diceva sempre: "La beneficenza fa del bene soprattutto a chi la fa"».

«Allora, trovami l'evento più importante». Lady Di si leva la giacca del completo, buttandola sul bracciolo del divano, per poi sedersi allungando le gambe. «Puoi andare, se vuoi. È il Ringraziamento anche per te. Avevi dei piani per oggi?»

«Io, be'… no. Non più».

Nei miei piani, oggi Rick avrebbe dovuto chiedermi di sposarlo, dichiarandosi a casa dei suoi a Long Island, con la sua famiglia riunita.

E, invece, in un mese non ho ricevuto da lui né un messaggio né una chiamata. Silenzio radio totale. Mi sento tradita. Quest'indifferenza è peggio di qualsiasi altra pugnalata. Dieci anni insieme e al primo problema mi ha voltato le spalle.

Almeno, l'arrangiarmi per tenermi a galla è stato un buon diversivo per non pensare a lui.

«A volte, quando i piani saltano è la cosa migliore», osserva Lady Di notando il mio scoramento.

«Speravo che, oggi, il mio ragazzo mi avrebbe chiesto di sposarlo. Invece, quando è scoppiato lo scandalo Sloan, si è fatto di nebbia», confesso.

«Per esperienza, posso dirti che, se se l'è data a gambe, non aveva abbastanza palle per gestirlo. Non hai perso nulla».

«Sarà...», borbotto, infilando il cappotto.

«Prenditi anche domani. Questa settimana hai fatto cose che ci vuole un mese a concludere. Vai a casa e riposati. Lavoreremo sulla mia vita sociale lunedì».

«Grazie». Saluto Lady Di, chiamo l'ascensore e, nell'attesa, telefono a mio padre.

«Tesoro! Che bello sentirti, come va?»

«Buon Ringraziamento, papà! Qui tutto a meraviglia», rispondo brillante. «Tu cosa fai, oggi?»

«Stasera cenerò con il gruppo dei carpentieri del rimessaggio barche. Spesso do loro una mano a ripulire le chiglie, riverniciare il teak, cose manuali, che non mi permettono di pensare, e mi hanno invitato a partecipare a una cena che organizzano al paese. Per il resto, poche novità: ogni giorno sento Connors, ma non ha sviluppi. La SEC lo sta sommergendo di carte».

«Immagino». Evito di dirgli che il nostro avvocato ha minacciato di piantarci in asso, se non avesse visto soldi. Come se in tutti questi anni non gliene avessimo dati a palate.

«Ehi, che ne dici di prendere il treno e venire qui? Potremmo passare insieme il fine settimana. Lunedì, magari, uscire a cavallo. C'è un maneggio qui vicino, non ha nulla a che vedere con il club, ma è dignitoso e hanno dei buoni cavalli...».

«Mi dispiace, non posso», rispondo entrando nell'ascensore. «Lunedì lavoro».

«Hai un lavoro? Sul serio? Che bella notizia! Ma...», esclama stupito, per poi rabbuiarsi subito dopo, «non è che sei in difficoltà?»

«Chi, io? No, ci mancherebbe!», ribatto con la voce carica di entusiasmo. «Sto da Rick, usciamo a cena, ci divertiamo... Però mi annoio, così ho trovato qualcosa da fare».

«Ah, be', credevo...».

«Una distinta signora europea è arrivata a New York e ha bisogno che qualcuno la introduca nel giro, sai com'è, gli eventi mondani quest'anno sono un delirio».

«Le fai da consulente d'immagine, quindi?»

«Una specie, diciamo». Ho quasi la gola strozzata dall'imbarazzo per quante balle gli sto raccontando, ma si tratta di bugie innocenti con un buon fine. L'immagine è tutto. L'immagine è... Mi si riempiono gli occhi di lacrime e la mia voce inizia a tremare, così al *din* che annuncia l'arrivo al piano terra accampo subito la prima scusa che mi viene in mente per chiudere la chiamata. «Papà, adesso ti devo lasciare. Ho un cocktail al Pierre59 e sono già in ritardo».

Uscendo dall'edificio, lì fuori sulla Quinta, c'è Nevis, davanti all'ingresso. «Salve, Lexi».

Ce ne ha messo a chiamarmi con il mio nome.

«Ciao, Nevis. Io sto andando. Ci vediamo lunedì», lo saluto dirigendomi verso la metro. «Ah, Nevis», dico voltandomi di nuovo verso di lui. «Buon Ringraziamento, a te e alla tua famiglia».

La chiamata con papà ha smosso un'ondata di ricordi dolci e amari, che mi accompagnano per tutto il viaggio fino a Red Hook, mentre per la prima volta faccio caso alle decorazioni gialle e arancioni che riempiono strade e vetrine.

Di solito, al Ringraziamento, c'eravamo sempre io, papà, zio Raff e la sua donna del momento.

Prima di cena lo zio metteva su un disco di Frank Sinatra e mi faceva ballare per tutto il salone, poi preparava un Martini cocktail e mio padre lo rimproverava perché lo trovava troppo alcolico.

A tavola c'erano il tacchino farcito, la salsa di mirtilli, le patate dolci, le pannocchie arrostite – le mie preferite – e la torta di zucca e noci.

Papà mi faceva sempre spezzare l'osso del desiderio, stando sempre ben attento a lasciare a me il pezzo più grosso e... Quest'anno niente di tutto ciò.

Niente addobbi, niente cenone. Se va bene, involtini primavera freddi.

No! Mi rifiuto di passare un Ringraziamento miserabile. Farò la spesa e metterò in tavola una cena come si deve! Esco dalla metro e affronto le strade di Red Hook, diretta al supermercato.

«Scusi», fermo la prima commessa che incrocio. «Dove posso trovare un tacchino pronto qui? Al banco o nei surgelati?».

Lei mi guarda come se non capisse la mia lingua. «Come sarebbe, un tacchino pronto?»

«Già farcito e cotto, giusto da scaldare».

«Da nessuna parte, a quest'ora», risponde. «I tacchini sono finiti tutti ieri. C'è stata pure una rissa per l'ultimo rimasto e un tizio è finito al pronto soccorso».

Accidenti! «E io, adesso, cosa prendo per cena?»

«Veda lei, quello che è rimasto».

Io mi guardo intorno e rimango sconvolta: sembra il set di un film post-apocalittico. Non c'è niente, niente da nessuna parte.

Quando busso alla porta di Eric con il mio misero sacchetto, lui mi apre ancora vestito nel suo completo. Deve essere rincasato da poco. Ormai la mia visita serale è un classico e devo ammettere che vederlo aprirmi la porta è qualcosa a cui mi sto abituando e… mi piace. Sì, cioè, intendo che mi fa sentire meno sola, meno abbandonata a me stessa. Mi piace in questo tipo di modo.

«Buon Ringraziamento», mi saluta, venendomi incontro ad aiutarmi. «Hai fatto la spesa?»

«Una specie». Tolgo gli articoli dalla busta allineandoli sul tavolo.

«Lasagne in lattina, carne secca e cetriolini sottaceto?», domanda lui con aria scettica.

«E formaggio spray», sospiro mesta.

Eric si gira la bomboletta tra le mani, incredulo. «Nemmeno io sarei mai arrivato a tanto».

Idea! Brianna sa sempre cosa fare! Prendo il telefono e la chiamo. «Ciao, Bree!».

«Bellezza! Buon Ringraziamento!».

«Ho bisogno del tuo aiuto: vorrei preparare una cena del Ringraziamento come si deve ma non so da dove iniziare. Cosa posso fare con: lasagne in lattina, carne essiccata, sottaceti e formaggio spray?»

«Buttarli», risponde secca.

«Buttarli?»

«Morirai se mangi quella roba!».

«Magari è la soluzione ai miei problemi…».

«Dico davvero. Buttali e vieni a cena da noi, abbiamo tacchino e patate dolci a volontà».

«No, non posso accettare, davvero».

«Avanti, Simon fa una torta di zucca da resuscitare i morti», insiste lei. «E poi, il Ringraziamento è proprio questo; condivisione!».

Patate dolci, torta di zucca… Solo a pensarci mi brontola lo stomaco. «'Fanculo il formaggio spray, mi hai convinto».

«Sì!», esulta. «La cena sarà in tavola tra dieci minuti. E porta Eric, o non ti faccio neanche entrare».

La saluto e poi porgo a Eric il suo cappotto. «Brianna e suo marito ci hanno invitato a cena da loro. Che dici? Rimandiamo a un'altra sera l'intossicazione alimentare?»

«Perché no?». Eric sembra entusiasta dell'idea. «Non ho fretta di morire».

«Hai dello Chateau Lafite?», gli chiedo prima di uscire.

«No. Dovrei?»

«Ci vuole *sempre* un Lafite in casa per le emergenze! Invito a sorpresa? Ospiti imprevisti? Sfoderi la bottiglia e fai un figurone!».

«Chateau Lafite», borbotta tra sé e sé scuotendo il capo.

«Va bene anche uno Cheval Blanc, o del Pinot Riserva».

«Andiamo!», dice lui spingendomi in corridoio. «Cammina».

«Felice Ringraziamento!», saluto Brianna, quando ci apre, allungandole la latta di lasagne. «Scusaci, ma avevamo finito lo Chateau Lafite».

«Non dovevi».

«Non mi piace presentarmi a mani vuote», dico.

«No, no… Intendo proprio che non dovevi. Lasagne in lattina? Che dovrei farci?»

«Sono ottime se hai finito la colla o lo stucco», aggiunge Eric alle mie spalle. «Grazie dell'invito, Brianna».

«Grazie a te di essere venuto. Mettiti comodo, dammi la camicia… Ehm, scusa, la giacca».

Da Brianna, l'atmosfera è molto più festosa. E molto più kitsch. Al muro del soggiorno è appeso un festone con scritto "B-on Ringraziamen-o", le lettere U e T non si sa che fine abbiano fatto. Dal soffitto pendono palloncini arancioni e gialli con la foto sfocata di un tacchino e il centrotavola è un cappello a cono con la fibbia dei padri pellegrini, in cartapesta.

«Sedetevi dove volete», ci invita lei. «Tranne su quella poltrona, stamattina Jackson ci ha fatto la pipì sopra ed è ancora umida».

«Salve a tutti, io sono Simon, il marito di Bree», dice un uomo alto e ossuto dai capelli rossi, venendoci incontro. Indossa un grembiule da cucina impataccato e mette in tavola un vassoio con il tacchino fumante. «Spero che siate affamati».

«Lei ha sempre fame», risponde Eric indicandomi. «L'altra sera siamo andati a cena al Lobster Pound e si è mangiata pure le gambe delle sedie».

«Non è vero!», ribatto prendendo posto accanto a lui a tavola.

«Non è vero? Lexi, hai finito anche la mia roba!».

«Ah, mia moglie fa la stessa cosa», concorda Simon. «Quando usciamo a cena, lei ordina insalata, poi passa tutto il tempo a rubare bocconi dal mio piatto».

Eric mi lancia un'occhiata in tralice. «Ti ricorda nessuno?»

«No», ribatto sfacciata, servendomi una generosa porzione di tacchino.

«Per fortuna di Simon non ceniamo insieme quasi mai, perché i nostri turni s'incrociano. Luke!», sbraita lei rivolta al maggiore dei bambini. «Non spalmarti il purè in faccia!». Poi, di nuovo diretta a noi: «Questi ragazzini mi faranno morire. Una volta sono stata a tanto così dal metterli in vendita su eBay».

«Ecco, Lexi, questa è un'ottima idea!», osserva Eric.

«Cosa? Dovrei mettermi in vendita su eBay?», ribatto piccata.

«No, vendere i tuoi vestiti. Ne hai così tanti che potresti fare cassa».

«Piuttosto mi amputo un braccio! Mi servono, sono la mia divisa per il lavoro!».

Brianna mi guarda sorpresa. «Hai trovato lavoro? Grandissima!».

«Già», annuisco orgogliosa. «Assistente personale di una facoltosa miliardaria europea».

«Uh, e chi è? È una famosa?»

«A modo suo lo è, ma non posso rivelare il suo nome. È molto gelosa della sua privacy».

Lei sembra delusa. «Nemmeno un indizio?»

«Bree, l'hai sentita, no?», interviene Simon. «Scusala, Lexi, ma mia moglie adora i gossip».

«Infatti è una fortuna che io lavori in ospedale! Non immaginate neanche quanti scandali scoppino in corsia: il primario che flirta con la tirocinante; la dottoressa sposata e il caporeparto donnaiolo; l'infermiere fidanzato ma che è segretamente gay e ha una storia con il barelliere...».

«E tu come sai tutto questo?», chiediamo io e Eric quasi all'unisono.

«Ci si annoia un sacco nei turni di notte».

«Mhmm, queste patate dolci sono la fine del mondo. E queste pannocchie...», mormoro io rapita, boccone dopo boccone. «Qual è il segreto?»

«Burro», dice Simon. «Il segreto è sempre il burro, è il mio tocco magico».

«Hai cucinato *tutto* tu?», chiedo sorpresa.

«Simon è il cuoco di casa», dice Bree. «Ho fatto un affare a sposarlo».

«Anche Lexi è un talento in cucina», commenta Eric. «L'ultima volta che si è messa ai fornelli ha quasi fatto saltare in aria il condominio».

«Eric invece riesce a mettere la cena in tavola con un dito», ribatto io. «Come ordina lui d'asporto non c'è nessuno!».

«Be', vi amerete per altri pregi», commenta Simon guardando Eric e me. «Quanti anni sono che state insieme?».

25

«Ogni truffa ha i suoi professionisti».
Ocean's 8

A tavola cade un silenzio imbarazzante. Io e Eric non abbiamo il coraggio di guardarci.

«Non stiamo insieme», rispondo. «Lui ha messo sotto sequestro il mio appartamento e congelato i miei beni, e io vivo nel suo sgabuzzino delle scope».

«Io credevo che voi due…». Simon si versa da bere nel tentativo di stemperare l'imbarazzo. «Scusatemi, gaffe terribile. Vino?».

Brianna dà un colpetto sul braccio al marito. «Te l'avevo detto, ma tu non mi ascolti mai!».

Mangiamo la torta, così buona al punto che ci litighiamo l'ultima fetta.

«Facciamo così: giochiamocela», propone Brianna. «Tanto i bambini sono già ipnotizzati davanti alla TV. Abbiamo Scarabeo…».

«Manca metà delle tessere. Jackson le ha buttate nel water, ricordi?», la corregge Simon.

«Niente Scarabeo. Rimangono Trivial Pursuit e Taboo».

«Le pedine di Trivial Pursuit sono da qualche parte sotto il divano».

«Allora, Taboo», concludo.

«Sì, ma peggio per voi, perché io e Simon siamo due campioni a questo gioco».

Lui annuisce. «La torta è già nostra. Non avete speranze, purtroppo».

«Non c'è problema», ribatte Eric mettendo da parte il piatto per fare posto al tabellone. «L'importante è che Lexi faccia quello che sa fare meglio».

«E cosa?», gli domando truce.

«Parlare veloce», risponde lui facendo spallucce. «Credo che tu sia la persona con la più alta media di parole al minuto che conosco».

«Non mi pare sia un complimento», osservo.

Eric mi scruta, sempre con quella sua aria saccente. «Di solito non lo è, no».

«Poche chiacchiere, iniziamo!», esclama Brianna lanciando il dado. «Partiamo noi».

Brianna e Simon sono davvero bravi, e lei riesce a fargli indovinare sei parole.

Al nostro turno, prendo il mazzetto delle carte, faccio un profondo respiro e parto a raffica.

«Le ho fatte esplodere nel microonde».

«Uova».

«Ne ho comprati cinque».

«Shampoo».

«Non me la fai mai guardare».

«TV».

«Agatha Christie».

«Giallo».

Eric le centra tutte e io accelero. «Hendricks».

«Imbranato».

«Secondo te, sceglierei Cal».

«*Titanic*».

«Mio zio».

«Latitante».

«Tempo!», chiama Brianna indicando la clessidra.

«Quante ne abbiamo fatte?», chiede Eric.

«Sette!», esulto io sventagliando le carte.

«Ci hanno superato», osserva Simon sconcertato. «Non succedeva da…».

«Mai successo», brontola Brianna.

«Qua il cinque, Sloan», esclama Eric battendo il palmo contro il mio, per poi stringere la mia mano nella sua. Non vorrei che fosse il vino in cartone, ma mi sembra che il nostro *high five* sia durato un secondo in più di un'amichevole schiacciata, come se fosse sfumato in una carezza.

No, no, no! È il vino in cartone…

Riprendiamo a giocare e, alla fine, con nostra sorpresa, io e Eric vinciamo, così ci dividiamo la fetta di torta, sforchettandola a turno, separando l'ultimo boccone in porzioni infinitesimali come a voler lasciare all'altro l'ultima briciola. Una strana forma di altruismo occulto.

Più tardi, mentre lui e Simon bevono un whisky, io aiuto Brianna a sparecchiare.

«Bree, perché tuo marito credeva che io ed Eric stessimo insieme? Cosa gli hai messo in testa?»

«Niente», risponde lei svuotando i residui dei piatti nella pattumiera, mentre io metto i bicchieri nel lavandino. «Ma è così evidente che chiunque potrebbe sbagliarsi».

«*Cosa* sarebbe evidente?»

«La sintonia, l'affiatamento... La chimica!».

«Di chimico c'è solo il vino che ti sei bevuta!», obietto.

«Ah sì? E allora, come mai vi prendete in giro come le coppie di vecchia data? Perché quando lui fa una battuta,e tu gli rispondi a tono, vi sorridete come dei babbei? Perché quando lui apre bocca si volta sempre a guardarti come se cercasse la tua approvazione, e tu lo ascolti rapita neanche fossi pagata?»

«Tu, Bree, hai le allucinazioni».

«Lo vedo che vi punzecchiate solo per avere una scusa per parlarvi!».

«Fino a un mese fa ero fidanzata!», sottolineo strofinando i piatti con tutta la forza che ho.

«Un mese è un'eternità!». La mia amica non molla. «Sai cosa? Sabato andiamo da Mei Ling a farci le unghie e già che ci siamo ti fai leggere i fondi di vodka!».

Manicure thailandese e tasseomanzia della vodka *all inclusive*: benvenuti a Red Hook. «E per vedere cosa, Brianna?»

«Quello che vedo io: che a Eric non sei del tutto indifferente».

«Infatti: mi detesta».

«IO vorrei essere detestata così. E tu», continua puntandomi il dito in faccia, «sei cotta come una pera. Sei anche arrossita».

«Non è per niente vero». Brianna si sbaglia. Ho solo caldo, e il fatto che mi sia divertita più stasera che in dieci anni con Rick non c'entra nulla. Almeno credo. «E poi, perché mai Eric dovrebbe piacermi? È una assurdità».

La mia amica mi guarda con l'aria di chi ha capito tutto. «Perché lui, Lexi cara, sa tenerti testa».

La sua replica mi spiazza e io non trovo una valida argomentazione per obiettare.

Quando torniamo di là, in soggiorno, Simon ed Eric stanno ridendo e, forse per colpa di ciò che ha detto Brianna, quasi non riesco a guardarlo. O meglio, vorrei fare stop motion per osservare il sorriso di Eric che gli illumina il viso, ma senza tradire i tratti del suo volto sempre così decisi e maschili. Ma non voglio che mi veda fissarlo, quindi distolgo lo sguardo. «Di che parlate?»

«Di te», risponde lui senza fare una piega.

L'idea che stia parlando di me, però, mi fa saltare il cuore nel petto. «Ehm, e come mai?»

«Di quanto sia strano che nonostante i guai in cui ti abbia cacciato la tua famiglia e la pessima reputazione che abbia il cognome Sloan, tu riesca comunque a farti degli amici».

«Ho qualcosa che tu non hai. Si chiama buon carattere», lo rimbecco.

«Io pensavo prendessi la gente per sfinimento, come hai fatto con me», ribatte pur di non darmela vinta. Mi sorride scuotendo la testa in un modo che mi mozza il fiato, poi si rivolge a Bree. «Puoi dirmi la verità: Lexi ti ha minacciata perché diventassi sua amica?»

«Se dovessi basarmi sulla reputazione di una persona, non potrei essere amica nemmeno di me stessa! Tu, Eric, credi di essere in casa di gente a posto, ma non è così», lo ammonisce.

«Non mi sembra».

«Oh, sì, io faccio l'infermiera e lui guida gli autobus. Alleviamo tre figli, andiamo a votare e paghiamo le tasse, ma sai perché siamo arrivati a vivere così? Perché il padre di Simon rivendeva pezzi di auto rubate».

«Con quei soldi ci ho preso la patente per gli autobus», conferma Simon.

«Io invece ho studiato grazie a mia zia che vendeva polizze assicurative false».

Eric solleva un sopracciglio. «Come si chiama?»

«Non te lo dirò».

«E come funziona questa cosa delle polizze false?», insiste.

«Molto semplice: mia zia apriva una società, vendeva una decina di polizze inesistenti, poi la chiudeva, ne riapriva un'altra e così via...».

«E non l'hanno mai beccata?», domando curiosa.

«Si trasferiva spesso, così quando il cliente si faceva vivo, lei era già sparita». Brianna racconta a briglia sciolta, senza una punta di vergogna. «Io e Simon avevamo famiglie disagiate, ma ce la siamo cavata. Sì, non l'avremo fatto con soldi puliti, ma siamo cittadini onesti e diamo il nostro contributo alla società. Se lo zio di Lexi ha commesso dei reati, non può essere lei a portarne la colpa solo perché è rimasta sotto le bombe quando lui era già sparito».

Eric però non sembra più concentrato sulla morale del discorso. «Ripetimi un attimo quella storia delle assicurazioni».

«Che altro c'è da dire? È tutto lì: società finta, polizze inesistenti, pagamento e fuga con i soldi», minimizza Brianna disinteressata.

Eric scatta in piedi come una molla. «Lexi, prendi il cappotto! Dobbiamo andare!».

Io lo guardo esterrefatta. «E dove, scusa?»

«A casa. Abbiamo un'altra pista!».

E dopo aver salutato Bree e Simon con la promessa di ricambiare l'invito, in trenta secondi siamo già per strada.

Fatico a stare al suo passo mentre Eric cammina svelto, neanche stesse correndo la maratona.

«Che diavolo ti è preso?», brontolo dietro di lui, che sale i gradini del condominio a tre a tre.

«La truffa. Ho una sensazione e credo sia giusta». Eric apre la porta di casa con l'impeto di una squadra di marine, mettendosi a trafficare tra i faldoni del caso Sloan senza neanche levarsi la giacca. «Tieni», dice allungandomi un fascio di cartelle. «Tu controlla queste, io penso alle altre».

«Cosa devo fare?»

«Cercare tutte le polizze assicurative stipulate per i quadri».

Sfilo i documenti uno dopo l'altro e li allineo sul tavolo imitando Eric e, quando abbiamo finito, lui si mette al pc con il suo schema e io detto, proprio come la sera prima.

«Tutti i quadri sono assicurati per milioni di dollari», borbotta rivolto al monitor.

«E tutti presso la stessa compagnia», sottolineo. «La Breton-Greenwich».

«C'è una cosa che non mi torna», medita lui fissando il pc, «abbiamo una società che vende quadri privi di valore per milioni di dollari, ma le assicurazioni hanno il loro perito, non aprono una pratica così sulla fiducia».

«Il perito dell'assicurazione avrebbe dovuto accorgersi che i quadri erano delle croste, no?», domando.

«Esatto».

«Secondo te c'è un collegamento tra la PBK e la Breton-Greenwich?»

«Sospetto di sì. Quale assicurazione si esporrebbe con queste cifre per della spazzatura?».

In effetti il suo ragionamento fila. «E se io, in qualità di proprietaria, andassi alla PBK per fare qualche domanda? Non so, tipo fingendo di voler vendere una delle opere…».

«Fare una visita a questi signori potrebbe essere una bella idea», annuisce lui.

«Domani ho la giornata libera».

«Domani è perfetto!», annuncia Eric con aria soddisfatta chiudendo il pc.

«Un momento, vieni anche tu?»

«Non l'ho messo in dubbio neanche per un secondo», ribatte. «Devo ricordarti che stiamo lavorando insieme?»

«Sì, per favore. Mi piace sentirlo».

26

«Elementare, Watson».
Sherlock Holmes

«Fai parlare me», ripeto a Eric per la milionesima volta, diretti verso la sede della PBK.

Lui alza gli occhi al cielo, esasperato. «Impossibile impedirtelo».

Ignoro il suo commento sarcastico mentre controllo l'indirizzo della società di mediazione. «Lexington 921», annuncio davanti alle lucide porte scorrevoli davanti a noi, con gente che entra ed esce dal grattacielo.

Oggi sfoggio un abito super chic: quello dell'arte è un settore molto snob, se non il più snob di tutti, seguito dal collezionismo di vini e orologi.

Anche Eric indossa uno dei suoi completi migliori e mi accompagna in veste di consulente finanziario.

Entriamo nella hall, lasciamo i cappotti al guardaroba e controlliamo su un totem in plexiglas l'elenco delle società che hanno sede nell'edificio.

«Leggi tu, che io non metto a fuoco le scritte piccole».

«PBK», esclama Eric indicando una targa quasi invisibile, tra quelle collocate più in alto. «Nono piano. Incisione trasparente su targa trasparente. Non vogliono proprio farsi trovare, eh?»

«Te l'ho detto che il mondo dell'arte è snob. Ci sono società che, per farti entrare in un fondo artistico, vogliono un minimo di cinquecentomila dollari sull'unghia. Non sono loro a doversi far trovare, sei tu che, se li vuoi, li devi cercare».

«Andiamo a cercarli allora».

C'infiliamo in un ascensore stipato prima che si chiudano le porte e, stretti tra gli altri passeggeri, mi ritrovo premuta contro il petto di Eric. Ci sono diversi strati di stoffa tra me e lui, il contatto è senza dubbio involontario, siamo pigiati in un nugolo di sconosciuti, eppure mi sento avvolta da una strana sensazione di calore e intimità. Non siamo partiti con il piede giusto, io e Eric, ai lati opposti della barricata, ma ora è fuor di dubbio che stiamo lavorando insieme, siamo una squadra, abbiamo una cosa nostra e la sua mano ora si è posata sul mio braccio e io...

d'istinto gli aggiusto il nodo della cravatta. Lo raddrizzo, lo centro, gli sistemo il colletto della camicia, come se fosse una cosa del tutto naturale. Rivedo il flashback di quando, da piccola, vedevo fare la stessa cosa a mia madre, prima che lei e papà uscissero per qualche festa. È un gesto affettuoso, intimo e… Devo stare concentrata, santo cielo!

Per fortuna l'ascensore si ferma al nostro piano, costringendomi a riscuotermi dalla strana ipnosi in cui sono caduta.

«Siamo sicuri che siamo al nono?», domanda Eric guardandosi intorno.

«Non ne ho idea…». Anche io sono piuttosto disorientata. Immaginavo di trovarmi nel classico loft con la receptionist in completo Prada e il Mondrian d'ordinanza appeso alla parete, invece siamo in un corridoio dalle pareti giallo malaria che termina in una porta antipanico.

Su di essa c'è un foglio appiccicato con lo scotch, con stampigliato "PBK Art Brokerage". L'inchiostro è sbiadito, segno che è lì da un pezzo.

«È una presa in giro?», domando inorridita. Mio zio è uno che guarda alla forma, non avrebbe mai investito in una società che si presenta così! «Io credevo di trovare una sede seria!».

Eric scuote la testa, per nulla convinto. «Te lo dico io cosa troveremo: niente».

«Niente?»

«Sta a vedere». Ed Eric bussa. Una volta, due volte, alla terza ci apre un tizio in tuta da lavoro che ricorda un po' Super Mario.

«Che volete?», mugugna burbero.

«Entrare», ribatte Eric che, con la sua altezza, non ci mette molto a scavalcare l'ometto.

«Un momento, ma chi siete?», domanda quello confuso dal nostro arrivo improvviso.

«Clienti», rispondo. «Ho acquistato molti quadri qui alla PBK».

Il tipo si gratta la testa. «Quadri?»

«Sì, quadri, opere d'arte, tele…». Guardo lo stanzone spoglio, a eccezione di una scrivania buttata lì, con sopra un giornale e un caffè lasciato a metà. Tutto molto strano.

«Visto?», esordisce Eric.

Non c'è davvero niente. «Scusi», dico rivolta a Super Mario. «La PBK quando si è trasferita? E dove?»

«Da nessuna parte che io sappia», risponde lui. «È sempre stata qui».

«Ed è sempre stata *così*?», insisto.

Il tipo si stringe nelle spalle con l'aria di chi non sa cosa dire. «Boh, sì, da quando ci sono io».

«E da quanto c'è lei?», s'intromette Eric.

«Una quindicina d'anni. Ritiro le consegne, le do a chi viene a prenderle, tutto qua».

Io e Eric ci scambiamo uno sguardo d'intesa. La pista dei quadri è quella giusta.

«Chi porta le consegne? Chi viene a prenderle?»

«Non ne ho idea. Non faccio domande, chi viene qui sa cosa deve fare, senza il mio aiuto».

«Quindi lei non sa cosa contengono i pacchi?», mi accerto.

«È sempre tutto sigillato».

«Non c'è un archivio delle ricevute?», continuo. I quadri si spostano sempre con delle bolle di consegna che neanche la Bibbia.

Super Mario a questo punto è spazientito. «Vedete un archivio, voi?»

«No», rispondiamo io e Eric all'unisono.

«Perché non c'è».

«Oh, cielo! Come si è fatto tardi», esclamo dirigendomi verso l'uscita. «Maxwell, dobbiamo andare!». Mi volto e vedo che Eric è ancora lì in mezzo alla stanza a guardarmi sconcertato, così gli rivolgo un'occhiata eloquente per fargli capire che mi riferivo a lui. «Maxwell!».

«Come no! Tardissimo. Buon uomo, arrivederci», dice stringendo la mano a Super Mario. «Sta facendo un ottimo lavoro, qui. Continui così».

«Maxwell!», esclama lui una volta usciti dall'edificio. «Chi accidenti è Maxwell?»

«Qualcosa dovevo inventarmi! Non potevo certo dire "Eric Chambers, agente dell'FBI", no?»

«Sarebbe una splendida idea se tu condividessi con me le tue strategie prima di metterle in pratica, giusto per non farmi fare la figura dell'imbecille!», mi sgrida. «Comunque, ora sappiamo che non sono solo i quadri a essere farlocchi, ma la stessa PBK. È un contenitore vuoto. Le società fantasma sono così: stanze affittate tanto per avere un indirizzo. PBK è solo un nome con un conto corrente, quello su cui venivano versati gli importi degli acquisti per le varie opere».

«Puoi aprire un fascicolo sulla PBK?», gli chiedo.

«Non solo, anche sulla Breton-Greenwich», dice lui prendendo il telefono. «Faccio tirare fuori sedi operative, sedi legali, chi le rappresenta e che legami hanno».

Mentre Eric parla al telefono, una vetrina attira la mia attenzione: un paio di décolleté argentate scintillano come a dire "Compraci". Sono bellissime.

Il mio sguardo si sposta su un abito da sera blu che sembra fatto apposta per le scarpe argentate.

Mi sfugge un sospiro: quanto tempo è che non mi compro nulla? Nulla di nuovo, i vestiti del Bottom Dollar non fanno testo.

Mi avvicino e controllo il listino dei prezzi degli articoli esposti: è scritto a caratteri minuscoli e posizionato in modo da non attirare l'attenzione. Perché mai dovrebbe, poi? Chi fa acquisti qui non fa caso ai prezzi.

L'abito costa quattrocento dollari, le scarpe duecento.

Non posso.

Sul listino, una scritta ancora più piccola segnala che i prezzi andranno scontati del cinquanta percento. Quindi sono trecento dollari, non seicento!

Non sono pochi, ma... Ne ho bisogno. Ne ho bisogno per sentirmi bene, per sentirmi di nuovo io. Se fino a oggi, dopo tutto quello che è accaduto, non mi hanno ancora rinchiusa in un istituto d'igiene mentale, è solo un miracolo. Ora che Lady Di mi ha versato l'anticipo, posso anche permettermelo. Una coccola mi serve.

«Dove vai?», mi domanda Eric vedendomi spingere la porta del negozio.

«In terapia! Tu torna alla centrale».

Appena metto piede nella boutique inspiro a pieni polmoni. Niente odore di polvere o muffa come al Bottom Dollar, solo il bouquet del costoso profumo che le commesse spruzzano nell'aria ogni mezz'ora. Il pavimento in marmo bianco è così lucido da potersi specchiare, ci sono due guardie di sicurezza ai lati dell'ingresso e una ragazza mi viene incontro dispensando sorrisi.

«Buongiorno, sono Michelle. Posso aiutarla?»

«Sì, grazie. Vorrei provare l'abito blu in vetrina». Rilassata e a mio agio, mi sfilo il cappotto e glielo porgo assieme alla borsa. «Con le décolleté argentate».

«Gliele porto in camerino», dice indicandomi la porta.

Mi crogiolo nell'eleganza del salottino rivestito in raso, niente a che vedere con le tende ingiallite appese a un gancio del Bottom Dollar, che devi tenere chiuse con una molletta da bucato. Mentre la stoffa nuova e liscia dell'abito mi scivola sulla pelle, mi sento rinascere. Perfino il cartellino che mi punzecchia sulla schiena mi mancava!

Calzo le scarpe argentate ed esco dal camerino sfilando sulla pedana, sotto lo sguardo delle commesse.

«Taglia perfetta», commenta Michelle. «Tra l'altro è l'ultima».

Una seconda mi si avvicina aggiustandomi le spalline. «Le consiglio di indossarlo con i capelli acconciati, così da mettere in risalto la scollatura sulla schiena», suggerisce.

Nel riflesso degli specchi, da tre angolazioni diverse, mi rivedo: ciao, Lexi Sloan, bentornata.

«Sarebbe perfetto per una cena a due. Il suo cavaliere non le toglierebbe gli occhi di dosso», aggiunge Michelle, sistemandomi l'orlo.

E mentre mi guardo un'idea tanto improvvisa quanto malsana mi colpisce: piacerebbe a Eric?

Non dovrebbe importarmi del suo parere, ma non riesco a fare finta di niente.

Lo so che quest'abito non mi serve e neanche le scarpe, in fondo, la vecchia me non esiste più, dove potrei mai indossare un capo del genere? Di sicuro non a Red Hook o sulla metro. È lo stile di una vita che non mi appartiene più, eppure... eppure mi piacerebbe che Eric mi vedesse così.

È irrazionale e, anche quando decido di riconsegnarli alla commessa e dirle che non se ne fa niente, ripenso a me e a lui fuori a cena, in un ristorante intimo, che mi guarda ammirato. La fantasia si arricchisce di dettagli sempre più nitidi: un ristorante sul mare, il cielo infuocato da un tramonto caraibico, brindisi a base di caipirinha, lui che mi dice che sono bellissima...

"La sintonia, l'affiatamento... La chimica", dice Brianna.

«Perfetti», esclamo passando scarpe e abito alla commessa. «Li prendo».

È una pazzia, ma pagare il conto non mi fa stringere lo stomaco come pensavo.

Mentre cammino in direzione della metro, la mia testa continua a fantasticare su improbabili situazioni romantiche, e mi accorgo che ha iniziato a piovigginare solo quando i miei occhiali sono punteggiati di goccioline.

Me li sfilo per pulirli, ma vado a sbattere addosso a una persona che arriva in senso opposto. «Chiedo scusa», dico alzando lo sguardo, senza vedere altro che la solita nebbia e i contorni sfocati.

«Lexi?!», domanda una voce femminile con tono sorpreso.

Io, confusa, mi affretto a rimettermi gli occhiali e vedo quello, o meglio, chi non avrei mai voluto vedere.

Sono impalata sul marciapiede e di fronte a me, altrettanto rigide e mute, a fissarmi incredule, ci sono Becca e Jem.

27

«Le donne hanno nella dotazione di base sistemi satellitari in grado di individuare una rivale con una precisione millimetrica».

@nonfaretardi, Twitter

L'ultima volta che ci siamo viste mi hanno messa alla porta.

Loro guardano me, io guardo loro. Impossibile evitarsi, impensabile far finta di niente. Nessuno vuole farlo, ma dobbiamo farlo: salutarci.

L'Upper East Side è anche questo: le guerre si combattono con le perle al collo.

Decido di avvantaggiarmi, così le saluto per prima. «Becca, Jem! Ciao!».

Jem non risponde, mordendosi il labbro con fare nervoso, mentre Becca mi studia da capo a piedi prima di aprire bocca. «Lexi. Da quando porti gli occhiali?»

«Da…». In teoria da sempre. «Da un po'», taglio corto spingendomi la montatura sul naso con un dito, imbarazzata. Neanche Becca e Jem hanno mai saputo dei miei problemi alla vista.

«È un bel pezzo che non ti si vede più in giro…», continua Becca con un tono insinuante.

«Ho avuto molto da fare».

Anche Jemima non si risparmia. «Pensavamo tutti che te ne fossi andata, alla fine».

«No, io… ho solo molto da fare ora. Lavoro».

La parola "lavoro" gli fa sgranare gli occhi, mentre sventolano le ciglia finte. «*Lavori?*», ripetono all'unisono, con malcelato disgusto. Lavora solo chi ne ha bisogno, chi non ne ha bisogno si "occupa di progetti".

La mia gogna pubblica è completa, e tra noi cala un imbarazzante silenzio. Sto per salutarle e andarmene ma la mia ex amica mi anticipa.

«Vedo che hai fatto spese…».

«Già», rispondo con naturalezza, come se non facessi altro tutto il giorno.

Lo sguardo di Becca, però, è inchiodato al sacchetto lucido che stringo per i cordini. Anche Jem fissa il mio acquisto, anche lei con una smorfia di malcelato disgusto.

Scacco.

Becca e Jem sono impegnate in quella che era la nostra attività sportiva preferita per smaltire le calorie del cenone del Ringraziamento: passeggiare su e giù tra la Quinta e Madison a guardare la gente scannarsi per i saldi del Black Friday.

Noi non compravamo *mai* in saldo.

Oggi è il Black Friday e io sono qui, all'incrocio con la Settantaduesima, con in mano un sacchetto su cui campeggia la scritta "Saldi". Il marchio dell'infamia.

«Hai preso un vestito *in sconto*?», mi chiede Jem pronunciando "sconto" quasi fosse una parolaccia.

«Ehm...», arranco, messa all'angolo.

«Quegli occhiali non devono servirti granché», affonda il colpo Becca.

Ed è come se la sua spocchia arrogante facesse scattare un interruttore nella mia testa.

Lei si è rifatta il naso a sedici anni. Il suo era a pera, sproporzionato rispetto al suo viso e, quando si è operata, io l'ho coperta dicendo che eravamo andate insieme a Santorini e lei era caduta da uno degli scooter a noleggio sulle stradine dissestate. Non ho mai tradito il suo segreto e mai, dico mai, l'ho presa in giro per ferirla. Ora lei non si fa problemi a sbeffeggiarmi di un mio difetto, che per altro è molto più invalidante di un naso antiestetico.

«Sì, porto gli occhiali e senza non ci vedo bene», affermo con una sicurezza a me sconosciuta, «non ci vedo quasi per nulla da sempre, ma non mi servono lenti per vedere che voi due non siete mai state mie amiche, anzi! Siete la cosa più lontana dall'amicizia che una persona possa avere».

«Parli da invidiosa», mi contraddice la mia ex amica.

«No, parlo da persona che ha trovato degli amici veri e ora sa riconoscere quelli falsi», rispondo a tono pensando a Brianna, che mi ha raccolta da un marciapiede e mi ha fatto da cane guida; Eric, che mi ha dato un posto dove stare anche se non potrebbe; perfino Lady Di e Nevis mi sono stati più di supporto in un mese che non queste due stronze tutta la vita, lei dandomi il lavoro che tutti mi hanno negato e lui... lui mi tratta ancora come Miss Sloan, come se nulla fosse cambiato.

«Rimpiangerai questa conversazione», sibila in tono di vaga minaccia Jemima, la finta timida Jemma.

«Oh, no! L'unica cosa che rimpiango è aver sprecato con voi tanto tempo che avrei potuto dedicare a me stessa», dico. Penso a tutto quello che sono riuscita a fare in un mese, da sola, senza loro due a distrarmi. Le mie giornate ora hanno un senso, ho dei motivi veri per svegliarmi la mattina. Lo shopping e il gossip sull'ultima festa non erano motivi. «Ora scusatemi, ma devo andare. Ho delle cose importanti da fare, *io*. Ci vediamo».

«Non credo proprio che ci rivedremo», ridacchia Becca schernendomi. «Non frequentiamo più gli stessi ambienti».

«Ah, a proposito, non tenertelo per te. Dillo pure, nei tuoi ambienti, che Lexi Sloan lavora dieci ore al giorno, porta gli occhiali da vista perché non ci vede e compra i vestiti ai saldi del Black Friday». Volto le spalle e punto con passo orgoglioso la metro, ma prima mi giro a lanciare loro un ultimo sguardo. «Ci tengo!».

Non lo avrei mai pensato, ma... mi sento libera.

28

«Le grandi donne hanno bisogno di grandi diamanti».
Elizabeth Taylor

Il sole inizia la sua pigra discesa in un cielo incendiato e le sue fiamme si riflettono nello specchio cristallino del Mare dei Caraibi.

La caipirinha non è mai stata così buona, la bevo dalla cannuccia, galleggiando a bordo vasca mentre il mio corpo ondeggia tra le bolle dell'idromassaggio gorgogliante. L'acqua è tiepida e la brezza serale, che muove le fronde delle palme, riempie l'aria del profumo di salsedine e olio di cocco.

Un vestito blu da sera giace abbandonato sul pavé assieme a una camicia e dei pantaloni.

Un paio di braccia forti mi stringono cingendomi la vita, mentre grandi mani maschili mi accarezzano la pelle nuda e io abbandono la testa all'indietro per lasciarmi baciare sul collo. Da una chioma corvina e scompigliata, piccole gocce fredde cadono sulla mia pelle, poi sento la dolce e graffiante pressione di un morso malizioso. Rabbrividisco cedendo a quella piacevole tortura, mentre il mio gemito si unisce a quello della voce calda e profonda di Eric…

Dannazione!

Scatto a sedere sul letto, ansimante, sudata e con le gambe che tremano. Stavo sognando di… Stavo per… Con Eric, nella Jacuzzi, in una villa ai Caraibi! E mi stava *piacendo*!

No, è troppo. Devo fare qualcosa per levarmi quest'idea malata dalla testa. Subito!

Mi vesto e mi presento da Brianna per dirle che farò da baby-sitter ai suoi tre bambini e che lei e Simon potranno godersi un weekend di libertà.

Bree non se lo fa ripetere due volte, considerando i rari casi in cui lei e suo marito hanno la giornata libera insieme.

Mi pento della mia decisione un secondo dopo, dato che mi ritrovo

Jackson con la dissenteria, Ben nella sua fase "no" a tutto e Steve in pianto perenne senza apparenti motivi.

Non so come sopravvivrò fino a domenica, ma una volta uscita da casa di Brianna una certezza ce l'ho: non voglio figli maschi.

Il lunedì arriva come una benedizione e mi godo ogni delirante minuto lontano da Red Hook, con la testa impegnata da qualsiasi cosa che non sia Eric.

Dedicherò a Lady Di la mia esistenza, meglio per me, meglio per lei, quindi meglio per tutti.

Con la scusa di dover trovare gli inviti a ogni party organizzato da qui a Natale, mi trattengo da lei a oltranza, scoprendo, per altro, che la mia boss non dorme mai.

All'una passata è ancora alla sua scrivania di cristallo nel grande studio bianco mentre io siedo alla mia, più modesta e meno imponente, di fronte a lei, dalla parte opposta della stanza.

«Di norma non ho nulla contro le persone che non hanno una vita propria, in particolare se lavorano per me, ma se continui così mi costerai un patrimonio in straordinari», osserva senza staccare gli occhi dallo schermo del computer.

«Anche ottenere gli inviti più banali si sta rivelando un'Odissea. Sembra che quest'anno nessuno voglia perdersi un evento anche a costo della vita».

«Fai tutto quello che devi fare, purché tu lo faccia bene».

Invio l'ennesima mail e spunto l'ultimo nome dalla mia lista di PR. «Se disturbo, vado. È tardi».

«Non importa, tanto non ho sonno», ribatte Lady Di con indifferenza. «Non mi addormento prima delle due e non mi sveglio più tardi delle cinque da anni, ormai».

«Ok», dico appuntandomi una nota in agenda. «Prenotare trattamento all'ossigeno iperbarico antiaffaticamento».

Lady Di stacca finalmente gli occhi dal video, appoggiandosi allo schienale con le braccia conserte. «Ti sembro affaticata?»

«In realtà no, ma sono previdente. L'elasticità della pelle è come la verginità: una volta persa, non torna più».

«Va bene così: tu ti prendi cura di me mentre io mi prendo cura dei miei affari. Le società che mi ha lasciato il mio primo marito non dormono mai, e neanche io».

Non avevo idea che Lady Di seguisse tutto in prima persona. «Non ha degli amministratori delegati?»

«Certo. Ma mi fido di più di me stessa». Lady Di si alza, passeggiando davanti a me sullo spesso tappeto. «Quando è morto Jaques, i suoi legali volevano convincermi che, vendendo la mia quota della holding, avrei vissuto benissimo ma senza le preoccupazioni gestionali. Stavo per cedere, poi ho scoperto che l'acquirente interessato era uno dei concorrenti storici di Jaques. Mio marito si sarebbe rivoltato nella tomba se avessi ceduto le mie quote a Gaspard Chaumont».

«E come è andata?»

«Chaumont non aveva capito una cosa: io e il denaro parliamo la stessa lingua. La sua campagna contro di me gli è costata così tanto che ho aspettato che gli avvocati gli levassero anche le mutande e poi *io* ho rilevato la *sua* compagnia», mi spiega giocherellando con l'anello di diamanti anche più imponente del Natasha. «E l'ho inglobata in quella di Jaques».

Che è orgogliosa di ciò che fa si vede e questo è un problema. La maggior parte delle donne dell'alta società finge di essere impegnata in fantomatici progetti che non vedono mai la luce del sole e Lady Di può rappresentare una nemica: ha tutte le carte in regola per oscurarle e calamitare l'attenzione di tutti gli uomini, sposati e non. Ha la stoffa della leader, e se lo capiscono – e lo capiranno – la emargineranno subito.

Il *bip bip* del mio cellulare c'interrompe e, nell'aprire un messaggio, mi sfugge un sorriso vittorioso.

«Buone notizie?», mi domanda lei appoggiandosi al bordo della mia scrivania.

«Sabato sera ci sarà il gala annuale della Dessen Foundation. Per ottenere l'invito ho dovuto ricordare a Jessica Cole chi le ha aperto la strada nel mondo degli event planner».

«Chi è Jessica Cole?»

«Non era nessuno finché mio zio non l'ha ingaggiata per organizzare le serate del Silver Charity Group. Zio Raff sarà anche un farabutto, ma con la beneficenza è sempre stato un portento e ai suoi eventi partecipavano celebrità mondiali. Jessica Cole ora è la event planner numero uno della città. C'è perfino Elon Musk sulla sua lista d'attesa».

«E Jessica Cole ha organizzato il gala Dessen, immagino…».

«Esatto».

«Tu lo sapevi, quindi hai aggirato i PR che ti avrebbero detto che gli inviti erano esauriti e sei andata dritta da lei».

Annuisco, soddisfatta. «Dopo sabato sera non ci sarà più bisogno di queste partite a scacchi, ci sommergeranno di partecipazioni».

«Sai, Lexi», inizia Lady Di squadrandomi concentrata. «Se avessi una figlia, vorrei che fosse come te».

«Grazie», rispondo sopprimendo uno sbadiglio.

«Ora però vai a casa, mi servi sveglia. Non me ne faccio niente di un'assistente in coma», commenta con un gesto della mano tipo "Sciò".

Lady Di è così: un suo complimento non rimane nell'aria per più di due secondi.

Quando rientro a casa non faccio nemmeno in tempo a cambiarmi che sento bussare alla mia porta e il cuore prende inspiegabilmente a battere all'impazzata.

So chi è, non potrebbe essere nessun altro.

«Un momento!», dico. Prima di aprire mi ritrovo a controllarmi il trucco nello specchietto del bagno e a passarmi il lucidalabbra al volo.

«Ciao, Lexi», mi saluta Eric con quella sua voce calda e avvolgente e io, senza rendermene conto, mi trovo a deglutire a vuoto.

Impossibile non fare caso a quanto, in T-shirt e jeans slavati, sia bello quasi più che nel suo completo giacca-cravatta.

Caraibi, caipirinha, Jacuzzi. Accidenti a lui!

«Ehm, ancora in piedi?», domando rigida.

«Sono passato prima a bussarti non vedendoti alla mia porta, come al solito, per la cena e non ti ho trovata. Poi ho sentito i tuoi tacchi sulle scale, due minuti fa… Come mai sei tornata così tardi?».

La remota possibilità che Eric fosse preoccupato per me mi fa stringere lo stomaco. Mi ha cercata. «Avevo del lavoro arretrato da sbrigare», spiego. Anche se la verità, cioè che sto cercando ogni scusa per non pensare a lui, non posso ammetterla.

«Ci sono delle cose che devo dirti, confidenziali, ma che non possono aspettare domani». Fa un passo in avanti, che mi costringe ad arretrare. «Posso entrare?»

«Certo».

I dieci metri quadri dello stanzino, con Eric e il suo metro e novanta dentro, sembrano ancora più piccoli. «Ti sei sistemata bene, vedo».

«Ho cercato di fare mio il "loft"». Lady Di non solo paga bene, ma anche in anticipo, così ho investito un gruzzolo al "Bottom Dollar" in candele profumate – più colorate che profumate –, un piumino tanto soffice quanto macchiato che ho coperto con una coperta di lana fatta a mano presa al mercatino artigianale, una lampada a stelo un po' storta ma che dà alla stanza una morbida luce meno invadente di quella del neon che pende dal soffitto, un vassoio di legno senza un manico su cui ho sistemato un bollitore e un servizio di tazze da tè spaiate. Accanto al divano-letto, svetta una pila di libri presi al mercatino: alla sera, ho riscoperto il piacere di leggere, anziché drogarmi di social e farmi del male guardando cosa fanno e dove vanno i miei ex amici.

«Dimmi tutto», incalzo Eric, che si è già seduto sul bordo del divanetto.

«Non ti siedi?»

«Ehm… ok». Mi metto accanto a lui, consapevole che il piccolo sofà ci costringe a stare più vicini del dovuto. «Cosa hai scoperto?»

«Cose che non ti piaceranno», premette. Il suo tono è serio ma non distaccato, sembra quasi dispiaciuto delle notizie che sta per darmi. «La PBK Art Brokerage è una società fantasma, come sospettavo, e ha sede legale nel Lussemburgo. Per ogni quadro venduto accende una polizza assicurativa presso la Breton-Greenwich, che invece ha sede legale a Singapore».

«Ok», dico, appuntandomi i Paesi su una mappa mentale.

«Tu affideresti i tuoi beni a un'agenzia assicurativa contro la quale sono state aperte decine di contenziosi per risarcimento danni da milioni di dollari?»

«No, perché non sarebbe affidabile». Mi sembra una risposta ovvia.

«Eppure, nonostante ciò, la PBK sì».

«Stai dicendo che la Breton-Greenwich aveva cause per risarcimenti?», domando per essere sicura di aver capito bene.

«In continuazione e tutte aperte dalla SCG Action. Società con sede nelle Bahamas». Eric mi fissa, sporgendosi verso di me con i gomiti appoggiati sulle ginocchia. «Segui i soldi, Lexi».

«Io a New York compro quadri dalla PBK Art Brokerage versando i soldi in Lussemburgo, che a sua volta ne versa alla Breton-Greenwich per le polizze assicurative a Singapore, ma che poi deve risarcire milioni di dollari alla SCG nelle Bahamas», riassumo concentrata. Lussemburgo, Singapore, Bahamas. Lussemburgo, Singapore… «Sono tutti Paesi coperti dal segreto bancario!».

Sul viso di Eric si allarga un sorriso soddisfatto. «Segui i soldi, Lexi. Segui sempre i soldi».

«Un momento! Ma non si faceva prima a mandarli dritti alle Bahamas?»

«Nel passaggio di denaro da una società all'altra, c'è una sostanziale perdita d'informazioni. Ogni società si trova in uno stato le cui normative sul segreto bancario sono sempre più coprenti, fino ad arrivare alle Bahamas dove il denaro, una volta entrato, sparisce e per noi non ha più nome né indirizzo».

Ho capito, era un modo per far perdere le tracce. «Credi che le abbia create mio zio?»

«Credo che sia stata la sua strada per portare i soldi fuori dalla Sloan Securities senza destare sospetti».

Tuttavia mi inizia a sorgere un ragionevole dubbio. Non ho prove, ma è un'idea che non mi sento di escludere. «La SCG Action potrebbe avere a che fare con il Silver Charity Group?»

«Perché me lo stai chiedendo?»

«È la società di beneficenza presieduta da mio zio. La SCG Action è il nucleo operativo che si occupa di realizzare i progetti per cui il Silver Charity raccoglie denaro», spiego. «Non sapevo avesse sede nelle Bahamas».

Lo sguardo di Eric si accende d'interesse e lo vedo tendersi verso di me. «Sei sicura al cento percento di quello che mi stai dicendo?»

«Altroché. Il Silver Charity raccoglie fondi per realizzare pozzi in Guinea, scuole in Mozambico, e cose del genere. Due anni fa, aveva come *mission* la costruzione di un ospedale in…». Schiocco le dita cercando di farmi venire in mente in nome del Paese.

«Malawi?», azzarda Eric.

«Malawi!», esclamo. «Un ospedale piccolo ma dotato di tecnologie di ultima generazione».

«Qui», dice lui allungandomi la cartellina che ha portato con sé, «mi risulta che non sia stato realizzato nulla del genere. La SCG Action non ha nemmeno acquistato il terreno».

«Non è possibile!», esclamo. A ogni serata del Silver Charity venivano proiettate le immagini di tutte le opere realizzate, lo ricordo bene.

«Così come le scuole, i pozzi e gli ecovillaggi. Nessuna delle mission è andata a buon fine. A questo punto, sono convinto che il Silver Charity Group fosse solo una copertura per spostare altro denaro nella SCG Action».

«Da una parte abbiamo mio zio che compra quadri farlocchi da una società inesistente, che li assicura presso un'altra società fantasma, che usa i soldi per rifondere la SCG Action per le mission mai realizzate. Dall'altra, sempre mio zio raccoglie i fondi per l'ente di beneficenza che li versa alla SCG Action che dovrebbe realizzare i progetti». In un secondo che sembra un'ora io e Eric ci guardiamo negli occhi, spaventati ma strabiliati.

«Mio zio aveva un doppio canale», dico. «Sappiamo come ha nascosto i soldi della frode!».

«Il cerchio è chiuso!», esulta lui balzando in piedi accanto a me.

È un attimo, puro istinto, nessuna razionalizzazione: io getto le braccia al collo di Eric e lui mi stringe la vita sollevandomi contro di sé. Intreccio le dita intorno al suo collo, e lui appoggia la fronte sulla mia.

Posso sentire il suo respiro sul mio viso e il cuore mi batte così forte che potrebbe saltare dal mio petto al suo… Siamo vicini, davvero *troppo* vicini, dall'eccitazione all'imbarazzo il passo è breve e quel secondo in più, perso a guardarci negli occhi, trasforma il momento magico da "Non siamo mai stati così bene con nessuno" a "Cosa diavolo stiamo facendo?". Io ritraggo le braccia, irrigidita, e lui mi riporta giù, mettendo tra noi mezzo metro di distanza di sicurezza.

«Aprirò un'indagine su tutte le società, ma non sarà facile recuperare informazioni sugli spostamenti di denaro e i nomi che ci sono dietro. Di solito ci sono degli amministratori fantoccio che coprono i reali beneficiari e ci vogliono mesi, se non anni, per ottenere le risposte. È questo il guaio del segreto bancario, priva le autorità di qualsiasi interlocutore».

«Sì, lo immagino», commento ancora imbarazzata per il nostro slancio di poco prima.

Anche lui non sembra proprio a suo agio ed è svelto a raggiungere la porta. «Forse è meglio che ora ti lasci… a… ehm… fare… sì, insomma…».

«Già, io… È tardi, domani sarà una giornata pesante…», concordo.

Lui è sul pianerottolo, la porta già semichiusa alle sue spalle, quando la riapre. «Lexi».

«Sì», rispondo con il cuore colmo di inspiegabile speranza.

«Grazie».

Ah, tutto qui. Non so cosa mi aspettassi, ma una punta di delusione mi fa precipitare. «Prego».

29

«Plaza Hotel, l'albergo più eccitante di New York».
Mamma ho riperso l'aereo

Lady Di si sta facendo aggiustare l'abito per il gala di sabato, costretta alla totale immobilità per non farsi pungere dagli spilli della sarta, e io la tartasso con la preparazione al suo debutto, seduta sulla chaise-longue nella sua cabina armadio.

«Da qui a Natale abbiamo dieci cene, sette pranzi, tre brunch, quattro vernissage, sei riunioni dei circoli filantropici ai quali ho inoltrato la sua candidatura e due cocktail».

Lady Di, a labbra serrate, mi guarda con disappunto. «Solo?».

Potrebbe sembrare una battuta, ma in questo caso non lo è affatto. «Ne arriveranno altri. E poi dobbiamo tenere qualche giorno libero per contraccambiare gli inviti», la rassicuro.

«Hai già proposte riguardo a cosa posso organizzare?», mi domanda piroettando su sé stessa mentre la sarta controlla l'orlo dell'abito.

«Per i ritrovi ristretti a tre o quattro invitate, un tè è sempre perfetto».

«Cosa siamo? Vecchie signore che giocano a bridge?», commenta lei dal suo piedistallo.

«Con tè intendo Martini cocktail con doppia oliva».

Lei si abbandona a una risata roca. «Ora sì che riconosco Manhattan».

«Poi, un paio di cene da una decina di ospiti. Uno chef stellato preparerà il menu e inviteremo qualche personalità del panorama intellettuale: scrittori e giornalisti piacciono sempre molto, seguiti da artisti emergenti ed esponenti politici. Ci rimane la settimana di Natale, che è un jolly».

Lady Di si leva l'abito e, avvolgendosi nella vestaglia di seta nera, congeda la sarta. «Perfetto», commenta infilandosi i suoi tacchi da casa.

«Come va con lo studio?», le domando. «Fa progressi?»

«Mi ci dedico ogni secondo del mio tempo libero».

Ho dato a Lady Di una cartella dove ho raccolto i profili biografici degli esponenti di maggior spicco di Manhattan che, con ogni certezza, incontrerà nei prossimi giorni, dettagli scandalistici inclusi. Decido di verificare a che punto è la sua preparazione. «Jared Forsyth?»

«Jared Forsyth, anni sessantuno, figlio di Barron Forsyth, petroliere, costruttore, speculatore finanziario, una moglie, Carolyn, e molte amanti. Il figlio maggiore, Tristan, ha alte aspirazioni politiche», risponde Lady Di senza esitare. «Cosa fai, Lexi? Mi metti alla prova?»

«Devo. Bisogna ridurre il margine d'errore al minimo».

«Quando si parla di me, il margine di errore non è contemplato». Lady Di mi si siede accanto sul bordo della chaise-longue. «Sai cosa mi piace di te?»

«Le mie conoscenze?», azzardo.

«No. Il fatto che non ti accontenti mai e non ti fidi. Proprio come faccio io. E la tua fame».

«Fame?»

«Sì. Fame di rivalsa. Parli sempre al plurale: andiamo, dobbiamo, vogliamo... Come se il mio "debutto" riguardasse anche te, come se fosse una cosa tua».

Tossicchio, imbarazzata. «Sono solo concentrata sul mio lavoro».

«Non hai ancora digerito il modo in cui hai dovuto rinunciare alla tua vita, vero? Vuoi riscattarti, non importa come, ma sai che ci devi riuscire. E con me non stai risparmiando energie, quasi si trattasse del *tuo* ritorno. Per questo so che andrà tutto bene, non lascerai nulla al caso».

Forse Lady Di ha ragione. Ho lasciato le cose al caso una volta e sono finita con il culo per terra, Dio solo sa se non permetterò mai più che accada. «Ci serve un evento straordinario!», esclamo troncando quella conversazione che sta scivolando troppo sul personale. «Ogni regina di New York organizza un evento per essere protagonista. Anche noi dobbiamo avere il nostro!».

«Cosa suggerisci?»

«Natasha Bates dà il suo gala primaverile nella serra del giardino botanico; Miranda Redmond-Barry, a marzo, dà il cocktail musicale nel foyer della Metropolitan Opera House; il brunch al Guggenheim è appannaggio di Carolyn Forsyth; Wendy Williams è la patrona dell'aperitivo lungo dopo la Hampton Cup di settembre...».

«Non sembrano esserci molte alternative».

Una serata libera c'è, da anni. «Il ballo del primo gennaio al Plaza».

«Nessuna regina lo rivendicherà?»

«No». Cerco di nascondere un tremito nella mia voce. Nessuna lo rivendicherà, non più.

«Bene. Inviterò tutti quelli che mi hai indicato nella tua Bibbia sociale, più qualche mia vecchia conoscenza europea. Ai newyorkesi piace il vecchio mondo, no?»

«Perfetto. Ma i nomi mi servono al più presto. Per il primo gennaio siamo già in ritardo».

Ritardo? Diciamo piuttosto che la mia è stata una proposta kamikaze. Rientrando a casa non mi do tregua dal rimuginare, neanche sotto la doccia, al punto che mi lavo i capelli due volte.

Se Eric non fosse venuto a bussarmi mi sarei perfino dimenticata di mangiare. È la terza volta che succede, e devo ammettere che mi piace trovarmelo alla porta.

«Certo che ti stai proprio spaccando in quattro», osserva staccando una fetta di pizza dal cartone, lui preso dai fascicoli del caso Sloan, io china sulla mia agenda e sul tablet. «Non avrei mai detto che possedessi una tale abnegazione».

«Per quello che devo fare, mi serve ogni minuto e ogni secondo libero», mugugno tra un boccone e l'altro.

Eric mi allontana il blocco degli appunti perché non ci cada sopra un grumo di formaggio fuso. «Almeno respira».

«Devo organizzare un gala al Plaza per Capodanno».

«E io che pensavo dovessi calcolare le coordinate di lancio di un missile spaziale».

«Spiritoso! Ci vogliono mesi di lista d'attesa per ottenere una sala al Plaza. Io non ho mesi. Ho sì e no tre settimane».

«Fai il gala da un'altra parte!», propone lui con una noncurante alzata di spalle.

«Non si può».

«Perché no?»

«Perché il gala del primo gennaio si fa al Plaza. *Sempre*».

«E chi l'ha detto?»

«Mia madre». Quelle due parole, tanto semplici, mi escono in un verso quasi strozzato. Il cambio repentino del mio tono di voce non passa inosservato.

«Scusa, non volevo essere villano».

«Non devi scusarti, non hai detto nulla».

Eric cerca di attirare la mia attenzione, riattivando l'iPad andato in stand-by ma sul quale continuo a digitare nonostante lo schermo nero. «Vuoi parlarne?».

Dio, sì! Scoppio dalla voglia. È da quando ho tirato fuori questa storia del gala che il ricordo di mia madre mi agita l'anima come una tempesta forza dieci. «Vuoi sentire davvero?».

Lui annuisce convinto, offrendomi uno dei suoi rari momenti d'ascolto. In realtà, ultimamente, sempre meno rari. «Non te lo avrei chiesto».

«Ok». Sospiro, prendendo tempo per mettere in ordine le idee. «Mia madre organizzava ogni primo gennaio un ballo al Plaza e non mancava mai nessuno. C'era chi, pur di venire nonostante trentanove di febbre, si teneva la flebo di paracetamolo sotto il vestito».

«Doveva essere uno spettacolo».

«Mia madre era uno spettacolo, tutta New York l'adorava».

«Poi cos'è successo?»

«Quando avevo dieci anni è andata a fare un check-up con una visita cardiologica che certificasse la sua abilità per partecipare a un triathlon a scopo benefico. È sempre stata una donna sportiva, ma mai a livelli agonistici tali da richiedere esami. È stato allora che le hanno diagnosticato una cardiomiopatia ipertrofica ostruttiva».

Eric mi guarda serio, il suo piglio giocoso di poco prima è sparito e ha anche smesso di mangiare. «Stavolta sono io a chiederti di spiegarmi ciò che non so».

«È una patologia difficile da diagnosticare perché è asintomatica, provoca l'aumento dello spessore della parete del cuore al punto da impedire il passaggio del sangue dal ventricolo all'aorta. Colpisce una persona su cinquecentomila e quella persona, quel giorno, era mia madre».

«È stato quello a…?»

«A ucciderla? No. I medici le hanno consigliato di sottoporsi a un intervento per ridurre l'ostruzione. Con un rischio chirurgico inferiore al due percento, la decisione di operarsi è stata immediata. Ironia della sorte, è stato proprio l'intervento a ucciderla: sono sopraggiunte delle complicazioni durante l'operazione e l'équipe medica non è riuscita a salvarla». La mia voce s'incrina e mi si appannano gli occhi di lacrime, che fatico a reprimere, così mi sventolo il viso, prendendo un respiro profondo. Ecco uno dei motivi per cui non mi piacciono gli interventi: anche col minimo rischio, non si sa cosa possa accadere. «È stato diciassette anni fa, ormai. È passato».

Eric mi mette nel piatto un'altra fetta di pizza, la più grossa delle due rimaste. «Sono certo che, se tu sei così, è anche grazie a lei».

«Così come? Rompiscatole?»

«No», dice lui scuotendo la testa, serio. «Determinata».

«E tu come sei, grazie a tua madre?».

Lui sposta lo sguardo altrove. «Spero di non aver preso nulla da lei».
«Impossibile».
«Non è una bella persona».
«Vuoi parlarmene?», chiedo, restituendogli la cortesia di poco prima.
«No, grazie. Non merita né il mio né il tuo tempo. Torniamo alla tua boss per cui ti stai spaccando il culo».
«È una tosta, mi piace, e la serata al Plaza sembra fatta apposta per lei. Farò un lavoro impeccabile».
«Come avrebbe fatto tua madre?»
«Lei era sempre impeccabile. Da bambina ero la sua ombra». Il mio tono di voce si è fatto più alto, quasi a voler ammonire ogni obiezione. «La ammiravo, la studiavo. Era l'equilibrio fatto persona: materna ma non oppressiva; istruttiva senza essere rigida; corretta ma sincera; altruista senza risultare una babbea. Era il pilastro della famiglia, il meridiano di Greenwich, lo Zenit, l'alpha e l'omega. Era bellissima e io stavo a guardarla per ore quando si preparava per le serate. M'incantava con un gesto».
«L'adoravi».
«L'adoravo, e da un giorno all'altro l'ho persa. Mio padre si è trovato a dovermi fare anche da mamma, così, all'improvviso, proprio lui che è sempre stato un lavoratore a tempo pieno, chiuso tutto il giorno alla Sloan Securities… Mai come in questo momento, con l'inchiesta, il sequestro, il crollo del cognome Sloan, vorrei che fossimo tutti insieme, noi tre. Mi sento così… sola».
«Quando uno vince, tutti vincono con lui; quando si perde, si perde da soli».
«Già».
Eric allunga la mano per scostarmi una ciocca di capelli dietro all'orecchio. «Ora però non sei più sola. Hai la tua boss cazzutissima, hai Nevis che ti è sempre leale, hai quel fenomeno di Brianna… E hai me».
Il silenzio che cade tra noi è denso, caldo, avvolgente come una coperta. Non ci diciamo nulla, ma è come se non servisse, mentre ci guardiamo e i miei occhi sprofondano nei suoi. Quanto sarebbe perfetto questo momento per toccarsi, per sentire la sua pelle contro la mia, la stretta di un abbraccio… Vorrei che Eric mi abbracciasse, come ieri sera.
«Ho te?», mi lascio sfuggire.
La sua mano è ancora lì, dietro il mio orecchio, quasi a sfiorarmi il viso in una carezza. Quanto vorrei sentire le sue dita scivolare sulla mia guancia, ora.
«Hai me», ripete lui. Il suo indice accarezza il profilo della mia man-

dibola fino al mento, e con due dita solleva impercettibilmente il mio viso verso il suo. Il mio sguardo cade sulle sue labbra socchiuse e mi si mozza il respiro in gola dalla voglia che ho di assaggiare il suo sapore.

Sono io a tendermi verso di lui, o è lui a tendersi verso di me? Non lo so, ma in un attimo mi trovo a sfiorare la punta del suo naso con il mio, mentre ci cerchiamo timidi, quasi impacciati.

Toc, toc, toc.

Il bussare sulla porta ci fa sussultare e ci guardiamo negli occhi con sguardo spaventato. Eccolo di nuovo, il momento "Cosa diavolo stiamo facendo?".

Toc. Toc. Toc. «*Suono* Marga», dice da fuori la voce cavernosa della padrona di casa, con il suo forte accento cecoslovacco. «Ho *puortato* nuova *cuopia* di chiavi di *puortone*. Inquilino di *primuo pianuo* ha perso sue. Io *fattuo* cambiare serratura».

Eric si alza e va ad aprire a Marga, mentre io mi affaccendo a sparecchiare il tavolo.

«*Buonasuera*, Eric, scusi il *distuorbuo*. Oh! Ma vedo che c'è anche sua cugina!», dice Marga.

«Cugina?!», domanda lui disorientato. «Ah, sì, sì, mia cugina. Ehm... Lexi. È ancora mia ospite. Dorme nello stanzino sul ballatoio».

«*Cuosa?!*», Marga sembra molto contrariata. «Tu fa *duormire* cugina in *sgabuzzinuo* di *scuope*?».

Eric si gratta la testa, preso in contropiede. «Sì, be', per la sua privacy».

Marga gli pianta una ditata in mezzo al petto. «Tu *duovevi* andare in *sgabuzzinuo*! No lei!», sbotta scuotendo la testa. «*Duove* finita cavalleria?!», borbotta tra sé e sé, richiudendosi la porta alle spalle.

Quando siamo di nuovo soli, ci guardiamo in lieve imbarazzo: lui si massaggia il petto nel punto in cui lo ha colpito Marga e io mi rigiro i tovagliolini accartocciati tra le mani.

«La tua copia», dice Eric allungandomi la chiave.

«Grazie». La prendo e me la metto nella tasca dei jeans, poi, compreso che la serata è finita e non c'è più nessuna ragione perché io resti, esco dall'appartamento, per tornare da me.

«A proposito di chiavi», mi ferma Eric, sulla soglia, «volevo dirti che starò via due settimane. Devo andare a Washington, parto lunedì», mi comunica con fare pratico. «Questioni dell'FBI».

«Ah, sì?». Vorrei aggiungere qualcosa tipo "Quindi non ci vedremo fino a Natale", ma mi sembra fuori luogo.

«Ti lascio le chiavi di casa mia sotto lo zerbino, se vuoi farti un toast, scaldarti dei mac&cheese, farti un caffè...».

Io lo guardo stupita. «E ti fidi a lasciarmi libero accesso a casa tua?»

«Be', sei la mia Watson, la mia Scully, il mio Capitan Hastings», risponde con l'accenno di un sorriso.

«Chi è Capitan Hastings?»

«L'aiutante dell'ispettore Poirot», mi spiega lui lanciandomi un sorriso complice.

«Ma avevi detto che Poirot lavorava da solo...», gli faccio notare, cercando di nascondere il tremolio nella mia voce. Non riesco nemmeno a infilare la chiave nella toppa.

«Mi sono sbagliato», dice guardandomi negli occhi. «Mi sono sbagliato su molte cose». Forse è tornata la magia.

«Le prendo come delle scuse», dico aprendo la mia porta. «Non hai paura che faccia esplodere il quartiere?», chiedo.

«No, anzi. Magari, già che ci sei, potresti ritirare la mia posta, o innaffiare le mie piante».

«Ma tu non hai piante, in casa».

«Allora, forse dovrei iniziare a comprarle».

30

«Quando due persone conoscono un segreto, non è più un segreto».
Pretty Little Liars

È sabato, la serata di debutto di Lady Di. Tra meno di un'ora farà il suo ingresso in grande stile al gala della Dessen Foundation e qui, a casa sua, è al lavoro un esercito di parrucchieri ed estetiste, mentre io controllo gli ultimi dettagli e continuo la mia missione impossibile del Plaza.

«Carta pergamenata o satinata?», chiedo a Lady Di mostrandole due campioni di inviti.

«Quanto tempo ho per decidere?»

«Meno di cinque minuti, devo dare l'ok alla tipografia».

«Di già?»

«Dobbiamo mandare a tutti gli ospiti un *save the date* entro lunedì, così che non prendano altri impegni. Poi, tra dieci giorni, mandiamo l'invito ufficiale», spiego.

Lady Di, spazientita, rotea gli occhi per quanto le è possibile, mentre una delle estetiste le incolla le ciglia finte. «Satinata».

«Ottimo, è quella che ho già ordinato io».

«Non capisco perché ti disturbi a chiedermi le cose quando decidi tutto da sola».

«Mi piace sembrare democratica».

«Ti sfugge una cosa, Lexi. Non siamo in democrazia, ma in monarchia, la mia».

«Anche le migliori monarchie sono state schiacciate dalle dittature», osservo con un sorriso innocente. «L'apertura notturna della tipografia le costerà un extra, ma non abbiamo tempo per fare i taccagni: le card andranno in stampa tra mezz'ora, poi verranno imbustate, sigillate e spedite ai trecento invitati».

«Trecento? Non avremo esagerato?», chiede lei preoccupata, guardandosi allo specchio.

«Senza centinaia di ospiti che gran ballo sarebbe?»

«Hai ragione: facciamo le cose in grande o non facciamole. Con l'organizzazione come va?»

«Sto facendo pressioni per avere la sala. Per l'organizzazione aspettiamo».

Lady Di mi guarda allarmata. «Aspettiamo?! Cosa?»

«Che domani il suo nome compaia sulla cronaca mondana. I migliori *event planner* della città si uccideranno a vicenda pur di avere il lavoro, non ci sarà nemmeno bisogno di cercarli».

Lo so, sto usando la strategia della psicologia inversa, ma funziona sempre.

«Per gli ospiti», Lady Di sparisce nel guardaroba per tornare avvolta nel suo abito, «hai trovato tutti gli indirizzi?»

«I newyorkesi sono tutti reperibili, per i suoi contatti europei e di Boston ho fatto un po' fatica ma non manca nessuno, più o meno», rispondo spuntando la sua lista.

«Ho altri cinque nomi da aggiungere», dice lei indicandomi la sua agenda sullo scrittoio. «Il post-it sulla prima pagina».

Senza farmi vedere, sbuffo mentre apro l'agenda. Altri cinque nomi?! Non finiremo mai di questo passo! «Ok», dico dando uno sguardo. «Il sindaco, il procuratore distrettuale, il direttore artistico della Metropolitan Opera House, il curatore del Whitney…». Bene, tutti facilmente rintracciabili. «E.J. Chambers?»

«Eric James Chambers», scandisce lei con voce stentorea.

«Ch… Chi?», domando interdetta. Eric? Eric Chambers? Perché mai dovrebbe invitarlo al gala?

«Eric James Chambers», ripete lei avviandosi verso la porta. «Mio figlio».

«Figlio?». Mi sembrava di aver capito che Lady Di non avesse figli. E non ha l'aria di una madre. Magari è solo un caso di omonimia. *Magari* New York pullula di Eric Chambers.

«Non siamo più in buoni rapporti da anni, ma lui è il motivo del mio ritorno a New York. Eric lavora nell'FBI».

FBI; non sono in buoni rapporti. Non può essere che il mio Eric. Cioè, intendevo Eric. Non *il mio* Eric. Non faccio in tempo a chiedere altro che Lady Di ha già lasciato l'appartamento, diretta al gala.

Per fortuna sono seduta, altrimenti sarei a terra, svenuta, lunga e distesa.

Eric Chambers.

Figlio di Lady Di.

Porca. Puttana.

31

«Se bevi alcol di martedì hai un problema,
se lo fai nel weekend è un brunch».
Sheldon Cooper, *The Big Bang Theory*

Ho passato la notte a rigirarmi nel divano-letto come un arrosto allo spiedo.

Questa cosa che Eric è figlio di Lady Di, che Lady Di è la madre di Eric, mi ha colpito come una fucilata in mezzo agli occhi.

Cado in una mezza veglia tormentata solo all'alba, abbattuta dalla stanchezza della settimana, e mi sveglio, ancora tesa, a mezzogiorno.

Eric non è a casa, è con alcuni suoi colleghi a Flushing, mi spiega un post-it appiccicato alla mia porta, per un torneo di basket a squadre e tornerà dopo cena.

Lo so che non dovrei farlo, ma approfitterò dell'occasione per fare un po' d'indagini.

Non si può far sparire una madre dalla propria vita senza lasciare una minima traccia!

Prendo la chiave da sotto il suo zerbino ed entro, decisa a setacciare casa sua in cerca di qualsiasi cosa che colleghi Eric a Lady Di.

Escludendo la cucina, apro tutti i cassetti del soggiorno, frugando a fondo.

Quella foto che c'è sulla mensola, quella con lui e suo padre sulla barca a vela, è stata scattata con ogni probabilità da Lady Di.

C'è un album, metà delle pagine sono vuote e alcune foto hanno il bordo tagliato.

Tipo questa del suo compleanno: alla sua sinistra c'è suo padre che lo aiuta a soffiare le candeline e alla sua destra c'era qualcuno di cui è rimasto solo il braccio intorno alle spalle di Eric.

Lady Di. Non può essere che Lady Di.

Lo squillo del cellulare mi fa sobbalzare, neanche mi avessero colta in flagrante: è lei.

«Pronto?»

«Hai preso il giornale?», mi domanda senza nemmeno dire "Buongiorno".

«No, non ancora». Cavolo, sul «Times» di oggi dovrebbe esserci la pagina mondana con le notizie della serata Dessen! Che stupida, me n'ero scordata. «Vado subito».

«Credo che dovrò darti un aumento», butta lì lei un secondo prima di riattaccare.

Be', non dev'essere andata tanto male...

Rimetto tutto a posto ben attenta a non lasciare prove e faccio una scappata all'edicola in strada, dove compro una copia del «Times» e, all'ultimo, per concedermi un regalino, una di «Cosmopolitan». Sono stufa di leggermi le riviste che i viaggiatori dimenticano sulla metro nel viaggio serale. E anche un sacchettino di orsetti gommosi sottomarca che, per il colore fosforescente, sospetto siano addensati con uranio impoverito.

In vista della domenica di relax, metto nel microonde la busta di pop-corn e, non appena è bella gonfia, me la stringo in braccio sul mio divano-letto mentre sfoglio il «Times».

LADY DI PRENDE MANHATTAN

Questo gala della Dessen Foundation sarà difficile da dimenticare. Organizzazione ineccepibile, ottimo cibo, vini d'eccellenza, asta con cifre da capogiro come sempre. Ma quest'anno c'era qualcosa in più, o meglio, qualcuno: Damaris Hargreave, meglio nota come Lady Di, la pluridivorziata più ricca al mondo. L'ex signora Hargreave, che negli ultimi vent'anni ha vissuto in Europa, ha fatto ritorno nella Grande Mela tra la sorpresa di tutti. E che ritorno.

Si conferma la donna di fascino e carisma che le testate di oltreoceano hanno sempre dipinto, e si può dire che l'attenzione della serata sia stata calamitata tutta da lei. Resterà negli annali la sua donazione record di cinque milioni di dollari.

Le sono bastate poche ore per entrare in confidenza con gli invitati di alto profilo: l'editore Firth, il senatore Bates e il magnate dei resort di lusso Thomas Foster sono stati tra i suoi principali interlocutori della serata.

Non c'è che dire, Damaris Hargreave sa davvero come tornare in scena. Sospiro carica di soddisfazione. Non ho ancora perso il mio smalto.

Gongolando per il successo (e per l'aumento), continuo a sbirciare il resto della pagina finché, notando una foto in calce, sussulto al punto da rovesciare tutti i pop-corn.

Ci sono Rick e Becca, abbracciati, lei con la testa appoggiata sulla spalla di lui e, se non vedo male, ha al dito... IL NATASHA!

Il trafiletto sotto la foto è conciso ma lascia poco spazio all'immaginazione.

"Nuove coppie: Richard Bates e la sua neofidanzata Rebecca Tindall".

C'è scritto proprio così: neofidanzata!

Quello è il mio fidanzato! Il mio anello!

Brutta stronza!

Con un ruggito rabbioso accartoccio il «Times» e lo lancio contro il muro.

Stronza! Babbeo!

Saranno le nove quando alla mia porta bussa Eric.

«Cosa è successo qui? È esplosa una bomba?», domanda basito appena gli apro.

La sua domanda è legittima: ho frantumato il «Times» facendone coriandoli minuscoli che ho sparso con rabbia per tutta la stanza, il pavimento è ancora disseminato di pop-corn e c'è un bicchiere pieno fino all'orlo di vodka alla pesca con orsetti gommosi che vi nuotano dentro.

«Sì, è esplosa proprio una bomba», gli faccio eco allungandomi verso il bicchiere.

Eric prende la bottiglia, guardandoci dentro. «Ti sei finita una vodka da sola?»

«No. Non l'ho bevuta da sola. Ci ho messo gli orsetti», spiego prendendo un sorso.

«E come mai?»

«Ne avevo bisogno».

Eric si siede accanto a me, togliendomi il bicchiere di mano. «Avanti, raccontami cosa è successo da ridurti così».

«È successo...», mi chino carponi per ritrovare, nel marasma di carta, il frammento incriminato, che pesco da sotto l'armadio dando una sonora testata all'anta aperta. «Questo!».

Lui prende lo straccetto accartocciato cercando di capire cosa sta guardando.

«Leggi!», piagnucolo.

«—ove cop—e: -ick Ba-es con la -ua ———zata Re—all», sillaba. «No, mi arrendo!».

«Nuove coppie: Richard Bates con la sua neofidanzata Rebecca

Tindall», scandisco a memoria da quante volte me lo sono riguardato. «Capisci?! Rick e Becca stanno insieme! Le ha dato l'anello di fidanzamento! Il *mio* anello!».

«Becca, la pinguina con il culo basso?»

«Sì! Proprio lei! Quella stronza invidiosa si è messa con Rick!».

«Fammi capire. Sei sconvolta perché lo ami ancora?».

Bella domanda. Lo amo ancora? A essere sincera inizio perfino a dubitare di averlo mai amato. «No, non credo».

«E allora, se non lo ami, dov'è il problema?»

«Non è questo il punto!», sbotto tirandomi a sedere e strappandogli il bicchiere di mano.

«E qual è?»

«È che *quella* è la mia vita!». Indico lo stralcio di giornale. «Le *mie* serate, la *mia* gente... Io non ci sono più e lei si sta prendendo tutto ciò che è mio! Ha sempre voluto quello che avevo io, ha sempre voluto essere me. Ora c'è riuscita!», concludo svuotando il bicchiere in un sorso e masticando gli orsetti imbevuti di vodka.

«Per quello che vale il mio parere», dice Eric sfilandomi gli occhiali e pulendoli con il lembo del lenzuolo, «se Rick ci ha messo appena un mese a sostituirti con la tua copia sbiadita, è un coglione da record. Bisognerebbe essere ciechi per poterla paragonare anche solo lontanamente a te. Di tutti i Bates che conosco, non ce n'è uno furbo e lui non fa eccezione!».

«Lo credi davvero?», chiedo piena di gratitudine.

«Che sia un coglione? Te lo firmo col sangue!».

«No. Che tra me e Becca non ci sia paragone».

«Be'...». Lui sembra indugiare, prende tempo e mi infila di nuovo gli occhiali, sistemandomeli con delicatezza sul naso e scostandomi i capelli dietro le spalle. Non vorrei fossero i fumi dell'alcol, ma mi sembra in leggero imbarazzo. «Ora che ti conosco, non ho dubbi».

«E...?», lo incalzo. Voglio sentire altro, voglio altri complimenti da lui. Mi piace quando mi fa i complimenti. Morirei per un suo complimento, ora.

«E?»

«Sono più bella di lei, secondo te?»

«Anche in questo momento, con la tuta spaiata, i capelli arruffati, le guance rosse, la lingua viola, e ubriaca, sì, sei molto più bella di lei».

«Non sono ubriaca. Se lo fossi, cercherei di convincerti che non lo sono», protesto sporgendomi verso di lui e perdendo l'equilibrio.

32

«Devo capire se è colpo di fulmine o alta tensione».
Anonimo su Twitter

«Sai cosa dice Brianna di te?». La mia voce è un bisbiglio ed Eric, per sentirmi, è costretto a venirmi più vicino. Molto vicino.

«Cosa?», mi domanda guardandomi negli occhi. Dio, come sono blu!

«Che non ti sono indifferente».

«Ma davvero? E di te cosa dice?».

Non so se sto arrossendo per la vodka o per quello che sto per dire. «Che ho una cotta per te».

Eric si sposta ancora più vicino, le nostre gambe che si sfiorano. «E ha ragione?». Anche la sua voce ora è un sussurro roco.

«Mi sa di sì». Il cuore mi batte così forte che sento a malapena le mie parole.

Lui sta giocherellando con una mia ciocca di capelli, attorcigliandosela attorno alle dita. «E da cosa lo capisci?».

Ok, Lexi, ora o mai più. «Dal fatto che ho una voglia tremenda di baciarti».

Eric non dice nulla. Il suo viso è a due centimetri dal mio, sento il suo profumo, il suo odore di buono, di shampoo, della maglietta fresca di bucato e dell'aria fredda di dicembre che annuncia neve.

«Non dovremmo».

«Tu non vuoi?», gli domando, in debito d'ossigeno.

«Da morire».

Con un movimento impercettibile della testa, sfiora la punta del mio naso con il suo, un po' per gioco, un po' per provocarmi, sempre con quel suo sorriso furbo.

Mi tendo verso di lui, finché le mie labbra non accarezzano le sue, assaggiandone la morbidezza e il calore, prima con timidezza, poi presa da una passione senza freni, gli getto le braccia al collo, le dita affondate nei capelli, mentre la mia lingua cerca la sua e la sua la mia, e lui mi stringe a sé.

Ricambia il bacio! Eccome se lo sta ricambiando!

Ci perdiamo tra la nota alcolica della vodka e quella zuccherata degli orsetti gommosi, che ora è diventato anche il sapore della sua bocca e, rovesciati sul divano, io sopra di lui, lasciamo che le nostre mani esplorino libere sotto i nostri vestiti…

È successo di nuovo. Apro gli occhi e sono a letto, infagottata nel plaid. Mi porto una mano alle labbra cercando il tocco di Eric, ma era tutto un sogno. L'ennesimo, dannato ma bellissimo sogno.

Baciava da Dio…

La vodka e gli orsetti però erano reali, me lo conferma la bottiglia vuota nel secchio della spazzatura e la coperta di lana infeltrita che ho al posto della lingua.

Sulla mia porta c'è uno dei consueti post-it gialli di Eric.

"Aereo alle 8:00. Fatti trovare tutta intera quando torno. E stai lontana dalla vodka. E.".

Prendo il post-it e lo infilo nella tasca interna della mia borsa dove ho preso l'abitudine segreta di conservarli, con quella strana campanellina di gioia che tintinna all'idea che abbia voglia di tornare a casa e rivedermi.

Sono andata, credo di essermi bruciata anche l'ultimo neurone rimasto. Complimenti, Lexi Sloan! Hai vinto una cotta clamorosa per Eric Chambers, l'uomo che ti ha tolto tutto, anche le mutande! No, quelle ancora no. Ma basta chiedere…

Lavorare oggi sarà un'impresa impossibile.

Oh, mio Dio! Il lavoro! Se Eric aveva l'aereo alle otto, che ore sono adesso?!

«Lunedì sei arrivata in ritardo. Martedì, al Le Cirque, hai rigirato il pranzo nel piatto senza mangiarlo, e di solito sei una che non fa complimenti. Ieri eri tutta un sospiro e oggi mi hai già ripetuto tre volte la stessa cosa», mi fa notare Lady Di, mentre siamo nel suo studio, io al mio lavoro, lei al suo.

«Sono solo un po' stanca», rispondo vaga.

«Credi che me la beva?»

«No». Non lo credo davvero, ma dirle "Ho perso la testa per il mio vicino che, tra l'altro, ho scoperto essere suo figlio" non mi sembra la risposta migliore.

«Conosco quello sguardo. Ti auguro solo che ti passi in fretta, lo dico per il tuo bene».

«Il lavoro mi tiene abbastanza occupata». In effetti, ora che Lady Di è entrata nel vortice mondano di Manhattan, la sua agenda e la mia sono piene.

Per ogni serata a cui partecipa riceve dieci nuovi inviti, tanto che ora devo pure respingerli.

«Che opinione hai di Thomas Foster?», mi domanda dal nulla, alzandosi dalla sua scrivania. Sono le sei di giovedì sera, l'ora della sua, ormai cerimoniale, preparazione alle uscite.

«Bell'uomo», commento.

«Quello l'ho notato anche io».

Ah, ah! La domanda di Lady Di non è del tutto disinteressata!

«È molto stimato e i suoi resort a sei stelle godono della massima approvazione sia dei clienti che dei critici. Suo padre ha fatto fortuna negli anni '60 con una catena di alberghi per famiglie e Thomas ha ingrandito la compagnia, orientandola verso il turismo di lusso. Ha aperto da poco tre nuove strutture: alle Turks e Caicos, a Cabo e ad Abu Dhabi. Certo, non è una fortuna antica, la sua, ma del tutto degna di rispetto».

Lady Di scoppia in una risata. «Il tuo tocco è sempre molto delicato quando si tratta della questione denaro. Potevi limitarti a dire "È ricco", senza troppi giri di parole!».

«Il denaro è come il sesso: parlarne è volgare, ma piace a tutti».

«Parole sante, Lexi».

«Perché questo interesse verso Foster?», chiedo io seguendola nel guardaroba.

Lady Di mi lancia il suo sguardo da "domanda inutile". «Dopo il gala di sabato ci siamo rivisti al torneo di tennis domenica; all'asta da Christie's lunedì, al vernissage martedì, mentre ieri eravamo vicini di tavolo alla cena a casa dei McMillan. Mi ha invitato a pranzo domani e c'è l'alta probabilità che mi chieda di accompagnarlo negli Hamptons, questo weekend, per il cocktail dei Porter».

«Di già?», domando incredula. «Non è un po' presto?»

«Parli come se non mi conoscessi! Patrick Dubois mi ha chiesto di sposarlo dopo appena due settimane che ci conoscevamo». Sul viso di Lady Di si dipinge un'espressione soddisfatta. «È stato il mio record personale».

«Foster è molto più ricco di Dubois».

«Non mi servono i soldi di Foster, ho già i miei. Quello che mi serve è un cognome nuovo. Finché porterò quello del mio ultimo ex marito, i suoi festini a base di transessuali e cocaina mi perseguiteranno ovunque. Prima ero Madame Dubois, moglie di un alcolista, e prima ancora la signora Bellini, moglie di un corrotto». Dopo il breve riassunto, io e Lady Di ci scambiamo uno sguardo molto eloquente, che non ha bisogno di altre parole. Ci siamo capite. L'immagine è tutto.

«Annullerò i suoi impegni per il weekend», osservo, barrando gli appuntamenti dalla sua agenda.

«Per quanto riguarda le festività natalizie, prevedo di trascorrerle nella mia villa a Nizza, se tutto va come deve andare, con Thomas».

Come sarebbe a dire "Per le festività natalizie"? Per il Plaza l'organizzazione è già partita. «Il primo gennaio abbiamo il ballo al Plaza!», le ricordo preoccupata.

«E ci sarò, con una splendida abbronzatura. Non preoccuparti, Lexi, stai diventando fin troppo apprensiva nei miei confronti», mi tranquillizza, ormai pronta a uscire alla volta dell'ennesima festa. «Ah, hai poi trovato Eric Chambers?».

Cacchio! C'è anche quel "problemino". «Sì. L'ho trovato».

«Mi sono innamorata di Eric», annuncio a Brianna durante un sabato pomeriggio di caccia all'affare al Bottom Dollar, già addobbato per Natale. Sembra di stare nel villaggio di Babbo Natale dopo un'overdose di metanfetamine.

La mia confessione sconvolgente non scuote la mia amica di un centimetro.

«Bree! Hai sentito cosa ti ho detto? Sono inn…».

«Innamorata di Eric», m'interrompe senza distrarre lo sguardo dal cestone delle tute dove è impegnata a scovare il pezzo di sotto della maglia che ha agguantato. «Che rivelazione».

«Mi aspettavo un po' più di entusiasmo da parte tua».

«L'unica a non esserci arrivata eri tu. Ho sentito odore di flirt dal primo momento che vi ho visti insieme».

«Non siamo mai stati insieme. Siamo solo vicini», ribadisco.

«Mi sembra che tu abbia già superato la soglia della vicinanza. Mi sbaglio?».

Pesco il pantalone che Bree sta cercando e glielo allungo. «Da quando Eric è partito, non faccio che aprire il suo armadio di nascosto e annusare le sue camicie», ammetto senza imbarazzo. «E ho spruzzato il suo dopobarba Allure sul mio cuscino».

Forse Lady Di ha ragione: le donne innamorate diventano stupide.

Come so che sono innamorata? Perché per Rick non sono mai uscita di testa così tanto.

«Sono in uno stato di semieccitazione perenne, ho l'adrenalina che mi scorre dalle orecchie alla punta dei piedi e, ora che lui è a Washington, mi sembra che i giorni non passino mai!».

«Quando torna?»

«La settimana prossima».

«Uno splendido regalo di Natale!», esclama.

«Vorrei fare qualcosa per lui, ma non so cosa».

«Uno spogliarello», propone Bree con il massimo della naturalezza.

«Pensavo a qualcosa di più sottile. Voglio stupirlo, sorprenderlo… in modo positivo».

«Sostengo ancora lo spogliarello. Guarda qui: un sexy completino da Mamma Natale», insiste lei, sventolando un body striminzito di ciniglia rossa bordato di pelliccetta di finto struzzo dove non dovrebbe MAI esserci pelliccetta di finto struzzo.

Rabbrividisco al solo pensiero di chi l'abbia indossato prima. O dove. «E io sostengo ancora che non sia il caso».

«Ci sono!», esclama lei accendendosi come una lampadina.

«Se stai per dire lap dance, ti fermo subito».

E prima che Brianna possa ribattere, l'arrivo di un messaggio sul mio cellulare c'interrompe. Guardo lo schermo e quando leggo il nome di Eric sulla notifica, mi ritrovo a sorridere.

33

«Per Natale non voglio fiori ma opere di bene, cioè soldi».
Anonimo al verde

Se c'è una città a cui sta bene il Natale, quella è New York. Da bambina era il mio periodo dell'anno preferito e iniziavo il conto alla rovescia già alla fine dell'estate.

Gli allestimenti delle vetrine, le piste da pattinaggio, l'odore delle nocciole tostate che sale dai carretti dei venditori ambulanti, le cioccolate calde dense e fumanti, Central Park innevato…

A proposito di questo, sono le due del pomeriggio del 23 dicembre e una neve farinosa inizia a imbiancare le strade. Mentre gli allarmisti gridano già alla tormenta, Lady Di e io siamo occupate a preparare i suoi bagagli.

Come previsto dai suoi calcoli machiavellici, è in partenza per sette giorni di sole nella sua villa a Nizza. Con Thomas Foster, *ça va sans dire*.

Se qualcuno avesse dubbi sulle sue intenzioni, basti sapere che ha mandato a Lady Di cento rose rosse a gambo lungo. Ci sono vasi ovunque.

«Passerai ogni giorno a controllare che sia tutto in ordine e a smistare la posta», m'istruisce lei.

«Sì».

«Ti girerò le mail con gli impegni di cui dovrai occuparti per conto mio e, se mi servono dei documenti, l'archivio nello studio lo conosci…».

Annuisco. «Scansiono e invio subito».

«Brava. Per il Plaza, la gestisci tu Jessica Cole, giusto?»

«Devo vederla per approvare le ultime cose». Come previsto, dopo il debutto di Lady Di, tutti i più quotati organizzatori di eventi della città hanno bussato alla sua porta per rendersi disponibili, anche a costo zero, per qualsiasi iniziativa. Jessica Cole tra tutti.

«Molto bene», conclude Lady Di dileguandosi nella cabina armadio.

In quel preciso istante il mio cellulare squilla per l'arrivo di un messaggio.

Domani torno a casa.
Eric

Lo rileggo quindici volte.

Torna a casa per Natale.

E ha voluto ricordarmelo.

Mi sento quasi come se tornasse per me.

Reprimo l'istinto di mettermi a ballare, facendo sparire l'espressione beata dal mio viso proprio quando Lady Di torna imbracciando una scatola di Bendel. «Buon Natale», dice porgendomela.

«Un regalo? Per me?»

«Diciamo più una divisa da lavoro».

«Posso aprirlo?»

«Devi».

Mi siedo sul divano di fronte al letto con la scatola sulle gambe per sfiocchettarla e scoperchiarla. Quando ne estraggo la nuvola di satin rosso potrei mettermi a piangere. Haute couture! «È di Marchesa, l'ultima collezione!». Sarà costato novemila dollari.

«Sei la mia assistente, per il ballo al Plaza ti serve un abito adeguato. Tu mi rappresenti, ricordi?».

Un attimo, cosa? Io al Plaza? «Ma... non avevamo parlato della mia presenza al gala».

«È giusto che tu ci sia per due motivi. Il primo, te lo meriti. Il secondo, tu lo hai organizzato, per tanto ti riterrò responsabile di qualsiasi cosa andasse storta». Una carezza e un pugno. Tipico di Lady Di. «Ci sono anche le scarpe», aggiunge accennando al fondo della scatola dove scintillano un paio di décolleté Manolo Blahnik. «Non faccio le cose a metà».

«Grazie mille», sospiro commossa dal suo gesto. Come può odiarla, Eric? O dire che sia una brutta persona? È corretta, riconoscente, autentica!

«È il tuo lavoro e io devo metterti nelle condizioni di svolgerlo al meglio».

«Posso abbracciarla?»

«No, ti prego. Non facciamo questa cosa più importante di quanto sia. E poi, ho fatto un regalo anche a Nevis, alla governante e a Clayton della portineria. Non intendo abbracciare tutto il condominio».

Richiudo l'abito nella scatola, fremente all'idea di partecipare al party. «È meraviglioso».

«Sì, va bene, basta con i convenevoli. Ho l'aereo tra un'ora. Tu puoi andare. Ci vediamo mercoledì prossimo al Plaza», taglia corto. «Non posso permettere che entri nella fossa dei leoni in abiti che non siano il meglio mai visto. Devi affrontarli a testa alta. Ti autorizzo a spaccare il culo a chi ti ha trattato a pesci in faccia, purché tu lo faccia con eleganza». Poi, prima di voltarsi e darmi le spalle, mi fa l'occhiolino.

Sto per avere un attacco di panico.

Non mi ero resa conto di quanto aspettassi Eric finché non mi ha scritto il messaggio.

Tra poco sarà a casa.

Gli ho preparato un rientro a sorpresa e non vedo l'ora che varchi la porta.

Ho anche decorato il suo appartamento. Sono tornata al Bottom Dollar e, tra alberi spelacchiati e addobbi in cartapesta acciaccati, ho scovato qualcosa di decente: una matassa di lucine bianche che ci ho messo due ore a districare, ma che ora illuminano la sala a giorno, e una tovaglia natalizia non troppo pacchiana. Ok, c'è una macchia di vino, ma l'ho nascosta con un centrotavola di agrifoglio fatto con le mie mani.

E poi il pezzo forte: ho cucinato.

Ah, e il secondo pezzo forte: il mio vestito, quello blu acquistato al Black Friday.

Piroetto al centro del salotto mentre, dallo stereo, il CD stanato nel reparto musica del Bottom Dollar, riempie l'aria con la colonna sonora di *Love Actually*, la cosa più natalizia che c'era.

Quando sento la chiave girare nella serratura, lo stomaco fa una capriola: sto per rivederlo. Non avrei mai immaginato che qualcuno sarebbe arrivato a mancarmi più dell'aria. Mi sono mancate le sue battute, il suo sarcasmo, i suoi post-it, il sentirlo bussare alla mia porta, il suo finire le mie frasi come se sapesse sempre quello che voglio dire. Mi è mancato lui.

Decisa a sembrare calma, mi affaccendo per la cucina con addosso il grembiule da casalinga anni '60, e tolgo la teglia dal forno.

«Sono tornato», annuncia Eric con quella sua voce calda. «Vedo con piacere che la casa c'è ancora».

Ed eccolo, bellissimo nel suo cappotto nero, con i capelli scuri, le spalle spolverate di nevischio e le guance arrossate dal freddo. L'inverno gli dona.

Ho bisogno di sedermi. Il mio regno per una sedia.

«Buon Natale, Eric», rispondo io con il mio miglior sorriso, che spero non comunichi tutta l'ansia dell'attesa spasmodica.

«Buon Natale, ma... tutta questa roba?!», domanda sbalordito davanti alla tavola imbandita.

«Niente formaggio spray, stasera».

«Avrai speso quattrocento dollari di take-away!».

Ok, giochiamoci l'asso. «Take-away? No. Avevo un po' di tempo così ho cucinato qualcosina», butto lì con noncuranza. «Tortini di patate e pancetta, ratatouille di verdure, filetto Wellington...».

«Due cose?! Tortini patate e pancetta, ratatouille di verdure e filetto Wellington non sono *qualcosina*!», osserva scioccato.

«E soufflé al cioccolato», aggiungo poggiando le terrine sul ripiano del lavandino. Sono perfetti, gonfi, lussuriosi e non si sono afflosciati. Non male non male per una che ha fatto esplodere un microonde.

«I tuoi...?», domanda stranito indicando il mio viso. «I tuoi occhiali?»

«Mi sono regalata un paio di lenti nuove». Ho speso un bel gruzzolo per le lenti a contatto, ma mi sembrava un'occasione speciale e volevo che lui mi vedesse al meglio.

Sto per invitarlo a togliersi il cappotto mentre sulle mie labbra affiorano già le parole "Mi sei mancato", quando dalla porta aperta entra una seconda persona.

È la donna dai capelli rossi del Lobster Pound: Sheila.

«Eccomi», la sento dire mentre io sono ancora pietrificata con le braccia tese verso di lui. «Fuori si gela».

34

«In un regalo non conta il pensiero, ma lo scontrino per il reso».
Anonimo saggio

«Eccomi», la sento dire mentre io sono ancora pietrificata con le braccia tese verso di lui. «Fuori si gela».

Ma da dove diavolo è sbucata Sheila?

La osservo muta e quando noto il trolley che l'accompagna, mi sento svenire: c'era anche lei a Washington. Eric e Sheila sono stati insieme a Washington. Due settimane. Magari nello stesso albergo. E FORSE NELLA STESSA STANZA!

Sono un'idiota.

«Tu devi essere Lexi», esordisce lei tendendomi la mano. «Eric mi ha detto tutto di te. Spero che la tua situazione si risolva».

«Anche io», rispondo atona, restituendole la stretta senza troppa convinzione.

«Che profumino!», commenta affiancandosi a Eric davanti alla mia sfilata di portate. «Sembra tutto squisito!».

«Ehi», s'inserisce lui. «Perché non resti a cena? Ce n'è per tutti».

"No, Eric, non puoi farmi questo". Sento la fredda lama del coltello che mi ha piantato affondarmi nella schiena.

«Potrebbe essermi venuto uno schifo, da rischio di avvelenamento…», azzardo per dissuaderla.

«Non ho capito», obietta Eric. «Avvelenare me, invece, va bene?».

Ok, pessima argomentazione, gliene do atto.

«Perché no? E poi, adoro la ratatouille», ribatte lei facendomi precipitare nel panico. Uffa, ma la vuole smettere di agitare quei suoi ricci rossi?

Eric, accidenti a lui, non se lo fa dire due volte. «Allora, prendi una sedia!».

«Solo un secondo. Devo approfittare del bagno». Sheila imbocca il corridoio senza chiedere dove sia, quindi sa dove si trova. È già stata in questa casa. Forse lei ed Eric hanno davvero una storia.

Cuore mio non spezzarti.

«Stavi uscendo?», mi domanda lui ora che siamo soli.

«No, perché?»

«Il vestito», mi fa notare con un cenno del capo, mentre si sfila la giacca, «le scarpe e tutto il resto…».

Merda!

«Ah, che stupida! In un momento di follia ho voluto provarlo per pavoneggiarmi un po' e ce l'ho ancora addosso. È suonato il timer del forno, poi sei arrivato e non ho fatto in tempo a cambiarmi».

Non so se la mia spiegazione sia convincente, ma non voglio che pensi che mi sono vestita così apposta per lui. Che poi è la spudorata verità.

«Ora… Ora me lo tolgo», mi affretto ad aggiungere, facendo per andarmene.

«No, perché? Tienilo».

Non faccio in tempo a ribattere che Sheila ritorna tra noi. «Non posso trattenermi. Mia sorella mi ha mandato un messaggio, devo andare da lei. Sapete come si dice: Natale con i tuoi».

«Ok, allora. Vorrà dire che ci mangeremo tutto io e te, eh, Lexi?». E senza attendere una mia risposta, Eric aiuta Sheila a rimettersi la giacca, accompagnandola alla porta dove la saluta con un: «Ci sentiamo domani».

Reprimo il fastidio cercando di godermi la mia piccola, quanto momentanea, vittoria.

«Ho il tempo di farmi una doccia?», mi domanda lui, finalmente soli.

«Sei a casa tua. E poi devo fondere la salsa per i tortini».

Lui mi scruta dall'alto in basso con quel mezzo sorriso beffardo. «Domani chiamiamo un esorcista».

Mentre l'aria si riempie del profumo della cena, riavvio il CD, accendo le candele del centrotavola e mi levo il grembiule.

Eric rientra in soggiorno nella sua tenuta da casa: jeans chiari, T-shirt bianca e felpa grigia con la zip aperta. Mi piace come gli sta, sembra che tutto sia fatto apposta per lui e, per quanto non si sforzi per apparire curato, ha sempre un'aria impeccabile. È il genere di uomo che riesce a fare sembrare costosa qualsiasi cosa abbia addosso. Potrebbe stare in posa su uno dei manifesti di Calvin Klein in Times Square.

«Vedo che hai tenuto il vestito, alla fine», commenta appena mi vede.

«Avanti, confessa: chi ha cucinato tutto questo?».

Io scuoto la testa. «Non ci credi proprio che sia opera mia, eh?»

«Di questi soufflé potrei non averne mai abbastanza», commenta Eric ripulendo la cocotte con il cucchiaino. «E il filetto Wellington! Saresti l'orgoglio di Gordon Ramsay».

Anche io sono orgogliosa di me. «A Natale non si ordina d'asporto».

«Come hai fatto, in due settimane, a trasformarti nella Martha Stewart di Red Hook?»

«Due settimane?! Non essere ridicolo», ribatto ridendo. «Due giorni».

Eric mi guarda facendo tanto d'occhi. «Due giorni?».

Io annuisco solenne. «Se vuoi ti svelo il mio segreto».

«Non sarai entrata in una di quelle sette che ti adescano dicendoti che usi solo il venti percento del tuo cervello, vero?»

«No. Brianna e suo marito mi hanno fatto un corso intensivo. Non dormo da quasi quarantotto ore, ma so preparare le uova in sei modi diversi: sode, sbattute, frittata, omelette, alla coque e in camicia». Sì, me ne vanto. «Ho un alto tasso d'apprendimento».

«Ok». Lui alza le mani in segno di resa. «Mi rimangio tutto quello che ho detto su di te in passato. Ti meriti ogni complimento. Ora, però, ti sei tirata la zappa sui piedi».

«Ah, sì? E perché?»

«Perché potrei iniziare a voler cenare così ogni sera».

Rispondi, Lexi! Rispondi a tono alla sua battuta! Niente, non mi viene niente, e cosa ancor più grave, l'immagine di me in cucina a preparare la cena per Eric mi piace tanto da farmi arrossire. È una scena intima, da coppia... Avanti, di' qualcosa che non sia "Non vedo l'ora!". «Non ti ci abituare. Sono una donna che lavora, io».

«Hai ragione. E poi non mi piacciono le donne schiave della casa».

«E Sheila non è una donna di casa?». La domanda mi sfugge prima che i miei freni inibitori possano filtrarla. E, accorgendomi del mio passo falso, per evitare il contatto visivo, mi alzo da tavola, sparecchiando con aria indaffarata.

«Perché me lo domandi?»

«Nulla, solo non sapevo che lei sarebbe venuta a Washington con te».

«E avresti voluto saperlo?». Il tono della sua voce si è fatto più circostanziato, quasi pungente.

«No, certo che no... Sono solo sorpresa. Ecco tutto». Purtroppo non è più rimasto nient'altro sulla tavola e sono costretta ad affrontare Eric guardandolo in faccia. «Voi due...?»

«Noi due, chi?»

«Tu e Sheila».

«Non c'è nessun "noi due" tra me e Sheila», mi spiega lui serio, che ha intuito il fine della mia domanda. «Sono andato a Washington con Sheila perché anche lei era un agente dell'FBI».

«E non lo è più?»

«Ha rassegnato le dimissioni sei mesi fa».

«Quindi, non state insieme?», domando a scanso di ogni equivoco, dandogli le spalle mentre traffico nel lavandino.

Eric si alza in piedi e mi viene vicino chiudendomi ogni via di fuga, stretta tra lui e il piano della cucina. Mi volto, trovandomi premuta contro il suo petto, con i suoi occhi che mi fissano con fare provocatorio, senza dire nulla.

Questo silenzio mi sta uccidendo.

Poi sorride scuotendo la testa e io mi sento come se, dopo un salto da un aereo, si fosse aperto il paracadute solo all'ultimo secondo. «Mai stati. Lei era sposata con il mio migliore amico. Eravamo tutti colleghi, loro però erano nella divisione crimine organizzato. Lui è rimasto ucciso in una operazione. L'ho accompagnata a Washington per la chiusura di quel caso e ne ho approfittato per approfondire le ricerche sull'indagine Sloan e chiedere permessi per invitare le banche dei Paesi esteri a collaborare. Tutto qui».

Sono sollevata. Ora il sorriso sul mio volto non è più teso e forzato ma spontaneo e rilassato. Incredibile quanto il solo vedere Sheila in casa di Eric mi abbia proiettato in testa il filmino delle loro nozze, con tanto di quartetto d'archi e colombe bianche librate in cielo. Lady Di ha ragione: le ragazze innamorate diventano stupide.

«Punch al rum caldo e biscotti arancia e cannella?», gli propongo invitandolo a sedersi sul tappeto, dove ho preparato i cuscini e apparecchiato il tavolino da caffè.

«Come posso dire di no?». Poi, mentre traffico per riempire le tazze, lui mi prende la mano. «Perché hai le dita arrossate?»

«Il centrotavola. L'ho fatto io, ma l'agrifoglio punge come un bastardo».

«Tu?!». Eric è di nuovo a bocca aperta. «E io che pensavo che le sorprese fossero finite».

«Ti dirò di più, ce n'è ancora una».

«Certo che se per farti diventare uno zuccherino così dovevo andarmene via, a saperlo lo avrei fatto prima», commenta sedendosi tra i cuscini.

Spengo le luci, accendo la TV e, sullo schermo, compare il video di un fuocherello scoppiettante.

Eric ridacchia, scuotendo la testa incredulo. «Solo tu, Lexi Sloan».

«Il Natale è una questione di atmosfera. Bisogna saperla creare e io, senza falsa modestia, ho una dote innata».

«Impossibile contraddirti». Eric mi fissa e io m'incanto a guardare i suoi occhi, mentre nel suo sguardo balugina il riflesso delle fiamme danzanti. Potrei andare a fuoco anche io. «Sai, Lexi, credo che tu mi sia mancata».

Fermate la stanza! «Sul serio?»

«Sul serio». Lui si alza e va ad aprire la cerniera del suo trolley, ancora accanto alla porta, per poi tornare, porgendomi un pacco incartato. «Altrimenti non ti avrei preso questo».

«Un regalo!», esclamo sorpresa afferrandolo. «Io adoro i regali».

«Chissà come mai, lo sospettavo».

Ghermisco la carta con le unghie, e potrei commuovermi. «Una confezione magnum di orsetti gommosi!».

«L'ho vista al duty free dell'aeroporto e mi sei venuta in mente tu. Non potevo non prenderteli. Promettimi solo che questi non li annegherai nella vodka».

«È il regalo più bello che potessi ricevere». E lo dico sul serio. Non è fatto per mettersi in mostra, o fare a gara a chi ha speso di più, è fatto per dirmi "Pensavo a te", ed è quello il regalo più bello, sapere di essere stata nei suoi pensieri anche solo per un secondo.

«Erano anni che non trascorrevo una Vigilia così», dice Eric prendendo un sorso di punch.

«Come festeggi, di solito?», chiedo imitandolo, soffiando sulla tazza fumante.

«In nessun modo, in effetti. Non mi è mai piaciuto molto il Natale».

«Scusami», dico rammaricata. «Non volevo metterti a disagio. Non avrei fatto nulla di tutto ciò, se avessi saputo che il Natale non ti piace».

«Non mi è mai piaciuto, fino a oggi», dice con un sorriso sincero. Nei suoi occhi vorrei leggere i suoi pensieri, perché se assomigliano ai miei… «Ma immagino che anche per te questo Natale sia diverso».

«In effetti sì», ammetto. «Di solito mio padre affitta uno chalet ad Aspen con un abete alto cinque metri che decoriamo bevendo vin brulé davanti al camino di pietra. La sera della Vigilia c'è il cenone di gala, dopo cantiamo *Oh Holy Night* e a mezzanotte ci mettiamo gli sci e facciamo la discesa notturna con il corteo dei fiaccolatori, per finire con il brindisi al rifugio».

«Sembra bellissimo», osserva lui. «E ti manca, ora, festeggiare così?».

Sto per rispondere sì, quando mi guardo attorno: alle pareti luccica una pioggia di lucine bianche, alla TV danzano le lingue di fuoco e la casa profuma di biscotti e punch che ho fatto io. E c'è Eric.

«No», rispondo con un sussurro, ipnotizzata a guardarlo. «Non mi manca affatto».

Ed è vero. Non farei a cambio con nulla per essere ad Aspen. Sto bene qui. E non sono gli orsetti gommosi. È il sorriso di Eric il mio regalo.

«Anche io ho un regalo per te», gli dico sfilando una scatola da sotto il tavolino.

Eric la prende, stupito. «Ora sì che sono curioso». Apre il coperchio e mi mostra la scatola con aria interrogativa. «Ci vedo male o è vuota?»

«È vuota».

«È una delle tue idee "fuori dai quadrati"?»

«La scatola vuota significa che ti regalo dello spazio. Si è liberato un monolocale sotto l'appartamento di Brianna: è piccolo ma costa poco e c'è un frigo». Se dovevo regalargli qualcosa, lasciarlo libero dalla mia presenza, per quanto mi costi, è il dono più sensato. «Così potrai godere della tua privacy, come quando ancora non avevo fatto irruzione nella tua vita».

Lui sorride tra sé e sé, richiudendo la scatola. «Non ce n'è bisogno».

«Di cosa?»

«Che tu vada da Brianna», risponde lui serissimo. «Puoi restare».

«Ma come?», chiedo disorientata. «Non rivuoi i tuoi spazi?»

«Sì, ma tu ci stai bene nei miei spazi».

35

«Sorprendimi».
Sophie Kinsella, *Sorprendimi*

«Sì, ma tu ci stai bene nei miei spazi»».

La sua risposta mi spiazza.

Il CD finisce e lo stereo va in stand-by, nella stanza non si sentono altro che i nostri respiri e il crepitio del camino, mentre le mie guance bruciano come se fossi davanti a un fuoco vero.

E ce l'ho davanti, il mio fuoco. Lo sguardo di Eric brucia.

Una scossa mi percorre quando il suo palmo accarezza la mia guancia rovente.

Lui abbassa la testa e il suo viso è a un soffio dal mio, con i nostri nasi che si sfiorano. Fronte contro fronte, perfino il respiro non so più se è il mio o il suo, ma so che ho bisogno di sentire il sapore delle sue labbra.

Sono io, come nel mio sogno, a cingergli le braccia attorno al collo e a cercare la sua bocca.

E quando succede ho quasi un capogiro.

La accarezzo con le mie labbra, poi con la punta della lingua, lo stuzzico quasi a implorarlo di lasciarmi entrare. Lui mi abbraccia, le sue mani scendono intorno alla mia vita e mi attira stretta a lui.

«Lo sai che non dobbiamo», sussurra. «Non possiamo».

«Lo so», mormoro senza fiato.

Lui però continua a baciarmi, uno di quei baci che mi fanno sentire toccata dappertutto, anche nell'anima. Non possiamo, non dobbiamo, lui è un agente dell'FBI che indaga sulla mia famiglia, per me dovrebbe essere un nemico, io per lui dovrei essere solo lavoro, ma anche se la nostra testa dice no, le nostre bocche e i nostri corpi dicono sì.

Le sue mani accendono scintille sulla mia pelle ogni volta che mi sfiora e io sono totalmente persa in questo bacio, che mi sembra di aver aspettato da una vita.

Eric non è da meno: mi stringe a sé come se potessi volare via da un momento all'altro.

Al contatto tra i nostri corpi, mi sembra che la seta del mio vestito si incendi.

«Sai di rum e di scorza d'arancia», mormoro succhiando con lascivia il suo labbro inferiore.

«Anche tu... Dimmi un po', che situazione avevi pensato per questo finto camino?», mi domanda lui leccandomi il labbro superiore.

«Perché?»

«Voglio sapere se si avvicina a quello che ho immaginato io».

«Volevo l'atmosfera perfetta per mangiare i biscotti», rispondo con candore.

«Mmmm, no. Quello che ho in mente io è un po' diverso», mormora contro il mio collo, solleticandolo di baci.

«Ora sono io quella curiosa». Cerco di nuovo la sua bocca, perché dopo due secondi che non la sento più, già mi manca.

Contraccambia il mio bacio con forza, con una passione che nemmeno nella mia fantasia potevo immaginare. È sicuro, deciso e famelico come un predatore che si avventa sulla preda. Tenendomi per la vita, Eric mi mette a sedere su di lui, sollevando l'orlo del vestito sulle mie cosce, perché possa cingerlo tra le gambe.

«Agente Chambers», sussurro contro le sue labbra. «Hai una pistola in tasca o sei contento di vedermi?»

«Ho una pistola in tasca», risponde. «Ma sono anche contento di vederti».

«Così è molto meglio», mi lascio sfuggire un risolino.

«Meglio di chi?», domanda lui interdetto.

«Nessuno». Ora posso confessare senza imbarazzo. «Se ti dico una cosa, mi prometti che non mi prenderai in giro?»

«Promesso».

«Hai le dita incrociate», lo sgrido.

«Non è vero».

«È vero eccome», ribatto. «Posso sentirle! Hai le mani sul mio sedere».

«E non ho intenzione di toglierle», ammette sfacciato.

E io non voglio che le tolga, ma non glielo dirò. «Prometti».

«Confessa, Sloan».

«Quando mi sono ubriacata con la vodka, ho sognato che ti saltavo addosso e ti baciavo. Nel sogno baciavi da Dio, però non immaginavo *così tanto* da Dio!».

«Lexi, Lexi, Lexi...». Un sospetto sorriso beffardo si dipinge sul suo volto. Potrebbe essere più sexy? No, sarebbe illegale. «Guarda che tu, quella sera, mi hai baciato per davvero!».

Sta scherzando?! «Come? Cosa? Nooo, io non ti ho baciato…».

Lui annuisce con fare solenne. «Lo hai fatto eccome».

Oh, no! Non posso crederci! Che vergogna! Un attimo… «Se non me lo sono sognata, allora tu hai risposto al bacio sul serio».

Lui annuisce. «Sì. Ti ho baciata e anche a lungo».

«E poi, cosa è successo?», chiedo preoccupata.

Eric abbassa il viso sul mio collo, accarezzandolo con il suo respiro. «Che siamo stati a tanto così dal toglierci i vestiti, ma ho fatto appello a tutto il mio self-control per non assecondarti», mormora al mio orecchio. «Non mi approfitto di una ragazza ubriaca».

«Stasera sono completamente sobria, tanto perché tu lo sappia», lo avviso, mentre le mie mani sono già impegnate ad abbassare la zip della sua felpa.

«È un invito?».

Lo bacio, stringendo il suo labbro inferiore, tenero e carnoso, e mordicchiandolo con malizia. «Rifiuteresti?»

«Solo se fossi pazzo. Queste due settimane a Washington sono state una tortura». Le nostre bocche si sfiorano tra un sussurro e l'altro, scatenandomi brividi lungo tutta la schiena. «Ogni notte pensavo a te, alle tue labbra, al tuo sapore, al tuo profumo e con la voglia di strapparti i vestiti di dosso. Proprio come in questo momento».

«Non mi strapperai di dosso questo vestito, Eric Chambers». Gli lancio uno sguardo minaccioso. «Mi è costato duecento dollari».

«Hai ragione», ribatte lui prendendomi in braccio. «Andiamo».

«Dove?»

«A toglierlo come si deve».

Mi distende con dolcezza sul letto, con lo sguardo pieno di desiderio.

«L'ho saputo dal momento che ti ho vista alla mia porta, che saresti stata un mare di guai», mormora Eric mentre mi abbassa la lampo del vestito, scivolando lento lungo il profilo dei miei fianchi.

«Però ti sono stata di aiuto con le indagini».

«Ora», ribatte lui sfilandomi l'abito e chinandosi a baciare il mio addome fino all'ombelico, «più che altro, sei una distrazione dalle indagini».

«Oh, se la metti così», dico coprendomi con il lenzuolo, nell'atto di alzarmi, «mi rivesto e torno nello stanzino».

Lui mi afferra per il polso, con una presa delicata ma ferma, traendomi a sé. «Prova a uscire da qui, Lexi, e sarò costretto ad ammanettarti al letto».

Uhhh, le cose iniziano a farsi interessanti. «Questa, agente Chambers», mormoro con le mie labbra contro le sue, «più che una minaccia, mi sembra una ricompensa».

«Non sfidarmi. Non sai di cosa posso essere capace».

«E invece», ribatto io togliendogli la T-shirt e lanciandola dall'altra parte della stanza, «è proprio quello che voglio scoprire».

Lui mi afferra per la vita, ribaltandomi sul materasso, ci abbracciamo e ridiamo, ci accarezziamo e ridiamo, ci baciamo e ridiamo... Sembriamo due ragazzini alla primissima cotta: il battito del mio cuore è fuori controllo e mi tremano perfino le mani mentre gli slaccio i jeans, tanto che, alla fine, lui deve arrangiarsi da solo.

La luce ambrata dell'abat-jour si riflette sul corpo di Eric, come se fosse lava che scivola lungo il profilo delle sue spalle, il disegno netto dei suoi muscoli, bello al punto che devo smettere di guardarlo per l'imbarazzo.

Finalmente anche lui è svestito, la sua pelle nuda contro la mia è elettricità pura, le mie dita percorrono il suo corpo avide e curiose di sentirlo tutto.

Avvinghiati uno all'altra rotoliamo sul letto, lui sopra di me, poi io sopra di lui, poi sdraiati di fianco, con le gambe intrecciate. Non riesco a smettere di toccarlo, incredula all'idea che stia succedendo davvero.

Io ed Eric.

Assurdo pensarlo prima.

Impossibile fermarci ora.

Ha un odore così buono, un sapore così buono, il calore del suo corpo mi incendia dentro, tuttavia non mi basta. Voglio che mi tocchi di più, che mi stringa di più, che mi baci di più, voglio lui come non ho mai voluto nient'altro in vita mia.

«Eric», sospiro tra un gemito e l'altro, mentre lui scende con una scia di baci roventi dal mio collo fino al seno, e le mie gambe sono già aperte e imploranti. «Eric, ti voglio da impazzire», lo prego, cercando di attirarlo di nuovo alla mia bocca.

Lui mi prende le mani, bloccandole al letto. «Lasciami fare quello che sogno ogni notte».

«Cosa sogni ogni notte?», chiedo con voce strozzata.

«Questo...». La sua lingua scivola lungo il mio addome solleticandolo con una carezza umida fino all'elastico delle mutandine, che lui afferra stringendolo tra i denti.

Mi lancia uno sguardo malizioso, poi le trascina giù, sfilandole lungo le gambe e ricomincia la sua lenta tortura, risalendo con la lingua dal collo del mio piede, alla caviglia, al polpaccio, fino all'interno coscia e io... Io sono già alla soglia dell'infermità mentale.

Quando lo sento stuzzicare la pelle del mio inguine, ho un sussulto. «Eric… ti prego», gemo.

«Cosa vuoi, Lexi?», mormora mentre il suo respiro accarezza la mia pelle umida. «Dimmelo».

«Te, Eric. Voglio te. Adesso».

Lui si solleva sulle braccia torreggiando su di me. «E tu sei una che ottiene sempre ciò che vuole, vero?»

«Sempre».

«Allora, forse, ti farò pregare ancora un po'», ribatte, mentre la sua mano scende tra le mie gambe, strappandomi un grido, che non so dire se sia di piacere o di frustrazione.

Si china di nuovo a baciarmi e sentire la sua bocca sulla mia è come respirare di nuovo dopo ore di apnea, mentre le sue dita continuano la loro dolce tortura eccitandomi più di quanto non lo sia mai stata in vita mia.

Non sono più padrona dei miei confini, di quelli della mia ragione, di quelli delle mie emozioni e di quelle del mio corpo. Seguo l'istinto, punto e basta.

«Fai l'amore con me, Eric», sussurro ansimando. Non mi sono mai sentita così potente e così inerme allo stesso tempo. So che anche lui mi desidera, ma è come se fosse il padrone del gioco. E mi piace da morire.

«Sei arrossita», dice lui, sorridendo.

«È… è il punch…», balbetto.

«Dillo di nuovo».

«Cosa? Del punch?»

«No». Lui scuote la testa. «L'altra cosa».

Deglutisco a vuoto, con una punta di vergogna, mentre lui mi fissa guardandomi negli occhi. «Fai… fai l'amore con me, Eric». Ecco di nuovo che le mie guance vanno a fuoco.

«Non ci credo. Lexi Sloan che si vergogna di qualcosa. Credevo fossi una ragazza sfrontata ed emancipata». Io distolgo lo sguardo, mordendomi il labbro, per trattenere un sorriso imbarazzato, ma lui mi solleva il mento, obbligandomi a guardarlo. «Sei bellissima quando arrossisci, peccato che non capiti mai. Solo adesso, per la prima volta».

«Adesso ti ho chiesto di fare l'amore», dico a voce così bassa che quasi stento a sentirmi.

«E mi hai chiesto una cosa bellissima. Io muoio dalla voglia di fare l'amore con te», risponde lui, catturandomi di nuovo anima e corpo con un bacio.

C'è così tanta differenza, così tanta intimità tra "sesso" e "amore". Sono sempre cinque lettere, ma tra una e l'altra cambia tutto. È facile chiedere sesso, ma io voglio amore. Voglio riceverlo e voglio darlo.

Mi muovo contro di lui, supplicandolo con tutto il mio corpo di prendermi, mentre le mie mani lo hanno già liberato dai boxer e con le gambe lo stringo più forte che posso.

«Lexi, aspetta. I…».

Giusto, ha ragione. I preservativi. Allunga la mano verso il cassetto del comodino, dove prende la scatola e io stringo le labbra a trattenere un sorriso. I preservativi dello scandalo…

«Non è il momento migliore per ridere, non so se te lo hanno mai detto», mi rimprovera lui.

«No, è che… Brianna…», inizio ripensando alla nostra prima conversazione. «Brianna mi ha detto che tutte le donne del quartiere ti pedinano e quando hai comprato i preservativi la farmacista ha spifferato il gossip seminando il panico tra le tue fan».

«Brianna è troppo pettegola», commenta scuotendo la testa. «Ma se il quartiere vuole un motivo per parlare, diamoglielo sul serio».

Ci perdiamo in un lunghissimo bacio prima di fermarci, ansimanti, mentre lo sento entrare piano dentro di me. È una sensazione strana, come se mi venissero a mancare le forze tutto d'un colpo.

Seguo i movimenti dei suoi fianchi con i miei, ondeggiando insieme, come se fossimo sulla stessa lunghezza d'onda da sempre, come se i nostri corpi si conoscessero alla perfezione.

Il mio bacino va incontro al suo a ogni affondo, su e giù, avanti e indietro, lento e veloce, accogliendolo come se avessi aspettato l'eternità per farlo.

Eric è tutto quello che ho sempre pensato avrebbe dovuto essere un uomo: deciso, sicuro, ma anche premuroso e attento. È come se ascoltasse ogni mio brivido, ogni mio respiro, ogni gemito per assecondarlo.

Capisce quando voglio essere toccata, quando voglio essere baciata e così io con lui. L'unica parola che mi viene in mente è sintonia.

Le mie cosce lo stringono sempre di più, per sentirlo più a fondo, per accendere il mio piacere a ogni spinta, mentre lui mi tiene nel suo abbraccio come se fossi la cosa più preziosa del mondo.

Mi piace sentirmi così, preziosa. Desiderata. Speciale.

Lui ci riesce.

Poi succede qualcosa d'incredibile: perdo il controllo. Il mio cuore, i miei muscoli, il mio respiro, tutto sembra vivere di volontà propria mentre uno spasmo sconvolgente mi percorre da capo a piedi. Prima sento freddo, poi caldissimo, m'irrigidisco, ansimo, tremo tutta, e dalla mia gola si libera un gemito che non sembra nemmeno mio. Anche Eric lancia un grido soffocato ed entrambi cadiamo in uno stato di abbandono, senza forze e con lo sguardo perso, io con la testa premuta contro il suo petto e lui con le sue labbra sulla mia fronte.

Sto bene ed è bellissimo. Ogni singola parte del mio corpo pulsa e sento perfino formicolare i denti. Non mi sono mai sentita così. Io… io credo di aver appena avuto un orgasmo.

Dico "credo" perché, se questo era un orgasmo, vuol dire che non ne ho mai avuti prima, in vita mia.

È una sensazione di completezza, di appagamento, di ordine universale e io mi sento l'unica donna al mondo.

Eric mi accarezza la guancia con la punta delle dita. «Lexi, stai… piangendo?»

«Non lo so».

Mi guarda con occhi adombrati di preoccupazione. «Qualcosa non va?»

«No, va tutto bene, è che… credo, anzi, ne sono sicura, di aver avuto un orgasmo».

Lui mi sorride, baciando le mie lacrime che continuano a scendere sul mio viso senza che io le possa fermare, il che è assurdo, visto che sto sorridendo anche io. «Allora, perché piangi?»

«Perché è stato il primo», confesso.

Credevo che lui avrebbe fatto una faccia incredula, stupita, o avrebbe esclamato qualcosa di sarcastico, invece no. Mi bacia, premendo con forza le sue labbra sulle mie, con la sua lingua che mi cerca, mi trova e gioca a rincorrermi. «E non sarà l'ultimo», mormora sulla mia bocca.

«Stanotte non intendo dormire nello stanzino», lo avviso, le parole mozzate dal respiro ancora ansimante, dopo un'altra travolgente ora di passione sfrenata.

Lui si tira su, guardandomi malizioso. «Stanotte vuoi dormire?»

«E tu?»

«Non ci penso neanche!», afferma con convinzione. «Tu non mi hai risposto, però».

«Con l'adrenalina che ho addosso credo non dormirò per giorni».

Lui mi afferra per i fianchi tirandomi su di lui, la testa sulla sua spalla. «Ragazza viziata».

«Sì, ma in questo caso non mi sembra che ti sia dispiaciuto così tanto viziarmi».

«È vero, ma con addosso una cosa del genere», dice prendendo il mio reggiseno che pende dalla testiera del letto, «puoi chiedermi quello che vuoi, con l'assoluta certezza di ottenerlo».

Io glielo prendo di mano, con fare piccato. «Senti, senti! Ma se quando siamo andati a prendere la mia roba da mio padre non volevi farmi portare via neanche un pigiama!».

«Questo viene da lì?»

«La Perla, Christie's, Kiki De Montparnasse... Ho un armadio pieno di lingerie, a casa mia».

Lo sguardo di Eric si accende d'interesse. «Lunedì torniamo con un camion!».

«Tranquillo», dico facendogli l'occhiolino. «Mi sono portata una bella scorta».

«Hai tutta la mia attenzione». Eric si morde il labbro con lascivia, mentre con la mano fa su e giù lungo la curva del mio sedere. Sì, dopo soldi e casa, posso dire che l'agente Chambers mi ha tolto anche le mutande. Letteralmente. E con mia grande gioia e collaborazione.

«Posso farti una domanda?», gli chiedo.

«Non vedo come potrei impedirtelo».

«Come mai sei single?», chiedo a bruciapelo.

«Riecco la proverbiale diplomazia di casa Sloan».

«Dico sul serio», insisto. «Sei bello, intelligente, brillante, generoso, un amante incredibile... E nessuna ragazza?»

«È una domanda interessata, la tua?»

«Ancora non lo so, credo che dipenda dalla risposta».

Lui annuisce. «Immagino che sia equo, contando che di te so tutto». Mi tiene contro di sé e mentre parla, mi passa le dita tra i capelli arruffati. «C'è stata una ragazza, fino a un anno fa, Rachel, e stavamo insieme da tre. Eravamo uguali: precisi, ordinati, molto "nei quadrati", come diresti tu. Poi, un giorno, abbiamo capito che eravamo due sconosciuti, che vivevano sotto lo stesso tetto. Lei era concentrata sul suo lavoro, io sul mio e l'unica cosa che avevamo in comune era l'ambizione. Lei puntava a diventare socia di un'agenzia di marketing, io a farmi un nome nell'FBI. Ci vedevamo poco e avevamo poco da dirci. Essere troppo uguali non funziona e, quando lo abbiamo capito, ci siamo lasciati senza drammi. E così, sono venuto a Red Hook».

«E da allora non c'è stata nessun'altra? Storie brevi? Una notte e via? Amiche di letto?»

«Ora stai diventando morbosa, dolcezza».

«Sono femmina, raccolgo informazioni, le immagazzino e le elaboro», dico.

«E che informazioni stai elaborando, ora?»

«Se hai dei preservativi nel cassetto, li avrai presi per usarli con qualcuno…».

Lui scoppia a ridere, scuotendo la testa.

«Perché ridi?»

«Sarò anche un bravo ragazzo», risponde lui, «ma non sono un monaco».

«E di queste, ehm, avventure, ne hai avute anche di recente? Tipo dopo che ci siamo conosciuti?»

«Mettiamola in questi termini, Lexi. Da quando ti ho incontrata, a parte te, l'universo femminile ha smesso di esistere».

«Sì, ma…».

Lui m'interrompe zittendomi con un bacio. «Quanto parli, Sloan».

36

«L'amore consiste nell'essere cretini insieme».
Paul Valéry

«Buon Natale!», saluto Eric che si trascina in soggiorno con il viso ancora assonnato.

«Con te che cucini in tanga di pizzo e canottiera semitrasparente è davvero un buon Natale. Devo essere stato proprio bravo quest'anno», dice lui abbracciandomi da dietro mentre io spadello i pancake. «Da che parte posso iniziare a scartare questo regalo?»

«Da nessuna, finché non ho finito di impiattare!», lo sgrido, anche se i suoi baci sulla mia nuca mi stanno distraendo alquanto.

«Che ore sono?», domanda lui tuffando un dito nella pastella per leccarlo.

«Le due del pomeriggio».

«Le due?!».

Io ed Eric abbiamo fatto l'alba prima di addormentarci, tra le lenzuola sfatte, uno addosso all'altra, privi di forze e conoscenza.

«Mi sono svegliata mezz'ora fa, ho chiamato papà per fargli gli auguri e mi sono messa a preparare un brunch natalizio: pancake, omelette, french toast e macedonia».

In realtà è stata Lady Di a svegliarmi con un messaggio. Mi chiedeva senza mezzi termini se suo figlio avesse dato la conferma alla partecipazione al gala. Ho glissato limitandomi a dire che non avevo ancora avuto risposte. Il che è in parte vero; il fatto che io non abbia chiesto nulla a Eric è un dettaglio. «Tu hai già fatto gli auguri ai tuoi?», butto lì con aria disinteressata.

«Ho sentito mio padre ieri sera mentre tornavo dall'aeroporto».

«E tua madre?». So che non l'ha chiamata, ma ho bisogno di tornare sull'argomento.

«Naaa, non ho nulla da augurarle», taglia corto. «Questi pancake sembrano la fine del mondo!».

Ricevuto: conversazione finita.

«Sciroppo d'acero o di frutti di bosco?», domando.

Lui mi guarda stranito. «C'è dello sciroppo d'acero, in casa, adesso?».

Smaniosa di mostrargli il mio operato, apro gli sportelli della dispensa con orgoglio. «Sciroppo d'acero e frutti di bosco comprati con il 2x1; i cartoni di uova, invece, erano in offerta a due dollari. I succhi di frutta bio li ho comprati con un gruppo d'acquisto mentre, per la spesa, ho trovato un coupon sul giornale per avere lo sconto del venti percento. In più, visto che ho fatto la carta fedeltà, mi hanno rimborsato di cinque dollari ogni venticinque di spesa, che sommati a quelli della settimana scorsa fanno un risparmio di quaranta dollari».

La cosa incredibile è che se anche sono oggettivamente povera – non ho soldi né una casa –, faccio la spesa con i coupon ritagliati dai giornali, compro vestiti in un negozio di seconda mano, io e Brianna ci tagliamo i capelli a vicenda e la mia manicure è una thailandese con evidenti problemi d'alcolismo, non mi sento affatto povera. Se qualcuno mi chiedesse come sto, risponderei benissimo e sarebbe la verità.

«Gruppi d'acquisto e coupon?». Eric mi guarda sconvolto. «Ma c'è ancora Lexi Sloan, da qualche parte?»

«Sono sempre stata qui».

Eric mi prende in braccio tenendomi con una mano, mentre con l'altra afferra il piatto di pancake. «Sono contento che quel coglione di Bates si sia messo con la pinguina. Ora sei tutta mia».

«Sono felice», mormoro rannicchiata contro il petto di Eric mentre, sdraiati sul divano, siamo immersi in una maratona dei classici Disney. «Sono molto felice».

«Lo sei davvero?»

«Se non voler essere da nessun'altra parte, con nessun altro, a fare nessun'altra cosa che non stare qui con te a mangiare pop-corn fatti in casa, a leccarci le dita unte di burro e sale, e canticchiare *Ora vieni con me* vuol dire essere felici, sì, lo sono».

«Io ho una teoria».

«Quale?», domando io voltandomi a guardarlo.

«Che tanto più si trattengono due persone naturalmente attratte tra di loro, tanto più è totale il loro abbandono quando si lasciano andare».

«Naturalmente attratto da me? Agente Chambers, c'è qualcosa che non so?»

«Vedi, Lexi, uno dei tanti motivi per cui non ti volevo qui è perché… Non ci credo che te lo sto dicendo», borbotta lui scuotendo la testa.

«Perché? Avanti, non fare il prezioso!».

Lui sospira in segno di resa. «Perché dalla prima volta che ti ho vista, quella mattina quando sei piombata nell'appartamento di tuo zio con tutta la tua arroganza da principessa dell'Upper East Side, ho pensato che fossi la più sconvolgente creatura che avessi mai incontrato. Odiosa, ma irresistibile».

Allora gli piacevo?! Gli sono sempre piaciuta! «Per quello mi hai abbandonata sul pianerottolo come un perfetto cafone?»

«Speravo che te ne andassi. Chiuderti la porta in faccia, quella sera, è stato uno dei più grandiosi gesti eroici della mia vita. Ho passato tutta la notte a prendere a testate il muro, dandomi dell'asessuato, ma quando la mattina dopo ti ho trovata sdraiata sullo zerbino mi sono detto: "È il destino e il destino non si combatte. Si accetta". Sapevo che sarebbe stato un casino. E pensare che ho sempre preso per il culo Hendricks che passava le pause caffè a venerare le tue foto».

«Povero Hendricks, gli si spezzerà il cuore».

Eric fa spallucce stringendomi di nuovo contro il suo petto. «La supererà».

«Che uomo crudele che sei», lo prendo in giro.

Mentre l'amore trionfa sullo schermo e, dopo i titoli di coda, parte *La bella e la bestia*, mi arriva ancora un messaggio, sempre di Lady Di, stavolta molto più diretto.

Mio figlio verrà al gala del Plaza?

Alzo lo sguardo verso Eric, scorgendo quel suo profilo che ora non mi vergogno più di fissare per ore, e per la prima volta da quando lavoro per Lady Di, faccio una cosa che non avevo mai osato fare: metto il cellulare in modalità aereo. «Sai, Eric, domani mi piacerebbe andare a trovare mio padre, a Montrose».

«Ma certo, ti accompagno».

«Non serve, posso prendere il treno».

«Scherzi? Davvero, ci tengo! Ti porto io».

Ecco, questo potrebbe essere un problema.

Montrose me la ricordavo più brutta. Non che venissi qui spesso, l'ultima volta avrò avuto tredici anni, ma è l'età in cui ci si annoia da morire per tutto.

Mio padre è sempre stato appassionato di pesca e, i primi anni dopo la morte di mia madre, non mi mollava neanche un secondo così, quando veniva qui per i suoi fine settimana sportivi, lo accompagnavo.

I miei occhi si abituano in fretta alle basse casette lontane dalla strada, circondate da alberi e imbiancate dalla neve e col fumo che esce dai camini. Sembrano finte.

«Non è così male», commenta Eric guardandosi intorno. «Se sei in età pensionabile».

«A mio padre la vita di campagna è sempre piaciuta», spiego. «A me no».

Quando arriviamo al cottage rimango colpita da quanto non sia cambiato: le pareti in legno azzurro chiaro, la porta rossa, il tetto spiovente e il portico dove papà prepara le sue esche.

Solo non me lo ricordavo così piccolo.

Mentre Eric aspetta in auto, busso alla porta e papà apre in un attimo. «Sei la sorpresa più bella che potevo ricevere», mi saluta.

«Ciao papà!», lo saluto buttandogli le braccia al collo. Ha l'aria invecchiata. Sembra che sia passata una vita da quando l'ho visto l'ultima volta, al suo rilascio, ma in realtà non sono trascorsi neanche due mesi. «Mi sei mancato così tanto».

«Tu di più, Lexi». Si fa da parte invitandomi a entrare. «Vieni dentro, si gela».

«Ah, papà, io… non sono sola», gli dico. Per fortuna c'è un freddo cane e il rossore dell'imbarazzo è ben mascherato.

«Sei venuta con Rick?», mi domanda. «Quella però non mi sembra la sua auto», osserva indicando il Discovery blu.

«Sì, ecco… non mi ha accompagnato Rick». Avanti, Lexi, dillo. «Sono venuta con Eric».

«Eric?». Papà mi guarda accigliato. «Eric, chi?».

È il momento della bomba numero uno. «Chambers».

«Eric Chambers?». La faccia di papà non trasuda proprio entusiasmo. «Dell'FBI?»

«Sì».

«E che ci fai con quello?»

«Te lo spiego dopo… Solo, ti prego, potresti essere gentile con lui?».

Non gli ho fatto una richiesta semplice, considerando che l'ultima volta che si sono visti, Eric gli aveva messo le manette.

Papà annuisce sospirando e io vado a bussare al finestrino, per dire a Eric di scendere.

Prendiamo dal bagagliaio due sacchetti che ho stipato di cibo prima di partire e raggiungiamo mio padre in casa.

«Mr Sloan, buon Natale», lo saluta Eric al massimo della sua cortesia.

«Detective».

«Eric. Oggi sono solo Eric».

Papà lo squadra da capo a piedi con fare severo, poi sposta lo sguardo su di me, con quel cipiglio che conosco benissimo, quello dell'"Adesso mi devi delle spiegazioni".

«Ho portato i rinforzi. Visto che non abbiamo passato insieme né il Ringraziamento, né la Vigilia, oggi possiamo festeggiare tutte e due le cose insieme», dico apparecchiando il piccolo tavolo da pranzo con i pasti di una settimana. «Quiche di zucchine e formaggio, roast beef, muffin alla crema di whisky, brownies al cioccolato, marmellata di pere e noci, tutto fatto in casa!».

«Fatto in casa da chi?», domanda papà guardando la distesa di cibo.

«Da me!», esclamo orgogliosa.

«Da te?»

«Ed è pure brava», commenta Eric, ma mio padre gli rifila un'occhiata truce del tipo: "E tu cosa ne sai?". Non gli piace Eric, ma in fondo… anche a me non piaceva.

«Prendo le posate», annuncio.

Ci sediamo a tavola e pranziamo, con me che faccio da direttore d'orchestra. Riempio i piatti, spiego le ricette e racconto aneddoti delle mie visite a Montrose per mettere Eric a suo agio. Alla fine, grazie anche al punch che ho portato nel termos, l'atmosfera è meno tesa ed Eric aggiorna papà sulle scoperte relative al caso, premettendo la riservatezza delle informazioni.

«Credevo di conoscere mio fratello ed essere pronto a ogni imprevisto ma, per quanto abbia pensato male, non ho pensato al peggio», osserva papà. «Non è tanto quello che ha fatto a me, ma l'aver compromesso il futuro di Lexi a irritarmi».

«Lexi è tosta», lo rassicura Eric, con un accento affettuoso di troppo nella voce.

Sul viso di papà si tende un mezzo sorriso sospettoso. «Ma davvero?»

«Papà», intervengo. Ora o mai più. «Ci sono alcune cose che devo dirti».

«Caffè?», propone Eric. «Lo preparo per tutti?».

Lui sparisce nel piccolo cucinino, lasciando me e mio padre soli e, il fatto che si chiuda la porta soffietto alle spalle, è un segno evidente che vuole lasciarci la nostra privacy.

«Ti ho mentito», confesso.

«Su cosa?»

«Su *ogni* cosa».

«Così mi spaventi».

Faccio un respiro profondo, e mi decido a parlare. «Io e Rick ci siamo lasciati e…».

Ma papà m'interrompe, alzandosi in piedi battendo le mani.

«Ma cosa fai?», gli chiedo vedendolo frugare in una cassapanca.

«Avevo una bottiglia di brandy invecchiato, qui, da qualche parte. Mi sembra l'occasione giusta per aprirla».

«Cioè, sei contento che io e Rick ci siamo lasciati?»

«Hai passato dieci anni con quel buono a nulla. Se permetti, mi levo una soddisfazione».

Scuoto la testa e vado avanti con il mio racconto. «Non ha voluto ospitarmi e, quando sono andata a chiedere aiuto a Becca e Jem, mi hanno scaricata anche loro».

«E dove sei andata ad abitare?», chiede papà preoccupato. Già so che mi sta immaginando per strada, sotto un ponte.

«Da Eric». *Boom!* Bomba numero due.

Papà mi guarda allibito. «Da E…».

«Sì, cioè, nell'appartamento accanto. Lo so, è assurdo, ma è per questo che ti chiedo di non avercela con lui. Mi ha aiutato quando tutti mi hanno voltato le spalle. È vero, è il responsabile dell'indagine sulla nostra famiglia, ma stava facendo il suo lavoro, niente di personale».

«Capisco».

«Mi ha trovato un alloggio e, siccome non avevo un soldo, ho cercato un lavoro. Mi sono rivolta a tutte le nostre conoscenze ma mi hanno respinta per paura di compromettersi. Il caso mi ha fatto incontrare questa donna ricchissima che mi ha assunto come sua assistente. Mi paga bene, ed è una persona così straordinaria che non ha assunto solo me, ma anche Nevis».

«Perché hai gli occhiali?», mi domanda. «Non metti mai gli occhiali».

«Ho perso le mie lenti a contatto. Solo due giorni fa ho potuto prenderne un paio nuove, ma le mie costano così tanto che non posso permettermi di perderle ancora».

«Mi stai massacrando con questa storia. Io sono tuo padre, *io* dovrei pensare a te».

«No, io devo pensare a me», obietto. «E ci sto riuscendo… credo».

«Ti amo più della mia vita, sarai sempre la mia bambina anche a quarant'anni», dice papà commosso, chiudendomi il viso tra le mani.

«C'è ancora una cosa».

«Non so se reggerò il colpo».

Neanche io. «Eric. Io mi sono innamorata di lui. Stiamo insieme».
Ri-boom!

Papà scuote la testa, della serie: "L'ho capito tre ore fa". «Ma è legale questa cosa, almeno?»

«Non lo so». Questo è un altro problema. «Ma per ora non diremo nulla».

«Innamorata, eh?». Lui non sembra convinto. «Per dieci anni ti sei proclamata innamorata di quello stoccafisso di Bates, come posso fidarmi delle tue sensazioni?»

«So che sono innamorata perché, quello che sento ora, non è neanche paragonabile a ciò che provavo con Rick. Anche solo pensare di paragonare Eric a Rick sarebbe un insulto».

«Paragonare chiunque a Rick sarebbe un insulto».

«Eric è quello giusto per me, lo so perché ora che è nella mia vita sento quanto mi è mancato prima, senza che lo sapessi».

Dopo qualche minuto di silenzio, Eric riemerge dal cucinino. «Il caffè è pronto».

«È stato un caffè lungo», osserva papà, con ironia.

«Diciamo che non è il solito caffè».

Papà lo guarda in silenzio, prima di rispondergli. «Sappi che ti affido la cosa più preziosa che ho».

37

«Una mezza bugia è una mezza verità».
Anonimo su Twitter

Non c'è nulla di ciò che faccio con Eric che non mi piaccia.

Ieri pomeriggio siamo andati a pattinare all'*ice rink* del villaggio di Natale a Bryant Park, molto meno turistico del Rockefeller Center e con un'impagabile vista dell'Empire illuminato di rosso, poi abbiamo bevuto cioccolata calda e mangiato mele candite passeggiando tra le bancarelle di decorazioni artigianali.

Stamattina siamo andati al Farmer's Market di Carroll Gardens. Abbiamo comprato pane fatto in casa, frutta biologica di un'azienda agricola di Dutchess County e formaggi freschi del Vermont. Poi, abbiamo preso una bici a noleggio e, con me seduta sulla canna e la spesa nel cestino, ce ne siamo andati in giro per Brooklyn.

E, una volta a casa, ci siamo messi a giocare all'*Allegro chirurgo*, o meglio, una versione inventata sul momento da Eric: lo Strip-Allegro Chirurgo. Le regole erano poche e semplici, ogni volta che io o lui non riuscivamo ad asportare l'organo assegnato, dovevamo toglierci un indumento. Inutile dire che non abbiamo mai finito di giocare e il paziente è stato abbandonato a metà intervento.

Il fatto è che, dalla Vigilia, io ed Eric non riusciamo a starci lontani, sembriamo due calamite.

Ma la cosa che mi piace più di tutte è dormire con lui.

Non passavo mai la notte con Rick. Aveva un sonno molto leggero, si svegliava con nulla.

Con Eric, invece, il letto è la nostra isola felice. Non siamo quelli che restano abbracciati fino all'alba ma, in qualche modo, teniamo un contatto. Basta il tocco di una mano, o allungare il piede e trovare quello dell'altro, ma c'è sempre qualcosa che ci unisce, come a dire: "Sono qui".

E fare l'amore al mattino, che inizia sempre allo stesso modo, ma ogni volta eccitante come la prima. Nella pigrizia del risveglio Eric mi abbraccia attirandomi a sé, contro la sua pelle calda, scambiandoci carezze prima lente e dolci, poi sempre più audaci, finché dalle coccole passiamo ad avvinghiarci travolti da una passione turbolenta, tanto che a volte sono costretta a premere la faccia contro il cuscino per non urlare, proprio come in questo momento.

Eric sa che mi piace stare sopra e così rotola sulla schiena, lasciandomi ondeggiare su di lui, con un movimento sempre più incalzante dei fianchi. Ci sono quasi, lo sento…

Crack!

Sbaaam!

Io ed Eric ci blocchiamo, scoprendo che il letto è inclinato di trenta gradi verso il pavimento.

«Credo che… abbiamo rotto il letto», commento.

«*Tu* hai rotto il letto, sei *tu* che sei sopra».

«Perdonami se ti contraddico ma, anche se sei sotto, non sei il ritratto della passività».

«Certo che proprio non ci stai a prenderti il torto, eh, Lexi?».

Lì, in bilico sul materasso, io ancora sopra di lui, guardandoci negli occhi, scoppiamo a ridere, interrotti solo da un insistente bussare alla porta di casa.

«*Suonuo* Marga. Io sentito *fuorte rumuore*! *Cuosa* è successo, Eric?», urla dal pianerottolo la padrona di casa, con la sua voce gutturale.

«Tutto a posto, Marga», risponde Eric cercando di rimanere serio. «Non preoccuparti. Stiamo… *Sto* facendo un po' di ordinaria manutenzione».

La sentiamo brontolare mentre scende le scale e ricominciamo a ridere. «Sai», dico prendendo fiato, «forse è ora di dire a Marga che non sono tua cugina».

«Sì, forse hai ragione», concorda Eric.

«Non ci credo… Abbiamo rotto il letto», ripeto incredula tra le lacrime facendo per spostarmi.

«Ehi, dove te ne vai?», domanda lui trattenendomi per i fianchi. «Abbiamo un lavoro da finire».

«Questo posto è una fi-ga-ta!», esclamo sobbalzando sull'ennesimo letto in esposizione.

«Mi stai dicendo che non sei mai entrata da IKEA prima d'ora?!».

«No. E mi domando come ho fatto a vivere senza! È tutto così… svedese!». Mi guardo intorno strabiliata, fantasticando su come vorrei cambiare l'arredamento di casa nostra. Ehm, di Eric. Volevo dire di

Eric. «Tutto così ordinato, pratico, funzionale, ma allo stesso tempo accogliente e alla moda. Fino a che ora si può stare qui dentro?»

«Considerando che siamo venuti qui per un letto, e hai già messo nel carrello una… Che diavolo è quella?»

«Una mini-serra per erbe aromatiche».

«Una mini-serra per erbe aromatiche e degli stampini per biscotti a forma di renna, spero che oggi, che è il 31 dicembre, chiudano prima. Molto prima».

«Se così fosse, allora, dobbiamo sbrigarci!», lo avverto. «Non siamo ancora stati nel reparto accessori bagno! E le candele!», aggiungo ammiccante, abbracciandolo con fare sfacciato. «Stiamo comprando un letto, vuoi non comprare anche delle candele?»

«Se la metti così, ne prendiamo un treno, di candele…». Lui si china su di me per baciarmi e, come al solito, quando sento il contatto delle sue labbra, mi perdo. Lo afferro per il maglione e lo tiro con me sul letto.

«Ehm… ehm». Una terza voce ci sorprende alle spalle. È una signora accompagnata da due figli adolescenti dall'aria annoiata e ci fissa con rimprovero.

Io ed Eric ci guardiamo trattenendo le risate, ci scusiamo e riprendiamo il nostro giro.

«Già il 31 dicembre», osserva Eric. «Mi sembra ieri di essere tornato da Washington, invece è già passata una settimana…».

«Se stai per dire che accanto a me il tempo vola, ti prego, non farlo. Non sarebbe da te».

«Eccola, la romantica pragmatica», ribatte lui mettendomi un braccio intorno alle spalle.

«Dovresti ringraziarmi che non ti costringo a fare la figura del perfetto idiota sdolcinato».

«Tranquilla, sottovaluti il mio autocontrollo».

Consapevole che domani sera ci sarà il gala, mentre Eric si scrive il nome impronunciabile del letto che abbiamo scelto, io riattivo il cellulare dal suo periodo di vacanza e la casella messaggi lampeggia subito disperata: Lady Di, Lady Di, Lady Di, tutti di Lady Di.

Se mio figlio non viene al gala, disdici tutto.

Lady Di dev'essere fuori di sé, ma se c'è qualcosa che ho capito di lei, è che non dice mai niente tanto per dire. Sarebbe capacissima di chiamare Jessica Cole e farle annullare l'evento.

E io ho finito le scuse per rimandare. Da una parte non voglio discutere con Eric, pregandolo di venire al gala, so che non verrebbe; dall'altra, ho paura che, se non gli dico nulla, potrei fargli perdere l'occasione di riallacciare i contatti con sua madre e non potrei mai perdonarmelo.

«Senti, Eric, c'è una cosa che vorrei chiederti», dico, facendomi coraggio.

«Vuoi i comodini abbinati?», domanda lui sempre con quel suo piglio sarcastico.

«No. Domani sera c'è il ballo al Plaza, te lo ricordi?»

«Come dimenticarlo! È la tua ossessione, ormai!».

«Mi domandavo se volessi farmi da accompagnatore».

«Volentieri», mi risponde senza indugiare. «Se non è un problema che ti accompagni io».

«Non vorrei nessun altro». Ed è la verità.

Solo quando intercettiamo uno degli addetti al magazzino, riesco a rispondere a Lady Di.

Ci sarà.

E quelle due parole mi pesano sul cuore come un macigno.

38

«Ci sono solo due modi di raccontare la verità completa: in forma anonima e postuma».
Thomas Sowell

«Sei magnifica», commenta Eric meravigliato quando mi vede entrare in salotto nel vestito rosso donatomi da Lady Di.

Io lo raggiungo voltandomi di spalle. «Mi aiuti con il vestito?»

«A metterlo o a toglierlo?»

«A metterlo», dico guardandolo con rimprovero. «Se sarai bravo, dopo, anche a toglierlo».

«Dobbiamo proprio andare al gala? Perché potremmo festeggiare il primo dell'anno anche qui, a modo nostro».

«Sono tentata, ma sai che non posso».

«E se ti mettessi agli arresti domiciliari?», mi domanda con tono malizioso. «Cosa dici?»

«Agente Chambers, mi avvalgo della facoltà di non rispondere».

Mentre gli do le spalle, scorgo l'etichetta della sua giacca, appoggiata al bracciolo del divano. «Tu… Tu hai un completo di Armani?! Dove lo tenevi?»

«Nel mio caveau», risponde lui con tono indifferente. Chiude la lampo, poi accarezza la mia schiena nuda, fino alle spalle, e si china a baciarmi la nuca. «Tutti hanno un caveau».

Eric ha questo modo di prendermi in giro, che quasi mi fa più piacere di un complimento, perché capisco che lui mi ascolta quando parlo e, cosa più importante, per lui conta tutto ciò che dico.

Mi abbandono ancora un po' ai suoi baci, finché sul cellulare non mi arriva il secondo messaggio di Nevis. «Andiamo. Nevis è giù che ci aspetta!».

Lady Di, vista l'importanza della serata, ha mandato l'auto a prendermi.

Nevis, nel vedermi a braccetto del mio accompagnatore, sorride sornione tra sé e sé.

Stasera sembra quasi tutto come una volta. In più c'è Eric.

Arriviamo al Plaza e quando scendiamo dalla limo, un secondo prima di entrare, sento Nevis rivolgersi a me. «È davvero un piacere rivederla nei suoi panni, Miss Sloan».

«Lo sai che ormai sono solo Lexi».

«No», ribatte lui scuotendo il capo. «Questa sera lei è Miss Sloan. E vada là dentro a testa alta».

«Lo sai, Nevis? Credo di volerti bene».

Lui sorride sotto i baffi bianchi. «Non c'è bisogno che lo dica».

All'ingresso, anche Jessica Cole mi saluta con la deferenza che riserva agli altri ospiti.

La Grand Ballroom dell'hotel è maestosa, con i grandi tavoli rotondi drappeggiati da tovaglie candide, centrotavola di rose bianche e la luce del lampadario di cristallo che si riflette sull'argenteria. Ogni cosa è perfetta; se mia madre fosse qui, approverebbe.

Ok, devo ammettere che forse tutto questo un po' mi è mancato.

«E ora che siamo qui, cosa facciamo?», mi domanda Eric.

«Beviamo», rispondo accennando a tutti gli invitati che hanno già il bicchiere in mano. «Finché non viene servita la cena si beve in piedi, poi si beve seduti e, dopo, di nuovo in piedi».

«Qualcosa mi dice che l'alcol è fondamentale a questi eventi».

A dirla tutta, spero che un bicchiere di vino mi aiuti a rilassarmi. Cerco di non darlo a vedere ma sono a un passo dalla crisi di panico. Da un momento all'altro, Eric e Lady Di s'incontreranno e, più ci penso, più sento di aver fatto un errore, solo che è troppo tardi. Oscillo tra l'ottimismo e il pessimismo da ieri, in un perfetto equilibrio bipolare. Se da una parte temo la reazione di Eric, dall'altra sono convinta che qualsiasi incomprensione ci sia stata tra lui e sua madre, non sia nulla che non si possa risolvere parlando da persone mature.

«Andiamo al buffet!», suggerisco con un entusiasmo fin troppo marcato per suonare spontaneo.

«Niente champagne per te, giusto, Lexi?», mi domanda lui, precedendomi.

«Come sempre».

«Scotch and soda», dice al barman una terza voce alle nostre spalle. «Lo scotch a temperatura ambiente e con *un solo* cubetto di ghiaccio».

È un ordine che conosco: scotch and soda, a temperatura ambiente, un solo cubetto di ghiaccio.

«Rick», lo saluto con voce strozzata, voltandomi.

Lui è incredulo tanto che, nel vedermi, sbatte più e più volte le palpebre. Certo, dovevo aspettarmi di incontrarlo. Lady Di ha invitato i suoi genitori e, visto che lui è il delfino della famiglia Bates, se lo portano appresso per metterlo in mostra, come sempre.

E, strano a dirsi, la sua bellezza algida, che tanto mi faceva tremare le ginocchia da ragazzina, oggi non mi fa alcun effetto.

«Lexi», scuote la testa stupito. «Tu, qui?».

Che spirito di osservazione! «Se mi vedi, è evidente che io sia qui».

Si schiarisce la voce per mascherare l'imbarazzo. «Ma certo. Intendevo solo che… Credevo…».

«Che il buco nero dell'infamia mi avesse inghiottito? No, sono tutta intera, malgrado e a dispetto di molti dei presenti».

Sa che la frecciata è diretta a lui, e subito fa vagare lo sguardo altrove per evitare il mio, inferocito. «Una bella serata, vero, Lexi?»

«Stupenda», commento con un sorriso tiratissimo.

Eric si sfila dal nugolo di avventori del bar, con i due bicchieri di vino, passandomene uno. «È stata una dura conquista».

«Chambers?», esclama Rick, del tutto dimentico della mia presenza, squadrando Eric. «Eric Chambers?».

Rick ed Eric si misurano a vicenda e l'aria si riempie di una strana tensione. «Bates. Richard Bates», gli fa il verso lui. È ovvio che a Eric l'incontro non è gradito.

«Non sapevo che ti occupassi di catering. Fai il cameriere, qui?», insiste il mio ex.

«Magari», lo gela subito Eric. «Almeno avrei il privilegio di sputarti nel piatto».

«Non sei cambiato affatto». Rick reagisce con una grassa risata, avvicinandosi a lui con fare confidenziale. «Si vede ancora che sei un pesce fuor d'acqua».

«Eric», dico appoggiando la mia mano al suo braccio con un gesto teatrale, «è con me».

«Tesoro», si aggiunge una quarta stridula voce. «È un disastro! I vigili del fuoco di East Hamptons non ci danno il permesso per i fuochi d'artificio alla nostra festa di fidanzamento», piagnucola Becca appendendosi al braccio di Rick. «Oh, Lexi…».

Anche lei, nel vedermi, ha la medesima reazione di Rick: volto pietrificato e bocca aperta.

«Ciao, Becca. Buon anno», le auguro a denti stretti.

«Buon anno anche a te». Nel rispondermi sventola la mano sinistra, facendo scintillare il Natasha all'anulare. «Sono contenta di vederti. E con un abito non comprato ai saldi, pare».

Stavolta però sono io a fare una radiografia a Becca, scrutandola da capo a piedi. Il vestito è identico a quello che indossavo alla mia festa di compleanno. E anche l'acconciatura. E le scarpe. «Tu invece non ci riesci proprio a sviluppare una personalità tua, eh?», la fulmino.

«Scusami?»

«Ti vesti come me, fai quello che faccio io, ti metti con il mio ex. Ma come fai a vivere la vita di qualcun'altra?».

Becca lancia un'occhiata di complicità a Rick prima di rispondermi. «Credimi, Lexi, non c'è una sola persona in questa stanza che vorrebbe essere te in questo momento, te lo posso assicurare». Abbassa il tono di voce, come a fingere di non voler dire qualcosa. «Alla tua ultima uscita pubblica non sei nemmeno riuscita a pagare il conto. Ho dovuto usare la mia carta, ricordi?»

«Te li ho restituiti i soldi, tutti, il giorno dopo», sottolineo.

Becca alza lo sguardo al soffitto, pensierosa. «Davvero? Non ricordo... Non credo».

Questa putt... va in giro dicendo che sono in debito con lei! Le ho dato millecinquecento dollari in contanti e lei lo sa bene!

«Sai una cosa, Becca? I soldi vanno e vengono ma se nasci imbecille, rimani imbecille».

«Rick!», sbotta lei con il broncio. «Non le dici niente?! Mi ha appena dato dell'imbecille! Io ho Manhattan ai miei piedi».

Il suo cavaliere senza macchia e senza paura interviene. «Credo che tu, Lexi, non sia nella posizione per permetterti queste battute».

Ci mancava solo lui! Sto per saltargli al collo, ma Eric mi anticipa. «Tu invece non ti vergogni neanche un po', eh, Bates, di aver piantato Lexi alla prima difficoltà? Io sarò sempre stato un pesce fuor d'acqua, ma tu rimani il solito fesso senza palle».

«Già!», ribatto io, forte del coraggio di sentire Eric dalla mia parte. «Un fesso senza palle. E tu», dico puntano il dito contro Becca, «tu e il tuo... come lo hai chiamato, Eric?»

«Culo basso», mi ricorda lui.

«L'unico modo che avete, tu e il tuo culo basso, per mettere Manhattan ai tuoi piedi è usare il gas nervino».

«Buon anno nuovo, Bates», augura Eric tintinnando il suo bicchiere contro quello di Rick. Poi, un secondo prima di allontanarci, prende due palline da albero di natale che decorano un tavolo e gliele piazza in mano. «Tieni, fanne buon uso, visto che, di tue, non ne hai».

Io le guardo, poi guardo Rick, e infine Eric, beffarda. «Sono anche fin troppo grosse, per lui».

Quando siamo a distanza di sicurezza io e Eric scoppiamo a ridere.

«Senti, Lexi, me lo devi dire: come hai fatto a stare con Bates… Quanti anni?»

«Dieci».

«*Dieci* anni?»

«E tu devi dirmi come fai a conoscerlo?», domando a mia volta.

«Non c'è niente di misterioso: Harvard. Abbiamo frequentato gli stessi corsi».

Il maître annuncia la cena e io ed Eric ci accingiamo al nostro tavolo. Al quale si unisce Lady Di in compagnia di Foster.

Nell'istante in cui lui la vede, la sua espressione cambia. Lady Di lo guarda con occhi affettuosi e sorriso fiducioso, ma il volto di Eric è contratto in un'espressione dura e severa.

«Eric», lo saluta con una voce dolce che non le ho mai sentito. «Sei sempre più bello».

Lui impiega qualche secondo prima di rispondere, sempre rigido e distaccato. «Doreen».

Un attimo… Doreen? Chi è Doreen?

Lei si avvicina, tendendogli le braccia. «Tesoro, sono così contenta di vederti».

Lui invece si scansa, raffreddando lo slancio della madre. «Lexi, puoi perdonarmi? Non credo di aver voglia di restare».

Eric si allontana e io lo seguo affrettandomi per stare dietro al suo passo svelto. «Dove vai?».

Siamo già nel foyer, lontano dagli invitati, quando si ferma. «Se avessi saputo che *lei* era tra gli invitati, non sarei venuto».

«Lei non è una degli invitati», ammetto a fatica. «È la sua festa, questa».

Eric mi fissa incredulo. «Mi stai dicendo che Doreen è il tuo capo?». Ora il suo sguardo è cambiato anche nei miei confronti. Gelido e duro come la pietra.

«Doreen?», domando confusa. «Damaris».

«Il suo nome è Doreen», sottolinea. «È lei, il tuo capo?».

Annuisco, senza la forza di proferire parola.

«Eric!», esclama Lady Di, raggiungendoci. «Resta, ti prego».

«È fuori discussione. Credevo che ti fosse tutto chiaro, l'ultima volta che ci siamo parlati, quindici anni fa. Ti avrei permesso di pagarmi gli studi, visto che ci tenevi tanto, ma in cambio avresti dovuto stare fuori dalla mia vita. È così che mantieni le promesse?», sbotta lui, mentre io, nel mezzo, assisto muta allo scambio di battute.

«Sono tornata a New York soprattutto per te, non capisci? Vorrei ricucire il nostro rapporto, se me ne dessi la possibilità».

«Ricucire, cosa?», ringhia lui fuori di sé. «Tra noi non c'è mai stato un rapporto, e se proprio dovessi ricucire con qualcuno, tu saresti l'ultima persona sulla lista!».

«Io non sono una persona su una lista, Eric», ribatte lei risentita. «Sono tua madre».

«Madre?». Eric si lascia sfuggire una risatina. «E quando te ne sei resa conto?».

Lady Di sembra ferita. «Non essere inutilmente crudele, ora».

Non l'ho mai vista così esposta, così nuda. La donna impenetrabile che conosco, davanti a Eric, adesso, mi sembra perfino dimostrare la sua età.

Quanto a lui, non lo avrei mai creduto capace di detestare qualcuno così tanto. Specie sua madre.

«Ti restituisco solo ciò che meriti. Per quel che mi riguarda, quest'anno non poteva iniziare peggio. Me ne vado, non intendo distoglierti dai tuoi esimi ospiti, ma sappi che questa è stata la nostra ultima conversazione».

Nel momento in cui lui se ne va, non posso fare a meno di rivolgermi a Lady Di che, da come serra gli occhi, sembra quasi trattenere le lacrime. «Se posso essere di aiuto…».

«Hai fatto tutto quello che dovevi fare, grazie», risponde tornando la Lady Di che conosco. «Ci vediamo domani». E con l'eleganza di una pantera, si volta e torna nella sala del ricevimento, riprendendo a sorridere a tutti.

Ritiro il mio cappotto al guardaroba e mi precipito fuori dall'hotel, dove scorgo Eric sul marciapiede intento a fermare un taxi, così gli corro incontro. «Eric!».

Lui mi guarda appena e la sua espressione è indecifrabile. Blocco la portiera prima che la chiuda, e m'infilo sul sedile accanto a lui, mentre la nuvola di satin rosso del mio vestito riempie lo spazio tra noi.

Dopo qualche secondo di silenzio che mi sembra una vita, alla fine lui parla. «Sapevi che Doreen era mia madre?»

«La conosco come Damaris», specifico. «Sì, lo sapevo».

«E da quanto tempo?»

«Da metà dicembre, quando mi ha incaricato di organizzare il gala».

«E da allora non mi hai detto nulla?!». La sua voce è carica di accusa.

«Ci ho provato un sacco di volte ma appena affrontavo il discorso, ogni riferimento a tua madre ti faceva innervosire e chiudevi la conversazione! Non me lo hai reso possibile».

«Alibi debole, Lexi. Incolpare me per scaricarti la coscienza non funziona».

«Se ti avessi detto che lei era il mio capo e voleva invitarti al gala, tu non saresti mai venuto, ecco perché non ti ho detto nulla».

«Mi hai pugnalato alle spalle e, visto tutto quello che ho fatto per te, non credo di meritarlo».

«Ho pensato che avreste potuto appianare le vostre divergenze parlandovi!».

«Divergenze?! Dive...». Eric scuote la testa sempre più irritato dalle mie parole. «Ora ti racconto una storia, e apri bene le orecchie, perché la sentirai una volta sola».

Non l'ho mai visto così e devo ammettere di essere piuttosto intimorita.

«È il momento che tu sappia la verità, a questo punto. Sai perché conosco quella testa di cazzo di Bates? Perché andavamo a scuola insieme, alle medie. Ero un ragazzino ricco, sì, proprio come te e lui. Vivevo in un bell'appartamento con vista sul parco, servito e riverito da domestici in divisa, campione della squadra di tennis del circolo e tutto quanto. Poi mio padre è stato vittima di un truffatore che ha bruciato tutti i suoi soldi, lasciandoci sul lastrico. Da un giorno all'altro, fine di tutto: fine delle scuole private, fine delle belle case, dei domestici in divisa e delle vacanze costose. La rovina della mia famiglia ha fatto di me lo zimbello della scuola, Rick Bates primo fra tutti, che non ha perso un secondo a prendermi di mira. Almeno è durata poco, visto che non potendoci più permettere l'istituto privato, sono entrato in una scuola pubblica nel Bronx. Anni dopo l'ho rivisto all'università».

Il suo racconto mi colpisce in faccia come uno schiaffo. «Io... non ne avevo idea».

«Vuoi sapere perché, con una laurea in legge ad Harvard, io non faccia l'avvocato strapagato in uno studio sulla Quinta? Eccoti servita: perché, da quando ho perso tutto, non ho pensato ad altro che lavorare nell'FBI per punire tutti quei figli di puttana che rovinano la vita alle persone. Ci ho dedicato la mia carriera e, senza vantarmene, sono diventato anche piuttosto bravo».

«È per questo che mi hai aiutata?»

«Se ti riferisci a quando ti ho trovata a dormire sul mio zerbino, allora sì. Guardando te ho rivisto quello che avevo passato io: una vita stravolta da un giorno all'altro, il mondo che ti volta le spalle, diventare il facile bersaglio di pettegolezzi e nessuna prospettiva. Ti ho aiutata perché, quando è successo a me, avrei voluto qualcuno ad aprirmi la porta».

Mentre Eric parla, mi rendo conto che il mio viso è rigato di lacrime. «E in tutto ciò, cosa c'entra tua madre?»

«Mia madre, quando è successo il casino, è stata la prima a fare le valigie e ad andarsene, senza farsi remore nell'abbandonare un figlio di undici anni. Finiti i soldi, finito l'amore. Si è fatta infilare un anello al dito dal vecchio ricco di turno e, nell'arco di sei mesi, è sparita su un jet privato diretto a Montecarlo». Eric racconta, lo guardo fisso dritto avanti a sé, come se stesse riguardando un film. «Quel Natale papà mi disse che dovevo scegliere se preferivo ricevere un regalo o decorare la casa perché non c'erano soldi per entrambe le cose. Io non ho avuto una madre, ho avuto solo una persona che mi ha voltato le spalle quando più ne avevo bisogno. *Questa* è il tuo capo che veneri tanto».

«Lei però vuole riallacciare i rapporti con te...». Provo ad ammansirlo prendendogli la mano ma, appena le mie dita lo sfiorano, si scansa.

«E tu non ci hai pensato un attimo a schierarti dalla sua parte, vero?»

«Be', io non ho conosciuto la persona sgradevole che dipingi tu», mi giustifico. «E poi è ricca, potrebbe aiutarti a trovarti una casa più grande e bella, a Manhattan, e...».

«E, cosa?», m'interrompe lui aggredendomi. «E comprarmi abiti firmati? Riempirmi il portafogli di carte di credito? Perché, alla fine, è di questo che si tratta per te, vero? Di soldi! Per i soldi si può soprassedere su tutto, non è così?». Distoglie di nuovo lo sguardo, scuotendo la testa mesto. «Sai, Lexi, pensavo che la vita reale ti avesse fatto capire ciò che conta davvero, ma tu non cambierai mai. Appena hai saputo che Doreen, Damaris, come cazzo la chiami tu, era mia madre, hai pensato che con i suoi soldi sarei potuto diventare un manichino come il tuo Rick Bates. Inizio a pensare che forse non ti piaccio per come sono, forse è l'idea di come potrei essere che ti piace».

La sua accusa m'inchioda. Non so come dargli torto al cento percento, non nego che credo che Lady Di potrebbe essere di sostanziale aiuto economico, ma non ho mai avuto un secondo fine con lui. Mi piace così com'è e basta. «Sbagli se mi credi più scaltra di quanto sia. Sarò anche una ex ereditiera caduta in disgrazia, ma non sono più la persona che ero due mesi fa e lo sai anche tu!».

«Ah, sì? E allora perché mi hai portato al suo gala a mia insaputa?»

«Ti ho portato perché, se ci tieni a saperlo, credo che una madre, per quanto distante, sia meglio di nessuna madre! Io la mia non ce l'ho più e non mi accadrà mai di rivederla tendermi le braccia come ha fatto la tua stasera, e se io fossi al posto tuo, farei di tutto per riaverla ancora nella mia vita!», strillo verso di lui a mia volta.

«Be', per fortuna non sei al posto mio, allora». Il taxi si ferma in Van Brunt Street ed Eric allunga una banconota all'autista.

Mentre mi accingo a scendere anch'io, Eric me lo impedisce richiudendo la portiera. «Sai, credo che, in fondo, quell'idea di trasferirti da Brianna non sia poi così male».

39

«Sembra che una madre, anche se cattiva, sia meglio di niente».
Rhett Butler, *Via col vento*

Mi trascino a casa di Lady Di all'alba, e sono l'ombra di me stessa. Non ho chiuso occhio, non perché il futon dell'appartamento sotto Brianna è duro come la pietra, ma per il senso di colpa immenso nei confronti di Eric.

Al netto delle mie ragioni e della sua rabbia cieca, riconosco che avrei dovuto dirgli la verità e dargli la possibilità di scegliere, anziché andare dritta secondo i miei piani come mio solito. È che, di solito, i miei piani funzionano.

Gli ho scritto decine di messaggi di scuse, tutt'ora gliene scrivo, ma lui visualizza e non risponde. E ogni volta è una pallottola dritta al cuore.

Nemmeno Lady Di sembra al massimo della sua forma. Di solito la trovo già in piedi ma, quando arrivo, è ancora a letto, con il vassoio della colazione sulle lenzuola. Lei non è una che si formalizza e mi fa entrare in camera.

«Sembra che il gala di ieri sera abbia retto il confronto con quelli di tua madre», dice lei ripiegando il giornale. «Devo ringraziarti ancora una volta».

«A proposito di ieri...», inizio io, in imbarazzo. «C'è una cosa che non sa, riguardo mc cd Eric».

«Sono felice che me ne parli tu, prima che sia io a chiedere».

Tutta la mia risolutezza sembra sparire. «In realtà non so davvero come cominciare».

«Da come mai ieri sera foste insieme, per esempio?»

«Eric mi ha ospitato da lui, a Red Hook, da quando sono rimasta senza casa. Lui segue l'indagine della truffa di mio zio e io gli davo una mano sul caso, fornendogli tutte le informazioni in mio possesso».

Lady Di annuisce. «E poi cos'è successo?»

«È successo che mi sono innamorata di lui», ammetto, abbassando lo sguardo sulle mie scarpe.

«Allora, era a mio figlio che pensavi, quando ti vedevo languida e sospirante?».

Mio malgrado, arrossisco. «Già».

«Non ti biasimo, Eric è sempre stato bello, ma oggi lo è ancora di più e non lo penso perché sono la mamma».

Bello? Ho ancora gli occhi pieni di lui. «Non lo dica a me».

«E lui ti ricambia?»

«Sì, o almeno, mi ricambiava». Mi sfugge un sospiro al pensiero di come la mia vita si sia ribaltata di nuovo, in meno di ventiquattro ore. «Ma qualsiasi cosa ci fosse tra noi è finita».

«Per ieri sera?»

«Gli avevo nascosto la sua identità, dato che più volte Eric non aveva reagito bene quando toccavo il tasto "madre". L'ho convinto ad accompagnarmi al gala, contando sul fatto che se non avesse saputo che si trattava di lei, non avrebbe fatto obiezioni».

«Quindi, non hai mentito, ma non gli hai nemmeno detto la verità. Ho capito, non mi serve sapere altro», commenta lei prendendo un sorso di caffè. «Hai un tetto sulla testa?»

«Brianna, una ragazza di Red Hook, mi ha trovato un monolocale».

«Questo appartamento è una piazza d'armi. Puoi restare quanto vuoi finché non ti sarai sistemata altrove».

«La ringrazio della generosità, ma non voglio invadere la sua privacy».

«Non lo faccio per generosità. Mi fa comodo avere qui la mia assistente ventiquattro ore su ventiquattro. Puoi andare a occuparti del resto dei tuoi impegni, ora».

Un secondo prima di uscire e lasciare la stanza, mi fermo sulla soglia, voltandomi di nuovo verso di lei. «Eric la chiama Doreen. Perché?».

Alla mia domanda, Lady Di cambia espressione, incupendosi. Posa di nuovo la tazza sul vassoio e si asciuga le labbra con un tovagliolo. «Chiudi la porta».

Mi sembra un'accortezza inutile dato che, a parte noi, in casa c'è solo Mirtle, la governante, che è in cucina, ma eseguo senza proteste.

«Doreen», inizia Lady Di guardando fuori dalla finestra i grattacieli che si slanciano nel cielo terso di gennaio, riflettendo la luce del sole del mattino. «Un nome perfetto per un futuro da cameriera del turno di notte, in una stazione di servizio alla periferia di Austin. Proprio come mia madre. La ricordo solo come una nuvola di fumo, nella quale la puzza di nicotina si fondeva a quella di fritto, di cui era impregnata la sua divisa bisunta. Era priva di istinto materno: aveva avuto altri figli prima di me, dati in adozione subito dopo il parto. Mi ha tenuta perché, a quarant'anni, aveva capito che le sarebbe servito un bastone per la sua vecchiaia. Mio padre non l'ho mai conosciuto: non so se fosse il proprietario della tavola calda, o uno degli autotrasportatori che vi facevano sosta, né a mia madre è mai interessato scoprirlo. Abitavamo in una casa mobile e, quando non lavorava, si stordiva di birre e soap opera». Il suo tono esprime tutto il suo disgusto per quella memoria. «A diciassette anni mi ritirò da scuola per mandarmi a lavorare: ho sofferto perché mi piaceva studiare, ero la migliore dell'istituto. Mi avrebbero assegnato una borsa di studio per il college. Mia madre disse alla preside: "Ce la mando io al college". E mi ci mandò; come addetta alle pulizie».

Lady Di inserviente delle pulizie? «Dice sul serio?»

«La mattina pulivo i dormitori, il pomeriggio le cucine e la sera le aule. È stato durante uno di quei turni, che ho sentito un professore tenere una lezione. Non ci capivo molto, ma ho passato le due ore seguenti ascoltando ogni parola. Era un corso serale di economia politica. La sera dopo lui era di nuovo lì, in cattedra, a parlare ai suoi studenti». Ora sul viso di Lady Di compare l'accenno di un sorriso nostalgico. «E così anche la sera dopo, e quella dopo ancora. Ho smesso di pulire. Quando Il Professore iniziava la sua lezione, io mettevo via carrello e scopettone, e mi appiccicavo all'uscio, prendendo appunti. Una sera, Il Professore aprì la porta a sorpresa, scoprendomi lì con l'orecchio teso, imbarazzata e rossa fino ai capelli per essere stata beccata. L'ho implorato di non farmi licenziare, ma Trey Dawson, così si chiamava Il Professore, invece di rimproverarmi, mi ha invitata a sedermi in aula. La sera successiva non ha iniziato la lezione finché anche io non ero al mio posto. Trey mi aveva preso sotto la sua ala. Ogni sera mi portava a casa sua, mi preparava un toast e mi insegnava tutto quello che sapeva: geografia politica, socio-economia, diritto internazionale. Ero diventata il suo progetto e lui il mio Pigmalione. Ero pazza di lui, lo adoravo».

«Avete...», mi permetto d'interromperla. «Avete avuto una relazione?».

Lei sorride, scuotendo la testa. «Nooo. Lo stimavo troppo. Poi era gay, quindi i miei pensieri non sono mai andati in quella direzione. Grazie a lui, però, ho conosciuto Greg, il mio primo amore, il padre di Eric. Era carismatico, brillante, con un talento naturale per sfondare. È stato travolgente e mi sono fatta portare via da quell'amore come una foglia dal vento. L'ho seguito a New York e, dopo aver scalato i vertici di una grande agenzia pubblicitaria, si è messo in proprio, io con lui, in prima linea. Da sposini freschi, credevamo che la passione iniziale potesse bastare, ma l'ambizione ha presto preso il sopravvento su tutto. Lavorare insieme ha ucciso il nostro amore: lui si sentiva schiacciato dalla responsabilità di guidare una compagnia sua, era nervoso e incostante. Pensavo che un figlio ci avrebbe unito di nuovo, ma mi sbagliavo: dopo il parto, Greg ha inserito un nuovo socio e, quando è stato tempo per me di rientrare in ufficio, mio marito mi ha licenziata. Secondo lui era meglio se fossi stata a casa a fare la madre, ma io so che il suo nuovo socio, De la Pole, non mi voleva. De la Pole lo aveva soggiogato, guidava la compagnia in tutto e a Greg, di presidente, era rimasto solo il titolo. Eravamo in crisi da mesi quando è accaduto l'irreversibile: Greg, su consiglio di De la Pole, ha investito grandi capitali in un fondo che si è rivelato essere una truffa. In breve: siamo rimasti senza un centesimo. Lo avevo avvisato, in tempi non sospetti, ma ammaliato com'era, non mi aveva dato retta».

Ecco che il suo racconto e quello di Eric coincidono.

«A quel punto, snervata da Greg, dal suo idolo De la Pole, con pochi dollari sul conto, ho chiesto il divorzio. Durante uno degli incontri dal mio avvocato ho conosciuto Jaques de Reinard, ed è stato subito feeling».

«C'era molta differenza di età tra voi, giusto?», domando anche se lo so già.

«Sì, Jaques era molto più vecchio di me, ma mi ricordava Trey».

«Vi siete messi insieme?»

«All'inizio, ho provato a tenerlo a distanza, ma un giorno, facendo la spesa, ho dovuto lasciare indietro alcuni prodotti perché non avevo abbastanza soldi nel portafogli. Ho avuto paura: mi sono rivista in una casa mobile, infagottata in una divisa sudicia, in attesa del mio turno al diner. Così, ho accettato la corte di Jaques, e con quel matrimonio è morta Doreen ed è nata Damaris, speravo che cambiando nome avrei cambiato il mio futuro. È vero, l'ho sposato per denaro, non lo nego, ma ero anche innamorata di lui: era un uomo molto colto e, su di me, la cultura ha sempre avuto più presa della bellezza».

«È stato allora che ha abbandonato Eric?»

«Ho perso di vista il mio ruolo di madre, lo ammetto, e ho dato molto meno di quello che avrei dovuto, di questo non chiedo perdono, so che avrei potuto fare molto meglio. Quando mi sono risposata, non l'ho fatto con il proposito di abbandonare Eric, come per dare un colpo di spugna al mio passato, se è questo che credi».

«Io non lo credo, ma è ciò che lui le rinfaccia…», le ricordo, memore della loro lite al Plaza.

«Ho lottato per la custodia, volevo dargli una vita serena e agiata, ma con il mio imminente trasferimento in Europa, l'avvocato del mio ex marito ha convinto il giudice che non potevo sradicare Eric dalla sua vita per seguire un mio capriccio, privando anche Greg di ogni diritto di padre. Così, sfinita dalle liti, me ne sono andata lasciando Eric con Greg. La cosa peggiore è che, fino a quando Jaques non è morto, pace all'anima sua, non avevo soldi miei per mantenere mio figlio, se non per qualche regalo. So di non essere stata una buona madre, di non esserlo stata affatto, ma rivorrei Eric nella mia vita più di ogni altra cosa. Tutto ciò che sono riuscita a fare è stato pagargli la retta ad Harvard perché non gli mancasse ciò che era stato tolto a me. Avrei voluto dargli tutto ciò che non ho avuto».

Non so cosa dire. Ho sempre ammirato Lady Di, non l'ho mai giudicata ma ora, con entrambe le versioni sul tavolo capisco entrambi, sia lei che Eric.

Lui è pieno di risentimento per un abbandono che a undici anni ha subito come un baratto in cambio di un ricco conto in banca. Non oso immaginare che cicatrici possa aver lasciato in un bambino, una madre che se n'è andata. Quel bambino, oggi, è un uomo che ha chiuso la sua porta per sempre.

Lady Di è una donna che ha sulle spalle il peso di una lotta per salvarsi la vita. Una sopravvissuta che conosce le sue colpe e non chiede di essere perdonata. Vuole solo l'occasione per riunire un legame, l'unico che le è rimasto e che valga la pena di tenere.

Entrambi hanno le loro ragioni e i loro torti. E io non potrei essere più confusa.

40

«Gli avvocati difendono i ladri. Sai com'è, tra colleghi».
Totò

Non ci voleva Einstein a spiegare la teoria della relatività, bastava una ragazza col cuore infranto: anni di studi a dimostrare una formula, quando serviva solo farsi lasciare.

$E=mc^2$, o come lo intendo io: Eric = Mal di Cuore al quadrato.

Insieme a lui, la settimana di Natale è volata senza che me ne accorgessi.

Oggi, non sono passati neanche quattro giorni dal gala al Plaza, ma mi sembra un secolo.

Lady Di mi tiene impegnata, lei si tiene impegnata, entrambe abbiamo un gran da fare, ma nei momenti in cui è sola e abbassa la guardia, vedo Doreen.

Dura un paio di secondi, non di più: il suo sguardo si perde nel vuoto, le sfugge un sospiro e poi basta, tutto finito, ecco di nuovo Lady Di, altera e determinata.

Non si può dire lo stesso di me, che guardo il cellulare come un'ossessa.

«Facciamo le valigie», mi sorprende Lady Di con il suo tono imperterrito entrando nello studio.

«Dirò a Mirtle di tirarle fuori dallo sgabuzzino. Per che meta?»

«Abu Dhabi. E, per inciso, con "facciamo le valigie", intendo anche le tue».

«U… Un momento! Come anche le mie?»

«Thomas mi ha invitata ad Abu Dhabi per dieci giorni. Deve andare là a controllare la gestione dell'ultimo resort che ha aperto. Sarà una vacanza magnifica e tu avrai una suite tutta tua».

«Quindi devo venire anche io?», domando senza nascondere il tono svogliato.

«Chiunque, sano di mente, vorrebbe venire».

Mentre Lady Di parla, il mio sguardo cade sul cellulare che s'illumina, nella speranza di trovare un messaggio di Eric, speranza che muore subito appena leggo il nome di Brianna.

«Lexi, ti farebbe bene allontanarti da Manhattan per un po'. Metti qualche chilometro tra te ed Eric. Se c'è qualcosa in cui mio figlio è bravo, è tagliare i ponti. In quello, ha preso da me».

«Scusi, non intendevo che non voglio venire per Eric…».

«Oh, cielo!», sospira Lady Di. «Non sai proprio nascondere i tuoi sentimenti! Devo insegnarti due o tre cosette, signorina».

«Sì, d'accordo», ammetto. «È per Eric».

«Datti tempo». Lady Di porta la mano gelida e inanellata sotto il mio mento, costringendomi a guardarla. «Passerà. Passa tutto».

«Ha proprio bisogno di me ad Abu Dhabi?», insisto.

Lady Di dà un'alzata di spalle e se ne va alla sua scrivania. «No».

«Allora, non è un problema se non vengo?»

«Affatto. E puoi stare qui, a casa mia».

«Oh, ma non c'è problema, il mio appartamento a Red Hook è comodissimo…».

Lady Di mi lancia una delle sue occhiate taglienti, con un sorriso scettico. Eric, da lei, non ha preso solo la bravura a tagliare i ponti. «Il tuo appartamento a Red Hook ha anche una sauna, un bagno turco e una doccia a cascata?»

«Da stasera va bene?».

Bisogna dire che Lady Di ha fatto della bella vita una questione di stile.

O forse era troppo tempo che non dormivo su un materasso ergonomico.

E che non bevevo acqua Voss presa dal comodino refrigerato.

Ma sono tutti elementi compensativi perché in questo letto kingsize con lenzuola in cotone egiziano manca una cosa fondamentale: il calore del corpo di Eric.

Accidenti!

Per combattere la solitudine, chiamo papà ogni sera e sto al telefono con lui finché non inizio a sbadigliare tanto da non riuscire a mettere insieme una frase di senso compiuto.

«Non lavori troppo, tesoro?», mi domanda mentre m'infilo tra le lenzuola.

«No, in questo momento la mia boss è in vacanza».

«Ti sento così giù. Non è da te».

«È il post-vacation blues», mento. «Lo sai quanto amo il Natale».

«Basta bugie, Lexi».

«Diciamo che con Eric le cose non vanno benissimo».

«Devo chiamare qualcuno perché gli faccia male?»

«No. Lui non c'entra nulla, è stata colpa mia». Se continuiamo a parlare di Eric finirò per piangere e sono troppo sfinita per farlo, così cambio discorso. «Per quella questione dei quadri e delle società off-shore, forse dovresti parlarne con Coleman. Magari lui ha una soluzione».

«Lo farò appena torna da Aspen».

Non ci credo! «Aspen? Come Aspen?!».

«Sì, tesoro, a sciare, proprio come facevamo noi. Tra venti giorni, finita la settimana bianca, lo incontrerò e ne discuteremo».

Settimana bianca. Io gli bonifico mezzo stipendio al mese e quello stronzo di Coleman, anziché spaccarsi il culo per mio padre, va in settimana bianca! «Di questo passo, non ne usciremo mai! Coleman si muove con la rapidità di un bradipo in letahhhh… rgo», mugugno sbadigliando.

«Lexi, non sarebbe ora che ti mettessi a dormire? Siamo al telefono da due ore».

«Mmh?»

«Lexi?»

«Dim… mi».

«Buonanotte, tesoro».

«'Notte, papà».

Mi addormento con il telefono in mano, suoneria al massimo e vibrazione attiva, pronta a svegliarmi qualsiasi messaggio mi arrivi. Con qualsiasi, mi riferisco a Eric.

Invece nulla. Alle cinque mi sveglia Lady Di, che mi invia una foto, l'ennesima, che mi manda da quando è partita per farmi pentire di essere rimasta a New York.

E lo fa del tutto incurante del fuso orario, perché per lei, ora, è l'una di pomeriggio.

La foto, forse scattata dal cameriere, riprende lei e Thomas al tavolo del ristorante del suo albergo, che pasteggiano a base di crostacei.

Lady Di è magnetica, si vede che Eric è suo figlio: nel taglio degli occhi, negli zigomi alti e scolpiti, nei tratti decisi del naso e della linea della bocca.

Thomas Foster regge il confronto, e meno male, sfigurare accanto a Lady Di è un attimo.

Anche la luce è giusta, i visi sono a fuoco e la composizione è proporzionata. Sarebbe da stampare e incorniciare. O ancora meglio, da mandare al «Times». Che scoop sarebbe per la colonna mondana! E che figurone ci farebbe Lady Di!

Peccato per i due tizi del tavolo dietro di loro che rovinano la foto.

Potrei modificarla con Photoshop: un po' di "toppa" e un po' di "clona", dovrebbero bastare.

La invio dal computer nello studio, e mi metto al lavoro ancora in pigiama.

«Colazione, Miss Sloan? Caffè? Toast?»

«Sì, Mirtle, grazie», rispondo già all'opera con il fotoritocco.

Non sarò una professionista, ma con tutti i tutorial che mi sono guardata, posso arrangiarmi benissimo da sola per fare un lavoretto dignitoso.

Va bene, lo ammetto, ho imparato a usare Photoshop per modificare le mie foto prima di pubblicarle sui social, ma... Ehi! Lo fanno tutti! Chi non ha peccato scagli la prima pietra!

Ok, vediamo come levare di mezzo gli elementi di disturbo, uno dei due, tra l'altro, con un tatuaggio orrendo lungo tutto il braccio.

Sorseggio il mio caffè mentre ritocco e, più clicco sulla foto zoomata, più quel braccio con il tatuaggio attira la mia attenzione.

Il proprietario del braccio ha un paio di Ray-Ban, e una folta barba.

L'altro tizio ha un'aria da contabile in vacanza, con la polo a nido d'ape e la pelle ustionata.

Potrebbe essere il gemello di Coleman.

Ma è riportando l'immagine alle dimensioni normali che mi va di traverso il caffè: QUELLO È CONNOR COLEMAN!

Zoomo e rimpicciolisco, ma il risultato è sempre lo stesso: nella foto c'è Connor Coleman.

Ok che non ci vedo bene, ma Coleman lo riconosco.

Non è ad Aspen in settimana bianca? Che accidenti ci fa ad Abu Dhabi?

La mia attenzione torna al suo compagno di tavolo e stavolta quel tatuaggio accende l'interruttore del mio cervello. Mio zio si è sempre vergognato del suo tatuaggio fatto quando aveva vent'anni, al punto che neanche al mare si toglieva mai la camicia per non farlo vedere. Mi concentro su quel volto dalla barba folta: i capelli lunghi e scarmigliati hanno il biondo Sloan che contraddistingue la mia famiglia, la postura da re del mondo è la sua, le mani eleganti sono le sue, e il Vacheron Constantin Tour de l'Ile che ha al polso, meglio noto come uno degli orologi più costosi al mondo prodotto in soli sette pezzi, è il suo.

Zoom da vicino, zoom da lontano.

Non ho dubbi: mio zio è ad Abu Dhabi, con Coleman.

Devo chiamare Lady Di.

41

«Dio perdona, la burocrazia no».
Hyman Rickover

«Lexi! Ti sei pentita di essere rimasta a New York?», mi saluta lei, all'altro capo della linea.

«L'uomo nella foto!», la interrompo io incurante della domanda di poco prima.

«Come hai detto, scusa?»

«La foto che mi ha mandato stanotte: c'è un uomo con la barba alle sue spalle. È mio zio!».

«Intendi tuo zio latitante?»

«Proprio lui!», confermo. «Ed è con l'avvocato di mio padre, o meglio, quello che credevo fosse l'avvocato di mio padre». Una cosa è certa, se Coleman sa dove si trova mio zio vuol dire che è suo complice. Coleman mi ha sempre puzzato di marcio.

«E come fai a esserne sicura al cento percento?», mi domanda lei.

«Me lo dirà lei».

A quel punto il tono di voce di Lady Di cambia in modo drastico. «*Io?!*».

«O Thomas! Deve verificare che all'hotel siano registrati Rafferty Sloan e Connor Coleman».

«Ma Thomas…».

«È suo il resort, no?», osservo. «Senta, se quell'uomo è davvero mio zio, potrebbero arrestarlo e l'indagine su mio padre verrebbe archiviata. Io tornerei alla mia vita e il mio nome sarebbe riabilitato. Io, da sola, non so come fare e…».

«Oh, e va bene!», m'interrompe lei. «Vedrò di scoprirlo», taglia corto riagganciando.

Faccio avanti e indietro per lo studio in attesa spasmodica, tanto che perfino Mirtle si preoccupa chiedendomi se sia successo qualcosa alla signora.

Mi tocca aspettare un'ora prima di avere una risposta, cosa che mi costa dieci anni di vita.

Lady Di mi manda due foto di documenti registrati: uno è quello di Connor Coleman, e fino a qui c'eravamo, l'altro è… Nevis?

La carta d'identità parla chiaro: Nevis Lowell. Eppure la foto è quella di mio zio, una di quelle senza barba e capelli perfetti.

Ha contraffatto la carta d'identità di Nevis!

Non sono una che cerca pretesti, ma stavolta ho un'ottima ragione per piombare in ufficio da Eric, ci sono cose che deve sapere.

Ma prima devo vestirmi. Se devo presentarmi davanti a lui, devo farlo con un vestito da infarto!

Potere del Wonderbra, vieni a me!

Senza dubbio non passo inosservata, ma mi interessa lo sguardo di una persona sola.

Entro all'FBI marciando sui miei tacchi a spillo verso l'ufficio di Eric che, con mia somma delusione, trovo vuoto, a eccezione di Hendricks. Che resta senza parole, come sempre.

«Buongiorno, Hendricks. L'agente Chambers c'è?»

«Sì… cioè, no. Voglio dire…», incespica lui con le mani sospese sulla tastiera.

«C'è, sì o no?», insisto senza dare sfogo alla mia impazienza. L'ipotesi che oggi Eric potesse essere altrove non mi aveva neanche sfiorata.

«Ora è con Carson, il capo, in riunione».

«Perciò tornerà, giusto?»

«Giusto», ripete ipnotizzato.

«In questo caso», dico sfilandomi il cappotto che rivela il vestito seconda pelle, e accomodandomi sulla sedia di fronte a Hendricks, «lo aspetterò qui, se non ti dispiace».

«Dispiacermi? Certo che no!».

Mi sembra di friggere sulla sedia aspettando Eric, mentre Hendricks suda e deglutisce come se fosse alle soglie dei suoi limiti vitali.

Mezz'ora più tardi sento la porta aprirsi alle mie spalle.

«Carson vuole quei documenti per stasera, Hendricks, come sei me…». La frase di Eric rimane sospesa a metà nel momento in cui mi vede.

Io mi alzo di scatto e, come una babbea, faccio cadere la mia borsa, il cappotto e una decina di cartelline impilate sulla scrivania.

«Lexi», commenta lui come una presa d'atto più che un saluto.

«Eric, sì, io… ehm…». Perfetto, sono diventata come Hendricks.

Certo che Eric è proprio bello: quei capelli scuri in cui affondare le dita, quella bocca carnosa da baciare… Lexi, stai sul pezzo! «C'è una cosa che devo dirti!».

«Non m'interessa». Eric getta un fascicolo sulla scrivania e fa spostare Hendricks. «Devo lavorare».
«Ma si tratta di lavoro», insisto.
«Il mio o il tuo? Se ti manda Doreen, potevi risparmiarti il tempo».
«Il *nostro*», sottolineo come a ricordargli che, per un brevissimo ma intenso momento, abbiamo avuto qualcosa di nostro. «La *nostra* indagine».
Eric annuisce, dondolandosi sulla poltrona girevole. «E cosa dovrei sapere?».
Prendo dalla borsa la stampa della foto e gliela piazzo sotto il naso. «Guarda».
Lui si volta disgustato neanche gli avessi mostrato un cadavere in decomposizione. «Cosa fa Doreen non è affare mio».
«No!», esclamo prendendo un pennarello dal portabiro e cerchiando le due persone alle spalle di Lady Di. «Guarda qui! Sono Connor Coleman, l'avvocato di mio padre, e mio zio!».
Stavolta Eric prende la stampa e la osserva. «Non sembra lui».
«Però è lui. Si è fatto crescere barba e capelli, ma è mio zio. Ho anche questi», dico passandogli il cellulare per fargli vedere le foto dei documenti. «All'hotel, Coleman è registrato con il suo vero nome, ma mio zio ha falsificato i suoi documenti usando quelli di Nevis, il nostro autista!».
«Nevis Lowell?»
«Proprio lui».
«Come hai avuto questa informazione?», mi chiede Eric prendendo appunti, quasi come fossimo tornati ai tempi in cui indagavamo sui miei quadri.
«Thomas Foster, il compagno di tua madre è il proprietario del resort dove alloggiano». Non mi sfugge che alle parole "tua madre" Eric trasalisce. «Ho chiesto il favore di verificare per me».
«Hai la foto in digitale?»
«Sì».
«Mandamela, la faccio avere al biometrico. E anche i documenti». Eric tamburella con le dita sul bordo del tavolo, fissando il pc. «Quindi, dove si nasconderebbe tuo zio?»
«Emirati Arabi, Abu Dhabi».
La mia risposta scatena la sua ilarità, ma non capisco perché. «Potete arrestarlo, no?».
Lui e Hendricks si scambiano un'occhiata d'intesa che mi fa sentire esclusa. «No», mi risponde.
«E perché?».

Eric si appoggia alla scrivania, con le mani giunte. «Hai mai sentito parlare di accordi internazionali di estradizione?».

Scuoto la testa. «No».

«Se ne avessi sentito parlare, sapresti che tra USA ed Emirati Arabi non ci sono accordi di estradizione. Senza quel trattato, tuo zio è in una botte di ferro ad Abu Dhabi».

Mi sento precipitare. Ma come?! Scoprire tutto questo per… niente?

«Puoi andare ora», conclude Eric indicandomi la porta.

«Non ancora», obietto io piantandomi le mani sui fianchi. «C'è anche un'altra cosa di cui dobbiamo parlare».

«E quale?»

«La nostra indagine. L'*altra* nostra indagine».

«Non abbiamo nessun'altra indagine di cui parlare», mi stronca lui.

Decido di giocarmi la carta dell'improvvisazione. Mi sbottono la scollatura, incurante di Hendricks, al quale gli occhi schizzano fuori dalle orbite. Ho addosso un tubino fucsia aderente da ergastolo. «Sai benissimo quale», ribatto chinandomi sulla scrivania e offrendomi alla vista di Eric.

«Hendricks, vai al biometrico!», ordina lui perentorio.

«Ma io…», protesta.

«Biometrico, ho detto. Subito!».

Hendricks esegue, filando fuori dall'ufficio.

«Bene», esordisce Eric una volta soli, «se devo farlo per evitare una scenata, facciamolo. Che vuoi?»

«Scusarmi».

«Inutile, risparmia il fiato. E, per l'amor di Dio, vestiti», si alza e prende la mia giacca tendendomela. «Ha le pareti di vetro questo dannato ufficio, se non te ne sei accorta. Vuoi fare venire un collasso a metà del Bureau?».

"No, solo a te", vorrei rispondergli, ma Eric non ha tutti i torti: in effetti, fuori, l'attenzione di tutti è puntata verso di noi.

«Senti, Eric, ho torto, lo riconosco, ma ho fatto uno sbaglio in buona fede, perché non puoi perdonarmelo?!», gli chiedo andandogli vicino, nella ricerca disperata di un contatto.

«Il tuo non è stato un errore in buona fede, mi hai manipolato, che è diverso».

«Non era mia intenzione. Volevo solo farti riappacificare con tua madre».

«Ascolta, Lexi, se essere schiava dei soldi di Doreen è una cosa che ti fa stare in pace con te stessa, non mi riguarda, ma sappi che né tu né il tuo mondo o il suo siete articoli di mio interesse».

«Tra di noi non c'è stato niente? Puoi passarci sopra così, archiviare e andare avanti?». È il momento di sfruttare un'argomentazione che è stata la stessa Lady Di a servirmi. «Tagliare i ponti ignorandomi non ti rende diverso o migliore di tua madre, visto che è quello che le rimproveri».

«Allora, in questo caso, sono davvero una brutta persona, quindi non capisco cosa tu faccia ancora qui», mi spiazza lui.

Eric, ben attento a evitarmi, raggiunge la porta. «Ora prendi la tua roba e vai, per favore».

«Dico sul serio», resisto in un ultimo, disperato tentativo. «Mi manchi da morire e non riesco più nemmeno a dormire senza sentirti nel letto accanto a me».

«Non riesci più a dormire?»

«No».

«Molto bene», risponde lasciando la porta, un gesto che mi dà nuova speranza. Speranza che muore in un secondo. «Te lo do io qualcosa per dormire».

Eric sfila un tomo dalla libreria che riveste tutta la parete destra e me lo piazza in mano. «Tieni».

«Cos'è?»

«Codice di diritto penale internazionale. Leggitelo, così impari qualcosa sui trattati d'estradizione, e vedrai che dormire non sarà più un problema».

Dopodiché apre la porta parlando a voce alta e decisa. «Grazie di essere passata, Miss Sloan».

Imbarazzata, recupero le mie cose ed esco senza il coraggio di voltarmi, con la parola "stronzo" che mi vortica in testa.

Una cosa è sicura: da sua madre ha preso molto più di quello che sia disposto ad ammettere.

Estradizione: forma di cooperazione giudiziaria tra Stati. Consegna, da parte di uno Stato all'altro, legati da un accordo internazionale, di un individuo che si trovi nel territorio del primo, e contro il quale sia stata intentata nel secondo un'azione penale o pronunciata una condanna.

Mi ci vuole una settimana per finire il libro che mi ha dato Eric, ogni due frasi devo cercare il significato su Wikipedia, ma alla fine riesco a farmi un quadro più o meno completo.

Gli Stati Uniti non possono intervenire sul territorio di altre nazioni per arrestare un loro cittadino coinvolto in una truffa, tipo mio zio, a meno che il Paese in cui si trova il fuggitivo non lo consegni nelle mani del governo USA. Purtroppo, gli Emirati Arabi sono tra quei Paesi che non hanno un accordo di estradizione con gli Stati Uniti, questo significa che mio zio, nonostante l'accusa di truffa, laggiù è libero come l'aria. Proprio come diceva Eric.

Ora come mai prima mi è chiaro che mio zio aveva studiato tutto con precisione: la truffa, come far sparire i soldi in un conto off-shore e come mettersi in salvo.

È ricco sfondato e praticamente intoccabile.

Domani torna Lady Di, e io sono stanca e amareggiata. Chiudo il pc e mi butto a pancia in giù sul letto, dandomi allo zapping nevrotico, schiacciata da un senso d'impotenza: sonnecchio, con un occhio mezzo chiuso, davanti alla replica di un film dei primi anni '90.

È ambientato a Bogotá, non ho idea del titolo, ma il tizio sembra avere problemi con la mafia colombiana, così cerca asilo all'ambasciata americana, ma siccome ha dei precedenti penali per reati commessi negli USA, quando varca i cancelli, i diplomatici lo riconoscono e viene arrestato.

Un momento! Se nelle ambasciate un cittadino americano può essere arrestato, allora, non serve farci consegnare mio zio, basta portarlo dove lo si può ammanettare…

Pensa, Lexi. Pensa. Pensa fuori dai quadrati!

«Quindi è qui che lavora mio figlio?», si domanda Lady Di guardando con il naso all'insù, la sede dell'FBI in Federal Plaza, dall'interno della limousine.

«Già».

«Contento lui…».

«Non è così male…», lo giustifico io, guadagnandomi una delle sue occhiatacce. Quando Lady Di è tornata da Abu Dhabi, le ho spiegato tutta la storia dell'indagine, dei quadri, dei soldi, dei conti off-shore e dell'estradizione per convincerla ad aiutarmi. Non ho un vero e proprio piano, ma sono certa che Eric possa trovare una strategia perfetta per catturare mio zio. Lady Di ha accettato e senza che aggiungessi nulla: ho capito che pur di riavvicinarsi a suo figlio salterebbe nel fuoco. Siamo in appostamento davanti al Bureau in attesa di vederlo uscire.

«Eccolo!», esclamo appena lo vedo sbucare dalle porte dall'edificio e fermare un taxi. Faccio cenno a Lady Di di scendere. «Lei a destra, io a sinistra, come ci siamo dette».

In due secondi raggiungiamo il taxi di Eric, sedendoci io da un lato, lei dall'altro; lui in mezzo, scioccato e senza via di fuga.

«Autista, fermi questo taxi, per favore», ordina lui. «Sei impazzita, Lexi?! Siete impazzite tutte e due?»

«Mai stata meglio. Sei stato tu a farmi interdire dall'FBI. Non mi fanno più entrare!», lo accuso.

«E ti domandi pure perché?!».

«Forse ho trovato un modo per arrestare mio zio».

«E *lei* cosa c'entra?», domanda con un cenno del capo a indicare Lady Di.

«Lei fa parte del piano».

A questo punto Eric si decide a rivolgerle la parola. «Certo che sei proprio disposta a tutto pur di ottenere quello che vuoi, eh? Ma non ce l'hai un po' di dignità?»

«Credo che per stavolta, Eric, faresti meglio a mettere da parte le tue riserve e ascoltare Lexi», lo ammonisce Lady Di. «È della tua indagine che si tratta, no?».

Tra Eric e lei c'è uno scambio di sguardi infuocati che temo potrebbe fare esplodere il taxi. «Molto bene. Le do cinque minuti».

«Non mi bastano, cinque minuti», protesto.

«Ora stai esagerando, Lexi».

«Un pranzo. Il tempo di un pranzo e ti spiego tutto».

Eric non fa in tempo a ribattere che Lady Di dà il via al tassista. «Al Le Bernardin, per favore».

Il pranzo è teso, al punto che fatico a finire la mia insalata. Lady Di, come promesso, non apre bocca per evitare di scatenare battibecchi con Eric.

Lui è intelligente, sa separare la vita privata dal lavoro e mi ascolta.

Non si sbilancia, almeno finché non siamo sulla soglia del ristorante, dove il maître saluta Lady Di con calore augurandole buona giornata e di tornare al più presto.

«Non illuderti che tra noi ci siano riavvicinamenti», la gela subito Eric. «Questo è lavoro, per me, Doreen. Nient'altro».

«E io mi metto a disposizione. Nient'altro», ribatte lei senza fare una piega. «Lexi, andiamo, abbiamo un pomeriggio molto pieno».

«No», la contraddice Eric. «Lexi viene con me».

Io sgrano gli occhi, senza parole. «Sul serio?»

«Andiamo da Carson».

I venti minuti di taxi che ci separano da Tribeca sono la cosa più angosciante mai provata prima. Io ed Eric siamo seduti distanti uno dall'altra, in un freddo silenzio.

Lui guarda fuori dal finestrino, mentre io lo fisso, implorante, in attesa di un solo gesto che mi faccia capire che mi considera. Ma niente. Arriviamo alla sede del Bureau e lui entra nell'edificio come se fosse solo.

È lacerante.

«Ho parlato con tuo padre», mi comunica lui entrando in ascensore.

«Ah sì?»

«Per dirgli di non fornire nessun tipo d'informazione a Coleman».

«Ora capisco perché Coleman non voleva che io andassi al caveau, né che ne facessi parola. Lui sapeva tutto!».

«Dovevamo pensarci subito che il complice di tuo zio fosse lui: sono gli avvocati a creare le società off-shore. Ci sono studi specializzati proprio in quello. Hanno delle società in bianco già pronte nel cassetto che tirano fuori all'occorrenza: si nomina un CEO, si apre un conto ed è fatta. Per fare quello che ti ho riassunto in due frasi serve una conoscenza approfondita delle normative bancarie internazionali. Se tuo zio ha creato un castello di società off-shore, dietro c'è Coleman».

«Ho sempre pensato che Coleman fosse uno stronzo».

«Uno stronzo, ma molto bravo nel suo lavoro. Ha fatto solo un errore: andare ad Abu Dhabi».

«Quindi, il mio piano ti ha convinto?»

«No», risponde in tono secco.

«Ah, no?»

«Ma visto che Doreen si è resa disponibile, sfrutteremo il suo tanto generoso, quanto interessato, aiuto. Mi hai dato un'idea». L'ascensore annuncia l'arrivo al piano con un *din* e le porte si aprono. «Anche più fuori dai quadrati di quanto avessi progettato tu stessa».

42

«Siamo in missione per conto di Dio».
The Blues Brothers

Carson si massaggia le tempie, con i gomiti puntellati sulla scrivania e gli occhi socchiusi. «Devo ancora decidere se sia pazzia o puro genio... Ma al momento propendo per la pazzia».

«Potrebbe diventare l'operazione più eclatante mai vista», lo incalza Eric.

«Mi stai chiedendo di mobilitare il Bureau sulla base della visione mistica di un'ex reginetta del gossip vestita di rosa e con le scarpe con i brillantini?»

«Ha una laurea a Georgetown», specifica Eric.

Ehi, è una mia impressione o mi sta difendendo?

«Le assicuro, dottor Carson», intervengo, «che nessuno ha interesse più di me a sbattere mio zio dietro le sbarre e, se le mie fossero fantasie, Eric non sarebbe qui a parlargliene!».

«Devo capire se può funzionare», borbotta Carson. «Insomma, siamo l'FBI, non i servizi segreti, perdio!».

«Funzionerà!», esclamo picchiando le mani sul tavolo. «Conosco mio zio, e c'è solo una cosa che gli piace di più dei soldi: un sacco di soldi!».

«D'accordo, ma lasciatemi pensare. Innanzitutto ci servono degli agenti sotto copertura per interpretare il ruolo dei due neomiliardari...».

«Agenti?! No! Mio zio non è un cretino, sentirebbe odore di FBI da un chilometro. Ci serve qualcuno di spontaneo, che venga davvero dalla strada», obietto. «Io conosco le persone giuste».

«E chi?», domandano Carson ed Eric all'unisono.

Io sfodero il cellulare e chiamo Brianna. «Ciao Bree, hai un minuto?»

«Lexi, ciao, sono appena smontata dal turno. Dimmi».

«Hai delle ferie da fare?».

Lei scoppia in una risata. «E chi ce li ha i soldi per andare in ferie!».

«Tu e Simon vorreste farvi una settimana gratis in un resort di lusso ad Abu Dhabi?»

«Dimmi cosa dobbiamo fare e chiudo i bagagli», rispondere lei senza battere ciglio.
«Solo fingere, per tutta la durata della vacanza, di essere appena diventati multimiliardari grazie a un'eredità inaspettata, e che siete smaniosi di investirla per fare ancora più soldi», spiego.
«Fingere di volere soldi? Non sarà un problema».
«Allora presto avrai i dettagli». E facendo l'occhiolino a Eric e Carson, riattacco. «Abbiamo i due finti miliardari», dico trionfante. «Più autentici di così, non si può!».
«E il jet?», continua Carson.
«Quello ce lo mette Doreen».
«Chi?», domanda il grande capo.
«Sua madre», spiego io. «E la vacanza la offre Foster, che è proprietario del resort».
Ora che Carson è rassicurato sui costi dell'operazione – se li dovesse sostenere il Bureau ci vorrebbero mesi di attesa per l'ok di Washington –, annuisce debolmente. «Allora, riassumendo: i due finti neomiliardari vanno a farsi una vacanza nel resort dove alloggia Rafferty Sloan. Qui, Damaris Hargreave entra in scena e presenta Brianna e Simon a Rafferty, al quale parleranno dell'intenzione di investire la loro eredità in qualche buon affare».
«Esatto», lo incoraggia Eric.
«Se Rafferty abbocca, loro gli proporranno di dargli i soldi che stanno...?»
«A Cuba», risponde Eric.
«Cuba?!», sbotta Carson. «Chambers! Non so se te lo ricordi che Stati Uniti e Cuba non sono stati troppo amici negli ultimi sessant'anni».
«L'importante è togliere Sloan dagli Emirati», sostiene Eric con fermezza. «Quello non salirà mai su un aereo diretto in un Paese che può estradarlo, non è mica idiota. Cuba è la scelta migliore».
«Andranno a Cuba», ripete con un grugnito Carson. «Con l'aereo di Mrs Hargreave». Si alza mettendosi a osservare la città dalla vetrata. «Quanto ci vorrà per organizzare l'operazione?»
«Un mese».
«Benissimo, prepara il passaporto, Chambers».
«Vengo anche io!», esclamo.
«A fare cosa?», sussultano i due, all'unisono.
«È anche mia quest'operazione, no? Sbaglio o sono stata io a trovare mio zio, i collaboratori e il jet?!». Io sono fermissima sulla

mia posizione e fisso tutti e due con aria minacciosa, e il piede che pesta a terra con impazienza. Il rumore dei miei tacchi deve dare davvero sui nervi.

«E allora?», sbotta Carson.

«E allora, ci sarò fino alla fine», dichiaro ferma sulle mie posizioni. «O come ho trovato le risorse, posso anche annullarle. E voi perdereste l'arresto dell'anno. Potete sempre aspettare che gli Emirati estradino mio zio».

«Mi assumo io la responsabilità, signore», dichiara Eric, lasciandomi stupita.

«Che cazzo ti è successo, Chambers?», sbuffa Carson scuotendo la testa. «Dov'è finito il detective rigoroso, inflessibile, quadrato che conosco?».

«Non lo so, signore».

Il capo fa spallucce. «In questo caso, non voglio saperne nulla».

«Rimane solo una questione da risolvere», annuncio con un gran sorriso ruffiano. «Il mio passaporto. Dovete restituirmelo».

A un mese esatto dal colloquio con Carson, l'operazione prende il via.

L'FBI ha fornito a Brianna e Simon la copertura: saranno Barbara e Sean Barristed, eredi del defunto Fred Serramanico Barristed, ricco malavitoso che ha lasciato loro il suo patrimonio, al sicuro all'Havana, lontano dagli occhi del governo statunitense.

Brianna-Barbara e Simon-Sean sono già in vacanza all'Emirates Pearl Resort e sembra che se la stiano godendo davvero alla grande, da veri neomiliardari.

Il loro atteggiamento da nuovi ricchi un po' naïf ha attirato subito l'attenzione di mio zio, con il quale hanno già cenato un paio di volte. A fare da mediatrice c'è Lady Di, che con il suo fascino abbagliante è proprio il tipo di mio zio. Lui si è presentato come Nevis Lowell, broker finanziario dall'intuito affilato, che ha nel taschino diversi pacchetti azionari con delle percentuali di resa pirotecniche.

Ma il contante, specie quello sporco, non si muove mai da solo, quindi va preso a Cuba, e trasferito alle Bahamas dove mio zio, o meglio, Mr Nevis Lowell, ha il suo conto con cui gestisce tutte le sue operazioni di trading.

Questo è quanto sappiamo dagli aggiornamenti giornalieri che arrivano da Abu Dhabi.

Quando mi arriva un messaggio di Eric, capisco che è arrivato il nostro momento.

Fai la valigia. Partiamo domani mattina.

Metto la sveglia all'alba e, al JFK, incontro Eric allo Starbucks dell'aeroporto dove mi allunga il mio passaporto.

«Dove sono tutti?», domando guardandomi intorno alla ricerca di altri agenti. Forse sono in borghese come Eric, sparsi per l'aeroporto.

«Non ci sono», risponde lui prendendo un sorso di caffè dal bicchierone di cartone. «Siamo noi due i "tutti"».

«E perché?»

«Perché l'operazione funziona così. Ora smettila di farmi domande. Siamo due turisti. Tieni il biglietto, dobbiamo andare ai controlli di sicurezza».

Lo seguo alla fila per il metal detector e controllo che i miei dati sul biglietto siano corretti.

Ferma tutto... La destinazione è sbagliata!

«Eric!», lo chiamo allarmata tendendogli il biglietto. «Guarda qui! La destinazione è sbagliata! C'è scritto che arriviamo...».

«La destinazione è giusta», taglia corto.

«Dovevamo andare a Cuba!», protesto.

«E invece non andiamo più a Cuba».

43

«Sfonda questi muri e vieni a prendermi».
Frase scritta su un muro

«Lexi, svegliati, siamo atterrati», mi sento dire, mentre una mano mi picchietta sul braccio.

Dopo quattro ore di volo, sono rigida come un blocco di marmo, mi fanno male le chiappe e non mi sento più i piedi. Non sono mai salita su un charter prima di oggi e ora capisco perché.

Apro gli occhi e mi rendo conto che ho la testa appoggiata alla spalla di Eric.

Non ho idea di quando mi sia addormentata ma, dopo il decollo, non ricordo molto. Stanotte, per l'eccitazione ho dormito poco e l'effetto down dev'essermi piombato addosso tutto d'un colpo.

Mentre attendiamo in fila indiana per scendere, però, sento un sorriso farsi largo sul mio viso: Eric mi ha lasciato dormire sulla sua spalla.

Non voglio illudermi, ma continuo a canticchiarmi un "pappappero" in testa neanche avessi vinto alla lotteria.

Prendiamo un taxi scassato fino a un albergo dall'aria per nulla rassicurante e scopro che Eric parla spagnolo neanche fosse madrelingua. Mi arrendo! Ce le ha tutte lui! Chi è, James Bond?

Abbiamo camere separate, non so lo spagnolo bene come lui, ma il suo insistente sottolineare *"Cuartos separados"* è un concetto che mi arriva bello chiaro. E con lui muore il "pappappero" di poco prima.

Con il mio succo d'ananas di benvenuto in mano, osservo la mia camera: è desolante, arredata con mobili di recupero, lenzuola ruvide e bagno minuscolo. Però, la vista dal terrazzino non ha nulla da invidiare ai resort extralusso. Con un colpo d'occhio posso abbracciare tutta la costa del Mar dei Caraibi, con la spiaggia che si allunga in una sottile lingua bianca punteggiata dalle palme e con le onde che schiumano infrangendosi sul bagnasciuga. Verde, bianco, blu. Spettacolare.

Manca solo una Jacuzzi a farmi sentire in paradiso. Ah, no, manca anche Eric consenziente.

Faccio una doccia veloce, mi metto un vestito leggero e scendo per la cena. Quando chiedo dov'è il ristorante, alla reception mi indicano di uscire dalla porta sul retro, ripetendo: «*Afuera, en la playa, hay un chiringuito*».

Annuisco senza capire ed esco. Mi trovo su una passerella di legno che taglia la spiaggia fino a un chioschetto illuminato da fiaccole e lanterne.

Seduto a uno dei tavolini, c'è Eric, vestito in jeans sdruciti e una camicia di lino bianca mezza aperta e con le maniche arrotolate, che beve un cocktail, con lo sguardo perso verso l'orizzonte.

Mi sento male.

Molto timidamente scosto la sedia di rafia accanto alla sua. «Posso?».

Lui registra la mia presenza, sgranando gli occhi, mi scruta qualche secondo senza dire nulla, poi annuisce. «Certo, siediti».

«Hai già ordinato?», domando, sfilandomi i saldali e accarezzando la sabbia calda con i piedi.

«Non hanno il menu. Ti portano loro quello che c'è».

Eric non fa in tempo a finire la frase che una cameriera, una bella ragazza florida dalla pelle color caramello, mi porta un bicchierone di sangria.

«Io, però...», dico, fermandola. Ho chiuso con l'alcol. Alcol ed Eric sono una combinazione letale per me.

«*Quieres mojito, en su lugar?*», domanda lei.

Mojito? Per carità... Faccio cenno di no e lei se ne va.

Ci servono piatti locali, tra cui il pastelón – un tortino di banane fritte e carne – e un gazpacho piccantissimo che ci costringe a bere l'intera caraffa di sangria.

«Di tutte le cene take-away che abbiamo fatto, la cucina caraibica ci mancava», sottolineo sventolandomi le labbra ustionate dal peperoncino. Il mio è un tentativo impacciato di ricordare a Eric le nostre serate insieme, ma non sembra avere successo.

«C'è una prima volta per tutto», commenta lui. Pesca una ciliegia dal bicchiere e l'addenta stringendola tra le labbra, gesto che mi incendia più del gazpacho.

«Tu non sei agitato?», gli chiedo. I suoi silenzi mi pesano e provo a riempirli con domande stupide, che irritano perfino me, ma ho bisogno che lui mi parli.

«Adesso no. Forse l'ansia arriverà domani».

«Perché hai accettato di portarmi con te?», domando a bruciapelo stanca delle sue risposte vuote, volte a evitare in ogni modo una conversazione minima. Se girarci intorno non funziona, tanto vale andare dritta al punto.

«Non mi hai lasciato molta scelta. E poi, lo hai detto tu, no? Ci sei dentro fin dall'inizio».

La sua risposta è razionale ed esauriente, però non mi basta. «Solo?»

«Cosa vuoi sentirti dire, Lexi?», mi domanda diretto, guardandomi negli occhi.

«Magari c'era anche un altro motivo».

Lui scuote la testa. «Non tirare fuori cose che potrebbero farci litigare. Non adesso».

«Non voglio litigare, non ho mai voluto, Eric».

«Siamo in missione, Lexi».

«Smettila di fare l'indifferente. So benissimo che sei capace di portare avanti l'operazione da solo», insisto, grazie alla sangria che ha liberato i miei freni inibitori. «Se io ora sono qui, è perché tu mi ci hai *voluta*».

«Lexi, ti prego, non andare oltre».

«Perché? Cosa succede se vado oltre? A parte dire una verità ovvia per entrambi!».

«Non è ovvia per niente».

«Non mi vuoi?», chiedo sporgendomi verso di lui. «Puoi dire, in tutta sincerità, che non mi vuoi?». I nostri visi sono vicinissimi e sento l'odore del vino fruttato nel suo respiro.

«Sai che se negassi mentirei, ma…».

«Ma, cosa? Dimmelo», la mia aggressività ha lasciato posto alla preghiera.

«Quello che vuoi è impossibile». Eric pronuncia la frase come se gli pesasse ogni parola.

Il pulsare di un gruppo di percussioni e l'arpeggio di una chitarra rompono il silenzio tra noi due, mentre un trio di musicisti, acclamato dagli altri avventori del chiosco, attacca un pezzo di pop latino, accompagnato da un gran battere di mani.

«Non è vero che è impossibile. Abbiamo avuto un momento in cui è stato possibile».

«Ed è anche finito, Lexi».

Prima che Eric possa aggiungere altro, due ragazzi dello staff del bar ci tirano su di peso dalle sedie. «*Ven a bailar!*», gridano in preda all'entusiasmo.

Intorno a noi tutti stanno ballando: sulla spiaggia, sui tavoli, sul bancone…

La cameriera di prima mi dà una spinta poderosa verso Eric, che mi prende prima che gli cada addosso.

Ci muoviamo a ritmo di musica, rigidi, terrorizzati dai dieci centimetri che ci dividono.

«Io e te non siamo fatti per stare insieme, Lexi», insiste lui.

«Provamelo», lo sfido. «Dimmi un solo momento in cui io e te non siamo stati bene insieme».

E ancora una volta, le cameriere-ballerine intervengono, spingendoci una nelle braccia dell'altro. «*Mas juntos, acércate*!».

Juntos può voler dire solo "uniti", perché adesso io ed Eric siamo proprio corpo a corpo. E che corpo! L'ultima volta che siamo stati così vicini eravamo su un letto, nudi. O era la doccia?

Ondeggiando a ritmo di musica, con i piedi affondati nella sabbia, mi abbandono contro il corpo di Eric, che per quando incazzato sia, segue il mio, proprio come facevamo neanche un mese fa.

«Rischiamo di farci male entrambi, Lexi», sussurra lui al mio orecchio, accarezzando i miei capelli ancora mezzi umidi.

«Non ho paura del dolore», dico io con il viso nell'incavo del suo collo, dove inspiro avida il familiare odore del suo dopobarba. «L'unica paura che ho è di non sentire più niente, dopo di te, di non sentirmi più viva».

«Sei la persona più viva che conosca». Mi fa piroettare su me stessa per poi stringermi di nuovo contro di lui, riempiendomi del suo calore.

Quanto mi manca. Le sue mani scendono lungo la mia schiena fino ai fianchi, guidando il mio bacino contro il suo. Se è vero che i corpi, mentre ballano, si parlano, i nostri si stanno dicendo cose che non si possono ripetere ad alta voce.

Io lo voglio, non è un segreto. Ma anche lui. E il fatto che Eric mi sfugga, che mi respinga, non fa che accendere ancora di più il mio desiderio.

«Eric, puoi fingere che non ci sia stato niente, ma sappiamo tutti e due che non è così», dico sfiorando il lobo del suo orecchio con le labbra.

«Io non fingo. Cerco solo di proteggerci entrambi», ribatte lui voltandosi verso di me, con la bocca a un soffio dalla mia.

Siamo immobili, persi a guardarci. Non è rimasto nulla da dire, è il famoso momento "o la va o la spacca".

Mi protendo verso di lui in punta di piedi e le sue labbra socchiuse promettono già un bacio da svenimento.

Anche Eric si china su di me venendomi incontro, con la bocca che accarezza già impercettibilmente la mia.

La musica però s'interrompe e il suo cellulare trilla, infrangendo il momento catartico.

Ci stacchiamo di scatto, mentre lui controlla lo schermo del telefono. «È Brianna. Stanno per decollare. Saranno qui tra dieci ore. È meglio se andiamo a dormire».

Lasciamo il chiringuito festante e rientriamo in albergo. Per le scale, lo seguo con passo pesante, pensando a una qualsiasi scusa per impedirgli di entrare in camera.

«Allora, buonanotte», mi dice infilando la chiave nella serratura della porta accanto alla mia.

«Buonanotte», rispondo io senza accennare ad aprire la mia porta. Sto lì a fissarlo per lunghissimi secondi, con la chiave tra le mani, cercando di cogliere un briciolo di esitazione.

«Buonanotte», ripete un secondo prima di sparire nella stanza, chiudendosi l'uscio alle spalle.

Sarà il materasso di cemento o forse l'aver dormito in aereo, ma non riesco a prendere sonno, così esco sul terrazzo, appoggiandomi alla balaustra di ferro, e inspiro l'aria di mare mentre la brezza tiepida mi accarezza la pelle.

«Si vedono le stelle qui», sento dire da una voce accanto a me. È Eric. Me lo trovo di fianco, appoggiato come me al parapetto.

Non avevo notato che il terrazzino è in comune e vi si affacciano sia la mia porta finestra che quella della stanza di Eric.

«Già, è stupefacente», concordo. Per chi è newyorkese come noi, con l'inquinamento luminoso di Manhattan, la vista delle stelle è un evento raro. «Non riesci a dormire?»

«No. Dev'essere il fuso orario».

«Abbiamo la stessa ora di New York qui, agente Chambers», gli faccio notare.

«E tu, perché non dormi?»

«Secondo te?». Potremmo continuare a rimbalzarci domande per tutta la notte pur di non affrontare il punto.

«Il materasso è scomodo?»

«Anche».

«Oltre a...?», m'incalza lui.

Basta giochini, io scopro le carte. «Oltre al fatto che al di là della parete ci sei tu. Non riesco a immaginare che sei a venti centimetri da me e non dormiamo nello stesso letto».

Lui non risponde, limitandosi a squadrarmi da capo a piedi. Non sono pettinata, non sono truccata, e indosso un pigiama canotta-shorts che non è certo all'altezza dei miei completi La Perla.

Eric, da parte sua, è troppo per i miei occhi: indossa solo un paio di pantaloni leggeri che gli sono scivolati pericolosamente sui fianchi, al limite di quello che dovrebbero mostrare, ha i capelli scompigliati e la barba di due giorni.

È così bello che se non ci fosse questa balaustra che sto stringendo con tutte le mie forze, sarei già precipitata di sotto.

«Anche per me quella parete è un problema», sussurra con voce roca.

Azzardo un passo verso di lui, poi un altro. «Qui fuori non c'è la parete».

«Non so se è un bene o un male».

Con il cuore che pulsa all'impazzata, il respiro corto e la mano tremante, faccio scivolare le dita sul suo petto, disegnando cerchi immaginari sulla sua pelle calda e liscia. «Se faccio questo, è un male?»

«Direi di no», esita.

Alla mia mano destra si aggiunge l'altra e le faccio salire su, intorno alle sue spalle. «E così?»

«Nnno».

Mi stringo a lui, premendo ogni centimetro del mio corpo contro il suo, come prima, mentre ballavamo, alzando il viso per guardarlo. «E questo è un male?», sussurro ancora.

«Lexi…».

Alzandomi in punta di piedi, cerco la sua bocca, leccando prima le mie labbra, poi le sue. «E questo?».

Stavolta non mi dà risposta, ma mi prende in braccio, stringendo le sue mani intorno alla mia vita e io, d'istinto, allaccio le mie gambe attorno ai suoi fianchi, in quei gesti che i nostri corpi ormai conoscono a memoria.

«'Fanculo quella parete!», ringhia lui mentre preme la sua bocca sulla mia, diretto nella mia stanza.

Finalmente sento di nuovo le sue mani sul mio corpo, le sue labbra sulle mie, il suo respiro nel mio.

Cadiamo sul materasso avvinghiati, mentre ci divoriamo famelici e ci cerchiamo sotto i vestiti.

Tra me e lui è così, ci basta sfiorarci per trasformare una scintilla in un incendio.

Voglio sentirlo ancora dentro di me, dentro il mio cuore, dentro la mia testa, dentro la mia anima, dappertutto.

Prima di lui pensavo di aver visto e capito tutto, ma dopo mi sono resa conto di essere arrivata a ventisette anni quasi vergine. Mi ha reso libera, selvaggia e donna. E non credo che nessun altro ci riuscirà come ci riesce lui.

Perdo la testa quando mi stringe i polsi, i suoi denti mi solleticano la pelle del collo e sento la sua eccitazione premere contro di me.

Tra un bacio e l'altro, allungo la mano e mi sfilo gli slip. «Se mi vuoi, sono qui per te. Per noi», ansimo.

Ma Eric, invece, si ferma di colpo, con un'ombra di terrore negli occhi. Si tende sulle braccia mettendo un metro di distanza di sicurezza tra i nostri corpi.

«Che c'è?», chiedo allungando la mano al suo viso per chiedergli ancora un bacio.

«Stiamo incasinando tutto di nuovo».

«Cosa? No, non è vero», provo a dissuaderlo.

«Scusami», mormora scostandosi. «Tu non sei mai stata così bella come stasera e io ho perso completamente il controllo». Scuote la testa e si alza dal letto, riannodandosi il laccio dei pantaloni. «È colpa mia, non dovevo lasciarti fare».

Non ci credo! Sta succedendo sul serio? «Eric, io lo voglio!».

«Ma io no».

Se le parole fossero schiaffi, queste mi avrebbero spalmato la faccia sul pavimento.

«Abbiamo già sbagliato una volta, evitiamo la seconda. Io non faccio per te, tu non sei la donna per me: è sempre stato chiaro fin da subito».

Guardo il suo profilo disegnato nel rettangolo della finestra mentre si allontana e mi sembra che il cuore mi sia caduto dal petto. «Dove vai?»

«In camera mia. A dormire».

E nel momento in cui lo vedo sparire, gli occhi mi s'inondano di lacrime.

44

«I soldi non hanno né amici, né parenti».
Antichissimo detto tibetano

Non faccio in tempo a finire la colazione che devo correre in bagno a vomitare. Ho il panico.

«Se può consolarti, Hendricks vomita ancora, prima di ogni operazione», commenta Eric venuto in mio soccorso per tenermi indietro i capelli.

Non è una scena alla quale tenevo che assistesse. Sono verde.

«E se qualcosa va storto?», dico prima di tuffare la faccia nel lavandino colmo di acqua fredda.

«Faremo di tutto perché niente vada storto». Eric mi passa l'asciugamano. «Tra un'ora atterrano, è il momento di andare all'aeroporto».

Terrorizzata all'idea di vomitare di nuovo, tengo il finestrino abbassato durante tutto il tragitto in taxi.

Abbiamo l'aria di due turisti e all'aeroporto ciondoliamo tra la caffetteria e il duty free.

Solo quando manca una manciata di minuti all'atterraggio, vedo Eric parlare con gli agenti di sicurezza ai voli privati, ai quali mostra il suo distintivo.

Quando hanno finito di confabulare, mi fa il gesto di seguirlo e imbocchiamo la passerella che ci fa scendere sulla pista.

A parte alcuni voli di linea che decollano e atterrano, nel cielo non si vede un jet, e a me riparte la tachicardia, mentre Eric, immobile e silenzioso, sembra padrone di sé nella maniera più assoluta.

«Calmati!», mi dice guardandomi spostare il peso da un piede all'altro.

«Non posso. Siamo solo noi due qui, tu devi arrestare un latitante, non hai nessuno che ti guarda le spalle...».

«Tuo zio non è un tipo pericoloso o che gira armato, però so rispondere al fuoco, se devo, ma non credo sarà questo il caso. E comunque, tu non li vedi, ma l'aeroporto è disseminato di agenti in borghese, pronti a intervenire, e poi», Eric si cala gli occhiali da sole sul naso, lanciandomi un accenno di sorriso, «ci sei tu a guardarmi le spalle, no?».

Oddio. «Credo di stare per svenire».

«Shhh», mi zittisce alzando il dito al cielo. «Gulfstream in atterraggio. Sono loro».

Al suo avvertimento il mio cervello va in tilt e sospende tutte le trasmissioni.

Il jet tocca terra facendo fischiare l'aria e perdendo velocità, infine percorre placido la corsia di manovra fino al posteggio. Il portellone si apre con una lentezza snervante e cala la scaletta.

Senza rendermene conto sto trattenendo il respiro.

La prima a uscire è Lady Di, che scende come una regina in visita di Stato, segue Brianna, scintillante nel suo personaggio da multimiliardaria. Le riesce proprio bene. Dietro di lei, compare un uomo in T-shirt bianca, barba folta, occhiali da sole e tatuaggio sul braccio: mio zio. Simon chiude la fila.

Nascosta sotto la tesa del mio cappellone di paglia e con gli occhiali, mi tengo qualche passo dietro a Eric, che si avvicina ai passeggeri, salutandoli. Con Lady Di non ci sono parole, solo un freddo scambio di sguardi.

«Mrs Barristed», dice poi Eric rivolto a Brianna. «Il volo è stato piacevole?»

«Perfetto come sempre», recita lei. «La nostra auto è già pronta?»

«Certo», risponde lui.

«Lasci che le presenti il nostro ospite», continua la mia amica gesticolando verso mio zio, «questo è il nostro nuovo consulente finanziario: Nevis Lowell». Brianna è ben attenta a calcare le parole "Nevis Lowell".

«Molto piacere», saluta zio Raff tendendo la mano a Eric.

«Piacere mio». Eric ricambia la stretta e, con un gesto fulmineo, fa scattare la manetta intorno al polso di mio zio. «Eric Chambers, FBI, la dichiaro in arresto».

Mio zio trasecola. «FBI? A Cuba?».

Eric indica con il dito la bandiera che sventola sulla torre di controllo. «Le do il benvenuto a Porto Rico, Mr Sloan, territorio non incorporato degli Stati Uniti d'America e sul quale l'FBI può spiccare un mandato d'arresto».

Perfetto, ora è chiaro perché ci troviamo a Porto Rico.

«Ciao, zio», saluto io togliendomi il cappello.

Lo stupore di mio zio, già al culmine, aumenta ancora di più. «Lexi?!

Tu...?». Ma zio Raff è così sconvolto che non sa nemmeno come finire la frase.

«Quel tatuaggio è davvero brutto, dovresti toglierlo. E anche quella barba, non ti dona affatto. L'immagine è tutto».

A bordo pista si è già radunato un nucleo di polizia con tanto di auto.

«Non dirò nulla senza il mio avvocato», borbotta zio Raff strattonando le manette.

«Vedo che conosce già la procedura», ribatte Eric, «tuttavia credo che Connor Coleman stia dicendo queste esatte parole agli agenti che lo stanno arrestando, in questo preciso istante, nel suo prestigiosissimo ufficio in Park Avenue».

Dopo aver consegnato mio zio agli agenti che lo caricano in auto, Eric si volta verso di me e, forse a causa dell'adrenalina, ci buttiamo una nelle braccia dell'altro, con lui che mi fa volteggiare sulla pista, sotto gli occhi di tutti.

«Eric...», sussurro con la fronte contro la sua, pregando per un bacio.

«Lexi, io... io ti am...», ma prima che possa finire la frase, il pilota si affaccia al portellone del jet.

«Che dici capo», c'interrompe la voce di Hendricks, mentre si leva la giacca della divisa dell'aviazione, «portiamo questo bel pacco a Carson?».

45

«Nessun giorno è perfetto per una rapina».
Tokyo, *La casa di carta*

Il nostro rientro a New York è eclatante. All'aeroporto ci sono CNN, CBS, Foxnews, tutti!

Eric, però, non rilascia interviste, concentrato sul da farsi. Sa che non è finita e che ora gli spetta la parte più difficile: l'interrogatorio.

E tutto quello che stava per succedere e non è successo tra di noi, sulla pista di atterraggio a Porto Rico, è in stand-by.

«Quante probabilità ci sono che parli?», chiede Carson a Eric, a notte fonda, dopo il nostro arrivo nel suo ufficio. Stanno pianificando una strategia, ma è una scommessa.

«Dipende da quanta paura ha», risponde lui. Poi si rivolge a me. «Tu che dici, Lexi?»

«Mio zio è uno che non molla l'osso, se deve parlare, lo farà solo se ne varrà la pena», spiego.

«Dovremmo offrirgli qualcosa», concorda Eric.

«Offerte?!». Carson però non è dell'idea. «Non trattiamo con i criminali».

«Promettiamogli i soldi», dice Eric. «Glieli sventoliamo solo sotto il naso. Abbiamo bisogno di sapere dove li ha nascosti. Se non ce lo dice, l'arresto è stato inutile».

«Mio zio non è certo un campione di coraggio», m'intrometto, «ha mandato avanti mio padre per tutta la vita e, appena le cose si sono messe male, se l'è data a gambe».

«Bene», concorda Carson. «Facciamogli credere di essere generosi. Poi spacchiamogli il culo».

Due giorni più tardi, all'interrogatorio, ci sono anche io, nella saletta buia dietro al vetro, assieme a Carson, dove possiamo vedere e ascoltare tutto ciò che mio zio ed Eric si dicono.

«L'ho fatta restare perché lei conosce Rafferty, Miss Sloan. Le chiedo di tenerlo d'occhio e dirmi cosa vede: paura, ansia, noia. Dobbiamo giocarci l'interrogatorio al meglio».

«D'accordo».

«Stia lontana dal vetro, non faccia rumore e parli sottovoce».

Annuisco, osservando mio zio seduto al tavolo con la tuta arancione. Non sembra neanche lui. Si è sbarbato e pettinato, ma l'arancione non è proprio il suo colore. Sembra anche invecchiato di colpo, a guardare le rughe che gli segnano la fronte.

Però, lo sguardo di superiorità, quando nella stanza entra Eric, è sempre il suo.

«Ottima scelta Abu Dhabi, Mr Sloan. Ne è tornato con un'abbronzatura impeccabile. Sarà il detenuto più invidiato di tutto il braccio E».

«Quanto dovrò starci?»

«Dove?», domanda Eric stranito.

«In prigione».

Le loro voci mi giungono deformate e attutite dal vetro, come se fossero sott'acqua.

«Di certo fino al processo, poi dipende», butta lì Eric con tono insinuante.

«Da cosa?»

«Da lei».

Mio zio si acciglia. «Può mettersi seduto, agente Chambers?»

«Sono io che faccio le domande, qui. Lei dà le risposte».

«Mi piacerebbe che si sedesse», ripete mio zio.

«Sto bene in piedi, grazie», ribatte Eric.

Carson mi dà una gomitata. «Serve a non cedere potere a Rafferty. Vogliamo che si senta in soggezione, non seduto a un bar a prendere un caffè con un amico».

In effetti, Eric se ne sta ben piazzato davanti a mio zio, le mani sui fianchi, a guardarlo dall'alto.

«Allora, Rafferty, ora io le dico cosa so, poi mi dirà quello che sa lei. Ha creato tre false società per portare i soldi fuori dalla Sloan Securities. Acquistava opere d'arte fasulle attraverso la PBK Art Brokerage, assicurata presso la Breton-Greenwich, la quale rifondeva periodicamente una società operativa collegata a un ente di beneficenza noto come SCG Action, e con sede alle Bahamas. La stessa SCG Action che riceveva milioni di dollari delle donazioni raccolte dal Silver Charity Group, ossia la sua associazione filantropica».

«Non sapete altro?», domanda mio zio con aria trionfale e sopracciglio alzato.

«Coleman, che è stato interrogato ieri, ha già confessato di aver aperto le società civetta PBK Art Brokerage, Breton-Greenwich, SCG Action e Silver Charity Group per suo conto».

L'espressione di mio zio cambia in modo repentino, in amaro disappunto.

«Le consiglio di trovarsi un altro avvocato», aggiunge Eric.

Ora che mio zio ha richiuso la sua coda da pavone, Eric si siede. «Sarò franco, con le accuse che si ritrova, se non saltano fuori i soldi, tre ergastoli non glieli leva nessuno».

«Tre ergastoli?!», sbotta mio zio.

Mi accosto a Carson, bisbigliando: «Mio zio non è uno da carcere. Si fa i cubetti di ghiaccio con l'acqua minerale finlandese e va dalla manicure ogni martedì. Minacciatelo di sbatterlo a Guantanamo».

Eric è di spalle, ma lo vedo annuire. «Come minimo».

«E se confesso, cosa cambia?»

«Truffe di questo tipo gettano molte ombre sul sistema di controllo. Al governo questa pubblicità negativa non piace. Una sua confessione stringerebbe i tempi del processo e, di conseguenza, l'esposizione mediatica. Tutti sarebbero più felici».

«Incluso me?»

«Incluso lei. Vede, se non saltano fuori i soldi, il tribunale passerà anni a setacciare tutti i beni personali della famiglia Sloan dal primo all'ultimo per metterli all'asta e risarcire i truffati. È un'operazione lunga, difficile, costosa e soprattutto non arriva mai a coprire i danni».

Mio zio fa spallucce, disinteressato. «Sarà un problema del tribunale».

«Ma se lei ci dicesse dove sono i soldi, il risarcimento si risolverebbe nel giro di pochi mesi e, mi creda, qualunque giudice sarebbe grato di un gesto simile».

«Mi sta dicendo che dovrei consegnare i miei soldi?».

Eric scatta in piedi, facendo stridere la sedia sul pavimento. «Non sono i *suoi* soldi! Li ha rubati! Inclusi quelli di sua nipote! Cos'è? Ha così pochi scrupoli che non si vergogna neanche di aver lasciato sul lastrico la sua famiglia?».

Continuo a picchiettare la mano sulla spalla di Carson. «Guantanamo! Guantanamo!».

Carson non dice nulla e si limita a premere un pulsante che accende una spia rossa in uno degli angoli della saletta interrogatorio. Non so cosa significhi, ma Eric sembra sapere cosa fare.

«Allora, Rafferty, ha due alternative: o ci dice dove sono i soldi, e a lei toccheranno dieci anni con la possibilità, in caso di buona condotta, di domiciliari; o si rifiuta di collaborare e si fa tre ergastoli e, dal braccio E, uscirà solo sdraiato in una cassa di legno».

«A me non rimane niente!», sbraita mio zio picchiando il pugno sul tavolo.

«Si può trovare un accordo. Se collaborerà potremmo anche lasciarle l'uno percento del capitale».

«Il dieci!». Mio zio è abituato a contrattare, e neanche stavolta si tira indietro.

«Uno!», ribadisce Eric. «Non sia venale, parliamo di miliardi di dollari. L'uno percento sono comunque un sacco di soldi, Sloan».

«Ok, vi darò il nome del mio uomo alle Bahamas, ma non voglio tre ergastoli», brontola Raff.

«Ne riparliamo quando i soldi saranno qui negli Stati Uniti».

Al che entrano due agenti per scortare fuori mio zio.

«Non voglio più pisciare davanti al secondino!», si lamenta mentre lo portano via. «Ha capito, Chambers?».

«Sembra che l'indagine sia ufficialmente conclusa», mi comunica Eric, con distacco.

Sono ancora nella saletta semibuia dalla quale ho osservato l'interrogatorio, dove mi ha raggiunto lui, un secondo dopo che Carson è uscito.

«Sei stato bravo», aggiungo.

«Anche tu».

«Porto Rico, la finta negoziazione con mio zio per farlo confessare… Geniale».

«Se non fosse stato per te, Lexi, non credo che saremmo mai arrivati qui. È stata un'indagine… fuori dai quadrati».

Lui mi sorride, io gli sorrido. Sarebbe il momento perfetto per riprendere da dove ci eravamo fermati, per abbracciarci. O per baciarsi. O tutte e due le cose.

E invece niente: ce ne stiamo impalati uno di fronte all'altra, con il famoso silenzio imbarazzante a farla da padrone.

«Cosa farai adesso?», gli chiedo.

«Tornerò alle altre mie indagini. Da ora tuo padre sarà scagionato e i vostri beni scongelati».

«Bene», commento. Non avevo intenzione di parlare di questioni pratiche.

«Potrai riavere indietro la tua vita».

«Bene», ripeto come un automa, le mani strette a pugno per trattenermi dal gettarmi al suo collo.

«Bene». Anche Eric è a corto di parole, ma mi sembra impossibile che nella sua testa non ci sia la stessa tempesta che c'è nella mia. E nel mio cuore.

Si guarda intorno, a disagio, pronto ad aprire la porta, con la mano già sulla maniglia.

«Eric, io…», inizio in un ultimo disperato tentativo, che lui blocca facendomi cenno di tacere.

«Lexi, ti prego. Finiamola così, senza rancori. Siamo persone troppo diverse, veniamo da mondi diversi, se non fosse stato per questa truffa, le nostre vite non si sarebbero mai incrociate. Tu sei una principessa dell'Upper East Side, io un detective di Red Hook e ci è sempre andato bene così».

«E se a me non andasse più bene?», insisto.

«Appena rientrerai a casa tua, con il pavimento riscaldato, il bancone bar nell'armadio e la Jacuzzi, dimenticherai tutto il resto, non preoccuparti», dice in tono di resa.

«Così mi offendi».

«No, lo so che sei molto di più. Ma all'agio ci si abitua in fretta, non è una colpa per nessuno. Non hai mai nascosto che rivuoi la tua vecchia vita e non sarò io a strappartela, stavolta».

Non capisce, invece, che mi sta strappando il cuore! Non devo piangere. Non devo piangere.

Prima che apra la porta, facendo entrare la realtà, lo imploro in un ultimo disperato tentativo. «Sulla pista, a Porto Rico, cosa stavi per dirmi? Io ti… Io ti…?», lo incalzo.

«Ti ringrazio per l'aiuto», conclude con una freddezza lacerante.

«Bugiardo», lo accuso.

«Non rendere le cose più difficili, Lexi».

«*Tu* le stai rendendo più difficili. Non io!».

Lui sposta lo sguardo a terra, scuotendo la testa. «Sarebbe tutto molto più semplice se tu mi odiassi».

«Perché dovrei?»

«Ho rovinato la reputazione della tua famiglia».

«No, mio zio Raff l'ha rovinata», obietto.

«Ti ho tolto la casa, i soldi e tutto quello che avevi».

«Hai fatto il tuo lavoro, non era nulla di personale».

«Ti ho fatto escludere dalla vita di tutti i tuoi amici», insiste.

«Loro mi hanno esclusa, non tu».

«Come puoi non odiarmi, dopo tutto questo?», mi domanda Eric con una voce che non gli ho mai sentito. Sembra quasi che mi stia implorando. «Odiami, per favore. Lo sai che in fondo è così».

«Posso provarci, ma la verità è che non ti odio abbastanza. E odio non riuscire a odiarti, perché sarebbe molto più facile anche per me». Ho gli occhi pieni di lacrime e riesco a vederlo a malapena.

Eric distoglie lo sguardo e apre la porta. La luce del corridoio che squarcia la penombra dello stanzino mi acceca.

D'accordo, se non vuole dirmelo lui, glielo dirò io. «Eric, io ti...», ma lui mi posa un dito sulle labbra, impedendomi di aggiungere "amo" alla mia frase. Ho bisogno di dirlo, non riesco più a tenermelo dentro.

«È il momento di salutarci, Lexi». Lui esce, invitandomi a seguirlo. È finita.

E lì fuori, tra il viavai di agenti, Eric mi tende la mano. «È stato un piacere lavorare con te, Miss Sloan. I miei migliori auguri».

Io però non la stringo, se lo toccassi, piangerei. «I miei migliori auguri, agente Chambers».

46

«Sono sempre stata famosa, è solo che nessuno lo sapeva ancora».
Lady Gaga

«Sono in debito con te», commenta Lady Di durante la sua rassegna stampa mattutina.

Come? Ho sentito bene? Lady Di ha proprio detto di essere in debito con me? «In che senso?»

«Dall'arresto di tuo zio, mio figlio ha iniziato a interagire con me. Se lo chiamo o gli scrivo, mi risponde. A monosillabi, questo è vero, ma dopo anni di silenzio lo considero un progresso», mi spiega con una vena di soddisfazione nella voce. «Ammetto che la mia idea di invitarlo a ogni costo al gala del Plaza non fosse proprio felice: dovevo immaginare che l'avrebbe interpretata come una boutade per mettermi in mostra. Dare il mio contributo, per quanto materiale, alla cattura, mi ha in parte riabilitata. Spero di cuore di guadagnarmi di nuovo la sua fiducia».

«Ci riuscirà», la rassicuro. «Se darà la possibilità a Eric di conoscerla come la conosco io, non potrà non amarla».

«Eric ha tanti pregi, ma non è duttile come te. È molto fermo sulle sue posizioni, spesso anche contro il suo interesse e il suo volere».

«Me ne sono accorta», borbotto tra me e me.

«Come hai detto?»

«Nulla».

È passato un mese da quel nostro arido arrivederci negli uffici del Bureau e da allora non l'ho più visto né sentito. Devo farmene una ragione: tra me e lui è finita.

Sono tornata alla mia vecchia vita: abito di nuovo nell'attico di Park Avenue con papà, lui si occupa di ristrutturare quello che resta della Sloan Securities, e posso contare ancora su un generoso conto in banca.

Non come prima, ma di sicuro posso presentarmi a testa alta nei negozi senza temere che la mia carta di credito venga rifiutata.

Lavoro ancora per Lady Di, per due motivi: mi piace, per lei faccio ciò che so fare bene; e perché è rimasto l'unico, sottile filo che mi collega a Eric.

Mi lascio assorbire dagli impegni e quando papà mi vede tornare a casa, la sera, mi guarda sempre con un misto di preoccupazione e soddisfazione.

«Sei diventata una donna», mi dice osservandomi rincasare, mentre appendo il cappotto nel guardaroba dell'ingresso.

«Intendi che sono invecchiata?»

«Intendo che sei diventata padrona di te stessa, non ti perdi più con quelle inconcludenti di Jemima e Rebecca, hai giornate più piene delle mie e, se non fosse stato per te, non saremmo mai venuti a capo di questa storia».

«Papà», lo raggiungo dandogli un bacio in fronte. «Tu sei di parte, non vale!».

«Lo sai che non faccio complimenti gratis».

«Lo so».

«Ma non ti metti più le lenti a contatto?», mi domanda. «Ora, se le perdi, puoi tranquillamente fartele rifare».

«Mi trovo bene con gli occhiali», rispondo spingendomeli sul naso. È vero, ho provato a rimettermi le lenti, ma non mi ci vedo.

Mentre mi concedo una vasca rilassante di schiuma aromaterapica guardando la televisione – sì, ho una TV anche in bagno –, m'imbatto nei servizi del TG serale: la conferenza stampa dall'FBI. Mio zio è stato processato, giudicato colpevole e non ha avuto né soldi, né sconto di pena e tutti gioiscono davanti alla giustizia che trionfa. Al microfono c'è Carson e, accanto a lui, Eric.

Vederlo lì mi fa saltare un battito.

Spengo l'idromassaggio e alzo il volume, indispettita di essermene persa già un bel pezzo.

Carson racconta nei dettagli l'operazione, poi passa la parola a Eric per la chiusura.

«Come è arrivato a collegare i quadri falsi, le false società off-shore e l'associazione di beneficenza a Rafferty Sloan?», chiede il reporter.

«Come nella maggior parte dei casi», spiega Eric, «una volta individuata la prima traccia, seguendo i soldi si arriva alla fonte, e Rafferty Sloan ha seminato una lunga scia di soldi lungo la strada per le Bahamas, dove aveva nascosto il denaro sottratto agli investitori. Ma non avrei mai potuto arrivarci da solo senza l'aiuto di una persona».

«Di chi si tratta?»

«Di sua nipote, Lexi Sloan, la prima di tutti i truffati. Senza gli elementi forniti da lei, il caso sarebbe ancora impantanato sotto pile di carta. Ed è stata sempre lei a individuarlo, ad Abu Dhabi. Non posso prendermi il merito della cattura di Sloan senza riconoscere che l'aiuto di Lexi è stato fondamentale e che la città di New York, che l'ha trattata a pesci in faccia, ora le debba una quantità infinita di scuse. Non ho altro da dire. Grazie a tutti per essere intervenuti».

Parte il servizio successivo e io sono ancora lì, a bocca aperta, nell'idromassaggio spento. Eric mi ha... Ha praticamente messo Manhattan in ginocchio per me.

Il mio cellulare non smette di squillare, la mia casella mail straborda e anche il telefono di casa sembra impazzito.

Giornalisti da ogni dove vogliono mie dichiarazioni, interviste, foto, reportage.

Alla fine della settimana ho perfino un invito al *Late Night Show*, uno da *Ellen* e la proposta di una biografia da parte di Hachette, tanto che Lady Di se ne esce con la battuta: «Di questo passo la mia assistente avrà bisogno di un'assistente!».

Ma la sorpresa sconvolgente è quella che mi ritrovo alla porta, domenica mattina: Rick.

«Sono stato un idiota», è la battuta con cui si presenta.

«Dammi un solo motivo per non sbatterti la porta in faccia!», gli rispondo.

«Non avresti nessun torto a farlo, ma riconoscimi il fatto di essere venuto da te, implorante».

«E Rebecca? Lo sa che sei qui?»

«Rebecca?! Chi la vuole Rebecca!?».

Che sfacciato! «Non sono ancora cieca del tutto: al Plaza indossava il Natasha».

«Ho fatto una cazzata enorme!». Poi fa un passo in avanti. «È una cosa lunga, non è che potrei entrare?».

Indispettita, sbuffo e lo faccio accomodare, solo perché non voglio scenate sul pianerottolo. «Ma non ti sedere, mi servi in piedi per sbatterti fuori a calci!».

«Lo so che ti ho ferita, di essermi comportato come un mezzo uomo e che merito ogni punizione per non essere stato al tuo fianco in un momento così difficile».

«Solo?»

«Mi vergogno a guardarti negli occhi e mettermi con Rebecca è stata la pugnalata più grossa che avrei potuto infliggerti. Non è degna di pulirti le scarpe».

«Felice che te ne sia accorto», sbuffo a braccia incrociate.

Rick fa un respiro profondo e allunga una mano nel tentativo di prendere la mia, ma mi allontano. «Lexi, siamo stati insieme dieci anni, tutti stupendi. Ho fatto uno sbaglio, ma i miei mi fanno pressioni perché mi sposi, mi faccia una famiglia, mi crei un'immagine pubblica. Quando è scoppiato lo Sloangate, loro non mi hanno dato tregua finché non si sono assicurati che avessimo tagliato i ponti. Non hai idea del fuoco amico sotto cui mi sono trovato».

«*Tu* parli di fuoco amico? Tu? Io ero senza casa, mi hai messo alla porta!», lo accuso.

«E sono qui a dirti che mi fustigherei per averlo fatto. Conosci i Bates, sai quanto sono paranoici e fissati con il profilo pubblico. Hanno buttato sulle mie spalle tutta la responsabilità della nostra reputazione». Negli occhi di Rick, colgo la prima, vera, scintilla di sincerità. «Mio nonno è uno che sfruttando i sensi di colpa altrui ci ha campato tutta la vita».

Lo so bene. Prima di questo casino, anche io ero fissata con l'immagine. A posteriori, non saprei dire se, nella situazione inversa, con Rick coinvolto in uno scandalo, io mi sarei comportata in modo diverso. «Cosa vuoi da me?»

«Non pretendo che tu passi sopra alla faccenda di Rebecca così, da un giorno all'altro, ma sappi che ho rotto il fidanzamento, perché era sbagliato fin dall'inizio. Magari ti ci vorranno anni per perdonarmi, o forse non succederà mai, ma sono pronto a fare tutto quello che serve a riconquistare la tua fiducia. Riavere anche un briciolo di quella che mi davi prima sarebbe già un privilegio».

Non riesco a credere a ciò che sento. «Tu... vuoi che torniamo insieme?».

Sul viso di Rick aleggia una sfumatura di speranza. «Sarebbe la mia più rosea aspettativa».

«Hai una bella faccia tosta!», esclamo stupita.

«Sarei un vigliacco se non ci provassi. Non dico che da stasera dobbiamo riprendere tutto da dove lo abbiamo lasciato, lavorerò per essere degno del tuo perdono, ti chiedo solo una chance».

La tentazione di cacciarlo fuori a pedate è forte, ho pure le scarpe giuste, con una bella punta spigolosa, ma non lo faccio.

È Rick. Ci sono stata insieme dieci anni, è il ragazzo per cui ho spasimato fin da ragazzina quando l'ho visto per la prima volta al torneo di polo di South Hampton. Il primo e unico ragazzo che pensavo che avrei mai avuto.

Potrei anche mandarlo al diavolo ma mi sta chiedendo perdono e una seconda chance, la stessa che io ho chiesto a Eric e che lui mi ha negato, e che ancora mi brucia come un'ingiustizia. Non posso non riconoscere a Rick che, per presentarsi a casa mia, abbia avuto coraggio.

E poi con Eric è finita. Dovrei mettere la mia vita in stand-by in attesa di qualcosa che non arriverà mai?

«Possiamo provare», dico dopo una lunga meditazione.

47

«Viviamo tutti in un mondo materiale».
Madonna, *Material Girl*

In fondo è un po' come tuffarsi da trenta metri: tutto si riduce alla paura del salto. Una volta che ti butti, in cinque secondi, è tutto finito.

Con Rick è stato così. Ho faticato a ridargli una seconda possibilità ma dopo aver visto come se la sta giocando, non posso dire di aver fatto un errore.

In quasi due mesi non ha fatto un solo passo falso, la sua famiglia mi ha riaccolta con tanto di tappeto rosso e sembra che la mia strada verso il Natasha sia tutta in discesa.

Natasha stessa mi ha voluto come vicepresidente della sua fondazione di patrocinio del MoMA.

Inoltre, la mia vicinanza con Lady Di, ormai incoronata a nuova regina di Manhattan, ha fatto di me l'asso di briscola: questo lunedì, come ogni anno, al primo lunedì di maggio, c'è stato il gala del Met e sono stata nominata madrina dell'evento, la più fotografata della serata.

Sulla carta non mi manca nulla. Ho la mia casa, ho i miei soldi, ho di nuovo mio padre, ho la mia reputazione e ho Rick.

Ma certi momenti mi viene proprio meno il respiro. Di solito succede quando sono da sola, tipo oggi, una pigra domenica pomeriggio senza idee. Più tardi uscirò a cena con Rick e avevo pensato di concedermi qualche ora di assoluto relax. Invece niente, al posto del relax, ho un attacco di panico.

Sono qui, con il cellulare in mano, e faccio una cosa che, ormai, è diventata mia abitudine: scorrere avanti e indietro la mia galleria di foto. Ci sono quelle delle feste, dei party esclusivi con Becca e Jem, i viaggi ad Aspen, i pomeriggi di shopping da Bendel, il mio compleanno da Butter... Poi, di colpo, cambiano: ci siamo io e Brianna in una caffetteria di Red Hook, la mia tavola apparecchiata della Vigilia di Natale, i miei primi soufflé fatti in casa, io ed Eric abbracciati sul divano a dividerci una ciotola di pop-corn, io sui pattini a Bryant Park, di nuovo io e Eric con i baffi di panna lasciati dalla tazza di cioccolata calda, io all'IKEA che salto sui letti… Queste ultime foto, però, non le ho postate sui miei social. Non l'ho fatto non perché me ne vergognassi, ma perché le ho scattate per ricordo, non per mostrare qualcosa a qualcuno. Sono per me.

Quale delle due Lexi sono io? Non lo so, ma se resto ancora un po' da sola, rischio d'impazzire.

Mando un messaggio a Brianna che è ben contenta di venirmi a trovare tanto che, nel giro di tre quarti d'ora, me la trovo alla porta.

«Bree! Non sai che bello vederti!». Ed è bello per davvero! Brianna, con i suoi vestiti chiassosi e i suoi tre delinquenti impataccati di gelato al seguito entrano in casa mia, e i due più grandi tuffano le mani nella fontana dell'ingresso.

«Via di lì o vi affogo!», li sgrida subito Brianna. «Porca puttana!», esclama con occhi sgranati. «Tu vivi qui!?»

«Già. Questa è casa mia».

«Casa?! È una cazzo di reggia! Sapevo che eri ricca, ma mica credevo tanto! Questo posto sembra il Taj Mahal».

«Il Taj Mahal è una tomba», le faccio notare.

«No, l'hotel di Las Vegas. Io e Simon ci siamo sposati lì».

Scoppio a ridere. Grazie a Dio esiste Brianna. «Caffè?»

«Due litri, per favore. Stanotte mio marito era di turno e Jackson è voluto venire nel lettone. Mi ha tenuto sveglia fino all'alba. Te l'avevo già detto di non fare figli?»

«Sì, almeno venti volte».

«Dove stiamo andando?», mi domanda seguendomi.

«Nel mio armadio».

«E il caffè?»

«Lo prendiamo lì. Devo decidere come vestirmi stasera».

Lo sbigottimento di Brianna continua. «Ma che caz… Hai un Bloomingdale's dentro casa tua?»

«In effetti c'è più di quanto potrei indossare in una vita intera», le spiego mentre accarezza i vestiti appesi alle stampelle. «Serviti pure se c'è qualcosa che ti piace».

«Dici sul serio?»

«Assolutamente». E per convincerla che è così, le passo un abito da cocktail coloratissimo di Dolce & Gabbana che avrò usato una sola volta. «Questo è anche della tua taglia».

Persuasa, Brianna si dà alla pazza gioia cambiandosi un vestito dopo l'altro mentre io preparo i caffè. «Sei una Barbie vivente. Be', vedo che ti sei rimessa in sesto per bene».

«È andato tutto per il meglio, alla fine».

«Tutto vuol dire anche con Eric?», domanda lei inarcando il sopracciglio.

Ops. Questa non me l'aspettavo. «È finita. Ha deciso che è meglio tornare alle proprie vite».

«Gli ha dato di volta il cervello! Lui è pazzo di te!».

«No», rispondo arresa, sedendomi sul divanetto. «Dovevi vederlo con che freddezza mi ha detto: "È stato un piacere lavorare con lei, Miss Sloan"».

«Io non ci credo», continua piroettando davanti all specchio in un completo Marni giallo. «Sei la luce dei suoi occhi! Su quella pista a Porto Rico, dopo l'arresto di tuo zio, avrebbe voluto baciarti lì, davanti a tutti. Io e Lady Di eravamo già pronte ad applaudire».

«Non lo vedo e non lo sento da febbraio». Tre mesi che mi sembrano sei.

«Credo che soffra in silenzio», conclude Brianna venendo verso di me e accarezzandomi il viso. «Come fai tu».

«Non soffro in silenzio». Mi scosto dalla sua carezza per evitare di aprire i rubinetti dei dotti lacrimali. «Vado avanti».

«Sono sicura che lui ti ama e, se ti ha detto di tornare alla tua vita, lo ha fatto per te, credendo che fosse quello che volevi. Perché è quello che volevi, giusto?».

Annuisco con forza. «Certo!», rispondo stridula.

«Ma la domanda è un'altra». Bree mette su un'espressione serissima. «Tu, Eric, lo ami?».

L'ho amato, ma che differenza farebbe ora? Sto cercando di rientrare nei miei vecchi panni che sono diventati stretti, per non dire soffocanti, ci mancano solo queste domande esistenziali!

«Sai cosa serve a quel vestito?». Scatto in piedi, diretta alla rastrelliera degli accessori. «Una borsa».

«Una borsa?! Lexi, cosa c'entra?!».

«Una bella borsa! Te la meriti». Dico afferrando quella in prima fila, a colpo sicuro e sistemandola al braccio di Bree.

«La tua Birkin?!». La mia amica mi fissa come se fossi impazzita. «Quella di tua mamma?».

Esatto, proprio la Birkin di mia madre. Se qualcuno deve averla, quella è proprio Brianna, che mi ha raccolto davanti a quel supermercato a Red Hook mentre ero a pezzi e mi ha rimesso insieme. «Sì. È perfetta».

«Non posso accettarla».

«Ti prego!», dico impedendole di restituirmela. «Ci tengo. Mia madre ce l'ho nel cuore, non ho bisogno di una borsa per ricordarmela».

«Lexi…». Lo so che vuole continuare a parlare di Eric, ma io no.
«A me non serve più». Non mi serve più davvero. Anzi, più mi guardo intorno, più mi sembra che tutta questa roba non mi serva.

«Chi era quella tizia con quella carovana di bambini che se n'è appena andata con tutti quei tuoi vestiti?», mi domanda Rick. È arrivato proprio mentre Brianna usciva ed è rimasto a fissarla basito.
«Brianna. L'ho conosciuta quando stavo a Red Hook», spiego.
«Ah, ho capito! Beneficenza», taglia corto, per nulla interessato a domandarmi dei miei mesi d'indigenza in esilio a Brooklyn. «Andiamo? Al ristorante ci aspettano!».
Non mi va di appesantire la serata con racconti del passato, quindi glisso sulla questione beneficenza-non beneficenza.
Al Per Se ci accolgono con tutti gli onori e ci sistemano nel tavolo migliore dove c'è già una bottiglia in fresco nel secchiello.
«Champagne, signore?», domanda il cameriere.
«È un *blanc de blancs*, giusto?», chiede Rick.
«Sì, signore, come piace a lei».
«Allora, versi pure».
«Per me no, grazie», dico allontanando il bicchiere.
«Non ti va, tesoro?»
«Non bevo champagne», gli ricordo.
«Da quando?», mi chiede Rick stranito.
«Da sempre», rispondo in tono ovvio.
«Scherzi?»
«No, Rick. Non bevo mai champagne». Come può non ricordarsi una cosa del genere?!
Lasciamo cadere la questione champagne e ordiniamo, ma la prima portata di Rick viene subito rispedita indietro, così devo aspettare per mangiare la mia.
«Avevo detto verdure al vapore, non grigliate. Il filetto l'ho chiesto al sangue, questo è *bleu* e sono sicuro che la riduzione di Porto non è stata sfumata», spiega al cameriere.
«A me sembrava perfetto», osservo con l'acquolina mentre il suo piatto ritorna in cucina.
«Essere esigente è l'unico modo per avere sempre il meglio», ribatte serio.
Sì, ma essere rompicoglioni è quello migliore per farsi sputare nel piatto. Questo magari non glielo dico. Purtroppo, Rick ha davvero un sacco di paranoie con il cibo. Al contrario di Eric.

«Il prossimo weekend ho un meeting del partito a Boston, dovresti venire anche tu».

«Lo sai che i vostri dibattiti mi annoiano da morire», protesto.

«Saresti molto acclamata. Sei l'eroina acciuffa delinquenti di New York, la vendicatrice sui tacchi a spillo! Ho ben due interventi in programma e il tuo supporto sarebbe la ciliegina sulla torta».

Questa, poi! «Devo intervenire anche io?»

«Sali sul palco con me, saluti il pubblico e, magari, rispondi a qualche domanda, se te la fanno», m'incoraggia lui, addentando il filetto, che stavolta sembra essere di suo gradimento. «Sparkle Forsyth presenzia sempre al fianco di Tristan! Lo sai che siamo diretti avversari, e lui ha pure già due figli. Tu rafforzerai la mia presenza all'evento. È una questione d'immagine. L'immagine è tutto, non è quello che dici sempre?»

«Sì». Abbandono la forchetta e il coltello nel piatto. Di colpo mi è passata la fame.

«Non mangi più?»

«No. Sono sazia».

«Ah, ricordati», aggiunge Rick, «a Boston non mettere nulla di scollato. Mio padre ci tiene che le donne Bates vestano sempre in modo sobrio».

«Certo», concordo a denti stretti.

La nostra serata mondana si conclude con qualche chiacchiera con conoscenti vicini di tavolo.

Rick ci tiene a far vedere che non si vergogna di me, anzi, mi tiene in un palmo di mano. Sa che recuperare la fiducia persa non sarà facile, ma si sta sforzando molto più del previsto.

Più tardi, a casa sua, tenta di riaccendere la passione. Altro tasto dolente.

Ovviamente non pensavo di riuscire a fare l'amore con Rick subito, gli ho chiesto di darmi tempo, di procedere per tappe, perché avrei avuto bisogno di ritrovare il nostro feeling. È che il procedere per tappe dura da tre mesi e io non riesco a superare la soglia dell'intimo. Quando mi ritrovo lì, sul letto, in slip e reggiseno, con la mia pelle nuda a contatto con quella di Rick, mi assale il panico. La stanza si fa stretta e priva d'ossigeno e io provo solo una gran voglia di scappare. Le sue mani addosso m'infastidiscono, il suo profumo, che una volta adoravo, mi dà il voltastomaco e l'idea di andare oltre i baci mi disgusta. Poi arriva il momento in cui lui mi chiede perché non mi va di farlo e io rivedo me ed Eric, travolti dall'estasi, e mi si allagano gli occhi. Balbetto scuse incomprensibili, Rick si riveste e fa finta che non sia successo nulla. E stasera il copione si ripete.

«Cosa ti prende, tesoro?», mi domanda Rick tra un bacio e l'altro. «Non ti va di fare l'amore?»

«È che… ehm… abbiamo appena cenato! Magari dopo. Adesso potremmo guardarci un film!», lo gelo prendendo le distanze. «Che ne dici?».

Nick incassa il no senza riserve, infilandosi di nuovo i jeans. «Ok, aggiudicato il film».

«Pop-corn al burro? Ti vanno?»

«No, grazie mi danno fastidio quando s'incastrano tra i denti, ma se li vuoi per te, di' pure a Susan di prepararteli!».

«No, io volevo prepararli *con* te! È divertente, è una cosa da fare insieme, noi due», insisto.

«Un'altra volta. Eh?».

Peccato, mi piacerebbe che noi iniziassimo ad avere "cose nostre", piccoli attimi che ci legano, dei quali solo noi cogliamo la bellezza.

Rick s'infila in corridoio, e lo seguo sconsolata. Stiamo andando nella sala cinema: dolby, megaschermo 4K, poltrone massaggianti, minibar… Splendida, peccato che sulle poltrone della sala cinema non ci si possa abbracciare! È così bello guardare i film abbracciati come sul divano!

Rick però ci tiene tantissimo a guardare i film lì: l'ha fatta allestire da dei tecnici della Paramount. Lui è un cineasta film-dipendente, di quelli che si guardano gli Oscar in diretta.

Mi accomodo sulla poltrona centrale accanto a lui, mentre con il tablet scorre l'elenco dei film.

«Allora, ho un bel po' di titoli interessanti. C'è questo dramma familiare uzbeko; questo invece è molto introspettivo, su un eremita nel deserto del Gobi; quest'altro è un tributo al cinema muto giapponese altrimenti andiamo sul surrealismo cecoslovacco post-moderno».

«Qualcosa di più leggero, più… fruibile?».

Rick aggrotta la fronte, stranito. «Il cinema surrealista cecoslovacco è fruibile!», protesta.

«Scusa», dico prendendogli l'iPad di mano. «Posso?».

Rick sospira, passandomi il tablet. «Fai pure».

Tra tutti i film portoghesi, cileni e slavi sottotitolati, ne cerco uno che mi suoni familiare. Giusto per essere sicura di sopravvivere ai titoli di testa. Eccolo! «*Titanic*», esclamo pigiando sull'avvio.

«*Titanic*?!».

«Ce l'hai sul cloud, no?»

«Solo per gli undici Oscar», borbotta arreso. «D'accordo, hai vinto!».

Imbarco, cene formali, Re del Mondo, "Rose, ti fidi di me?", ballo in terza classe, momento tramonto a prua con *My Heart Will Go On*, ritratto, inseguimento, amore in macchina nella stiva, iceberg, inizio del dramma.

Come al solito mi tendo sulla poltrona, neanche dovessi salvarmi anche io con i naufraghi.

«Che cazzata», brontola Rick.

«Undici Oscar», gli ricordo senza staccare gli occhi dallo schermo.

«Non quello. Rose che pianta Cal per Jack. È una cazzata! DiCaprio, a parte farle i disegni, cos'ha da offrirle? Chiunque sceglierebbe di salvarsi e sposare Cal!».

«*Nessuno* sceglierebbe Cal!», ribatto stizzita. «*Io* non sceglierei mai Cal!».

Rick mi lancia un'occhiata scettica con tanto di sorrisino compiaciuto. «Ma per favore!».

Io non sceglierei Cal.

È un breve ma intenso attimo di lucidità. «Non funziona», mormoro tra me e me, scuotendo la testa, ormai distratta dal film. «Non funziona».

«Cosa, non funziona?»

«Questo!», esclamo esasperata. «Non funziona, Rick!».

«Questo, cosa?!».

«Noi due!». Mi alzo in piedi, spalle allo schermo, a braccia aperte. «Io non posso stare con te, non voglio. Mi dispiace, ma non ti vedo più come prima. Non voglio stare con uno che manda indietro i piatti al ristorante perché la riduzione di Porto non è sfumata, che non guarda film sul divano e non vuole i pop-corn perché gli si incastrano tra i denti. Non voglio stare con una marionetta che si muove solo quando la sua famiglia tira i fili, che si fa dire cosa deve pensare e con chi stare, e per il quale io sono solo uno sponsor elettorale perché il mio nome è su tutti i giornali! Io non ci sto con uno così, neanche per tutti i soldi del mondo», dico tutto d'un fiato. «Io non scelgo Cal!».

«Sei impazzita?», mi domanda lui pietrificato sulla sua poltrona.

«No, forse sono appena rinsavita. Perfino Nevis l'aveva capito che sei solo un coglione e io non posso fare tutto il lavoro per renderti una persona normale!». E senza aver più niente da dirgli, mi avvio a passo di marcia verso l'uscita. Ah, no. Una cosa ancora ce l'ho. «Io non sono una donna Bates, sono Lexi Sloan, cazzo!».

«Aspetta!», ribatte Rick quando io sono già sulla soglia della sala. I suoi occhi sono pieni di delusione. «Come sarebbe che Nevis mi crede un coglione?».

Non gli rispondo neanche, limitandomi a voltargli le spalle e andarmene.

«Lexi! Sai dirmi almeno in che distretto vota?».

48

«Rose, ti fidi di me?».
Jack Dawson, *Titanic*

Più mi guardo intorno, più ho la sensazione di non essermene mai andata.

È tutto così familiare, così mio, così... Così casa. Sì, dal momento che ho rimesso piede nell'appartamento di Eric, l'ho sentita subito quella sensazione: casa.

Lui però non c'è. È quasi l'una di notte, lo sto aspettando da oltre mezz'ora, camminando avanti e indietro, tra il divano e la cucina, con un post-it accartocciato tra le mani e, quando sento lo scatto della chiave nella serratura, mi si ferma il cuore. Lui entra, i nostri sguardi s'incrociano e restiamo muti a fissarci per un'eternità.

Ho tantissime cose da dirgli, ma ora mi sono dimenticata tutto.

«Come hai fatto a entrare?», mi domanda con un tono che riesco a malapena a percepire.

«Ho chiesto le chiavi a Marga. L'ho svegliata dicendole che avevo dimenticato una cosa».

«Doveva essere qualcosa d'importante, per piombare qui a notte fonda».

«Molto», dico senza lasciare il suo sguardo. «È qualcosa che mi sta molto a cuore».

Se Eric ha capito che sto parlando di lui non lo so. Nei suoi occhi vedo così tante sfumature che è impossibile distinguerle tutte.

«Sei molto bella», osserva lui accennando al mio abito. «Eri a una serata importante?»

«No», mi affretto a dire. «Affatto».

Lui annuisce, sempre rigido, sempre a un metro di distanza. «Serata romantica con Bates?»

«Con lui è finita. Non funziona. Non funzionava prima e non funzionerà mai. Non sopporto neanche che mi sfiori», puntualizzo per togliere ogni dubbio. Ma non è di Rick che voglio parlare, ho sprecato abbastanza tempo con lui, e non ne merita altro. «Ti ho aspettato a lungo». Sì, l'ho aspettato a lungo, l'ho aspettato tutta la vita.

«Avevo dei casi in arretrato sulla scrivania».

Ho capito: si sta uccidendo di lavoro. Come me.

«C'è qualcosa che devi dirmi?»

«Sì!», esclamo. «Io… ho preso la patente!», annuncio. Lo so che è un'ingenuità, ma è da quando ho superato l'esame che ho voglia di dirglielo.

«Mi fa piacere». Eric non si scompone, lasciandomi in un limbo gelido.

«Ma non ho attraversato New York nel cuore della notte solo per questo», insisto.

«Credevo ti stessi godendo la tua vecchia vita».

«Non la voglio la mia vecchia vita, se non ci sei tu», esclamo quasi disperata, davanti alla sua finta indifferenza. Perché è finta, ne ho la certezza. «E non lo vuoi neanche tu. Potresti spiegarmi questo, altrimenti?», gli dico mostrandogli il post-it che ho in mano, staccato dallo specchio di fronte alla sua porta. «"Dimenticati di Lexi"», leggo ad alta voce. «Se ti serve un post-it per ricordarti che devi dimenticarti di me, allora non lo vuoi davvero».

Vedo lo sguardo di Eric adombrarsi. «Non *posso* fare parte della tua vecchia vita. Mi vedi? Sono solo un agente dell'FBI che torna a casa a Brooklyn all'una di notte».

«Eric, non puoi congedarmi con un: "È stato un piacere lavorare con lei, Miss Sloan" e pretendere che non mi volti indietro a guardarti. Ti amo. Sei il primo uomo che amo davvero in vita mia. E sarai l'ultimo».

Lui distoglie lo sguardo, stringendo le labbra. «Non costringermi a dirtelo, siamo ancora in tempo», mi prega.

«In tempo? Non siamo più in tempo da un pezzo!», obietto andandogli incontro. «Non siamo più in tempo dalla sera in cui ho bussato alla tua porta!». Porto le mani al suo viso perché mi guardi. «Tu mi ami? Se non è così, non tornerò mai più, te lo giuro, ma se mi ami, non mentirmi. Uccideresti tutti e due».

«Ti amo, Lexi e non smetterò mai. Ci ho provato, ma non ci riesco», ammette come se qualcuno gli avesse strappato il cuore. Finalmente sento le sue mani stringermi a lui, salire lungo la mia schiena fino a perdersi tra i miei capelli. Le sue dita affondano nell'acconciatura che si scioglie sulle mie spalle.

«Allora, io non sono solo vestiti rosa e un fondo fiduciario, per te?»

«Tu sei il mio pensare fuori dai quadrati». Nel suo sguardo è tornato il calore dell'Eric che amo. «Sei tenace, con una fibra morale e una mente brillante che ti ha tenuta in piedi quando chiunque altro si sarebbe fatto schiacciare dagli eventi. Qualunque uomo dovrebbe sentirsi fortunato anche solo a poter respirare la tua stessa aria, e non perché ti chiami Sloan o sei un'ereditiera. Il saldo del tuo conto in banca non ti definisce: tu sei ricca e lo sarai sempre, perché tu sei ricca dentro». Con la fronte contro la mia, m'inchioda al suo sguardo. «Nel momento in cui sei entrata nella mia vita mi hai fatto capire cosa vuol dire essere vivo. Il tuo viso è sempre davanti ai miei occhi, la tua voce è sempre nelle mie orecchie, il tuo nome è sempre sulle mie labbra. Inizia tutto con te e finisce tutto con te. E se questo non è amore, non so cosa sia l'amore».

L'ha detto, mi ama. Per fortuna che mi sta tenendo tra le sue braccia, perché in questo momento le gambe non sarebbero in grado di reggermi.

«Be', Eric, ci sono buone notizie: non ce l'ho più la carta di credito no limits. E neanche il fondo fiduciario. Non sono più un'ereditiera».

«Mi stai dicendo che ora sei povera?», domanda lui tra l'incredulo e il divertito.

«Mmm, be', diciamo che ora devo lavorare per vivere e, per arrivare alla nostra villa di Antigua, dovrò prendere un charter anziché un jet privato. Ma preferisco così».

«Preferisci così?». Eric trattiene un sorriso, mentre si china sul mio viso per sfiorare le mie labbra con le sue. «E quando l'hai capito?»

«Quando ho perso le mie lenti a contatto», rispondo. «Può suonare paradossale, ma mi sono resa conto che non ho mai visto davvero finché non ho più potuto vederci. Per vedere quanto la mia vita di prima fosse vuota, senza scopo e fossi circondata da persone false, ho dovuto guardarmi dentro, usando gli occhi del cuore. Ho visto te e ho capito ciò che voglio davvero».

Lui mi guarda stupito. «E io che credevo che quel detto dell'amore che è cieco fosse solo un cliché!».

«L'amore è cieco, perché si deve andare al di là delle apparenze, oltre la superficie. L'amore non deve vedere, deve sentire».

49

«Non sono mai stata milionaria, ma so che sarei brava a esserlo».
Dorothy Parker

Natale, un anno e mezzo dopo

«Devo ricredermi. Penso che, dopotutto, la Jacuzzi sia anche il mio habitat naturale», ammette Eric crogiolandosi tra le bolle, le braccia allargate su bordo e il capo reclinato sul poggiatesta.

«Ma davvero?»

«Avevi ragione tu, Lexi». Mi lancia un sorriso ammiccante. «Come sempre».

«Tipo, anche su questa vacanza? Tu, all'inizio, eri tutto un: "Non se ne parla neanche, non posso mancare dall'ufficio tre settimane", e poi… hai pure spento il telefono, ora!».

Io ed Eric ci siamo regalati una vacanza al caldo, nella villa di mio padre ad Antigua, dove siamo arrivati rigorosamente con un charter. Finché Eric mi lascia appisolare sulla sua spalla, mi faccio andare bene i sedili stretti e il tavolino traballante.

Avevamo proprio bisogno di staccare. Eric fa un sacco di straordinari, è stato promosso a vice di Carson, ma il suo senso di responsabilità gli impedisce di delegare, benché ora ne avrebbe la facoltà.

Io, alla fine, non ho fatto il trapianto perché la vista mi si è stabilizzata, anche se per vedere mi servono ancora gli occhiali, e nell'ultimo mese sono stata molto impegnata a promuovere il centro per ciechi e ipovedenti. Ho accettato di diventare la loro testimonial, nel tempo libero però, perché ora lavoro ventiquattro ore non stop: a casa, in taxi, in metro, in ufficio… Sì, ho detto ufficio.

Non faccio più l'assistente per Lady Di. Ora che si è sposata con Foster, viaggia troppo e io non posso, né voglio starle dietro, così ho aperto una società, anzi due.

La prima si occupa di concierge service. Quando ho visto il saldo sul mio conto, ho capito che mi serviva liquidità ma, anziché svendere le nostre proprietà per incassare, ho deciso di affittare tutto: la villa ai Caraibi per vacanze esclusive, gli appartamenti a Parigi e a Londra per viaggi glamour, lo yacht per crociere di lusso e i jet per fare volare alla grande i miliardari cinesi. Lo avevo detto a Gregor Bennett che bisognava puntare sui nuovi ricchi asiatici e che, se non si fosse dato una mossa, sarebbe arrivato qualcun altro sul mercato.

Tipo me. E come intermediario linguistico ho assunto… Mei Ling, la mia ex manicure.

E poi c'è la mia agenzia di *problem solving* in crisi d'immagine.

Ora assisto persone, famiglie e società sull'orlo dello scandalo per aiutarli a gestire i media, la comunicazione e i rapporti sociali. Per esempio, anche se non posso citare i nomi: celebrità con divorzi eclatanti; rampolli che si cacciano in situazioni compromettenti; CEO coinvolti in pettegolezzi che rischiano di screditare l'azienda o vittime di speculazioni mediatiche.

Loro hanno un problema e io lo risolvo, e per farlo mi pagano.

Ma la soddisfazione di veder bussare alla mia porta, in pieno attacco di panico, le persone che mi hanno umiliata quando ero io ad avere problemi, quella non ha prezzo.

Io però li ascolto e li aiuto. E gli sottopongo una parcella cara come il peccato.

Ne ho respinti solo due: Rick e Becca. Subito dopo che ho lasciato Rick, lui e Becca sono convolati a giuste nozze perché lei, nel brevissimo periodo in cui sono stati fidanzati, è rimasta incinta, anche se devo dire che ho visto il bambino e assomiglia più all'autista brasiliano di Becca. Ma lo scandalo non era quello. Becca e Jem hanno dovuto chiudere il loro brand di moda, dopo che un famoso designer ha fatto loro causa per aver copiato la sua ultima collezione. Rick ha dovuto ritirare la sua candidatura a nuovo governatore, essendo il designer in questione uno dei principali *sustainer* economici del partito. Ho detto loro che erano un caso troppo disperato anche per me e che la loro unica speranza era Lourdes.

Quando l'ho raccontato a Eric e a mio padre, si sono messi a piangere dal ridere. Eric e mio padre ora si piacciono molto e, siccome sono i due uomini della mia vita, non potrei chiedere di meglio.

A papà manco un sacco, perché mi sono trasferita da Eric, a Red Hook.

Sì, a Red Hook e per sempre. Mi piace chiudere la giornata salutando Manhattan e i suoi deliri per rifugiarmi tra le braccia di Eric, nel nostro appartamento. Cuciniamo insieme e poi mi rannicchio contro di lui sul divano a masticare i miei orsetti gommosi, mentre ci guardiamo un film. Successi internazionali, non pellicole di nicchia sottotitolate in polacco.

Mi piace Red Hook, è la nostra bolla felice.

E poi, lì, c'è Brianna. Lei e Simon hanno davvero ricevuto una cospicua somma in eredità dalle attività poco lecite della zia di lei; non saranno milioni di dollari, ma gli è bastato per trasferirsi in una casa a schiera con un giardinetto.

Quest'estate abbiamo fatto un sacco di grigliate, Eric e Simon al barbecue, io e Bree sulle sdraio al sole. E, rullo di tamburi, il 4 luglio è venuta pure Lady Di. Eric e sua madre stanno facendo piccoli progressi e lui ha iniziato a lasciarla entrare a poco a poco nella sua vita.

Adoro Lady Di e anche io la voglio nella mia vita: ha dato a Lexi Sloan la mano che tutti le rifiutavano senza paura di sporcarsi... E poi, ora che lavoro a tempo pieno, tra qualche mese, una nonna per Christopher/Christina (non sappiamo ancora se è maschio o femmina), ci sarà di grande aiuto. Io ed Eric non abbiamo detto ancora nulla, perché lui è convinto che appena Lady Di lo saprà, correrà dal suo avvocato per accendere un fondo fiduciario al nipote e lui vuole crescere i nostri bambini secondo i suoi standard.

"Nostri bambini"... Oh, mio dio! Se me lo avessero detto un anno fa che la socialite Lexi Sloan sarebbe diventata una mamma lavoratrice non ci avrei creduto! Ma non ho creduto a tante cose: alle previsioni di Ohna, ad esempio.

E invece, aveva ragione: Saturno ha messo alla prova le mie capacità di resistenza, mi ha imposto cautela, sobrietà e introspezione, e alla fine ha messo ordine nella mia vita.

Credo che quando rientreremo a New York, tornerò a farmi fare l'oroscopo da lei.

Però, intanto, mi godo Antigua.

Il sole inizia la sua pigra discesa in un cielo incendiato, e le sue fiamme si riflettono nello specchio cristallino del Mare dei Caraibi.

La caipirinha non è mai stata così buona e la bevo galleggiando a bordo vasca mentre il mio corpo ondeggia tra le bolle dell'idromassaggio gorgogliante. L'acqua è tiepida e la brezza serale che muove le fronde delle palme riempie l'aria del profumo di salsedine misto a olio di cocco. Un paio di braccia forti mi stringono cingendomi la vita, mentre grandi mani maschili mi accarezzano la pelle e una bocca rovente mi bacia sul collo. Da una chioma corvina e scompigliata piccole gocce fredde cadono sulla mia pelle, poi sento la dolce e graffiante pressione di un morso malizioso. Rabbrividisco cedendo a quella dolce tortura, mentre il mio gemito si unisce a quello della voce calda e profonda di Eric...

«Non dovresti bere», sussurra al mio orecchio.

«Questa caipirinha è tutto ghiaccio! E poi il dottore ha detto che un bicchiere a settimana posso concedermelo», dico piegando la testa all'indietro per appoggiarla alla sua spalla e guardandolo con gli occhi dolci.

«A cosa stai pensando, Lexi?»

«Che preferirei vivere una settimana con te, che tutta la vita con un miliardo di dollari».

«A proposito di miliardi di dollari... Sai niente di un conto aperto da mia madre a nome mio?»

«Ehm... no».

«Lexi...», mi ammonisce lui.

«Giuro». Lady Di mi dice tante cose ma mai come gestisce il suo denaro.

«Quindi non t'importa che io dia tutti i suoi soldi in beneficenza, un giorno?»

«Tutti, tutti?», domando allarmata. Sono un sacco di soldi!

«Tutti», risponde lui risoluto.

«Magari tieni un milione o due da parte, sai com'è, per le emergenze».

Eric scoppia a ridere. «Sai, è bello vedere che sotto sotto c'è ancora la romantica pragmatica Lexi Sloan. Dopotutto, è di quella che mi sono innamorato».

«Cerco solo di essere previdente, e...».

«E ora stai zitta», mi mette a tacere lui con un bacio tanto appassionato e intenso che da solo pareggia il conto di tutti quelli che non ci siamo dati. «Con quella storia che l'amore è cieco mi avevi convinto».

«Guarda che è vero! L'amore è cieco. Almeno, quasi».

Ringraziamenti

È la quinta volta che li scrivo e non credo che mi ci abituerò mai, rimangono sempre la parte più difficile perché il rischio di dimenticarsi qualcuno è altissimo.

Ma non mi dimentico certo di te, che hai letto questa storia e hai dedicato al mio lavoro il tuo tempo, spero che Lexi ed Eric ti abbiano fatto divertire e passare qualche ora in allegria.

E poi ringrazio i miei affetti più cari che hanno seguito da vicino, passo dopo passo, il mio percorso senza stancarsi di incoraggiarmi: i miei genitori, Azzurro, e le mie migliori amiche Elisa e Silvia.

Ci sono anche le amiche lontane di strada ma vicine di cuore, che non si sono ancora stancate di me (e bloccato il mio numero): Azzurra di "Silenzio sto leggendo", Giulia Mazzoni di "M'hanno detto di fare un blog" e Lea di "Chick-lit Italia".

Grazie mille a Cassandra Rocca e Monique Scisci che condividono con me gli alti e bassi della stesura di un romanzo, spronandoci a vicenda a fare di più e meglio.

P.S. Scusa Monique se la notte prima del FRI2019 non ti ho fatta dormire.

Grazie anche ad Andrea Sorrivi, dispensatore di perle di saggezza (o d'ignoranza).

Ringraziare Newton Compton e la mia editor Martina non è mai abbastanza per tutta la fiducia che hanno in me e nei miei progetti. Spero di meritarla.

Un grazie speciale va a tutte le bookblogger, bookstagrammer e booktuber che sono un enorme sostegno, non solo per me, ma per tutto il mondo dell'editoria. Grazie per far vivere i libri.

Se ho scordato qualcuno (e lo avrò fatto), chiedo perdono. Sentitevi liberi di sgridarmi.

Spero potremo rincontrarci presto dentro una nuova storia, nel mentre potete seguire i miei aggiornamenti e novità sui miei social (che gestisco io, quindi se mi scrivete, rispondo… magari non in tempo reale, ma giuro che rispondo):

Pagina Facebook: Felicia Kingsley
Profilo Instagram: felicia_kingsley
Blog: www.feliciakingsley.com
Pinterest: Felicia Kingsley (qui troverete delle bacheche tematiche con contenuti ispirati ai miei romanzi)
Spotify: Felicia Kingsley A. per ascoltare tutte le playlist che hanno ispirato le mie storie
Canale YouTube: Felicia Kingsley, dove carico video in cui parlo di libri, scrittura e di ciò che ho imparato sia nel self-publishing che con una casa editrice.

Playlist

1. *Rich Girl*, Gwen Stefani
2. *Friends*, Justin Bieber feat. Bloodpop
3. *Champagne Problems*, Rick Jonas
4. *Material Girl*, Madonna
5. *My Kind*, Hilary Duff
6. *Rearrange*, Biffy Clyrd
7. *Closer*, Chainsmokers
8. *Faith*, Stevie Wonder feat. Ariana Grande
9. *Cold Water*, Major Lazer feat. Justin Bieber
10. *Call Me Maybe*, Carly Rae Jepsen
11. *La Cintura*, Alvaro Soler
12. *Drag Me Down*, One Direction
13. *Remind Me To Forget,* Kygo
14. *Boom Clap*, Charlie XCX
15. *My Heart Will Go On,* Celine Dion
16. *You Don't Know Me*, Arman Cekin

Indice